U0934167

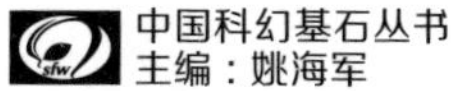

中国科幻基石丛书
主编：姚海军

癌人

"新人类"系列之二

王晋康　著

四川科学技术出版社

图书在版编目(CIP)数据

癌人 / 王晋康　著. -- 成都：四川科学技术出版社，2021.1

（中国科幻基石丛书 / 姚海军　主编）

ISBN 978-7-5727-0063-7

Ⅰ. ①癌… Ⅱ. ①王… Ⅲ. ①幻想小说 - 中国 - 当代

Ⅳ. ①I247.5

中国版本图书馆CIP数据核字(2021)第018910号

中国科幻基石丛书

癌　人

出 品 人　程佳月
丛书主编　姚海军
著　　者　王晋康
责任编辑　宋　齐　姚海军
特邀编辑　贺子恒
封面绘画　张念_
封面设计　@刘哲_NewJoy
版面设计　@刘哲_NewJoy
责任出版　欧晓春
出　　版　四川科学技术出版社
　　　　　四川省成都市槐树街2号出版大厦　邮政编码:610012
开　　本　147mm×208mm
印　　张　13.875
字　　数　310千
插　　页　2
印　　刷　成都博瑞印务有限公司
版　　次　2021年1月成都第一版
印　　次　2021年1月成都第一次印刷
定　　价　62.00元
ISBN 978-7-5727-0063-7

写在“基石”之前

姚海军

“基石”是个平实的词，不够“炫”，却能够准确传达我们对构建中的中国科幻繁华巨厦的情感与信心，因此，我们用它来作为这套原创丛书的名字。

最近十年，是科幻创作飞速发展的十年。王晋康、刘慈欣、何夕、韩松等一大批科幻作家发表了大量深受读者喜爱、极具开拓与探索价值的科幻佳作。科幻文学的龙头期刊更是从一本传统的《科幻世界》，发展壮大成为涵盖各个读者层的系列刊物。与此同时，科幻文学的市场环境也有了改善，省会级城市的大型书店里终于有了属于科幻的领地。

仍然有人经常问及中国科幻与美国科幻的差距，但现在的答案已与十年前不同。在很多作品上(它们不再是那种毫无文学技巧与色彩、想象力拘谨的幼稚故事)，这种比较已经变成了人家的牛排之于我们的土豆牛肉。差距是明显的——更准确地说，应该是“差别”——却已经无法再为它们排个名次。口味问题有了实际意义，这正是我们的科幻走向成熟的标志。

与美国科幻的差距，实际上是市场化程度的差距。美国科幻从期刊到图书到影视再到游戏和玩具，已经形成了一条完整的产业链，动力十足；而我们的图书出版却仍然处于这样一种局面：读者的阅读需求不能满足的同时，出版者却感叹于科幻书那区区几千册的销量。结果，我们基本上只有为热爱而创作的科幻作家，鲜有为版税而创作的科幻作家。这不是有责任心的出版人所乐于看到的现状。

科幻世界作为我国最有影响力的专业科幻出版机构，一直致力于对中国科幻的全方位推动。科幻图书出版是其中的重点之一。中国科幻需要长远眼光，需要一种务实精神，需要引入更市场化的手段，因而我们着眼于远景，而着手之处则在于一块块“基石”。

需要特别说明的是，对于基石，我们并没有什么限定。因为，要建一座大厦需要各种各样的石料。

对于那样一座大厦，我们满怀期待。

自 序

有两种小说的作者只能谦虚地自称为第二作者。

一种是历史小说。因为它的第一作者是历史,是时间。时间冲去了琐碎和平庸,凸现和浓缩了事件、情节和人物。历史小说作家只需有足够广博的历史知识和足够敏锐的目光,挑选出精彩的素材,他的小说就有了百分之六十的成功。

另一种小说是科幻小说。它的作者是上帝(客观上帝),是科学,是科学所揭示的自然的运行机理(它们其实是三位一体的)。科幻作家只需有足够的智力去理解这些机理,有足够敏锐的目光去发觉科学的震撼力,他的成功也就有了百分之六十的把握。所以,科幻作家应该把百分之六十的稿酬献给上帝。

科学发展到今天,已经超出了多数民众的理解力,以至于在某种程度上,它也成了高高在上的宗教。但我们笃信“这个”宗教而不信仰其他的宗教,为什么?因为科学所揭示的是真理,它们放之宇宙而皆准。牛顿的万有引力定律可以用来计算150亿光年外星体的运动,DNA的构成之简洁甚至超过上个世纪最坚定的科学信仰者的期待。充分发展的技术能够变成魔法,而上帝的魔术正逐渐被人类还原成技术。各民族的先民们曾创造出上帝造人或女娲造人的神话，那是人类对自身秘密最原始的探索。仅仅几千年后，人类就已经可以用体细胞核来激发出一个真正的生命！我想，如果真有一个万能的上帝，他也会掩面长叹，自愧不如。

“新人类”系列四部曲中描写了一些未来的技术：《类人》中的纯粹人工制造的生命和电脑群体智慧；《癌人》中的人类体细胞克隆（特殊之处是使用了癌细胞）；《豹人》中的基因嵌接术及《海人》中的新人类（这已经不是单纯的技术了）。这些技术或进步若稍显遥远一些，也许会被今天的民众看做是呓语。不过，作者可以保证它们绝非无稽之谈。几百年内人造生命就可能实现，分散的电脑智力也会以某种方式整合成一种文明或智慧。那时，人类何以自处？人性会怎样变化？被作家们讴歌了千百年的人类之爱还能否存在？没有人能完全准确地预知。作者在文中表现的，只是个人的一些探索而已。而且，为了与今天的世界相衔接，书中很多描写是过于保守了。

科学使人睿智，使你把握自然运行的脉搏，洞察历史的走向。可惜，很多中国人对科学比较隔膜，不能体味到科学和思维王国的乐趣。我们的主流作家善于向后看，向脚下看。他们对过去和现实的思考很深刻，很可贵。但一个民族若只有这样的日光，则未免显得过于迟钝和短视。但愿这几篇小说能够让读者稍稍抬一下目光。如此，作者就满足了。

王晋康

2012年5月1日

目　录

CONTENTS

上　篇

第一章

1

“爸爸，妈妈这会儿把生日蛋糕做好了吗？”一个八九岁的女孩问。

“肯定做好了，金黄色的蛋糕，上面用红色奶油写着‘生日快乐’，插着三支漂亮的蜡烛。现在妈妈正在门口等着你哪。”爸爸笑着回答。他是一个三十四五岁的黑人，黑色鬈发，高鼻梁，身材颀长，穿着猎装，扛着一支双筒猎枪，枪筒上晃晃悠悠地挂着一只灰色的野兔。一条剽悍的德国牧羊犬跑前跑后地跟着他们。

女孩也是黑人，一个血统纯正的黑人，就像是用煤精雕出来的。黑色鬈发，黑眼珠，厚嘴唇，两排整齐的白牙。她的身体很强壮，在凛冽的秋风中，她仅穿着单薄的红色连衣裙，浑身焕发着生命的活力。任何人都能一眼看出她与旁边这个男人的血缘关系——他们的眉眼长得太像了。

秋天已经君临大地，而在阿巴拉契山中，甚至冬天也不太远了。他们穿过密密的松林，脚下踩着厚厚的褐色松针。前边是一个山坳，陡峭光滑的岩壁上有行人踩出的模糊印迹。斯蒂文半弯下腰，扶着左侧的山岩小心地往前走，但他的两名同伴，那个叫赫蒂的小女孩和叫玛亚的母猎犬丝毫没有降低速度，他们一蹦一跳地跑过这段险路，消失在山岩后。

"喂，等等我！"斯蒂文喊着，加快了脚步。不过他并不惊慌，这儿已是浅山区了，没有什么猛兽，而且赫蒂一定会在前边那个橄榄形的山间湖泊中等他。他想得没错，等他赶到湖边时，只来得及看见一个黑色的背影、一个高高翘起的小屁股，接着湖中溅起一片水花，赫蒂投入水中，像条小黑鱼似的，不紧不慢地划动手臂向湖中心游去。玛亚蹲在岸边，努力思索着该不该跳下去——深秋的湖水已经很凉了。赫蒂发现它没有跟上来，回过身生气地喊："玛亚！玛亚！快跳下来！"

玛亚不再犹豫，跳下水一屈一伸地游着，很快追上了小主人。

斯蒂文站在岸边，饶有兴趣地欣赏着赫蒂的泳姿。她游得确实漂亮，一会儿仰泳，一会儿蛙泳，一会儿蝶泳。斯蒂文是她的启蒙教练，教她学会了自由泳，其他一些姿势则是她直接从光盘中学会的。现在，斯蒂文在游泳上早已不是她的对手了。赫蒂回头看看追上来的玛亚，便像往常一样开始了人与犬的比赛。这会儿，她使用的是最擅长的自由泳，两条修长的手臂轻快地打着水，在湖面上留下一串笔直的、急速延伸的细细白痕。玛亚吃力地跟在后边，激起的水花显然大多了。湖水极为清澈，几片树叶在水面上飘荡着。透过湖水，能看见青灰色的岩石和稀疏的水草，也能看到赫蒂迅速摆动的肌腱清晰的双腿。

一人一犬游远了，斯蒂文把手拢在嘴边，大声喊道："赫蒂！

水太凉,少游一会儿!”

那边远远地应了一声。斯蒂文把猎枪和野兔扔在湖边,舒适地躺在已经发黄的草地上,半闭上眼睛。透过睫毛的疏影,可以看见秋天的白云轻悄无声地在天穹上滑行,变幻着千姿百态。已经西斜的秋日仍有充裕的热度,晒得半边身子暖洋洋的。赫蒂游得真好,假以时日,她一定能打破女子游泳的所有纪录,连男子纪录也不在话下——无论什么体育纪录她都能轻松地超越。她是一个真正的天才,要知道,她学游泳总共只有5个月的时间啊——而且,她只是一个3岁的孩子。

今天是赫蒂的3岁生日。有时,连斯蒂文自己以及赫蒂的妈妈苏玛也免不了惊疑地想:她只有3岁?她怎么会只有3岁呢?但她确实是在3年前的今天来到人世的,只不过她以三倍于正常人的速度在生长着。斯蒂文曾戏谑地称她为“三倍体”(不是这个名词原来的生物学意义)。除了三倍的生长速度,赫蒂的饭量也是正常人的两三倍,而且,如果测试一下她的神经系统,肯定会发现其反应速度远远高于正常值。虽然至今没有条件做这个测试,但斯蒂文对此坚信不疑,因为赫蒂的反应速度是显而易见的,无论是游泳、电脑击键还是开汽车,她的反应都比常人快多了。她的体内有永不枯竭的精力。

赫蒂,我的小赫蒂,已经3年了啊。

3年前,在那个“维护人类纯洁联盟”的追杀下,他们匆匆逃离小蒂尼克姆岛的家,隐居在这荒山僻野中。3年来,他们警惕地保守着小赫蒂的秘密,也一刻不停地注视着外界的动静。幸运的是,社会上那场歇斯底里的喧嚣很快消散了。这并不奇怪,既然喧嚣的矛头是针对一个无辜的婴儿——不管她是什么身世——那么这种歇斯底里就必然是短命的。狂热必然冷却,理智便会复归，更何况是在美国这样一个极为开放的社会呢。

白云安静地滑过白杨树和桦树的树梢，秋风摇落了几片黄叶，悠悠地飘过斯蒂文的面前。从山腰往上是针叶树的天下，那儿仍是一片浓绿。这儿很荒僻，离这儿最近的奇森小镇也在80英里之外，从奇森过来，只有一条勉强可以通车的石子路。附近的住户很少。几英里外的山腰上，针枞林中隐约露出一幢石屋的屋角。那幢石屋里住着一个单身的白人男子乔治·林登——一个太普通的名字，当然这可能是化名。据说，他是一位颓废派的诗人，长发长须，50岁左右，在这儿隐居8年了。他总是像一只土拨鼠似的藏在自己的巢中，在山中偶遇，也是面色阴沉地点头即过。不过，对方的冷漠对斯蒂文来说倒是正中下怀，他本来就不愿和外人多交往。从这里顺山溪向下两英里是斯蒂文自己的居家；再往下1英里，住着一个快乐的单身汉豪森·乔思特，大约45岁，每次路遇，他都要笑嘻嘻地脱帽致意。他十分喜欢小赫蒂，而赫蒂也喜欢上了这个性格随和的伯伯，见面时常常爬上伯伯的肩膀，叽叽喳喳地聊很久。豪森也是新住户，3年前他们刚来这儿时，豪森只比他们早到半个月。当然，斯蒂文没去打听他隐居的原因，他们都清楚，这儿的住户大多有不想告诉外人的隐情，斯蒂文不愿别人进入他们的生活，自然也不想掀开别家的帷幕。

除此之外，这里就很少有人迹了，偶尔有几个猎人吵吵嚷嚷地从山径上走过，或者是一架巡查林木的直升机掠过山顶。感谢上帝，给了他们整整3年的平静。

湖面上传来赫蒂的喊声："玛亚！不许上岸，不许偷懒！"但这次她的命令显然没有生效。水花声渐近，玛亚爬上岸，猛劲地抖掉身上的水珠，走过来，湿答答地倚在斯蒂文的身边。

玛亚，忠诚的好脾气的玛亚。它是两年前斯蒂文去山下买的，为的是给孤独的小赫蒂增加一点乐趣。赫蒂太可怜了，在她的整个童年中，这条黑底白花的牧羊犬是她唯一的伙伴，而她的童年正以三倍于常人的速度飞快流逝。当然，她本人不会觉察到这一点，不会有因此而生的烦恼，因为她根本不知道什么是“正常”的速度，这使旁观的斯蒂文夫妇格外怜悯。

不过，这种囚禁生活快要结束了。他和苏玛已经决定，等赫蒂过完3岁生日就离开这儿，回到人类社会中去。他们早在不声不响地为这一天的到来作铺垫，尽力使赫蒂有足够的思想准备，使她的新旧生活能够自然衔接。

在秋日的暖意和轻松的心境中，睡意渐渐袭来。斯蒂文梦见导师斯蒂芬·克利在向他微笑，他怀中抱着那只名叫吉莉的克隆猪，正在回答记者的提问。低头看猪崽时，他谢顶的脑袋在灯光下闪闪发亮。斯蒂文又看见苏玛在产床上辗转，婴儿呱呱坠地。婴儿随即睁开双眼，雪亮的目光让人惊惧不安。画面跳荡着变模糊了，随即静止在一幕恐怖的场景上。穿着夜行服的凶手拿着寒光闪烁的匕首，刀尖轻轻划过婴儿的面庞，那儿立即绽出一道血痕……

有什么东西划过他的面颊，他不由得打了个寒战。那东西又钻进他的鼻孔，轻轻抖动着。斯蒂文响亮地打了个喷嚏，从梦中醒来。一串清脆的笑声从身边逃向湖中，然后是扑通一声水响。斯蒂文起身来到湖边，那条“小黑鱼”仍在快活地戏水，偷眼狡黠地看着他。

斯蒂文威胁地说：“捣蛋鬼，看我收拾你！”赫蒂咯咯笑起来。“上来吧，时间真的不早了，妈妈要着急了。”

玛亚也蹲在岸边用吠声催促着。赫蒂爬上岸，从背囊中抽出浴巾擦干身体，不慌不忙地套上连衣裙。她是一团火，是山中的精灵，斯蒂文赞叹着。她的生命力是那样旺盛，你简直能听见电火花在她体内噼啪作响。

玛亚跑到前边带路，在拐角处回头望着他们。“走吧，赫蒂。”斯蒂文说。

赫蒂牵着他的左手蹦蹦跳跳地走着，“爸爸，今天我还要学开车吗？”

“不学了，时间太晚了。”他笑着补充道，“其实你不用再学，你已经毕业了。”

几天前，斯蒂文忽然决定教赫蒂开车。苏玛说太早了吧，她才3岁呢，即使按她身体的实际发育状况来看，她也只是个八九岁的孩子。但斯蒂文没有听她的劝告。他的动机源自某种潜意识——也许深埋心底的警惕并没有入眠。他想让女儿多学一点护身的本领，不定哪天会有用的。在学习驾驶时，赫蒂再次显露出了她过人的天分——仅仅3天时间，她就把那辆半旧的克莱斯勒车开得非常熟练了。在崎岖狭窄的石子路上，她不停地急加速、急刹车、急转弯，汽车轮胎吱吱嘎嘎地怪叫着，把石子挤得四处飞迸。斯蒂文喜悦中带点揶揄地想，等她再长两年，法国一级方程式汽车大赛恐怕就不是男人的天下了。

赫蒂忽然想起一件事，转过头来问：“爸爸，过了生日，你和妈妈要告诉我很多很多事情，对吗？”

“对，过了生日你就是个大孩子了。你长得真快。”

他和苏玛决定告诉她一些真相，把她的身世之谜轻轻揭开一角，以便为将来的全部揭开做好准备。赫蒂对此心痒难耐，她拉住爸爸，狡猾地微笑着，“能提前透露一点儿吗，只要一点点儿？”

斯蒂文拍拍她的脑袋，“耐心等着，吃完生日蛋糕就告诉你。”

赫蒂耸耸肩，做个鬼脸，蹦蹦跳跳地跑到前边去了。他们顺着山溪边的石子路往下走了两英里，再向北边的山上爬了一英里，藤蔓覆盖的石屋在树丛后露面，苏玛在屋门口等着他们。玛亚吠叫着，用前爪推开了栅栏门，赫蒂紧随其后，边跑边快活地喊着：“妈妈，我们回来了！”

苏玛笑着抱起小赫蒂进屋。按照3年来养成的习惯，斯蒂文在进门前要巡视一番四周。夕阳已经沉到山后，暮色笼罩着静谧的山野，只有后方的山顶上还抹着晚霞的金色光芒。斯蒂文走进高高的栅栏，用一把沉重的铁锁细心地锁上铁门。

可惜，他没有看见山顶的树丛中有两点夕阳的反光，那是一架蔡司望远镜在向下窥视。手持望远镜的，正是家在几英里外的那个隐居者，他披着长长的红发，脸上挂着狞笑，身上穿着才从纽约第五大道买来的夹克衫和西裤，口袋里揣着查尔斯顿到纽约的往返机票。那是他8年来第一次离开巢穴走到外面的世界，而且，正是为了这个小姑娘。

2

五天前，埃德蒙·克里克斯顿（他在隐居处的化名是乔治·林登）乘机飞往纽约。晚上八点，他已站在“红蛇”夜总会的门前。这儿仍是8年前的旧模样，头顶的霓虹女郎挑逗地脱着衣服，几个黑鬼在人行道上游荡。一辆大吉普开过来停在门口，几名衣着光鲜的中年男人拥挤着下了车，趔趄地拥进夜总会，看来他们已经灌得差不多了。两名警察甩着警棍，漫不经心地走过来，其中一人注意地看了看埃德蒙。他的心不由得扑通乱跳。

不要慌，他在心中嘲笑自己，这些年轻的警察崽子绝不会记得8年前一个通缉犯的模样。何况我的面貌已经变了，已经被浓密的胡须遮住了，就连我的亲妈从坟墓里爬出来也不会认出我的。他朝那两名警察友好地笑笑，走进大门。

厅内是震耳欲聋的摇滚乐声，血红色的灯光聚在S形看台上。观众散坐于看台四周，最狂热的看客则趴在看台边上，贪婪地仰望着台上那具性感的肉体。脱衣舞女在看台上来回走动，扭动着臀部，慢慢解开乳罩，那对巨大的乳房毫无遮掩地滚出来。她挑逗地在看台边蹲下来，看客们兴奋地吆喝着，把一张张大额纸币塞到舞女窄如一线的内裤里。埃德蒙要了一杯马提尼，远远地观赏着。这些舞娘中不会有他熟识的旧人，在这个行当中，8年是太长的时间，他熟悉的那些舞女早就揣着大把的美元去过正经生活，或者把美元塞到毒品的无底洞中去了。

“婊子，漂亮的婊子。”

他喃喃自语道，惹得旁边的一个白人看了他一眼，他没有理会。8年的隐居生活让他养成了自语毛病，现在这毛病已经根深蒂固了。埃德蒙也曾苦中作乐地想，也许某一天警察走近他时，他会自语道：“我是埃德蒙，我是通缉犯。”于是，他的无期徒刑就结束了。

有那么一个喜剧式的结尾倒也不错，他嘲弄地想。

有时连埃德蒙自己也感到纳闷，8年的苦行僧生活他居然能熬过来——想想8年前吧，那时的埃德蒙，那个漂亮潇洒的外科医生，哪个星期少得了女人？但自从上了通缉令之后，长期的恐惧和性压抑磨蚀了他的性能力，他已经不再渴望女人了。3年前，当漂亮的斯蒂文夫人来到山里成了他的远邻时，他的心中竟然没有泛起一丝涟漪，从那时起他就确信这一点了。也许上帝的报应确实存在，虽然方式未免有欠光明——让他患了阳痿，毁坏了他最大的人生乐趣。

他一边呷着酒，一边从容地打量着厅里的人群。不久，他在舞台边看到了一个熟人，那个抱着双臂立在阴影里的黑人保镖。埃德蒙努力回想着，对，他的名字叫哈威特。埃德蒙招手唤来侍者，把几美元小费塞在他手里，“再来一杯马提尼，还有，告诉哈威特过来一下，就说是一个老朋友请他喝一杯。”

侍者点点头，端着托盘走过去，同保镖低声交谈着。那个黑人扭过头，狐疑地看着这边，然后慢慢走过来。这是一个极为强壮的40多岁的男人，肌肉凸出，手臂上刺着兀鹰，手指上戴着金属扳指。埃德蒙示意他坐下,但他没有入座,仍抱着双臂疑虑地盯着他。

埃德蒙把酒杯推过去,“请吧,我的老朋友。”

哈威特客气而冷淡地拒绝了,“谢谢,我有工作。请问……”

埃德蒙呷了口酒,笑道:“你真的这么健忘吗?哈威特,8年不见了,威廉斯先生还在吧?”

哈威特恍然大悟道:“噢,你是……”来客的名字被他咽到肚里,他认出这个长发长须的男人曾是老板的老搭档,不过那时他一向是衣冠楚楚的。哈威特低声说:“请你稍候。”

他急急到后边去了,埃德蒙把目光转向舞台,耐心地等待着。看台上,一个红头发舞娘登场了,正在脱第一件外衣,她的崇拜者们开始大声鼓噪。

3

12年前，38岁的埃德蒙·克里克斯顿是一间私人诊所的外科医生，技术不错，即使在纽约这样的大都市里，他也是小有名气。所以他的收入很高，平日里衣冠楚楚，举止得体，与街区的各色人等相处得很好。不过，私下里他有一个小毛病——这也难怪，连圣人也不是十全十美的——这个单身男人喜欢女人，尤其喜欢那些十六七岁、裸着两条美腿、不戴乳罩的女学生。这个爱好耗费了他不少金钱。

有时候偶然疏忽，他会让某个女孩子怀孕。这时他当然不会撒手不管，埃德蒙不是那种不负责任的男人。于是，他会临时改行做一名妇科大夫，悄悄做一次流产手术。当然这是违反美国法律的，不过，为了履行男人的责任，他只好把法律暂时扔在一旁了。

慢慢地，埃德蒙在这个行当有了名气，很多并非他情妇的女人也来找他。之后他发现，干这种事能得到可观的收入，足以补偿他在女孩子身上的花费，于是他非常投入地干了下去。

终于有一天事情败露了。他被吊销了行医执照，惩罚性地派到巴西圣保罗的一家贫民医院做实习医生。那三年的经历真是可怕。与灯红酒绿的圣保罗市中心截然不同,它的郊区完全是另一个世界,远在文明世界之外。

低矮的山坡上挤满了极为简陋的铁皮房子,没有水电,没有道路。骄阳下,铁皮房子就像是地道的烤炉。下场雨就更糟,到处泥泞不堪、臭气熏天。贫儿们鹑衣百结、面黄肌瘦,在垃圾堆上玩耍,尖声笑着、喊叫着,似乎并不知道忧愁。有时,埃德蒙会悲天悯人地想,仁慈的上帝为什么要创造这些卑微的生命,把他们投入人间炼狱来受折磨呢?

埃德蒙在艰难乏味的生活中很快找到了补偿。这儿的乞儿太多了,很多人没有父母亲人,即使有,那些终日在醉酒和劳作中麻木的家伙也从不关心儿女,不会在乎他们的肚皮上是否多了一道刀口,腹内是否少了一个肾脏。

那里有一个组织严密的器官走私网,埃德蒙的才华和技能得到了充分施展,美国来的"红头发医生"很快有了名气。他在圣保罗干了两年,金钱滚滚而来。他常常乘飞机回到纽约(或拉斯维加斯和洛杉矶),在醇酒美女中享受一番,再返回圣保罗重操他的营生。如果不是一念之差,他可能会一直干到今天。

那是缘自美国(记得是华盛顿?)一个主顾的订货,这位主顾不要肾脏,他想要一颗健康的心脏。因为他是一个慈爱的父亲,他8岁的女儿罹患先天性心脏病,已经病入膏肓了。为了救活女儿,他愿意出任何高价。埃德蒙对于是否接下这桩业务曾犹豫过,原因很明显:人有两个肾脏,但只有一颗心脏;肾脏摘掉一个,人仍能活下去,心脏摘掉就只能留下一具尸体了。

不过,3000美元的诱惑力更大。况且,走私者答应找一个"最干净"的孤儿,不会有亲属来追查,手术后的尸体也由他们负责妥善处理。于是他最终答应了。两天后,一个10岁左右的混血少年躺上了手术台，他衣服褴褛不堪，但身体发育得相当不错，肢体匀称，这在瘦骨嶙峋的乞儿中是很少见的。他的模样相当俊秀，金色头发，眼睛紧闭，鼻翼微微颤动着。看来，为了感谢顾主的慷慨，那些“猎头者”这次挑选得非常敬业。少年处于全身深度麻醉中——他不必再醒来了。这次手术只需保证心脏的新鲜，不必管那具身体的死活，所以当天的手术实际是非常容易的，甚至不需要外科医生，找一个屠夫就行。

在那具小身体上划下第一刀前，埃德蒙一直忐忑不安。除了所剩无几的良心自责外，主要是对个人利害的考虑：杀人和单纯的盗卖器官毕竟是不能等同的，这一刀下去，他就不能回头了。

但他很快为自己找到了道义上的理由，看看那位怀揣10万美元来购买器官的富豪吧，他难道不知道这种交易之后的血腥？但金钱是一种有效的绝缘剂，可以使他们远离罪恶，心安理得地做优雅的绅士和仁慈的父亲，警察一般不会去找他们的麻烦。比起他们，埃德蒙觉得自己太值得同情了：至少他没有那些人虚伪，而且他是靠出卖自己的技能来赚钱的，还要提心吊胆地提防警察呢。

于是，他心安理得地割下了第一刀。

3000美元拨进了他的账户，埃德蒙准备揣上这笔钱回纽约物色一个性感的姑娘。但是非常不幸，那些天杀的走私犯违背了诺言，他们的“妥善处理”只是把尸体扔到荒郊，薄薄地盖上了一层土。这具尸体非常不幸地被野狗拖出地面，非常不幸地被人发现少了心脏，又非常不幸地传到《圣保罗日报》一名记者的耳朵里。

在追捕之网收紧时，埃德蒙机警地逃脱了。美国警方和国际刑警组织签发了红色通缉令，但埃德蒙凭着野兽的狡黠，逆流而上，用买来的假护照返回美国，隐居在阿巴拉契山脉的西麓。他平安地度过了8年，直到一只肥美的羔羊自己走近狼窝。

4

十几分钟后,黑人保镖走出来,向埃德蒙点点头。他随保镖穿过狂热的看客,穿过后台的化妆间。化妆间里满是化妆品的气味,才下场的那名舞女正在吸烟,仍裸露着大得吓人的乳房。另一个准备上场的舞女已经穿好带豹纹的短衣短裤,正在让人为她安装豹尾。在美人堆中讨生活的保镖全然没有怜香惜玉的习惯,粗鲁地把她们推挤到一边儿,招来一顿粗野而亲昵的咒骂。

保镖领他在办公室的门口停住,敲敲门,"威廉斯先生,他来了。"然后打开房门,闪到一旁。埃德蒙走进办公室,门在他身后关上。肥胖的威廉斯像只皮球一样滚过来,满面笑容地举起双臂,"啊哈,埃德蒙! 真高兴能见到你。"他把来客拥到怀里,亲热地吻吻对方的面颊,"我很钦佩你,你是一只最狡猾的狐狸。8年前,美国警方和国际刑警组织撒下的那张大网也没能网住你。"

埃德蒙有些嘲讽地说:"你该庆幸,如果我被捕,你能安安稳稳地坐在这儿吗?"

威廉斯笑了,"没错,我十分感激。这些年我一直在留意你的动静,我不相信你会真的销声匿迹。"他拍拍对方的肩膀,"需要我帮忙吗？也许，你准备重新操起你的老本行？”

“对，我手边已经物色好了一个很好的猎物。”

“太巧了，正好一个慷慨的主顾今天找上门来，要为自己的儿子买一个肾脏。”

“可以，5万美元。”

威廉斯吃了一惊，“5万？你竟然要价5万？”他嘲弄地说，“你一定是忘记了流行的价格表。我告诉你，这些年因为医学的进步，器官市场多少有点萎缩，价格比那时还要低一些。”他咕哝道，“5万！一颗绝好的心脏也要不到这个价钱。”

埃德蒙冷静地说：“不，我并没有发昏。我这次提供的是最好的货色，是永不衰老的器官。我知道你现在不会相信我的话，那就请你看看3年前8月到10月的报纸，什么报都行，找一找有关海拉的报道。然后咱们再继续谈价钱。”

威廉斯显然很不以为意，但他捺着性子说：“好吧，我马上派人去查，请你稍候。你想喝点什么？要不，我给你叫来一个很有味的女人？我想这几年你不一定享受过。”

埃德蒙冷淡地说：“谢谢，我对女人已经没兴趣了。”

威廉斯真正吃惊了，甚至比听到5万的报价更为吃惊，瞠目良久，才怜悯地说：“真的吗？我简直不能相信。如果这不幸是真的，你赚钱还有什么意义？不过，随你的便。”

40分钟后，威廉斯推门进来，面有喜色，“我已经查到了，确实是好货色。”他沉默了一会儿，谨慎地说，“不过我仍不能出那样的高价，请你耐心听听我的理由。首先，我要说服我们的顾客相信这件事——毕竟它的‘永不磨损’只是理论的推测而未经证实。再者，这种特殊的货色会不会不太稳定？会不会产生意想不到的变化？第一次使用它要担一定的风险。不过我向你承诺，如果这次使用情况良好，令人满意，下次我会把价钱提上去。行吗？咱们都是通情达理、有诺必信的商人。”

“好吧。”

他们经过短时间的讨价还价，敲定了1万5千美元的价格，预付一半，现金支付。威廉斯问：“需要助手和器械吗？我可以帮你解决。”

埃德蒙摇摇头，“谢谢，我自己解决吧。”他不想使用威廉斯提供的助手，因为那会暴露自己的住所，他要尽可能地保护自己的猎物，那可是价值数百万美元的奇货。“你只需给我一只便携式的冷藏箱、一支麻醉枪，再把剩下的7500美元准备好就行。”

“好的。你现在就走？真的不需要一个女人？”威廉斯好奇地问。

“不要。谢谢你的慷慨。”

现在埃德蒙已经返回山中，在山顶的松林中用望远镜窥探着他的远邻。牧羊犬进屋了，女主人抱上女儿，男人观察四周后进了门。埃德蒙不知道今天是女孩的生日，但他感觉到了洋溢在这个家庭中的特殊欢乐。

他放下望远镜，喃喃自语道：“一切正常，我的小乖乖，老海盗伯伯回家去等着你。”

他转过身，在苍茫的暮色中向自己的房子走去。在那儿，一个叫哈姆的老搭档已经购齐了手术器械和药品，正在为他的猎物准备手术床。哈姆是个长相龌龊的家伙，有着狗一般的忠诚、耗子般的胆怯和粪龟子般的勇敢——当他口袋里装有大把美元的时候。在8年前的搜捕中，他没被牵连在内，因此对埃德蒙感恩不尽。所以，当埃德蒙把500美元放在他面前时，他痛快地答应了。

埃德蒙听到了轻微的汽车声，那是哈姆把汽车开来了，藏在石子便道旁的橡树下，晚上要用到它。好，蛛网已经结好，只等凌晨动手了。他打开自己家的栅栏门，高兴地自语道："再见，我的小乖乖，咱们深夜见。"

5

石墙上爬满了爬墙虎，浓密的藤叶覆盖了屋顶。这是一幢百年老房，花岗岩的外墙显得十分粗糙，浸透了历史的苍凉。屋顶的藤叶中，一套抛物线形卫星天线倒是闪亮如新。石屋背靠着半面山坡，其他三面由粗壮的5英尺高的铁栅栏围绕着。三年来，斯蒂文夫妇自动切断了同外界的所有联系。在他们购房时，旧主人说："我没有电话，我想你们也不喜欢外界的打扰。"他说得没错。斯蒂文夫妇在这儿安顿下来后，只有很少几次与家里通话问安好。他们十分谨慎，总是跑到500公里外的法兰克福去打电话，也从不向家人透露他们的居处。

这幢石屋同外界的联系只有三条途径：一套卫星天线，它把无线电信号传送到一台大屏幕电视中；一根电缆，它为石屋送来电能；一条简易石子路，通过它运来日常用品。斯蒂文只能以电视和电脑来维系女儿同世界的联系，为她返回人类社会作点准备。

3年前，3人坐着克里奥的直升机从费城飞到西弗吉尼亚州，然后转乘一辆半旧的克莱斯勒车在公路上逃亡。那时他们的名字分别是保罗·雷恩斯、苏玛·罗伯逊和海拉·罗伯逊。他们原是驾驶汽车向西开,等克里奥先生的直升机在空中消失后,迅即掉头向东。他们不是不相信可亲的老克里奥,但为了海拉的安全,不得不事先堵住一切可能的漏洞。

后来,他们用5000美元的低价买下这幢简朴的石屋,在这里定居下来。此后的3年相当平静。从电视上看,由海拉引发的群体歇斯底里症由于失去了目标,逐渐平息下来。海拉发育良好,也十分聪明。她唯一的问题是发育得太快了,而且不仅是身体,她的心智成长也同样快速。保罗一直尽力向她的小脑瓜里灌输知识,勉强能赶上她的消化速度。不过,她的超速生长已被逐渐习惯,成了"新高度"上的正常。

这种"快速生长"有时仍能引起模糊的恐惧,使保罗联想起癌细胞无限繁殖的凶恶天性。但总的说来,这种恐惧逐渐淡化,衰减为弱不可闻的回音。想想吧,终日守着这个快活天真、笑靥如花的女儿,怎么可能还有这种阴暗的想法?

不过,保罗始终保留着一份担心,他时刻睁大眼睛看着海拉,看她会不会出现其他的不正常。想想4年前,当他开始致力于"激活"一个沉睡的生命时,他一直抱着廉价的乐观主义,认为只要迈过"激活"这道技术难关,一条生命就会完全正常地生长。这实在是一种年轻人的浅薄。生命遗传是自然中最复杂、最精细的过程,即使正常人的遗传也时时出现错误,这是不可避免的,是由数学概率所决定的。那么,凭什么断定海拉的细胞在被激活后就会精确稳定地展示出正常生命的行进轨迹?

他想起一种病例:正常人一旦失聪后,讲话能力会逐渐衰退,发音会越来越模糊和怪异。这是因为,人的语言能力不是静止不变的,它永远处于不稳平衡中,仅仅是靠着庞大的人口基数所形成的自我校正能力,才能维持人类语言能力的相对稳定性。若失聪者丧失了校正手段,发音就会逐渐漂移开去。

海拉的细胞已在单细胞状态下活了22000代(人类的22000代相当于45万年了),它们又该积累了多大的嬗变?有时保罗暗自庆幸,为海拉的“基本正常”而庆幸。因为这种正常纯属侥幸,而“不正常”才是概率最大的结局。

6

灯熄了，苏玛端着蛋糕出现在餐厅门口，温馨的金光团团围绕着三支蜡烛。蛋糕刚烤好，还是热的，顶面是漂亮的奶油花和"生日快乐"一行字。海拉闭上眼睛许完愿，吹熄烛火，高兴地切开妈妈自制的蛋糕。

"爸爸，这是你的；妈妈，这是你的。这一大块是玛亚的——玛亚，够吃吗？"

保罗和苏玛并肩坐着，相视而笑，心头充盈着金黄色的温馨。苏玛的体温透过薄薄的家居服传过来，变成麻酥酥的电击感。保罗笑着，把苏玛揽紧了一点儿。三年来，两人的感情维持着微妙的平衡。白天，当着海拉的面，他们一直扮演着一对恩爱夫妻，时间长了，他们常常不由得产生错觉，似乎他们本来就是夫妻——他们当然不是，保罗的妻儿还在1000英里外盼着他呢。所以，他们一直克制着自己。当一次吻别、一次拥抱或无意窥见对方的裸体而激起欲火时，他们都尽力压制下去。这使他们一直保持着初恋情人般的感觉。

他们终究没有迈过那条界线，他们仍然是朋友，非常亲昵的朋友。

海拉狼吞虎咽地吃着蛋糕，她的饭量常常超过爸妈的总和，还不耽误在饭桌上叽叽喳喳地说话。不过，这只小百灵今天反常地安静，不时地抬起头盯着父母。等到爸妈都吃完，她也放下刀叉，非常平静地看着父亲说："爸爸，你该告诉我了吧。你答应过，等我3岁生日后就告诉我很多事情。"

保罗笑着看看苏玛，苏玛用肩头碰碰他，低声说，还是你说吧。保罗欣慰地看着女儿，缓缓说道："对，小赫蒂，我们确实要告诉你好多事。因为我们已经决定，在你过了3岁生日之后，就要带你回到人类社会中去。"

"就是电视里的地方？"

"对。"

"太好了！"海拉欢呼起来，眸子异常明亮，里面跳荡着对新生活的向往。

保罗心头微微发苦，定定神，继续说："赫蒂，3年前，你刚出生时，我们带着你躲到这个荒僻的地方。你知道这是为什么吗？"

海拉点点头，"猜到一些。我肯定与其他孩子不太相同。爸爸，电视里过3岁生日的孩子都是些小不点儿。按我的身体发育情况看，我大概相当于正常人的8岁了。"

虽然平常已习惯于拿"8岁孩子"而不是"3岁孩子"的标准来看待她，但此时保罗仍为她的观察力感到高兴。他点点头说："对。由于医生们还不知道的原因，你出生后显示出很多异常之处，如果让你留在人类社会中生活，可能有人会把你看成怪物。所以我们带你跑到这座山里，过着与世隔绝的生活。现在你已经长大，身体发育正常，我们可以离开这儿了。当然，你身上仍有一些超常之处，比如，正像你刚才所说，你的发育速度比正常孩子快，大约是其三倍，你的饭量也是正常人的三倍。”

“我会长成巨人吗，就像《格列佛游记》中的巨人？”

“不会，我想不会，你只是长得快，但长到正常高度后就会停止的。还有，你的神经反应速度也比正常人快。”

海拉笑道：“我也觉察到了，我常常奇怪，你们说话呀、走路呀，总是慢腾腾的。不过我现在已经习惯了，习惯了按你们的节奏来调整自己。”

“还比如……”

“还比如我的小紫蛇。”

保罗和苏玛都笑了，“对，比如你的小紫蛇。”

海拉三个月大时，保罗和苏玛就发现了这种异常现象。那时她还不会说话和走路，每天在地毯上爬来爬去，从没有疲累的时候。有时苏玛去拉她，两人的手指将要接触时，指尖之间就会发生轻微的爆鸣，一道细细的、几毫米长的紫色电芒会在瞬间闪过。它能给皮肤留下不算厉害但相当尖锐的刺痛，海拉常咧着嘴哭起来。

那时正是对海拉的异常现象草木皆兵的时候，苏玛惊惶地问保罗，这是怎么啦？这是怎么啦？保罗笑着解释，这个现象倒是正常的，连他本人也有。他在铺有地毯的干燥房间走动时，也常常积累起静电，当与别人握手或触摸铜把手时，就会产生这样的电芒。不同人积累静电的能力是不同的，据测定，有人的静电电压可高达10万伏。海拉的新陈代谢远比正常人旺盛，因此，静电积累更强一些也是情理中事。

苏玛放心了，抚慰着女儿止住哭声。但此后，他们发现这种正常之中仍包含着异常。海拉体内的静电过于强大，即使天气并不干燥，即使并没有诱发静电的地毯，她也照样能放出巨大的

"紫蛇",随时随地都行,就像深海中用电流捕食的电鳗。海拉长大后把它当成了有趣的玩具,练到收放自如的境地。保罗告诫她不要玩这种危险的游戏,但从心底讲,他并没有给予足够的重视。他真正领略到"小紫蛇"的威力是在半年之后。那时,海拉已经能够说话和满地乱跑了。每当苏玛做家务时,保罗就领着她去湖边玩儿,跑累了,就躺在如茵的草地上休息。

一天下午,快要回家时,海拉忽然指着草丛好奇地喊:"蚯蚓,好大的蚯蚓!"

保罗扭过头,立即惊出一身冷汗。那是一条凶恶的响尾蛇,昂着头,正用颊窝处的红外线探测器探查3米外两个恒温生物的体温,即将开始进攻。保罗外出时总是随身带着手枪,他小心翼翼地向后裤兜里摸枪,一边低声稳住海拉:"海拉,乖乖地不要动,这是一条毒蛇,等爸爸开枪打死它,你千万不要动,听见了吗?"

他的动作极其小心,但还是惹恼了响尾蛇。它突然发动进攻,像闪电一样扑过来。保罗惊叫一声,怔住了——他确实看到了闪电,一道紫色的闪电。响尾蛇断成了两截,在地下扭动着,断口处是焦黑的灼烧痕迹。海拉右手的食指仍指着它,左手还含在嘴里,她呆呆地看着死蛇,眼光中是惶惑和好奇。

不知道那道紫芒是如何发出的,很可能海拉不是有意为之,而是因蛇的突然跃起和爸爸的惊叫而激发的下意识动作。紫芒擦着保罗的左肋掠过,在衣服上烧出一道焦痕,空中弥漫着浓烈的臭氧味。保罗怔怔地看着女儿,在遇救的惊喜中慢慢滋生出了纤细的恐惧。她今天杀死了一条毒蛇,救了爸爸,明天也许会在有意无意中留下一具人的尸体!而这是人类社会绝对不能容忍的,因为,保罗苦涩地想,她可是一直被社会看作异类啊。

从那之后，他多次严厉地告诫女儿，不要玩这种危险的把戏。这会儿他又郑重告诫道："回到人类社会后，要尽量隐藏这些特异之处，特别是不要玩儿你的'小紫蛇'。也许它会引起一场大火，或误伤一个亲人，给你留下无穷的悔恨。你能记住吗？"

海拉郑重地说："能记住。爸爸，自从你说过之后，我一直没有玩这个游戏了——虽然有时很想玩儿。"

她忍俊不禁地笑了。保罗欣慰地说："我们知道你是个听话的孩子。还有，你的饭量是没办法遮掩的，也不用遮掩，你只管可着肚量吃下去。至于你的发育太快，我们还是要尽量掩饰。比如，我们会经常迁移到陌生地方，使你能自然地融入新朋友中去。好吗？"

海拉非常认真地点点头，又问了一个问题："爸爸，如果我的生长速度是你们的三倍，十二三年后我就会同你们一样大，然后我就会变得比你们还老。这多可怕呀！"她忧心忡忡地说。

保罗和苏玛再次为她的联想力感到惊奇，说到底，她只是一个自然年龄仅有3岁的孩子呀。保罗想告诉她：不，你不会衰老，因为海拉细胞在22000代的离体生活中很可能已经遗忘了衰老和死亡的指令。不过，这些话当然不能说透，至少现在不能对孩子说透。他略微思考后说："不，科学家普遍认为，你在长到8岁、也就是正常人的24岁时，就会停止生长。那时，你就会变成一个不折不扣的正常人了。"

海拉乐得拍手笑道："那时我再也不用欺瞒别人了，对吧？"

一直笑而不言的苏玛这时才开口："对，孩子。这5年很快就会过去的，那时你就完全和普通人一样了。"

海拉高兴地点点头，但旋即又陷入沉思。她皱着眉头轻声自语道："为什么？"

保罗奇怪地问:“什么为什么?”

“为什么我会有这样的异常?我想,任何异常总有其原因。”

保罗与苏玛对望着,不免有些尴尬。不错,她说到了问题的核心,但这正是他们要尽力遮掩的。他小心地说:“这点原因先存放在爸爸妈妈心里,等你长大一点再告诉你,行吗?我们不会永远瞒你,但现在你还太小,你不会理解的。”

“好的,你们先替我保存着吧。”海拉快活地说,发亮的眸子转了两圈,忽然狡黠地说,“爸爸,妈妈,其实我也知道一些秘密呢。”

苏玛好奇地问:“是吗?什么秘密?”

海拉神秘兮兮地笑着,好久才说:“我知道你们不是我的亲生父母,至少其中一个不是。”

两人真的震惊了,交换眼神后,苏玛含笑问道:“哟,这可是个大秘密。你怎么会有这个想法?”

海拉得意地说:“我会推理呗。从电视上我知道,父母不同种族,儿女便是混血儿,而混血儿的外貌与父母都不同,可以说是父母的综合体。可我完完全全是个黑人——卷头发、厚嘴唇。所以,妈妈大概不是我的亲妈妈,对吧?”

苏玛看看保罗,一时无话可说。他们无法告诉孩子:苏玛确实是你的“生”母,她用自己的卵子和子宫孕育了你。不,透露这些情况难免涉及那个可怕的字眼:癌。而这是苏玛无论如何也不愿捅破的。即使无法终生保守这个秘密,至少也要等到孩子成年之后呀。

两人在考虑着矫饰之词,但海拉已从他们的表情中确认了自己的推理,她乖巧地依偎在妈妈怀里,“妈,即使你不是我的亲妈妈,我也会一样爱你,一生一世!妈妈,你爱我吗?”

她一边说，一边像鸡啄米似的在妈妈脸上吻着，说一句吻一下，像是为她的稚语点标点。苏玛被她逗笑了，紧紧把她搂到怀里，“孩子，乖女儿，妈妈当然爱你，一生一世！”

海拉安静下来，轮番瞄着父母，扯动着嘴角，努力忍着笑意。保罗威胁地说：“小黑鬼，你又在打什么鬼主意？”

海拉忍不住笑了，“爸爸，我刚才的话还有一条证据呢。”

“什么证据？”

海拉得意地宣布：“我知道其他孩子的父母都是睡在一张床上的，电视上都是这样。可是你们从来不！我发现，每天晚上，只要我一睡着，你们就分开了。有几次夜里我特意起来看看，你们仍是各睡各的房间。你们吵嘴生气了吗？根本不像。那你们为什么不在一块儿？今晚就睡一块儿吧？”

两人脸上都泛起红晕，异样的感觉同时撞击着他们的心房，似乎能听到谐调一致的节律声。海拉这些话既成熟，又充满孩子气，弄得这对“父母”十分狼狈。当然，狼狈中也隐隐流淌着喜悦。

海拉快活地拍手笑起来，“我说对了！我说对了！我现在就去把你们的寝具搬到一块儿！”

保罗赶忙拉着她，无奈地说：“我和你妈会搬的，用不着你去。你呀，真叫人没办法！”

他暗暗摇头。为了今天同女儿的谈话，他和苏玛两人早就反复酝酿过了，没料到真正开始谈话时，女儿却掌握了对话的主动权。女儿的聪明，还有她山泉般流淌的亲情，着实让他欣喜。她的生理年龄只有3岁，但她心计之周密，思维之清晰，几乎赶得上成人了！

晚饭结束了，海拉调皮地说：“爸爸，最后一个要求，能否透露一下我的真实姓名?”不等爸爸反驳,她就流畅地说,“这是显而易见的。既然你们不是斯蒂文夫妇,我当然也不是赫蒂·斯蒂文。”

保罗脱口说道:“对,你的真名叫海拉,海拉·罗伯逊。罗伯逊是你母亲的真实姓氏。不过这个名字暂时不能对外讲,能记住我的话吗?”

海拉点点头,目光很困惑。在她的推理中,斯蒂文应是她的亲生父亲,不仅因为两人都是黑人,而且……你看吧,两人的面貌多么相像!但自己为什么随“并非生母”的母亲的姓?她闭上嘴,把这些疑问暂存心底。

海拉并没有忘记自己的话。晚饭后,在看电视和玩耍的空当,她偷偷溜到爸爸的房间,抱上毛巾被和枕头,搬到妈妈屋里,然后回到游戏间,佯作无事地继续玩耍。但是,由于心中藏了一个秘密,她的眉尖始终有喜悦在跳动。保罗和苏玛都看到了她的小动作,也体会到了她的苦心,便相视一笑,轻轻握住对方的手。

9点50分,海拉回到自己的床上,目光仍然闪烁不定,偷偷地、急切地观察着事态发展。保罗为她盖好毛巾被,感慨地想,她仍具有3岁孩子的童心啊。他故意没有关上海拉的房门,在她的偷窥中来到苏玛的卧室。他想,这会儿海拉该放心入睡了。

苏玛已经浴罢,换上了轻薄的睡衣,薄纱内的胴体纤毫毕见,面庞微红,目光中是含蓄的等待。他们不是夫妻,但在一间屋里生活三年,友情的泉水早发酵成爱情的美酒了,现在,海拉的一句稚语揭开了酒坛上的封泥。苏玛倚在床头,等着保罗冲了澡,换上睡衣。

保罗过来把苏玛揽到怀里，炽热的激情像重锤一样，交替敲击着两根琴弦。保罗低声说："苏玛，我真的很抱歉，维多利亚……"

很久她才明白保罗是在拒绝：苏玛，我爱你，我迫切地想要你。但我不能这样做，我并不是古板的清教徒，对这样美好的情感，上帝也会原谅的。但是，我有妻子维多利亚……

保罗想起3年前，在他们仓促决定逃亡时，他曾在电话中匆匆同妻子告别。妻子维多利亚冷冷地问："苏玛小姐是你这个决定的原因吗？在你的天平上，自己的妻儿占有多大分量？"他苦笑着对妻子说："我的决定不是为了苏玛，你有这种想法我很难过。"现在认真想想，妻子说得也有道理。他陪苏玛逃亡是多种因素促成的，有对海拉的责任感，有对奶奶血缘的关注；但无可否认，明媚动人、情意绵绵的苏玛小姐也是重要原因之一。如果这时同苏玛有欢情，他无法排除对妻子的负罪感。

苏玛已从一时的冲动中平静下来，吻吻保罗作为结束，"休息吧，你睡哪儿？还过去吗？"

保罗对她的冷静十分欣慰，笑道："我就睡这儿吧。我相信海拉今天夜里一定会来偷看。"

"好的。"

两人翻过身睡下，努力压抑着心跳。等苏玛蒙胧入睡后，保罗忍不住欠起身，默默地看着苏玛动人的曲线。他吻吻她的额头，低声咕哝道："真盼着有一天……"

苏玛没有睁眼，但抬起手拍拍保罗的脸，含混不清地说："会有那一天的，睡吧。"

7

海拉趴在门缝前，看着爸爸妈妈相拥上床，满意地笑了。她并不知道此举的含意，但她本能地知道那一定是件美好的事情。她关上门，躺到床上。门随即被轻轻地推开，玛亚自若地甩着尾巴进来，蹿到她的床上卧下，友好地舔着她的胳膊。

玛亚平素睡在院子里的狗舍中，但临睡前的告别已是例行仪式了。海拉很喜欢这个不会说话的朋友，它的黄眼珠是那么幽深，里边装满了友情和理解。她轻轻捋着玛亚的被毛，高兴地说："玛亚，我们马上就要离开这里了，要到电视里那些热闹的地方。你高兴吗？"

玛亚轻声吠着，表达了自己的态度。

海拉每天都要看电视，她对电视里的世界已经非常熟悉了，但她从未想过自己也能走入那个世界。她憧憬着明天的生活，兴奋之锤轻轻敲击着心弦。

"玛亚，爸爸说我的身世是一个秘密，你能猜到是什么秘密吗？"

玛亚困惑地看看小主人，没有应声。

记得随爸爸观察星空时，海拉曾突发奇想："爸爸，能用望远镜看到地球吗?”爸爸笑着说不能,你无法站在地球上去看地球,这个事实象征着一种哲理:“自我”是最大的秘密。爸爸还说,哲学家们设计了很多逻辑悖论,诸如“万能的上帝能否造出一块连他也举不动的石头”“理发匠能否给所有不给自己理发的人理发”等等,所有悖论都源于一个“我”字,被称为自指悖论。“我”是一个黑洞,是一个陷阱,无往不胜的逻辑之舰一到这儿就会被吞没。海拉没有完全听懂爸爸的话,但这并不妨碍她对自身的秘密产生极大的兴趣。没错,我的身上一定有重大的秘密,既然我有这么多的特异之处。那么,我是外星人的孩子吗?或者是科学女神的女儿?

时钟敲响11点了,玛亚跳下床,很有礼貌地向主人摇摇尾巴,用嘴拨开房门,到院里去了。海拉也跳下床,蹑手蹑脚地走到妈妈的卧室前,从门缝里张望。没错,爸爸今天没有离开,他和妈妈亲亲热热地拥在一起。她高兴地笑了,回到床上,很快进入梦乡。她梦见了绚丽的新生活。

此刻,她的父母也在梦中流连,在梦中跋涉。苏玛梦见了父亲老约翰和病中的母亲多娜,保罗则逆着时间之箭回溯,重温了几年来走过的路程。那是从一头叫吉莉的克隆猪开始的。

第二章

1

约克夏母猪起劲地哼哼着，一块粉红色的小肉团从它的胯下滑落出来。保罗·雷恩斯利索地接过猪崽，剪断脐带，确认了它的性别，对外圈的观看者说："没错，它当然是雌性，按照事前的决定，它就叫吉莉吧。"

这是复活节后的一天，庭院吹着三月的熏风。保罗那时31岁，目光里充满自信，穿着普通的灯芯绒夹克和臀部被磨白了的牛仔裤。他是一名出类拔萃的遗传学家，不仅有深厚的理论造诣，更难得有极灵巧的双手，让魔术大师、微雕艺人和小提琴名家也相形见绌。同事中流传一则笑话，说他不仅对细胞核移植手术驾轻就熟，甚至能够"用中国筷子夹起一颗氢原子，准确地放到染色体的缺节上"。

猪圈设在一间大厅里，头顶上是宽敞的亮窗，地面上围着一圈铝合金栅栏，里面铺着金黄色的软草，非常整洁。母猪同这位黑皮肤的主人十分熟稔，当保罗摆弄着它的幼崽时，它丝毫没有护崽的打算，仍安心地低头吃着胞衣，用它的圆鼻头拱着幼崽。体内的黄体酮欺骗了它，这位“代孕母亲”不知道克隆幼崽并非自己“亲生”。它只是奇怪这次为什么只生了一只崽儿(假如它识数的话)，为什么有那么多人围观，而且每个人都笑得那么开心。

保罗·雷恩斯把吉莉小心地放回母猪怀中，退出猪圈，扯下胶皮手套。栅栏外围着俄勒冈灵长目研究所的全体成员，个个喜气洋洋。这群雅皮士大多穿着便装或工装，从外表看像一群普通蓝领工人，实际他们都是这个领域里的顶尖好手。所长斯蒂芬·克利亲自用夏普摄像机录下了产崽的全过程，汤姆负责拍照。镁光灯闪烁时，母猪抬起头，不满地哼哼两声。

他们没有通知记者。这是一个敏感的项目，他们宁可用“自己的嘴”小心翼翼地向社会宣布，而不愿招惹那些“大嘴巴”记者。斯蒂芬关上摄像机，微笑着同保罗握手，说：“小餐厅已备好了香槟，我们去庆祝一下。”

几年前，斯蒂芬的一张照片曾被各国报刊广泛转载：他低头看着怀中的两只小猕猴，谢顶的头颅在灯光下闪亮，小猕猴用惊恐的目光仰视着镜头。这两只幼猴是用胚胎克隆的方法培育出来的，算得上遗传学中一个较大的进步，但这个成功在克隆羊多莉的光环下黯然失色，几乎没激起什么涟漪。克隆羊的消息是在1997年2月23日，由英国罗斯林研究所科学家维尔穆特领导的研究小组宣布的，在全世界掀起一场轩然大波。多莉是用成年羊的体细胞(不是胚胎)克隆出来的，从而证实所有细胞都是全能的，都包含自身的所有遗传信息；而且，即使是高等动物(如哺乳动物)的成年体细胞核，其基因表达仍能被“重新开启”。但在过去，科学家们一直认为高等动物的发育过程是不可逆的

——成年的体细胞不能恢复到胚细胞的“全能”状态。

在这次挫折后，斯蒂芬马上制订了下一步目标——用成年猪的体细胞克隆一头小猪。这个计划同“灵长目研究所”的名称似乎是风马牛不相及，但研究所里人人都知道他的用意。他们知道克隆人的最大困难，是人的胚胎基因组在4细胞期就开始转录（与猪相同），而绵羊则迟至8至16细胞期，因而有较长的缓冲时间。正因为这个宝贵的缓冲期，克隆绵羊的发育启动因子得以产生，才能使植入细胞核在胞质体内充分发育。所以，大家对所长的目的心照不宣：克隆猪只是克隆人的跳板，是为那个终极目标暗暗做准备。

其实，就斯蒂芬本人的观点来说，他是“克隆人类”的坚定反对派。他常说，克隆人技术来得太早了，人类还没有做好必要的思想准备。但是，作为一家著名科研机构的负责人，他不能不未雨绸缪。一句话，灵长目研究所既要不动声色，又要尽量靠近起跑线。这样一旦形势有了变化，他们才不至于落在同行后边。

他们簇拥着来到小餐厅，这里已经准备了香槟和丰盛的饭菜。斯蒂芬打开法国香槟，亲手为每个人斟上。他示意大家安静下来，目光炯炯地扫视着他们，“奋斗了一年，终于可以为胜利干杯了。按照惯例，第一杯酒应该敬给该项目中贡献最大的人。我想，毫无疑问，这个荣誉应该属于保罗·雷恩斯。让我们为他的才华和勤奋干杯！”

十几个人都朝保罗举起酒杯，身旁的人依次同他拥抱。保罗没有辞让，笑着说“谢谢，谢谢”，把杯中酒一饮而尽。

他们三三两两地交谈着，气氛十分热烈。斯蒂芬喝了几杯，提前离开了，临走时他拍拍保罗的肩头说：“一会儿到我办公室来一趟。”

保罗敲门时，斯蒂芬正在重看《惊异故事》杂志上的一篇科幻小说，题目是《S世界的智者》，作者正是保罗·雷恩斯（斯蒂芬咕哝了一句：这个不安分的家伙）。小说虚拟了一个S世界，那儿与真实世界完全相同——除了一点，就是哺乳动物（包括人类）中从来没有"同卵孪生"现象，那个世界的人们完全不知道"孪生子""双胞胎"这类名词。直到1997年2月23日，S世界的科学家S·维尔穆特才研究出了人的同卵孪生技术（不是克隆羊！），于是在世界范围内引起了轩然大波。克林顿总统说："人类是诞生于实验室外的奇迹，我们应当尊重这一点。"以色列高级拉比说："犹太教教义允许治愈伤痛，允许体外授精（它被视为治愈行为），但绝不允许向上帝的权威挑战。"生物伦理学家格兰特愤怒地说："同卵孪生技术破坏了人们拥有独特基因的权利，而从本质上说，这种独特基因正是独立人格最重要的物质载体。"心理学家科克忧心忡忡地说："彼此依赖的孪生子很可能造成终身的心理残疾。"基因学家维利说："生物的多样性是宝贵的，每一种独特基因都是适应未来环境变化的潜在财富。从这个意义上说，孪生子是无效的生命现象，是对人类资源的浪费。"等等。每种反方观点都极具逻辑性，都有很强的说服力。唯其如此，才让真实世界（在真实世界中，孪生现象从上帝创世时就存在了！）的人感到啼笑皆非。

小说中可以触摸到保罗本人的影子，嬉笑怒骂，汪洋恣肆，才气逼人。重读一遍，克利又会心地笑了，这个聪明过人的家伙，这个捣蛋鬼！他在这里杀出一支奇兵，用"早已存在"的同卵孪生现象来影射"尚未出现"的克隆人技术。实际上，文中的反方意见都不是虚构的，而是真实世界的投影，是多莉羊诞生后科学界和思想界的沉重忧思。但在保罗犀利的笔锋下,这些忧思都变成了可笑的迂腐。

他不由得摇摇头。他不完全赞成保罗的观点,但不得不承认,想驳倒保罗的观点并非易事。听到敲门声,他合上杂志说:"请进!"

他起身走到门口,同自己的得意弟子握手道:"很高兴看到这次的成功,再次感谢你的工作。"他引保罗坐下,笑道,"你知道我刚才在想什么? 我在想,24年前,我在一个7岁男孩身上花的时间没有白费。非常庆幸我那时的耐心,使研究所多了一位极富才华的青年科学家。"

保罗也回忆起那一幕:一名科学家牵着一个黑人男孩的手,领他来到科学之海旁,使他第一次领略到了科学的神秘和美丽,领略到了那种无与伦比的震撼力。他恳切地说:"非常感谢你的启蒙。我能选择这条人生之路,那次的启蒙是决定性的因素。克利先生,这个项目已经顺利完成了,能不能开展下一步工作?我们已经走在全世界的前边了,这是难得的机遇,不能让它白白荒废。"

斯蒂芬避而不答,把桌上的杂志推过来,"这篇科幻小说是你写的吧?"

保罗扫了一眼,点点头说:"嗯,是我写的,是两个月前的事。"

"是你的宣言?"

保罗坦承不讳:"对,我想以曲折的方式表达我对克隆人的观点。"

斯蒂芬脸色一沉,严肃地说:"保罗,这篇小说写得很好,才气逼人,其中的观点也颇可玩味,但今天我不想谈这些。你知道，克隆人是一个极敏感的话题，政府一再声明，不允许使用政府资金从事克隆人研究。联大已经通过了有关的公约，生物学界对此也有严格的自律。你本人持什么观点我不会干涉，但要注意，你是研究所的重要成员，你发表的言论很可能被误认是研究所的意见。所以，我要求你，以后再发表类似的小说或专栏文章时，不得署真名。我不想把研究所放到火山口上，更不想失去一位极富才华的研究人员。你听清我的话了吗?”

保罗当然听懂了他的严厉警告，但他不打算屈服，即使是自己的恩师也罢。

他沉思片刻后坦然地说:“其实我早就想同你谈谈了。你知道我一向的观点:克隆人技术当然是把双刃剑，它会给世界带来希望也带来烦恼;但无论如何，它是不可扼制的，而且已经发展到瓜熟蒂落的时候了。因此，我不甘心把这项荣誉拱手送人。克利先生，我不愿离开灵长目研究所，更不愿离开你。但是，如果你‘就此止步’的决定不可更改，我只好辞职，另找一家私人机构去干了。”

斯蒂芬注视着自己心爱的弟子，沉默良久才说:“我不拦你，希望你找到一个更能施展才华的地方。在找到工作之前，我会为你保留这儿的工作和薪金。”

“谢谢你的慷慨。”

斯蒂芬又沉默良久，感慨地说:“保罗，希望你能理解我的决定。我执意不开展克隆人研究，并不完全是怕失去政府资金支持。我一向认为，克隆人的到来实在太快了，人类还没有做好心理准备。它究竟是上帝的礼物还是撒旦的礼物？它是否会引发多米诺骨牌效应，把人类的伦理道德之网撕得粉碎？当你从事克隆人研究时，一定要时刻保持警惕，不要走得太莽撞。切记我的话!”

保罗由衷地说:“谢谢,我一定会记住你的这番教诲——就像24年前那样。”

2

保罗的私宅离研究所有200多英里。他在下午4点多赶回家中时,妻子维多利亚正在院里修剪草坪,穿着一件身形毕露的羊毛连衣裙,腰际凹陷,臀部浑圆,显出黑人女子特有的曲线。宽大的阳台上,儿子吉米正在耐心地喂养“有生命”的芭比娃娃,玩得十分入迷。看见数月没有回家的父亲,他只是高高兴兴地挥挥手,说声“爸爸你好”,又低头玩儿起来。院里那株耐冬花满株怒放,庭院里暗涌着淡淡的香味。保罗把车停在车库,像往常那样,走过来从后面搂住妻子。但今天他的拥抱多少有点心不在焉,也没有往常那样的热吻。妻子敏锐地察觉到这一点,回头看看他的脸色,担心地问:“克隆猪出生了吗?”

保罗笑道:“出生了,非常顺利,我们终于成功了。”

维多利亚笑着吻吻他,“祝贺你。看你的脸色,我还以为出了什么纰漏呢。”

5岁的小吉米终日耳濡目染,早已是半个克隆专家了,他听见爸妈的对话,举着芭比娃娃兴高采烈地跑过来,“爸爸,你说过,克隆猪成功后就要克隆人。把我克隆一个吧!”

保罗和妻子忍不住开怀大笑。

妻子去准备晚饭，保罗领儿子在阳台上玩，时不时有快活的笑声传到厨房。吉米没有死心，仍在要求克隆自己，并向父亲保证他不会同“新吉米”打架。维多利亚微微笑着侧耳倾听，心中充满了喜悦。晚上，儿子睡下之后，保罗才告诉妻子，他和克利先生发生了争执，想离开俄勒冈灵长目研究所，找一个私人机构从事克隆人研究。

他说：“我真不愿离开斯蒂芬·克利，24年前他就是我的恩师。但我们的观点不同，继续留在这儿难免会发生冲突，也会耽误我的宝贵时间。无论如何，我绝不会放弃克隆人研究——这是个笃定在科学史上留名的机会。它几乎已经到手了，我怎么会放弃呢？克利很宽容，没有生气，还说在找到新工作之前为我保留职务。”

维多利亚对克隆人的是是非非没有明确的观点，但她十分敬重克利，所以对丈夫的决定不免感到担心。她没有让这些担心表露出来，只是平静地说：“按你的意愿去干吧，无论你有什么决定，我都支持你。”

她脱掉睡衣，钻到丈夫怀里，吻着他黑黝黝的胸膛。保罗抚摸着她光滑的脊背，觉得浑身燥热。近来一直忙于克隆猪的研究，他们已经4个月没有在一起了。他低头吻吻妻子，笑着说：“我更舍不得离开你。如果能找到一家私人研究机构，恐怕一年内我们都不能在一起了——我估计，一年时间能啃掉克隆人这块骨头。”

维多利亚轻声笑道：“那你干吗还浪费时间？快来吧。”她关了床头灯。

3

24年前，斯蒂芬·克利在休斯敦大学有过一次短期的工作访问，住在贝莱尔的一所普通公寓里。公寓里住着一些短期住户，差不多都是有色人种：黑人、黄种人和几个印第安人。斯蒂芬的工作很忙，常常清早就出去，深夜回来，甚至干个通宵，所以与邻居交往不多。有一天晚上他回来得比较早，刚刚洗浴完毕，门铃响了。他穿着浴衣打开门，门外是一个7岁的黑人小男孩，穿着方格呢短裤，两手背在身后，瞪着圆溜溜的眼睛问："你是克利叔叔吗？公寓的玛莎婶婶说你是一名生物学家，对吗？"

这个男孩就是保罗·雷恩斯，从那时起，两人开始了长达20多年的交往。那时，斯蒂芬对这个一本正经的男孩感到好奇，笑着说："对，我是克利，是一名生物学家。你有什么问题吗？"

男孩急切地说："克利叔叔，我已经找你好多好多次了，一直没有见到你。"

斯蒂芬想，他能来找"好多好多"次，看来并不是小孩的心血来潮。他把男孩抱到沙发上问："究竟有什么问题？你说吧。"

"叔叔，你的实验室里有没有海拉细胞？"

斯蒂芬饶有兴趣地打量着他，虽然海拉细胞在生物学界已经人尽皆知,但一个7岁小孩知道这个专业词汇却不太寻常。他笑问:"海拉细胞? 我先要考考你,什么是海拉细胞?"

男孩很流畅地回答:"我知道。1951年,黑人妇女亨利埃塔·拉克斯得了子宫颈癌,不幸死了。在她去世前,医生从她体内采集了一些癌细胞在培养皿里培养,发现这些细胞竟然长生不死,一代代分裂繁殖;而人体正常细胞一般只分裂50至70代就会死亡。从那时起,这些细胞就传遍了全世界的生物实验室,并被命名为海拉细胞。叔叔,我说的对吗?"

斯蒂芬称赞道:"对,完全正确。你是从书上看的吗?"

"不,是爸爸告诉我的。"保罗严肃地说,"亨利埃塔·拉克斯是我的奶奶,她去世时我爸爸已经5岁了。"

斯蒂芬噢了一声,把小保罗抱起来,带着奇怪的心情端详他。亨利埃塔去世时已经31岁,当然能留下儿子并繁衍出子孙,这没有什么好奇怪的。但不知为什么,当斯蒂芬突然知晓永生的海拉细胞——那些从不知道疲倦的、在培养皿里一个劲儿分裂的、没有任何意识的海拉细胞——竟然还有后代,心中仍然受到了莫名其妙的冲击。

保罗在他怀里沉思着,眸子晶晶亮,神情不像是一个7岁男孩。他极认真地问:"叔叔,奶奶的灵魂是不是在这些细胞里?"

斯蒂芬笑问:"是你爸爸告诉你的?"

"对。"

斯蒂芬想了一会儿答道:"可以说是吧。当然不是《圣经》和黑人传说中所说的灵魂。你知道吗? 每个人的细胞都是全能的,在细胞核的染色体里隐藏着能够复制自身的全部信息。癌细胞如果没有发生畸变,也具备同样的功能。从这个意义上说,海拉细胞里确实藏着你奶奶的灵魂。"

保罗点点头，又跳到下一个问题："叔叔，为什么奶奶的细胞永远不会死？"

这个问题回答起来更困难一些，斯蒂芬考虑了一会儿，尽量简单地回答道："关于癌的成因有多种解释，下面我要告诉你的只是其中一种。人是从单细胞生物进化而来的，单细胞生物可以说是长生不死的，它们一代又一代地分裂下去，从生命伊始直到今天。所以，它们的基因中包含着'永远分裂'的指令。进化到多细胞生物后，大自然选择了'生死交替'的传代方式，因为这种方式更有利于物种变异去适应环境。这时，多细胞生物的基因中随之进化出了按时开启的死亡指令，属于某个大个体的细胞只能分裂若干代（人是约50代）就自动死亡。另外，细胞中还形成了'接触抑制'指令，每个细胞发育到与周围细胞相接触时就自动停止生长，这样才能维持生物个体的特定性状。生物体内只有两种细胞与众不同：生殖细胞和癌细胞。生殖细胞能把生物钟拨回到零位，重新计数；癌细胞则会无限分裂增生，进而造成所属机体的病变和死亡。"他停了停，往下说道，"所以，可以这样解释：海拉细胞完全关闭了死亡指令，恢复了更古老的'永远分裂'指令，是比较罕见的完全返祖现象。后来，生物学家进一步发现，某些正常细胞在体外培养时也能形成永生细胞株。当然，我说的癌症成因只是一种假说，是否正确还有待证明。孩子，你能听明白吗？"

保罗像大人似的点点头，"听明白了。克利叔叔，你能带我去看看海拉细胞吗？我很想看看奶奶是什么……不，看看奶奶的细胞是什么样子。"

克利爽快地答应了。第二天，在休斯敦大学的生物实验室里，7岁的保罗盯着培养皿中的海拉细胞层，鼻孔微微翕动着，看得十分专注。实验室的工作人员都围过来,笑嘻嘻地围观“海拉的后代”。和斯蒂芬一样,他们也感受到了莫名的冲击:一群毫无意识的几乎算不上生命的细胞,和一个聪明健壮的男孩,两者却有着直接的血缘关系,这个反差太强烈了!

斯蒂芬告诉孩子,海拉细胞比其他培养细胞都好,不论在固体还是液体培养物中都能形成细胞层,而且几乎没有发生畸变。30多年来,它为科研人员提供了很大的便利,太空试验、新药试验,都要借助于它,它为生物工业至少创造了10亿美元的价值。他还让保罗在显微镜下观看了一个海拉细胞的分裂全过程:在半透明的细胞内,染色质聚成线状,复制成两份,再聚成螺旋状。然后,两个星体拖着染色质细丝向两端移动。细胞中部收缩,分裂成两个同样的细胞,螺旋状的染色体又恢复原状,组成新的细胞核。

保罗看得十分入迷,几乎停止了呼吸。他的目光穿越了时空,探索着造物主在几十亿年前留下的秘密。即使是生物世界中最简单的细胞分裂过程,也蕴涵着说不清的奥秘:这套完整的指令是怎么形成的?决定螺旋形状的“数学公式”是用什么方法表达的?是“谁”命令星体开始向两边移动?……他心中有一根弦被嗡嗡拨响,而且,这种浑厚的共鸣从此再没有停止。

斯蒂芬·克利也很欣喜,他发现了一株值得培养的苗子。这个孩子和科学之间似乎有一种奇怪的谐振,他的理解力远远超过7岁孩子的水平。在休斯敦逗留的一个月中,克利向自己的小弟子灌输了不少知识,他高兴地看到,保罗几乎是凭直觉理解了这些深邃的内容。他离开休斯敦后还与小保罗通过几次电话,之后便失去了联系。直到20年后,有一天他在俄勒冈大学生物系给几名新考取的研究生上课,当他走进教室时,一名身材颀长的黑人学生马上走过来，微笑着说："克利先生，还记得我吗？20年前你带我看过海拉细胞。"

斯蒂芬一下子想起来了，大笑着给了他一个拥抱。仔细端详，在这张英俊的面孔上还能看到那个7岁男孩的影子。那天，他变更了讲课内容，向学生们讲述了他和一个小男孩的故事。

最后他总结道："科学是理性的神话，它探讨的是上帝的魔术得以实现的技术措施。它的信徒是人类中最富天才的智者。你们要从事科研，首先要树立对科学女神的虔诚信仰！"

4

维多利亚睡熟了，保罗靠在床头梳理往事。屋里很静，合欢树的阴影在窗户上轻轻晃动着，扫拂着清淡的月光。电话铃响了，保罗怕惊醒妻子，急忙探身拿起听筒。

话筒中是一个大分贝的男人嗓音，震得话筒嗡嗡作响："是保罗·雷恩斯先生吗？我给俄勒冈灵长目研究所打过电话，他们说你回家了，并提供了这个号码。"

保罗看看妻子，轻声说："我是保罗·雷恩斯。请问……"

话筒中仍是震耳的大笑，"雷恩斯先生，我拜读了你的科幻小说《S世界的智者》，真是一篇妙文！思想犀利，笔调辛辣，我想，那帮吹毛求疵的生物伦理学家读后一定会牙疼的！"

保罗也笑了，再次问道："请问你是……"

"伊恩·希拉德，听说过这个名字吧，一个不讨人喜欢的老家伙。"

保罗知道这个名字，他是老资格的医学科学家，在生物学界和医学界圈子里算得上知名人物。但他在舆论界出名是另外的原因：在世界各国异口同声反对克隆人时，他却顶风而上，赌咒发誓要在两年内克隆出第一个人。不少富人踊跃报名，捐助了大量经费，在舆论界闹了场小地震。这是去年的事。

不过，据圈内人说，此公的特点是说话爱走火，他的抱负常常大于实际才干。保罗有点相信这些内部传言，因为，在那番舆论炒作后，没听说他的克隆人研究有什么进展。

对方收住笑声，郑重地说："雷恩斯先生，我把你的小说推荐给罗伯逊先生了。约翰·罗伯逊，PPG药业公司的总裁。这位先生非常开明，非常热情，也许更重要的是他非常富有而慷慨，可以资助一名科学家去实现他的梦想。雷恩斯先生，你愿意见见罗伯逊先生吗？"

保罗揶揄地想，来了，一位富有而慷慨的莫克士[①]先生忽然出现了，他会拿出1000万美元来复制自身。不同的是，科幻作家罗维克在20年前虚构这个人物时，人的复制还是遥不可及的梦想。但在今天，它已经成了科学年度计划表里的具体项目——而且，它之所以至今还没有变成现实，不是科学家不能做到，而是不愿意去做！这可是历史上从未有过的事。过去，科学家都是一帮狂热的情人，只要某个"科学发现"的倩影在黑暗中一露头，他们就会不顾生死地一窝蜂扑上去。而现在呢，这个倩影早已抱着琵琶半遮半露了，这帮情人却躲在远处，一边贪馋地盯着"她"，一边犹豫不决地挪动着脚步。

见微而知著。单单这件小事就能说明，人类文明已经走到一个转折点了。

伊恩没等保罗回话，又补充道："雷恩斯先生，我知道你与恩师斯蒂芬·克利先生感情深厚，我并不想挖他的墙脚。这次会面不要求你做出任何承诺。但是，你至少不应该放弃选择的机会，为了科学，也为了你自己。你同意我的建议吗？"

①美国科幻作家D.M.罗维克所著科幻小说《人的复制》中的主人公。

保罗想,他还不知道我已决定同克利先生分手了。当然他不会知道,这不过是昨天才发生的事。但不知为什么,这一点使保罗觉得放心,至少说明这次邀请不是什么早就预谋好的阴谋。他笑道:“谢谢你的邀请,我到哪儿去见罗伯逊先生?”

伊恩高兴地嚷道:“雷恩斯先生,你真是一个爽快人!明天上午10点请到波特兰机场,罗伯逊先生的私人飞机将在那里等你,我陪你飞到费城的小蒂尼克姆岛去见他。这趟旅行是以商务咨询的名义,按每天3000美元付酬。还有什么问题吗?”

保罗知道,他这一去很可能就要和罗伯逊先生拴在一起了。他郑重地、一字一句地说:“希拉德先生,我只有一个请求:我可以去见罗伯逊先生,但在我做出决定之前,在我答应替某人克隆自身之前,我要对这位先生有最全面的了解。明白说吧,我不愿克隆一个希特勒、胡佛、辛普森或类似的人。初次见面就提这个条件是失礼的事,但我不得不把话说到前头。希望希拉德先生替我转达这个条件,可以吗?”

对方不以为忤,在电话中笑道:“当然可以,谢谢你的坦率。我一定把这些话一字不漏地转达。再见。”

放下电话,保罗才发现妻子早就醒了,一直静静地听两人通话。她问:“明天就去吗?”

“对,去看看再作决定。不过,我有个预感,很可能我会留在那儿了。”

维多利亚高兴地说:“这个电话来得太及时了。我想它是一个好兆头。”

“对,是个好兆头。”他吻吻妻子,把她揽在怀里。

5

波特兰机场停着那架DC-3型商务飞机，机身细长，造型优美，令人想起劈波斩浪的剑鱼。伊恩·希拉德先生在机舱门口迎接，他是一个身材微胖的白人，大约60岁，严重谢顶，络腮胡却十分茂盛。保罗好奇地想，十分巧合，这正是他心目中的希拉德形象。一名身材小巧的空姐殷勤地接过手提箱，引他进入前舱。他刚在座位上安顿下来，飞机便已经滑入跑道，呼啸着起飞了。

飞机进入平流层后，飞得异常平稳安静。对面的伊恩拍拍他的膝盖笑道："解开安全带吧。欢迎你，雷恩斯先生，约翰·罗伯逊先生将在家里招待你。我相信，你一旦坐上这架飞机就再也不会回头了。你相信我的预言吗？"

保罗笑笑，没有回答，他怕自己的回答被当成某种承诺。伊恩快言快语地说："你不必担心，罗伯逊不是莫克士，他根本没有克隆自己的打算。用他自己的话说，他是颇为自矜的，一想到世上有另一个人同他的遗传信息完全相同，他就食不甘味。"他又发出一阵希拉德式的大笑，然后转为严肃，"不过，无论是他还是我，都持以下的看法：克隆人技术对人类健康有着极其巨大的潜在利益,绝不能因为某些人的短视和优柔寡断就把它埋葬。它也不可能被埋葬,因为千千万万患者——囊性纤维变性患者、唐氏痴呆病患者、先天性肺气肿患者、不育症患者、渐进性肝硬化患者——都在眼巴巴地等着它呢。在我们面前就有现成的例子:30年前,马里兰州贝塞斯达卫生研究院的加里·霍金顶住关于胚胎研究的禁令,转到私立琼斯研究所,用胚胎分割的办法,使患有泰-萨二氏家族病(黑蒙性白痴)的夫妇生下健康的婴儿。如果屈从于外行和官僚们的禁令,医学界将失去这项成就。我想,在这些看法上我们是一致的,对吧?"

保罗简洁地说:"对,不能用刀剑斩断河流,只能尽量把河流疏导到正确的方向。"

伊恩笑道:"我很欣赏一名生物伦理学家的话,尽管这段话带着浓重的醋意。这位先生在对加里·霍金大骂一顿后,不无辛酸地说:'技术永远是赢家,而生物伦理学家只能在他们的前进之路上撒一把四脚钉[①]。'"伊恩拍拍保罗的肩膀,不无嫉妒地说,"可惜我老了,我的颤抖双手已经不能进行精细的显微操作了。否则,我真不愿意把到手的荣誉让给你。"他笑着站起来,"不打扰你了,罗伯逊见到你后,一定会咨询几个问题,或者说,他要对未来的技术负责人进行面试。你最好准备一下。"

他到另一个舱里去了,同空姐们快活地大声交谈着。保罗眯着双眼靠在沙发上,静静地沉思着,在心中预演了同罗伯逊会面的情景。这是个很好的机会,紧紧张张地搞了一年多的研究,现在静下心来梳理一下,他发觉自己对克隆人的思路更清晰了。空姐轻步走过来,微笑着通知他系上安全带——飞机马上

①朝鲜战争中美军用以阻挡敌军车队的小武器,中空,扔在地上后永远有一个尖脚朝上。

就要降落了。

一辆梅赛德斯-奔驰S600四门轿车在费城国际机场等候着，半个小时后把他们送到了小蒂尼克姆岛上的罗伯逊寓所中。这座庭园式住宅非常宽敞，池塘里鸭群在嘎嘎乱叫，雪松和冬青树郁郁葱葱，北美金翅雀在绿荫中鸣啭。礼貌谦恭的仆人们拉开车门，引他们下车。

一个中等身材的白人老者在大厅门口迎候，他穿着格子绸衬衫、银灰色驼毛毛衣，身体瘦削，胳膊上满是金色的体毛。他亲切地微笑着，同两人握手，引他们到客厅坐下，问道："雷恩斯先生，乘坐我的大鸟还舒适吧？"

"非常舒适。"

他自得地笑了，"这架DC-3型商务飞机是我最宠爱的情人，20年来，我对她的爱情一直没有降温，在她的怀抱中是非常舒适的。如果你不嫌疲劳，咱们就开始正题吧。"

保罗点头同意。约翰微微俯过身子说："雷恩斯先生，伊恩十分推重你，说你是一名出类拔萃的遗传学家，思维活跃，目光敏锐，专业精湛。我想咨询几个问题，这些问题与我公司的远景方向有关。先生能否赐教？"

保罗知道面试已经开始，微笑道："请吧，我将尽己所能给出回答。"

"第一个问题，你认为生物的成年体细胞克隆——无论是多莉绵羊还是多莉女孩——在生物伦理学上的意义如何？"

保罗很快回答道："我认为，多莉绵羊问世以来，舆论界的反应未免过头了。实际上，为了达到同样的目的，用早已熟练掌握的胚胎分割技术或胚胎克隆技术即可，而且方法更简便。比如，你如果想克隆一个人,只需在此人还是一颗胚胎时将其分割,然后将一部分胚细胞冷冻起来就行了,如果此人成年后有克隆自身的愿望,就把胚细胞解冻并植入某个妇女的子宫。你看,多么简便、可靠而廉价的办法。至于用成人体细胞克隆,只有心理上的而不是生物学上的意义,因为看起来这能让人们更'自由'地做出决定,而不必依赖他人事先为当事人保留胚细胞。也就是说,成年体细胞克隆之所以被炒得这样热,是因为它面对着'没有预留胚细胞'的这一代人。"

"也就是说,有关克隆人的伦理禁区,早在胚胎分割或胚胎克隆时就已经被打破了?"

"对,完全如此。比如说,贝塞斯达卫生研究院的加里·霍金就先行一步,他在医治黑蒙性白痴遗传病时采用了胚胎分割的办法。在希拉德先生推荐给你的那篇科幻小说中,我也表达了同样的观点。克隆人是不可避免的,与其闭着眼拒绝它,不如让有责任心的人催生它,同时小心地应对随之而来的问题。"

罗伯逊先生微微点头,接着问了第二个问题:"那么,依雷恩斯先生的估计,如果我们决定用成年体细胞来克隆人,又有足够的资金,大概需要多长时间才能成功?"

保罗断然说道:"一年到一年半。你们可能已经在今天的报上看到了,俄勒冈灵长目研究所成功地克隆出了一头猪,而猪的胚胎基因组转录也是在4细胞期,和人一样。在这个基础上再去克隆人就容易多了。"他解释道,"我这样做,并没有违背一个研究者的道德。事实上,就在前天我还建议斯蒂芬所长立即开始克隆人的课题,但他坚决拒绝了。不过他并没有禁止我到某个私人机构干这件事。很巧,当天晚上我就接到了希拉德先生的电话。"

约翰望望伊恩，笑道："我们不知道这些曲折，所以这一定是上帝的安排。我的法律顾问也告诉我，克隆人类肯定将在舆论界引发一场里氏八级的地震，但只会限于伦理学的范围内，并不违背任何法律，也就是说，克隆人在法律上是可行的。这种情况是缘于这样一个深刻的原因：所有法律必定滞后于科学的发展！现在我要问第三个问题，我想成立一个研究小组，在一年内克隆出第一个人，资金使用不受任何限制。你愿意当小组负责人吗？"

他看着保罗，补充道："你不必现在就回答，可以考虑一个星期。另外，我向你郑重承诺：第一个克隆人的原型将是与本公司完全没有利害关系的普通人。克隆人技术是人类的财富，只能为人类的疾病治疗服务。我既不会克隆自身，也不会克隆某个亿万富翁、政界要人或有自怜症的女影星，更不会克隆体育天才或科学天才。请你相信我的承诺。"

保罗在这次行程初始时免不了心怀疑惧，这时疑惧一扫而光。在短暂的会面中，他已喜欢上面前这位忠厚长者了。他爽快地说："谢谢你的承诺，我相信你。现在我就能做出决定：我答应。"

罗伯逊望望伊恩，欣慰地笑了，"很高兴你能当场做出决定。你的年薪是15万，另外，如果在一年内成功，还有20万的奖励。希望我提供的待遇能让你满意。"

"我很满意。不过，我更关心的是你提供的工作条件。"保罗性急地说，"罗伯逊先生，克隆人是我的夙愿，我想尽快开始工作，越快越好。"

主人笑着站起来，"这么性急？不过，我理解你的心情。现在我们去吃顿便饭，随后让伊恩带你去安排一切。"

餐厅的饭菜备好了，陪客已经入席，满桌的银器闪闪发亮，头顶悬挂着富丽的枝形水晶吊灯，七八名衣衫整洁的侍者肃立在墙边。保罗没有料到这顿“便饭”是这样隆重，心中暗暗感动。主人引他入座，介绍了席上的其他人。长桌端头坐着女主人，笑容慈祥，风度雍容，但她相当瘦削，面色发暗。她朝客人含笑点点头，没有加入寒暄。伊恩小声告诉保罗，女主人身体不好，患有病原不明的渐进性肝硬化，现代医学暂时还束手无策。其后保罗看到，女主人虽然一直陪到席终，但基本上没动刀叉。席上还有一个白人青年克勒松，一个中年日本人桥本正治，这两位是公司为他安排的助手；一名20多岁的金发姑娘，笑容灿烂，表情生动，穿着纯白色的羊绒衫和短羊毛裙，裸着两条美腿。主人介绍说：“这位是苏玛，你的低级助手。”

做这番介绍时他的嘴角挂着笑意，那位苏玛更是竭力忍着笑，朝长桌端头的女主人调皮地眨着眼睛。保罗很快就明白了这是怎么一回事：原来苏玛是老约翰的爱女，是一位激情型的性格开朗的姑娘。而且——她确实很漂亮，在宴会进行中，她始终是一个耀眼的亮点。

6

回到卧室已经12点钟了，雷恩斯还是忍不住给妻子打了电话。

维多利亚的声音带着浓浓的睡意：“是保罗吗？我就知道你会来电话。”

保罗兴奋地说：“我的工作已经安排好，工作条件和待遇都十分满意，可以说超出了我的预料。维多利亚，半年内我不会回去了，我要尽力在半年内取得突破。”

妻子高兴地说：“好，你安心在那儿干吧，等吉米放假时我们去看你。对了，不要忘记通知克利先生。”

“不会的，我这就通知他。吻你，再见。”

时间已经很晚了，他犹豫片刻，还是拨通了克利的电话。斯蒂芬平静地说：“很高兴你找到了满意的工作。依我的估计，半年内你一定会取得成功。所以，你不必担心失败，应该担心的倒是过于轻易的成功。人类如此轻易地窃取了司命女神的权杖，她一定会报复的——可能在你意想不到的地方。”

保罗肃然说：“老师，我一定会记住这番话。吉莉怎么样？我在这儿仍放心不下。”

“很好,一切正常,它的胃口尤其好,已经长了将近1公斤。”

保罗叹道:“半年内我不能见它了。克利先生,我会常同你联络的。晚安。”

7

实验室也在小蒂尼克姆岛上,位于岛的东侧,俯瞰着特拉华河的粼粼细波。时而有一架银色的客机掠过蓝天,落在东边不远处的费城国际机场。

伊恩领保罗视察了这座规模宏大的实验室,兴致勃勃地介绍着离心机、质谱仪、超净工作台、恒温室、光学显微镜和电子显微镜等。他自豪地说:“全是一流的设备,甚至超出了这个项目的需要,是我一手置备的。”他开玩笑地说,“真舍不得离开这里。可惜我是你的同行,留在你身边的话,我会忍不住多嘴多舌。所以我要和你说再见了。其他的具体事宜,桥本会向你介绍。”

他同每个人握手后扬长而去。

克勒松和桥本含笑望着新上司。在此之前,他们已经知道保罗的名声,但目光深处不免有些疑虑,毕竟他太年轻了。保罗对这些疑虑视若无睹,单刀直入地说:“从现在起,我正式接手这个课题,相信我们能合作得很好。在几代科学家的努力下,克隆人技术已经到了瓜熟蒂落的时候了,所以不必担心失败。”

两名助手互相看看,暗暗佩服这名年轻人的自信。

保罗继续说道:“你们都知道,成人体细胞克隆的最大难点是,如何使供体细胞核和受体卵细胞的发育周期达到同步,以免造成供体核膜的破裂及出现早熟凝集染色体。也就是说,尽量保证供体细胞核处于有丝分裂停滞期——G0期,而使受体胞质体处于MⅡ期。俄勒冈灵长目研究所在进行猪的克隆时,已经在这方面做出了突破,方法仍是把供体核放在FCS溶液和牛血清中处理,用血清饥饿的办法固定核的发育过程。这种溶液的配比已经精心改进,被称为FCS-Ⅴ型。当然,它不能照搬到克隆人上,但我估计,只要小修小补就够了。因为猪和人一样,其胚胎基因组的转录也是在4细胞期开始的。”他用一个玩笑结束了开场白,“要知道,在‘聪明的人’与‘愚蠢的猪’的身体结构上,上帝并未设置一条截然分明的界线。”

实验室工作迅速步入正常轨道。克勒松和桥本正治都是训练有素的研究人员,干得很顺手。保罗发现,苏玛倒确实是个“低级助手”,她没有丝毫的生物学知识或技能,只能为其他人倒杯咖啡、刷洗瓶子、打印材料。碍着罗伯逊先生的面子,保罗不好探根究底,但一直纳闷,这位富家千金为什么要掺和到这里来。不久,苏玛自己给出了答案。

“保罗,你知道吗?实验所需的卵子将由我提供,而且,我将做第一个克隆人的代孕母亲。”

晚饭时,苏玛坐在保罗对面,兴致勃勃地说了这番话。保罗一时愣住了,看看旁边的桥本,桥本笑着点点头。这个情况出乎保罗的意料,诚然,做代孕母亲不会有什么风险,但以一个未婚姑娘(还是一位富家千金)的身份来“出租子宫”,未免不大寻常。保罗记得,在《人的复制》那篇小说里,代孕母亲就是一个没有任何背景的贫家女子,好像叫什么“麻雀”。

他对此不大乐意，因为以苏玛的身份来做代孕母亲，一旦有什么差池，处理起来会相当麻烦。

苏玛一定猜到了他的心思，满不在乎地说："对，我还没有结婚，父亲本来不同意我做这件事，是我逼他让步的。你想，这么好的机会我能放过吗？人类历史上将会记上我的名字：克隆人类的女性始祖，童贞圣母玛利亚！"

她高兴地开怀大笑，露出两排珠贝似的白牙。保罗沉思着吃了几口食物，抬起头说："想听听我的意见吗？"

苏玛笑道："请讲，不必忌讳。"

保罗认真地说："做代孕母亲没有太大的风险，这点我可以保证。但怀上畸胎的可能性是很大的，也许有40%。我担心……"他担心这个漂亮姑娘产下一个狰狞的怪胎，或是一堆无定形的原生质。他没有把这样的情景给苏玛描绘出来，只是委婉地说："我担心你在心理上受刺激。是否重新考虑这个决定？"

苏玛直率地反问："那么，你想该由谁来干？"

这个锋利的诘问使保罗愣住了，很久才愧然道："你的诘问切中要害。没错，在我的潜意识里，认为这种工作应由那些贫穷的下等人去干，我们可以很'公平'地用金钱换取她们的牺牲。我是个数典忘祖的混蛋，要知道，我的祖辈就是贫穷的下等黑人。"

这种坦率的自我剖析使另外三人很感动。苏玛笑道："富家千金和贫家女子在上帝面前是平等的。我不想看到有人为金钱出租子宫，至于我，干这件事是完全自愿的，甚至认为这是我的幸运。不必劝啦，我不会改变主意的。"

保罗凝视着她，动情地说："好吧，我将竭尽全力让克隆人一次成功。单单为了你，也应该这么做。你们说是吧？"

他问克勒松和桥本，两人都郑重地点点头。苏玛高兴地笑了，“谢谢你们。”

在这次餐厅谈话之后，那个悬而未决的问题也迎刃而解，那就是：决定第一个克隆人的性别。

这个问题在保罗、克勒松和桥本三个人的小圈子里讨论过几次。克勒松没有明确的意见，桥本极力主张定为女性，因为“生物世界中雄性是寄生于雌性的”，所以第一个克隆人定为女性“更符合上帝的本意”。他还隐晦地说：“罗伯逊先生多次含蓄地表示了同样的意见。当然，他很开明，把决定权留给你。”

保罗大致赞成桥本的意见，只是还有些犹豫不决，毕竟他也属于“寄生的雄性”嘛。但这次谈话后，三人一回到实验室，他就果决地说：“我不再犹豫了，就按桥本和罗伯逊的意见吧。我想以此表达我的敬意，对一位献身科学的童贞女性的敬意。”

8

实验室遴选了不少男女志愿者作为供体核的提供者，这些核是在初期实验中使用的。在做出那个决定后，保罗从中挑选了三名身体健康、容貌端正的女性，从她们身上吸取和刮取了乳腺细胞、肾细胞、胰细胞和皮肤细胞。

初期实验中同样需要大量卵细胞，保罗曾决定，等正式实验时再使用苏玛的卵细胞，但苏玛坚持也要为初期实验提供。32个小时前，苏玛被注射了绒毛膜促性腺激素，以便刺激她超数排卵。现在她躺在手术床上，袒露着光滑的腹部。这个手术只需局部麻醉，所以苏玛睁着双眼，兴奋中略带点紧张。保罗熟练地在她小腹上开了一个小口，插入细长的腹腔镜，灯光通过光纤送进去，照亮了腹腔。在内窥镜中看到卵巢上布满了水疱状的滤泡，保罗插入一根针状吸管，穿过内腹膜，缓缓推进到水疱上，小心地抽出其中的成熟卵子。

采到的7个卵子被放入培养皿中，用特制的生长配制液维持体外生存。苏玛被推出病房时，保罗轻轻吻了一下她的额头，“苏玛，手术很顺利，明天你就可以出院了。”他停顿片刻又补充道，“谢谢你。”

采集到的供体核都在改进过的FCS溶液和牛血清中处理过,有4个乳腺细胞到了G0期。保罗随即开始了精细的细胞核移植手术。在超净工作台上,靶细胞用黏结剂附着在玻片上,保罗靠高倍显微镜的帮助,把直径不到1微米的显微抽射器小心地插入靶细胞内,吸出细胞核。随后再按相反的过程,把细胞核注射进已经去核的空卵泡内。

类似的手术保罗已做过上千次,他的动作准确、敏捷、轻柔,就像是微雕艺人在凝神雕刻。第一例融合手术做完了,保罗又指导着克勒松和桥本完成了其余3个融合细胞。

苏玛让人把活动床推到实验室,饶有兴趣地观看了全过程。三人洗了手,喜气洋洋地走过来,苏玛急不可待地问:“这4个融合细胞都能成活吗?”

保罗摇摇头,“当然不能保证。维尔穆特在克隆多莉羊时,成功率只有千分之一。我已把这个比率提高到了十分之一。不过,这些融合细胞即使成活也要处理掉,我要把成功率提高到80%后再考虑给你做手术。”

克勒松和桥本已经出去了,苏玛仍在活动床上昂着头,兴致勃勃地东张西望。保罗问:“怎么啦?还有什么问题吗?”

苏玛孩子气地说:“不,没有。我只是感到……敬畏,感到不可思议。你知道吗,我为什么坚决要求参与这项研究?因为我觉得它一定非常非常神秘。这是上帝的最大秘密,能够破译它的科学家一定有颗大脑袋、长着长长的白胡子;实验设备一定像科幻影片中那样奇奇怪怪。现在,仅靠这些简单的培养皿、离心机和显微注射器,就能改变上帝编排的程序?”

保罗笑了,“科学家的工作就是寻求大自然固有的简洁和优美。上帝的安排本身就是非常简洁的。”

苏玛迷醉地说：“我非常敬佩你们，这些同上帝打交道的科学家。”她揶揄地低声说，“喂，科学家先生，我怕是爱上你啦！”保罗笑着，示意护士把她推走。

融合细胞随即植入4名志愿者的输卵管，在那儿发育成桑葚胚。6天后有了第一例成功，恰恰是保罗做的那一颗。他们取出这颗桑葚胚仔细检查，未发现有明显的染色体异常。初战告捷，全组人都处于狂喜之中，即使保罗也没有料到幸运女神会如此垂青自己。但他仍毫不犹豫地下了命令：“把这颗胚胎冷冻起来，重复同样的手术。我想，至少有100例成功后再考虑对苏玛植入。”

此后的几个月内，他们一遍一遍地重复着，后期的成功率已达到80%。保罗这才给伊恩打了电话，平静地说：“我想，对成功已经大致有把握了。正式手术前，请你们来一趟吧。”

9

罗伯逊和伊恩都来了,同每个人热烈拥抱,观看了冷冻的融合细胞。罗伯逊的喜悦掩藏在平静中,伊恩则一点不掩饰他的狂喜,激动地说:“好样的,我知道你们一定会成功!”

保罗笑了,“你的祝词发表得太早了吧,这些都是预备工作,还没有正式开始呢。”

“但成功已在你的掌握之中,我没说错吧?”保罗和两名助手会心地笑笑,未置可否。

罗伯逊微笑道:“谢谢你们的努力。继续干吧,我和伊恩留在这儿只会碍事,我们要退场了。”

他同三人再次拥抱后悄然离开。满面喜色的伊恩没有走,把保罗喊到一旁悄声说:“保罗,老约翰对你非常满意。我听说,他将成立一个新的分公司,并在考虑向你赠送一些公司股份。”

保罗对这个消息感到意外,笑着拒绝道:“谢谢。年薪和项目奖金已够我花了。”

伊恩把话头拉上正题:“保罗,约翰和我有一个打算,是在聘请你来这儿之前我们就商定的,现在约翰让我来征求你的意见。”

“请讲。”

伊恩笑道：“我们想，为了克隆人的成功更有意义，第一次正式手术最好采用某名特定妇女的细胞核。”

保罗立即皱起眉头。几个月来，他与罗伯逊的合作一直是满天晴朗，现在浮现出了第一丝疑云。这个特定的妇女是谁？这个决定有什么特殊用意？一直声言要“彻底放手”的罗伯逊为什么事先就做出这个决定？伊恩似乎没有看出他的疑虑，喜气洋洋地说下去：“还记得罗伯逊的承诺吗？第一个克隆人的原型必须是与PPG公司没有任何利害关系的普通人，这个承诺绝不会失效。现在，我对你也有一个承诺：等第一个克隆胚胎在苏玛的子宫里着床成功后，我一定会告诉你它的原型的姓名。但现在不行。”他故弄玄虚地说，“我不能影响那时的惊喜效果。不过我可以保证，一旦告诉你真情，你一定会喜出望外。”

虽然还多少有些疑虑，但保罗基本上放心了。通过这一段时间的接触，他知道约翰和伊恩都是有诺必行的君子。况且到那时胎儿仍在他的控制之下，如果有什么不妥，他会果断采取对策。唯一不明朗的倒是所谓“喜出望外”，不知暗指何事。伊恩的络腮胡子中满是神秘的笑容，他不会在这时把底牌亮出来的。保罗笑笑，认可了他的话。

伊恩随即送来了他所说的“某个特定妇女”的体细胞。他说这是子宫内膜细胞，已经进行过不止一代的体外培养。保罗和助手们按照已经非常熟稔的程序，对这些细胞进行处理，抽出胞核，植入苏玛再次提供的卵细胞内。所有程序都有条不紊地进行着，然后，那一天终于来了。

苏玛躺在手术床上，下身赤裸，手术罩单下是白皙光滑的胴体。胚胎着床手术不需麻醉，只需用器械从阴道把卵细胞送入。所以她瞪大眼睛看着忙碌的医护人员，目光亢奋。在此之前她注射了雌性激素，这使这个处女妈妈的子宫内膜增厚，以便于胚胎的着床和发育。

今天做手术的是著名妇科医生索林斯，他曾为几十名试管婴儿做过类似的着床手术。保罗在隔间透过观察窗看着，苏玛侧过脸，捕捉到了保罗的目光，她高兴地眨眨眼，送去一个调皮的笑容。

保罗笑着向她挥挥手。

今天他不做手术纯粹是心理原因。在多年的动物实验中，他对这种植入手术早就驾轻就熟了。正因如此，他才不愿为苏玛做。他无法坦然地面对一个姑娘的私处，他怕看惯了动物躯体的目光对苏玛是一种亵渎。他曾坚定地认为，克隆人是克隆哺乳动物的"自然延伸"，因为"上帝的解剖学中并未把人和兽类截然分开"，但现在他悟到了两者的区别。

这个足以改变人类历史的手术实际非常简单。借助于腹腔镜等常用器械，索林斯很快就把手术做完了。手术床从屋里推出来，苏玛坐在床上，高兴地同大家交谈着。保罗从隔间走过来时，她嬉笑着说："该给女儿起名字了。请记着，你该算她的父亲吧。"

见保罗略显尴尬，她促狭地笑起来。桥本也凑趣说："对，他确实是克隆人之父，一位年轻的父亲。"

保罗摆摆手，说还是由你起名吧，那是母亲的权利，说完就离开了苏玛。从姑娘的眸子中看得出来，她可能真的对自己动情了。保罗感激她的情意，不过不打算把这种感情发展下去。他有贤妻爱子，苏玛又是雇主的千金，他不想让婚外恋影响家庭和事业。

今天苏玛的亲人都未到现场,她母亲不在此地,回到PPG公司总部所在地特伦顿养病去了。因为可以想到的原因,约翰和伊恩也都没来观看。离开手术室后,保罗回到办公室,在电话里向他们通报了情况。

罗伯逊先生平静地说:“谢谢你的工作,祝你好运。”

感情外露的伊恩则兴高采烈地说:“该为你准备法国香槟了吧,我今天就去买!”

苏玛的护理日志上一路绿灯:

7月3日,尿检阳性。

7月14日,羊膜穿刺检查正常,无染色体畸变和先天酶缺失。

8月10日,出现胎心音(早于正常胎儿)。

……

苏玛现在享受着特级护理,时刻有一名医生和一名护士跟在身后,实行24小时监护。苏玛对保罗半开玩笑地抱怨道:“我已经变成动物园里的大熊猫了,不再有任何隐私。早知如此,我会重新考虑自己的决定。”

但她的抱怨掩不住眉间的洋洋喜气。她的子宫接受了植入的胚胎,启动了藏在基因深处的一连串神秘程序。她开始嗜酸、呕吐,体内开始加快分泌黄体酮,分泌越来越强烈的母爱。如果说当初她的决定偏于理性,是一种为科学献身的热诚,那么现在她已经“从生理上”感到了做母亲的喜悦。

保罗满意地观察着这些过程。怀孕不到3个月她已经出现胎动,这比普通胎儿要早一些。这时,保罗把伊恩唤来了。

10

“伊恩,今天我才敢大胆地说这一句话:你可以去买香槟了。”

伊恩哈哈大笑道:“我早就准备好了,告诉你吧,我已经提前喝了一瓶了!”

他随保罗去病房看望了苏玛,详细询问了有关情况,也感受到了苏玛的洋洋喜气。两人返回办公室后,伊恩自得地说:“保罗,你知道吗?当初是我向罗伯逊推荐的你,我的眼力果然不错!”

保罗微笑着等了一会儿,见他没有下文,便略有不快地说:“伊恩,我原想不用提醒你的。3个月前,你曾给过我一个承诺。”

伊恩笑了,“我没有忘记,怎么能忘记呢。我只是在踌躇着,怎样把这个消息慢慢告诉你。为什么我把那名妇女的姓名保密了3个月?因为不想让你过早知道,不想影响你做手术时的心境。让我把谜底挑明吧——她恰恰是你的一个直系亲属。”

保罗真正地惊呆了,“是我妻子?是我妻子提供的细胞核?”

伊恩笑道:“不对,再猜一次。”

保罗思索了一会儿,摇摇头说:“那我就不知道了。我并没有另外在世的、女性的直系亲属,我的母亲已经去世,没有姐妹,这些情况你都是知道的。除非我有一个在襁褓中就失散的姐妹——这在小说中是常见的情节,但我可以明确告诉你:没有。"

伊恩神秘莫测地笑着,先把保罗摁到办公椅中,才得意地说:"听到我说的消息后,你可不要跳起来。这个奇妙的想法是罗伯逊想出来的。老实说,我当时十分嫉妒,为什么一个生物学的外行能想出内行也想不到的奇妙主意。之后,通过了可行性论证后,罗伯逊让我尽全力把你挖过来,他说由这名妇女的直系后代来做这件事更有意义。我想,到现在为止,你可能已猜到了吧,向你提供的人体细胞,实际是你祖母亨利埃塔·拉克斯留给这个世界的永生细胞株。"

尽管保罗已经做好准备听到最惊人的消息,仍忍不住跳起来,"海拉细胞!"

伊恩把他摁回去,欣慰地说:"对,海拉细胞。你当然知道,它是离体培养的人体细胞中传代最久的,从1951年到现在的60年中,每24小时分裂一次,已经至少延续了22000代。在22000代的永生中,它极有可能已经忘了基因中那条根深蒂固的死亡指令。现在,你尽可驰骋自己的想象力,想想由此而来的是什么前景——用永生细胞株克隆出的个体,极有可能也忘了死亡指令,忘了'细胞分裂50代就要死亡'的禁令,这意味着什么,你自己去想吧。"

保罗仍淹没在极度的震骇中,哑口无言。伊恩微笑着说下去:"当然,我们是脚踏实地的科学家,不是天马行空的科幻作者。人的寿命并不完全取决于50代的细胞寿命。比如,人脑细胞就基本上不可再生,所以,即使其他细胞都不会衰亡,此人也不会长生不老。但即使按最悲观的估计,这种克隆人的寿命也可大大延长,并且一直到死都没有'衰老期',始终保持着青春期的活力。这在动物界中不乏先例:像大海龟和鲨鱼就没有衰老期,一直到死都在生长;55岁的螯虾在死前还保持着生殖能力,也像年轻虾一样动作敏捷。"

保罗终于喊出第一句话:"可是,这是我祖母的癌细胞啊!"

伊恩对此早已成竹在胸,流利地反驳道:"癌细胞的本质是遗忘了死亡指令和接触抑制指令的正常细胞。它照样保存着复制个体所需的全部信息。至于某些癌细胞所具有的多核、染色体畸变等变异性状并不是癌细胞所必有的,你当然知道,我提供的海拉细胞就没有任何畸变。"他微微一笑,总结道,"以你的聪慧,应该很容易就能完成这样的视角转换,那就是:在正常细胞群里,单单一个细胞忘了死亡指令和接触抑制指令,当然会造成病变;但如果全体细胞都忘了这些指令就会相安无事,因为它们在新的高度上达到了新的平衡。"

保罗心乱如麻,无法理清自己的思绪。他既懊恼又气愤地说:"希拉德先生,这样重大的决定,你和罗伯逊先生应当事先同我商量呀,不要忘了我是这个项目的技术负责人。不错,我只是罗伯逊先生的雇员,但我绝不会做金钱的傀儡。"

伊恩大为不快,尖利地反诘道:"我不知道雷恩斯先生为什么说这些话。我们违背了对你的承诺吗?克隆人的原型是不是一个与PPG公司没有任何利害关系的普通人?如果说有关系,也只与你有关。罗伯逊先生提供了一个难得的机会,使你亲手'复活'了自己的祖母。我想,你该对此感到庆幸和感激才对。"

保罗心不在焉地听着,苦涩地摇摇头,一言不发。伊恩立即换上微笑,心平气和地说:"好啦,不要意气用事啦。你平心想一想,这个决定会有什么坏处吗?最坏的可能是苏玛怀了一个怪胎,把它悄悄处理掉就是了。但从胎儿检查结果来看,连这种可能也已经排除了。好的结果呢,我们可以一箭双雕,既造出第一个克隆人,又造出第一个不会衰老的人,你的名字将用金字两次写在历史上。你还担心什么呢?"

保罗沉闷地说:"你说的可能有道理,但这会儿我已经丧失判断能力了。请让我单独待一会儿,我要好好想一想。"

伊恩平和地笑了,"好的,你去潜心思考吧。其实,我们的做法还有一个额外的好处呢。海拉细胞已经以单细胞状态生活了22000代,可以说,在进化之树上它已与人类分流了,形成了新物种。这样,即使将来通过了禁止克隆人的法律,我们的律师也能在法律篱笆上扯开一个洞,使我们从容脱身。"

保罗已经起身向外走,阴郁地说:"再见,我真的要好好想一想。"

11

保罗住的公寓离实验室不远。正好是星期六晚上，他把自己关在房间里，在思维之磨里苦苦挣扎。他常自诩为离经叛道者，思想放达不羁，不受任何框框束缚，但他没想到有人比他走得更远。如果单以“数学式的思维”来考虑这件事，罗伯逊的构想并不算出格。保罗知道，早在50年代，生物学家已经用青蛙肾脏癌细胞克隆出了新个体，这只克隆青蛙完全正常，并没有在身上长满癌肿。在两栖动物中能做到的，没有理由说在人类中就做不到，因为“没有让人和动物截然分开的界线”，这岂不正是自己的一贯观点？

没错，伊恩先生列举的理由非常有力，非常简捷，简直可以说符合数学的优美——海拉细胞是遗忘了死亡指令和接触抑制指令的人体细胞，它没有发生畸变，同样保存着复制人体所需的全部信息，所以，它完全有资格做克隆人的供体细胞核。

保罗找不到这段推理的破绽——其实何需寻找，一个完全正常的胎儿都已经孕育3个多月了！但他的直觉深处却始终有一个声音在提醒他，警告他，不允许他拜伏在这些貌似“有理”的逻辑推理面前。

可到底是为什么？他说不清。

也可能仅仅是为了“癌”这个字眼？众所周知，癌是人类凶恶的敌人。如果让“凶恶的敌人”克隆出整整一个种族，会不会对人类造成威胁？当苏玛的女儿长大、知道自己的真身是一个癌人时，会不会在心理上仇视人类？

保罗摇摇头，否定了这些想法。这些推理太过玄虚，脱离了科学的本质——而且，对自己的祖母也未免不敬。他解嘲地想，也许是我太敏感、太神经质了。但他随即又想到了伊恩临走时脱口而出的话：

“海拉细胞已经以单细胞状态生活了22000代，可以说，在进化之树上它已与人类分流了。”

伊恩说这是好事，可以在法律上先立于不败之地。但不知为什么，保罗觉得这句话十分不顺耳，本能地不顺耳。为什么伊恩最关心的是“分流”？如果胎儿失去了做人的资格，那么它的成功还有什么科学和社会学上的意义？

保罗忽然想到一点，心中如遭锤击。胎儿！思考了这么久，他竟然没有站在胎儿的角度，考虑她的利益。既然胎儿是正常的，和“癌”没有什么关系，那她就该享受做人的权利。如果这个可怜的小东西被摒除在人类之外，她将何以生存？而自己竟然仅仅着眼于技术的成功！他在心中咒骂着自己的自私。

在长夜思考之后，清早，保罗面色平静地来到特护病房。他首先要弄清的是：苏玛是不是这个计划的同谋或知情人。他推开房门，看见苏玛已经醒了，正躺在病床上，裸着腹部，用手指在微凸的肚皮上轻轻抚摸着，同胎儿作无声的交流。护士帕米拉俯身听着胎儿的动静，两人切切细语着。帕米拉看见保罗进来了,站起来向保罗致意。

苏玛快活地同他打招呼。也许是黄体酮增强了她的母性,这个性格爽朗的姑娘多了一点女性的细腻。她立即发现保罗的眉峰中隐隐锁着一团阴云,便关心地问:“保罗,你是否有心事?”

保罗向帕米拉使了个眼色,护士马上机灵地回避了,带上了房门。保罗拉过一张椅子坐在她面前,踌躇片刻后,严肃地问:“苏玛,我想问你一件事。你能如实回答我吗?”

苏玛笑道:“当然!我能瞒哄我女儿的父亲吗?”她忍俊不禁,“不开玩笑了,说吧,究竟是什么事。”

“苏玛,你知道这个克隆人的原型是谁吗?”

苏玛坦然说:“一个黑人女性,除此之外我一无所知。怎么啦?有什么种族方面的禁忌吗?我想,只要我本人没有禁忌,别人是无权置喙的。”

保罗摇摇头,“不,不是种族方面的问题。我想问你,关于她的姓名和个人情况,伊恩先生有没有告诉过你什么?”

“没有。”

“你父亲呢,也从没有告诉过你?”

苏玛多少有点不耐烦了,“没有。我只知道父亲的承诺,这人一定是和PPG公司没有任何利害关系的普通人。我没有兴趣知道她的名字。你爽快说吧,到底是怎么一回事?”

保罗定定地看着,锐利的目光似乎要穿透她的身体。苏玛蹙着眉头,坦然正视着他。看着苏玛清澈的目光,保罗想,她不是在撒谎吧?他犹豫了一会儿,决定相信她。他苦笑道:“我也是昨天才知道的,我想,应该把全部真相告诉你,否则对你是极不公平的。在知道真相后,你有权做出决定。即使决定终止妊娠,我也会支持你。”

苏玛的脸色变白了，冷冷地问："怎么啦？我怀的是撒旦的克隆体吗？"

"不，不是撒旦，实际上倒是我的亲人。克隆体的细胞核是我祖母亨利埃塔·拉克斯提供的。"

苏玛惊奇地瞪大眼睛，显然心情一下子放松了，失声笑道："一个八九十岁的老奶奶？她还在南方庄园的大树下敲木鼓？那我就是你的外曾祖母了，哈哈！"她忍住笑，"一个玩笑，请往下讲。"

"不，她没能活到八九十岁，她早已经不在人世了。是60年前去世的，死于子宫颈癌。"

苏玛困惑了，"已经去世？可是我记得你说过，目前的科学水平只能克隆活细胞。"

"对，这儿有一点语意学上的小小歧义：我的祖母死了，但她的细胞没有死。你知道著名的、永生不死的海拉细胞吗？它在世界各国的生物实验室里广泛使用着，从1951年一直到现在，还要传之久远。它是用我奶奶体内的癌细胞培育的——这也是你腹中胎儿的基因来源。"

苏玛的脸色重又变得惨白，"你是说，我怀的是一个……癌魔？"

保罗摆摆手，安慰她道："不，并不如你想的那样。癌细胞只是生长失控的正常细胞，它同样含有个体遗传所必需的全部信息。用癌细胞克隆出的青蛙就是正常的。实际上，由于癌细胞在发育形态上的幼稚性，用它克隆比用成年体细胞更容易一些。从孕检情况看，你的胎儿发育正常，不必担心。"

苏玛紧锁眉头，思索很久才困惑地问："那么，你们为什么不用正常人的体细胞来克隆呢？"

保罗苦笑道："这正是我要问的问题。这个决定是你父亲做出的，一直瞒着我。伊恩曾解释说，癌人很可能继承了癌细胞永远分裂的天性，因而永不衰老，所以我们可以一次取得双重的成功：既成功地克隆了人，又克隆出一个永生者。但我猜想这个周密的策划并非只是为了科学意义上的成功，在它的水面下一定潜藏着庞大的商业计划。至于具体的商业目标……只有你父亲知道了。按我的直觉，这个目标似乎有浓浓的血腥味儿。"

苏玛的目光凝成了寒冰，她立即转身拿起话筒，"谢谢你告诉我这些情况，我现在就来问问可敬的老约翰，如果想让女儿的子宫为他繁殖金钱，我还要卖个好价钱呢。"

保罗按下了电话机叉簧，凝视着她。她的表情很复杂，愤怒、怅惘、沮丧，这些情感激荡显然是发自内心的。直到这时，保罗才确信，苏玛确实不是这个计划的知情人，不由得对她滋生出了强烈的同情和怜悯。他劝道："苏玛，从你父亲那儿不一定能问出实情，你真的想问，就从伊恩·希拉德身上开刀吧。"

12

伊恩此刻正在100英里之外的特伦顿,在PPG公司的总部办公楼内。12年前,就是在他公开宣布要搞克隆人研究之后,PPG公司总裁约翰·罗伯逊很快就把他招致门下。但不久后老约翰发现,伊恩·希拉德教授的真正天才并不在真刀真枪的科学研究上。换句话说,他不是当主角的料,更不能当导演。他只能做一名科技经纪人或星探,在这方面他倒是游刃有余的。果然,伊恩为公司"探"到了才华横溢的保罗,并顺利地把他挖到手。此后,约翰就果断地命令伊恩退出研究,让他与公司律师阿尔伯特·福尔森提前准备有关克隆人的文件。以伊恩的资格来从事这些案头工作,他不免有点尴尬。但他还是有自知之明的。这只能怪自己技不如人,怪不得罗伯逊先生。实际上,公司提供给他的待遇是很有吸引力的,所以他对新工作十分卖力。

厚厚的一沓清样堆在办公桌上,今天可以做最后的敲定了。这些文件包括:

克隆人出生后PPG公司要发表的关于癌人的声明;

研究过程的详细报道(他们希望以此来为记者们撰稿定下基调);

形势预估和各种应急计划;

甚至包括一场虚拟的法庭之战,也就是说,如果有人把公司告到法庭的话能有所应对。伊恩和阿尔伯特正逐字逐句推敲着律师的庭辩词:

“……至于PPG公司克隆出的第一个癌人,其‘非人’的身份是毋庸置疑的。比如,没有人会把金鱼和鲫鱼混为一谈,但实际上,金鱼是宋朝的中国人从鲫鱼中培养出来的,它们在进化谱系上同鲫鱼分手不过是几百年的事。还有,人和猿类是同源的近亲,但不会有人赋予猿类以人的法律地位;公园里的大猩猩裸露着生殖器,也不会有警察控告它有伤风化。因为在生物进化之树上,它们已经与人类分离了。同样,以单细胞状态繁衍了22000代的海拉细胞,完全可以说已经形成了新的单细胞物种。要知道,22000代已经相当于人类传代55万年了!我相信,任何一个理智的人,都不会把一个单细胞生物的后代称作同类。”

伊恩满意地说:“我认为这段文字已经无懈可击了,陪审员们一定会被说服的。”

阿尔伯特是一个犹太人,又高又瘦,满头银发,行事十分稳健。他点点头,“对,我同意。这几份文件都可以通过了。难以敲定的恐怕还是那部科幻小说。”

他指的是那篇《不死的诸神》,这是伊恩的大胆策划,他正是从保罗此前的做法中获得的灵感,想以科幻小说来传达公司的想法。小说中实际包括了PPG公司的核心计划,而刚才的公司声明只不过是官样文章。小说中描写道,2015年的人类已经过上奥林匹斯山诸神的生活,他们的寿命仅以大脑寿命为准,因为其他部件都可以非常方便地更换,就像汽车更换轴承和油封等易损件,而且换上的心脏或肝脏都是“永不磨损”型,即使大脑发生了局部病变也可修补。上述的器官备件则来源于人类豢养的数量众多的癌人族。

小说当然以化名发表,按伊恩的筹划,此后还要拍成一部巨片。伊恩希望它能“唤醒每个人基因中的自私本性”,从而“在人类现今的道德禁锢中劈开几道裂缝”。

他得意扬扬地说:“一边是唾手可得的额外100年寿命,以及终身保持青春活力;一边是逻辑混乱、不知所云的生物伦理学戒律。你想,公民和议员们该投谁的票?”

阿尔伯特则反对这个“过于走偏锋”的计划。他说,当公众还没有普遍接受“癌人为非人”的观点时,贸然在小说中暴露公司的商业目的,势必会在社会上造成巨大的心理冲击,从而把PPG公司摆到火山口上。

伊恩对他的意见大摇其头,讥讽地说:“人类的利他主义是有限度的。比如,人类可以保护鲸鱼和黑颈鹤,却从没人禁杀猪羊鸡鸭。不必过多地担心啦。只要把血淋淋的利益之肉挂在树上,食肉动物们一定会忘记斋日的规定。”

阿尔伯特在心中鄙薄伊恩的张狂,但没有让自己的情绪外露,只是平和而坚决地摇摇头。两人无法取得一致意见,只好把最后一项计划提交总裁来裁定。这时电话响了,是保罗打来的,电话中他的声音很沮丧。

伊恩急忙问:“保罗,出了什么纰漏?”

保罗声音低沉地说:“你来一趟吧。我觉得,在把这点麻烦捅给罗伯逊先生前,最好你和我能达成共识。快来吧,越快越好,我在苏玛的病房等你。”

13

伊恩含糊地辞别了阿尔伯特，急忙驱车赶往100英里外的费城，一路上焦灼不宁。他做了种种假想，但怎么也想不出在一帆风顺时会有什么麻烦。问题是他不能承受失败。他老了，没有实力搞研究，只好扮演市场经纪人的角色，以此来维持他在科学界的地位（金钱倒是相对次要的因素）。刻薄点说，他只能寄生在别人的成功上。如果出了差错，他就要失去这种影响力，但他这一生中已经习惯了镁光灯，不能忍受寂寞了。

一个半小时后他赶到小蒂尼克姆岛，直接到PPG公司的私家医院。他坐电梯上到6楼，忐忑不安地推开苏玛的房门，正好听见苏玛在声色俱厉地打电话：

“爹地，不必粉饰了。即使为了几千亿的商业利润，你也无权把女儿的子宫当成生育机器……对，是我本人的意愿，是我再三逼你同意的，但那时你没有告诉我真相，直到5分钟前，在我的逼问下，你才被迫透露。你不觉得告诉我太晚了吗？”

她啪地挂断电话，两眼冒火地瞪着刚进门的伊恩。伊恩畏缩地走过去，表情十分尴尬。坦白地说，一开始罗伯逊和他根本没想到让苏玛参与。怎么可能让她参与呢，她是一个与此毫不相干的文学系学生。后来,他们不慎在饭桌上提到了公司的克隆人计划。不料苏玛对此萌生了极大兴趣,异常坚决地要求做代孕母亲。一开始,伊恩并没有认真对待,他想这不过是富家千金的心血来潮罢了,但苏玛却越来越痴迷,好像她体内的某个机关无意中被触发了,显示出过去深藏其中的科学情结。在那段时间里,老约翰简直无法躲过娇女的死缠硬磨。

后来,伊恩私下对罗伯逊先生说:“她真要参加也好,做代孕母亲没有什么风险。再说,让你的女儿生育出第一个克隆人,相当于在公司的专利证书上又加盖了家族的徽章,也能冲淡社会上必然会有的敌意。”

后来罗伯逊同意了他的意见。现在他真后悔自己提出了这个建议。麻烦已经来了,他该怎样安抚这头愤怒的母豹?

苏玛厉声吩咐保罗:“立即给我安排流产手术!”

保罗沉着脸一声不吭。伊恩只好硬着头皮说:“苏玛小姐,请不要冲动。你当然知道有关堕胎的法律……”

苏玛尖利地冷笑道:“堕胎即杀人,对吗?你忘了,昨天你还在向保罗论证胎儿的‘非人’身份哩。”

伊恩意识到自己匆忙中选了一个不恰当的理由,窘迫地顿住了。保罗走前一步,勉强劝慰道:“苏玛……”

苏玛对保罗厉声喝道:“住嘴!你这个可怜虫,你辛辛苦苦搞成功第一个克隆人,但你知道这项研究的真实目的吗?你还蒙在鼓里呢。”她转向伊恩,尖刻地说:“希拉德先生,能否把我父亲刚才的话向你的同事复述一遍?”

保罗转过身,怒气冲冲地瞪着伊恩。伊恩知道再隐瞒下去已经没有意义了,勉强说道:“保罗,我们没打算瞒你,只是想稍晚点再告诉你。坦率地说,用海拉细胞克隆癌人,是罗伯逊先生的奇妙构想，如果将来法律确定了癌人的‘非人’身份，我们就有了廉价稳定的器官来源，从此，人类将普遍使用永不衰老的器官备件。相信在10年内它会发展成至少8000亿年产值的大产业。你、我、自然也包括苏玛都将占有应得的股份。”

保罗冷笑道：“让我奶奶为你们提供器官？”

伊恩苦笑道：“保罗，这不该是你说的话，一位达观的生物学家不该有这样陈腐的观点。它不是你奶奶，它怎么可能是你奶奶？它只是曾在你奶奶身上寄宿过的一个癌细胞的后代。为了我说的前景，你不会在乎一个癌细胞的命运吧？”

保罗的表情忽然变了，他转过身，和苏玛心照不宣地点点头，过去握住苏玛的手，沉重地说：“苏玛，看来我不幸而言中了，原来真的有这么一项商业计划。希拉德先生，”他转过身鄙夷地说，“谢谢你亲口告诉我这些事。不过非常抱歉，我刚才和苏玛演了一出双簧，她没有和父亲通电话，因此罗伯逊先生也没有透露什么真实目的。”

伊恩觉得脑袋突然涨大了，浮现在意识中的第一个想法是：罗伯逊绝不会原谅他的愚蠢。

保罗继续说：“但我绝不像你说的那样‘达观’。不管是否牵涉我的奶奶，我的良心都不会同意你的美妙主意——让人类变成血腥的寄生者，强迫癌人生物割下自己的器官，放在银盘里呈上来。告诉你，我会尽全力反对你们！”

他转向苏玛，沉重地说：“苏玛，真对不起你。造成目前这种局面，我也难辞其咎。对这个不幸的胎儿……你有什么打算，我都会支持你。”

苏玛表情阴郁，心中十分矛盾。她在胎儿身上已灌注了太多的母爱，不忍心让她从世界上消失，但癌人的阴影终究无法摆脱。她勉强笑笑,“从长计议吧。老实说,如果现在让我重新选择,我绝不会怀上这个癌人,我宁愿怀上你的克隆体。但事已至此,我该怎么办?”她轻蔑地看看畏缩的伊恩,嘲讽道,“希拉德先生请便吧,你还不赶快去找我父亲,弥补你刚才捅下的娄子?”

伊恩恼火地瞪了保罗一眼,狼狈地退出了病房。

14

那天的剩余时间里，苏玛根本没提那个最令人头疼的问题：胎儿。她疲倦地重复着《飘》中郝思嘉的话：

“明天吧，明天一切会好起来的。今天我只想让你陪我说说话。”

保罗屏退护士，坐在床头，一直握着苏玛的小手。苏玛平和地微笑着，漂亮的金发散落在双肩，左手下意识地轻抚着圆滚滚的腹部。他们平静地闲聊着，聊得相当开心。不过苏玛的眼中会偶现怔忡，显示出心中的波澜。保罗看着她，无法抑止自己的怜悯和痛悔。

苏玛说：“我从没有真正走进科学殿堂，只是在门外偶然看到一角。但越是这样，我就越能感觉到科学的震撼力。比如，神妙的电脑运算功能最终只是归结于0、1的组合；五彩缤纷的生物世界归结为四种核苷酸砖石的堆砌；几种简单的器械就能克隆人类，修改上帝的指令……这些深奥的科学和技术上的奇迹，对你们来说可能是司空见惯，但我被深深慑服了，所以我才义无反顾地闯进这个项目。”她苦笑着，“不过今天我才知道，科学的光芒后也拖着巨大的阴影。”

保罗感到赧然。他想，都怪自己该死的粗疏，才让苏玛落到今天的境地。他不由得想起斯蒂芬老师临别时让他“时刻保持警惕”的嘱托，不得不承认老师的眼界的确在他之上。

克利先生，我答应过要记住你的教诲，可是我早把它抛到脑后了！

15

晚上11点保罗才告辞。苏玛目送他走出病房，叹口气，开始思索那个不能逃避的问题：这个来路不正的、但显然“正常”的胎儿该怎么办？从某种意义说它也算自己的血肉，能够轻言抛弃吗？她不停地抚摸着腹部，能摸到与生俱来的亲切感，也夹杂着细长而坚韧的疑惧。腹中的胎儿当然没有这些忧思，它仍在羊水中安然地漂浮着，通过脐带吸收着养料，时而舒展一下四肢。而它每动一下，就有一股强烈的快感电流从子宫直射感觉中枢。

一夜辗转无眠，朝霞初升时，苏玛最终理清了思绪。不管怎样，胎儿是无辜的。她要把她生下来，还要为她争到应有的法律地位。如果办不到，她宁可带着孩子隐姓埋名，也绝不会让她成为一个专为别人提供器官的癌人。

做出这个艰难的决定之后，她便急切地等着保罗，希望能得到他的赞同。早上保罗没有按时前来，电话打到他的寓所也没人接。而且她突然发现，病房门口多了两名剽悍的警卫，他们在走廊里踱着步，不时把巨大的身影投射到窗户上……伊恩进来了，一进门就堆出满脸笑容。

苏玛劈头问:“保罗呢,你们把他弄到哪儿去了?”

伊恩笑着说:“十分遗憾,他与你父亲意见不合,已经辞职了。公司已付讫他的年薪,还有当时答应的20万奖金。”

苏玛仇恨地瞪着他。对,保罗被赶走了,此刻正驱车赶往机场,车上则安着一枚定时炸弹,或者正有一场车祸在等着他。几小时后,他们会送回来一具血淋淋的尸首,还会真诚地表示哀悼……她猛然翻身下床,以孕妇不可能有的敏捷跑到阳台,跨越栏杆。

伊恩惊慌地追过来,扯着嗓子喊:“苏玛!你要干什么?快回来,危险!”

苏玛扭头愤怒地瞪着他,“立刻让保罗来见我!如果他有什么不测,我马上从这里跳下去。请你别忘了,我腹内还有价值8000亿的克隆人哩!”

伊恩焦急地说:“不要误会,保罗确实离开这里回俄勒冈了,请你先过来,好吗?”

苏玛斩钉截铁地说:“不要多费口舌了!我的体力是有限的,趁我还抓得住栏杆,快去!”

伊恩气急败坏地对保镖喝道:“还愣着干什么?快去追保罗回来!”

两名保镖立即飞奔下楼。伊恩急忙拨通约翰的电话。“什么?”约翰在电话中大声问,“她以跳楼来要挟?她此刻还在阳台的栏杆外面?”

老约翰十分恼火——他竟然被自己的女儿要挟!但他知道女儿的秉性,对此无可奈何。他恼怒地咕哝道:“纯粹是孕妇的歇斯底里!你答应了吗?”

“我已派人去追保罗,他正赶往机场。对不起,罗伯逊先生,我没能事先征求你的意见。”

约翰微带嘲讽地说：“不必道歉，我想这是你做出的唯一机敏的决定。”

他摔下电话，阿尔伯特用复杂的目光看着老板，他已经从对话中猜到了是怎么回事。老约翰无奈地摊开双手，低沉地说：“快把直升机准备好，我要立即赶往医院。没办法，怪我把她宠坏了。”

一个小时前，保罗按时来到医院，远远看见大门口站着四名身强体壮的警卫。他们显然在等他，其中两人很快迎上来，“雷恩斯先生，请到办公室去，希拉德先生要见你。”

保罗冷冷地说：“行啊，叫他到苏玛的病房去吧，我要先见苏玛。”

两人立即上来架住他的双臂，“不行，现在就去！这是希拉德先生的命令。”他们不由分说，架着他就走，一直把他带到伊恩的办公室。伊恩正等在那里，脸上堆着虚假的笑容。保罗愤怒地甩脱警卫的挟持，衣襟散乱，满面涨红，尖刻地说：“希拉德先生，真没看出来你还有这方面的才能！”

伊恩“宽容”地笑着，诚恳地说：“保罗先生，很遗憾我们无法合作到底。罗伯逊先生请我转告你，他非常欣赏你的才华，你的15万年薪和20万奖金将如数付讫。他还说，如果雷恩斯先生改变主意，随时可以回来。喏，这是支票。”

保罗接过支票一把撕碎，纸屑从指缝里纷纷落下，“这是让我闭嘴的代价吗？明白告诉你，我绝不会沉默。我将立即赶往俄勒冈州见我的老师克利，然后发动科学界同仁制止你们。”

伊恩冷淡地说：“请便。罗伯逊先生早就做好了准备，反对阵营中再增加一两个人无碍大局。但你的酬金还是要给的，我把它转到你的账户上。再见。"他转向保镖，"把雷恩斯先生送出医院。"

两名保镖监押保罗离开医院。保罗扭头看看苏玛的病房，不放心把她一个人留下，但他知道多留无益，在PPG公司的势力范围内，他别无他法。他没有耽误，回到寓所，立即用电话订了去波特兰的机票，匆匆收拾了随身行李。苏玛的电话一直打不通，显然是有人做了手脚。她是否已被软禁了？怀着深深的担心，他出门喊了辆出租车，向机场开去。出租车刚开出几百米，忽然一辆黑色的奔驰飞速开过来，一下子堵住去路，两名保镖跳下车，向出租车包抄过来，高声喊："雷恩斯先生，请立即返回医院！"是之前医院门口的那两个警卫，他们拉开车门，不由分说，扯起保罗就往外拉。

保罗极力挣扎着，"你们竟敢在大街上绑架我！司机先生，请立即报警，就说PPG公司行使暴力！"

司机畏惧地看看两人，他不想得罪PPG公司。这儿是PPG的势力范围，如果与他们作对会带来一些不大不小的麻烦。但正义感战胜了怯懦，他最终拿出手机。两名保镖尴尬地住手了，一人急忙解释道："不要误会，雷恩斯先生，是苏玛要立即见你。她以跳楼相要挟，现在仍在阳台外面站着。请快点去，否则她就要坠楼了！"

保罗看看他们，断定两人不是撒谎。司机拿着话机询问地看着他，他对司机说："仍请你立即报警，让警察赶往PPG公司医院去救人。谢谢！"他留下50美元，随着两名保镖上了奔驰车。奔驰开得飞快，但保罗仍心急如焚地催促着。进了医院，很远就看见楼前围了很多人，闹闹嚷嚷的，都抬头望着上面；6楼阳台上的确有个穿病员服的身影。

保罗奔过去,高声喊道:“苏玛,快回去!我已经回来了,我马上就上楼!苏玛,你听到了吗?”

苏玛的身子扭动一下,看来听到了他的喊话。保罗急忙奔向电梯间,在他焦灼的目光中,楼层指示灯不慌不忙地闪亮着:2……3……4……5……6。他奔出去,跑进病房。苏玛正由两名护士搀着爬过栏杆,她的腿颤巍巍的,几乎站立不住。

保罗悲喜交加地喊:“苏玛!”

苏玛抬头看见他,立即扑入他的怀中,泪水汹涌奔流。保罗紧紧搂住她,眼睛也湿润了。

身后有人轻轻鼓掌,“真是动人的一幕。苏玛,你父亲不是杀人凶手吧?”是老约翰。他走过来,脸上挂着尖刻的冷笑,强抑怒气说:“苏玛,我真是非常痛心,你把自己的父亲看成什么人了,黑社会的教父?光天化日之下可以绑架人质、杀人灭口?”

苏玛带着泪珠笑了,伏到父亲怀里,难为情地说:“爸爸,是我误解你了,对不起。”

约翰捋着她的长发,苦笑道:“孩子,我做这一切都是为了公司的未来。坦率地说,为了8000亿的利润,我的确不惜做一些出格的事情,使用一些小小的计谋,但我绝不会公然违犯法律,更不会去杀人。”他沉默了一会儿,沉闷地说,“真不该让你掺和到这件事里来,你把我的计划都搅乱了。但是,我不勉强你,你自己做决定吧。无论你对腹中的克隆人做出什么决定,我都会同意的。”

苏玛感激地说:“谢谢你,爸爸。”

“当然我不会就此罢手,我会雇用别人,继续推行我的计划。至于你,保罗·雷恩斯先生,”约翰转向保罗,带着冷淡的礼貌说,“我仍真诚地希望你留下来,我想我们会找到一个共同的支点。好,我要走了,你们两人商量吧。”

临走时,他瞟瞟女儿说:“苏玛,也许提醒一点不算多余,保罗是有妻儿的。”他领着伊恩走出病房。这时,楼下响起尖厉的警笛声,两辆警车风风火火地开进院内,几名警官跳下车。伊恩迎上去向他们解释着。片刻之后,两辆警车静悄悄地掉头开走了。

16

可能是老约翰的那句话起了作用，屋里没了旁人，两人反而生疏了。保罗把苏玛扶到床上，自己拉过椅子坐在床头旁。好长一会儿时间两人都没说话，听着窗下的警车开来又开走。

保罗叹息着说：“谢谢你，苏玛，谢谢你对我的情意。我会把它留在心中的。”

苏玛微笑道：“也谢谢你对我的关心。你还要离开吗？”

“暂时不离开，等把你和胎儿安排妥当后再说吧。你已经考虑好了吗，是否决定保留孩子？”

苏玛沉默片刻，“孩子真的完全正常吗？”

“对，从各项检查来看，孩子完全正常。”

苏玛坚决地说：“我已经决定了，把她生下来。我已经给她起好名字了，就叫海拉，海拉·罗伯逊。我要保护她，不让她的一生有任何阴影。”

保罗说好吧，我支持你的决定，但他的话中分明浸泡着沉重和苦涩。晚上保罗回到自己的寓所，给妻子拨通电话，详细讲述了这些天的情况，也包括苏玛对他的感情。

维多利亚沉默良久才困惑地说：“保罗，我没法帮你做出判断。真的,这些乱麻似的是是非非超出了我的判断能力。不管怎样,我支持你的任何决定。如果想离开那儿,就回来吧。吉米在想你呢,这几天他睡觉前老叮咛我,说爸爸来电话一定把他叫醒。"

"还是等苏玛的胎儿出生后再说吧,我对她们母女两个负有道义上的责任。对了,你找一张奶奶的照片——年龄越小越好,我知道有一张3岁时的照片,给我传真过来,等小海拉出生后我想比照一下。"

"好的,再见。"

保罗又给克利先生拨了电话,那边没人接。保罗在录音中留了话,请克利先生回家后给他回话。他沉闷地回到床上,枕着双臂陷入沉思。他想起克利先生曾告诫,当科学搅动了生物发展之链时,一般可以控制开端,但常常不能控制结束,不能"止于人所欲止";就像是向商店的橱窗玻璃扔一块石子,裂璺会在意想不到的方向出现。当时保罗曾认为这是上了年纪的人过于保守,现在他信服了。如果不是亲身经历,他怎么会相信他亲自操作的克隆人研究最终"生产"出一个癌人?

他不知道自己是何时入睡的,睡梦中仍有隐隐的不安,一个黑色幽灵蹲在梦境之外冷冷地瞪着他。急骤的铃声惊破了梦境,电话中是克利关切的声音:"保罗,有什么麻烦吗?"

听到这熟悉的声音,保罗心头涌出一股热流。他言简意赅地讲了这几天的情况,尽情倾诉了自己的苦恼。

"老师,我曾是非常自信的人,可现在再也无法做出明晰的判断了。这个癌人是否有权出生?它是否有资格成为'人'?我甚至不敢确定,在说这些话时,应该是用'它'还是'她'?我能确定的只有一点:让癌人提供器官是不人道的,我将竭力阻止。不过，即使对于这一点，我也只是依据感情而不是理智——毕竟海拉是我祖母的‘血肉’啊。如果抛开感情去做纯理性的推断，那么，只要癌人确实不属于人类，甚至不属于自然生命，则让它们提供器官也并非万恶之举，毕竟我们一直拿恒河猴和小白鼠做病理实验，用猪的心脏为病人移植。老师，这些念头太可怕了，如果不能把它们从我心里驱走，我就要发疯了！老师，我现在把你看成听取忏悔的神父，你能给我一个睿智的解答吗？”

保罗紧张地等待着。夜深人静，微风翻卷着百叶窗，一架夜航的班机从头顶掠过。话筒中很长时间没有声音，他甚至以为斯蒂芬不会回答了。过了很久，斯蒂芬的声音才从千里之外传来。

他沉重地说：“保罗，我要让你失望了。我本人绝不会赞同去生产器官制造者，但我有一个预感，有些事尽管丑恶，却是无法制止的。而且，很多观点是没有对错之分的。但不管怎样，希望你坚守自己认为正确的信仰。”他苦笑道，“请原谅，我只能说这些似是而非、模棱两可的废话，没办法，世界的真谛本来就是不确定的。再见。”

“再见。”保罗苦笑着挂了电话，老师的回答对他没有任何帮助。不过，他知道了斯蒂芬实际上和他有着同样的苦恼，这让他得到了一些安慰。

17

一场风波过后，事情又回到原来的轨道上。保罗留下来继续当他的项目负责人，苏玛平静地等待着分娩。但苏玛的平静是假的，平静下掩盖着担心甚至恐惧。保罗常想，她很像一个深夜独行的女人，虽然强装镇静，但只要有一点声响就能惊得跳起来。

他没有说破这一点，只是更加频繁地向她通报胎儿的检查情况。一切正常，一切正常。苏玛安静地听着他的介绍，欣慰地点着头。他们都心照不宣，不愿掀开"恐惧"上蒙着的布幔。

这天他独坐于办公室内，克勒松走进来，欲言又止。保罗问："怎么啦？"

"保罗，你注意到了吗？胎儿发育得太快了。"

保罗点点头，"我早就注意到了。"

苏玛腹中的胎儿在加速生长，就像是在斜面上从静止开始下滑的小球，初时的加速不引人注意，但随即越来越快。苏玛的腹部像气球一样迅速膨胀。保罗不由得想起伊恩的理论：全体加速增殖的细胞仍会拼合成"正常"的人体，没什么可担心的——但真的不用担心吗？保罗不愿欺骗自己。因为这不能不让人联想起癌细胞快速增殖的特性，而这一点又常常勾连着模模糊糊的恐惧。

他轻叹一声，对克勒松说："我早就发现了。按我的估计，胎儿在6个月内就会发育成熟。"

"苏玛知道吗？"

"我没有告诉她，但她肯定有所察觉。我想今天就告诉她。"

克勒松犹豫了一会儿，说："保罗，我想离开这儿。既然已经知道了真相，我不愿再为这个目标工作了。我并不是说用癌细胞克隆人就一定是邪恶的，我只是难以判定，只好躲开它。"

保罗沉闷地说："你走吧，我不劝你。我很羡慕你，你比较自由，可以一走了之。我怎么办？不管怎么说，'它'已经变成了一个胎儿，是经我之手把她带到这个世界上的，我得为她负责。克勒松，我真无法原谅自己当时的愚蠢和轻信，竟然在没有问清细胞来源之前就开始了手术！很可能，我的后半生要为此还债。"

克勒松无法劝慰他，只是用力同他握了握手，"我要走了，现在就去找老板辞职。你多保重。"

苏玛直视着保罗的眼睛，平静地说："有什么异常吗？我能看得出来。你说吧，我受得住。"

保罗笑了，他很满意自己的笑声听起来十分自然，"不，胎儿一切正常。只有一点，她太性急了，长得比一般胎儿快。考虑到原细胞（他在这儿谨慎地避开了"癌"字）快速繁衍的特性，这个结果是正常的。我估计，下月中旬她就要出生了。她的个头太大，为了万无一失，我和索林斯商定用剖宫产的办法，想征求你的意见。"

苏玛爽快地说："那就剖宫产吧。我听从医生的决定。小家伙长得这么快……是否属于病态?”她又轻描淡写地问。

保罗尽力解释了所谓“在新的高度上的新的平衡”理论,他保证胎儿是正常的,“苏玛,真要是畸形儿,我倒好作决断了,干脆把它引产了事,然后我就远远离开这个鬼地方。可惜不行,这是个正常胎儿,只是生长速度偏快。”

他无意中道出了自己的苦涩心情,苏玛也感到沉闷,但同时这个解释让她彻底放心了。

一个月后,即2000年10月18日,苏玛睡到了手术床上。从超声波图像看,胎儿已经发育成熟,但她的母亲却没有任何阵痛和宫缩的迹象。很显然,这个发育超速的胎儿并没有“带动”她的宿体同样加速。也就是说,母体和子体的生理过程已经不同步了。从这点看,更有必要实施剖宫产手术。

今天仍是索林斯博士主刀,莫尔医生做助手。保罗和桥本正治本来打算在隔壁的观察室观看,但苏玛执意要保罗留在她身边。“不,我一点也不紧张,”她笑着说,“但我希望你留在身边,这样我会更安心一些。”

于是,保罗就待在手术床的端头,一直握着苏玛的一只手。他知道苏玛的“不紧张”是假的;别说是她,就连见惯鲜血的保罗,今天也觉得喉咙发干。不知为什么,他今天有一种强烈的“临事而惧”的感觉。他真的成功了吗?苏玛真的会产下一个正常的胎儿吗?当然不必怀疑,他已经在超声波图像上看过多少遍了,甚至能用一支笔逼真地勾勒出胎儿的形状。但在真正用“眼睛”看到胎儿之前,他仍然忐忑不安。他想起很久前苏玛孩子气的问话:“就凭这些简单的抽吸器和培养皿,就能改变上帝的程序?上帝会不会在云端为自家顽童的胆大妄为而摇头?”

几名医护人员井然有序地做着手术前的准备工作，就像是执行标准程序的机器人。屋里很静，偶尔有低语或器械相碰的清脆撞击声。保罗觉得这种气氛未免过于压抑，他俯下头，想逗苏玛说些什么。可能出于同样的心理，苏玛先开了口："保罗，这个黑囡囡会不会多少有些像我？你说过，卵细胞里的胞质体对植入的细胞核并不是毫无影响。"

"对。动物试验中，代孕母亲多多少少会在克隆体上留下自己的一些性状。"

苏玛开玩笑地说："那么，这个小黑囡在我身体里待了6个多月，会不会被我'染白'呢？"

保罗忍俊不禁，"可能吧，但你一定要染匀些，不要把她弄成一匹斑马或企鹅。"

苏玛吃吃地笑了，正在她身体上方忙碌着的索林斯医生也不由得浮出笑纹。一管麻醉剂慢慢从脊椎处推进去，苏玛觉得那儿逐渐麻木。麻木感慢慢向上扩散，就像一团黑雾从脚下升起。她声音模糊而低沉地说："保罗，我睡着了吗？"

保罗俯在她耳边柔声说："手术就要开始了，你安心地睡吧。"于是，她安心地睡了。

实际上，苏玛一直是在半睡半醒之中。在一种慵懒的、舒适的睡意中，她能清清楚楚地听见医生的短促命令、器械的清脆撞击、护士小声报着她的血压。她的意识慢慢飘浮着，脱离了肉体，在虚空中观察着自己。雪白的手术罩单盖住她的胸部和双腿，肚皮裸露着。索林斯接过手术刀，非常娴熟地在肚皮上划了一刀。（轻微的疼痛使她的意识颤抖了一下。）然后医生把双手插入腹部，很快剥离出布满血污的子宫。这时她的肉体已经没有感觉了。

她借以飘浮的虚空非常黑暗，非常温暖，就像……母亲的子宫。在这一瞬间，她的意识电闪似的跨越时空，缩回母亲的腹中。子宫是一个非常舒适、非常亲切的地方，充盈四周的混沌轻柔地拥抱着她，幽明相接处悄悄流淌着母亲的呢喃，这呢喃多么富有魔力啊，她在母亲的强大中安然入睡。但这里太黑了，太静了，太寂寞了，所以，在舒适的慵懒中，她也偶尔曲起手臂，叩击着外面的世界，就像小海拉在她腹中所做的一样。

眼前闪过千万个幽暗亲切的子宫。一代又一代的子宫，无数生命之链正是在这些神秘的生命黑洞中接合，延续着人类的谱系。不过今天，在她的子宫里完成的是逆向的轮回。一个死去50年的旧生命，通过她的子宫又获得了新生。

现在，复活的生命就要出生了，急不可待地出生了。一个漂亮的小黑妞，像一朵黑玫瑰，像一头黑豹。她香甜地打着哈欠，在宇宙以太中尽情地舒展自己的躯体。她的眸子深不可测，含着笑意，闪着亮光。

但她的目光太亮了啊。

保罗感觉到，处于麻醉中的苏玛不安地悸动了一下。

18

第一个克隆人，或者叫癌人，终于降临人世。剖宫产手术进行得很顺利。索林斯动作娴熟地掏出沾满血污的婴儿，把她交给身后的护士。婴儿出世时没有哭声，护士倒拎着小家伙，用力拍了两掌，然后是一声响亮的儿啼。屋内的所有人都松了口气，索林斯医生正低头忙着缝合刀口，这时他的眼睛也不由得浮现笑意。保罗听到啼哭，透过罩单看见那具小小的身体。她浑身血污，但分明是“正常”的。到了这时，他一直悬吊着的心才慢慢回归原位。

护士剪断脐带，揩掉血迹，为孩子按下手模和足模，把襁褓中的婴儿送到母亲头边。苏玛脸色惨白，勉强睁开眼睛，看清了这个“正常”的孩子，绷紧的神经一下子放松了。她浮出一个疲倦的微笑，立即沉沉入睡。

手术结束了，索林斯等人脱下罩衣，摘下胶皮手套，欣喜地低声交谈着。保罗陪着护士把苏玛送回病房，安顿她睡好，立即来到育婴室。护士帕米拉正背向门口忙碌着，透过无菌罩，他看见一张小小的黑脸庞，上面漾着明亮的微笑。然后……婴儿睁开双眼，安静地看着他。

黑色深幽的瞳孔，镇静自若的目光，安详的微笑。

保罗一下子愣住了。帕米拉回头看见他，兴奋地说："雷恩斯先生你看，小海拉生下来就会笑，会睁眼。雷恩斯先生，你怎么了？"她担心地走过来说，"你的气色糟透了。"

保罗勉强笑道："没什么，这几天太累了。帕米拉，没有什么好奇怪的。有些婴儿生下来就能睁眼，何况超常发育的海拉呢。至于会笑……这不能算笑，只能说是一种无意识的表情。"

他闲聊几句，离开育婴室。一出门，他的笑容就消失了，代之以无法摆脱的阴郁。刚才看见婴儿安静的微笑和发亮的目光，他竟突然想起一篇名叫《金眼怪孩》的科幻小说。小说中写到，外星人使一批人类妇女怀孕，生下一大帮金眼怪孩。他们生下来就有一双冷厉的双眼，等他们稍稍长大后就能用意念控制亲人，甚至因为小不如意就残害自己的母亲。

这个联想太可怕了。怎么能这样想？这是一个懵懵懂懂的婴儿，她刚穿越生死之线降临人世，她的心灵是一张干干净净的白纸。她的身上并没有带着"原罪"，她有权享受世人的爱抚！自己有这些混蛋想法实在愧对孩子，甚至愧对自己的奶奶。他在心里狠狠地骂着自己，离开了育婴室。

但是，她的目光实在太亮了，这只是一个刚坠地的婴儿啊！

19

屏幕上播放着剖宫产手术的实况，约翰、伊恩、阿尔伯特和桥本正治都在凝神观看。这是在公司的小会议室里，屋里摆着一套正宗的中国明代黄梨木家具，有雕花太师椅和雕着龙爪的茶几，地上铺着织有长城图案的地毯。

老约翰靠在太师椅上，欣慰地说："第一阶段已经成功了。"他回头看看身后的伊恩，这个蠢货自从失口向保罗抖出实情，自知理屈，这些天一直蔫头蔫脑的。约翰有些嘲讽地说："伊恩，不必摆出一副苦脸啦。计划执行中出了点偏差是难免的。不过，难道你还没有看到，这个结局的实际效果比预想的还要好吗？阿尔伯特，你说呢？"

自从苏玛在医院阳台上闹了那场风波，这个秘密就无法守住了，各家报刊电台的记者蜂拥而来，就像是闻到血腥味儿的鲨鱼。不过，约翰对此淡然处之。这个秘密早晚是要公布的，早晚要熬过舆论界的这一番烤炙。无法想象的是，8000亿年产值的大产业竟会采用西西里黑手党的地下方式来运作。苏玛只是把这个时间稍微提前了一点儿，仅此而已。

阿尔伯特会心地笑了，"对，自从苏玛的那次举动被报纸披露后，PPG公司就成了恶棍，苏玛和小海拉成了大众情人。这自然是件坏事，但也有一点值得欣慰，就是这个计划基本经受住了舆论的烤炙。”他解释道，“我们曾担心，癌人出世后，狂热的公众会逼迫政府用快刀斩乱麻的手段处死癌人，把克隆技术罩上铁盖。但从目前舆论的风向看，这种可能性已经不大了。不过，只要有一个海拉活在世上，法律道德之网就有缺口，就无法阻挡大批癌人被制造出来。”停停他又说，“鉴于小海拉的癌人出身，议员们在投票赋予她‘人’的身份时，一定会踌躇犹豫的。活着，但不具备‘人’的资格，这是对我们最有利的结果。不管最终结果如何，这点时间差足够我们执行下一步计划。而一旦巨石开始滚动，连上帝也无法再刹住它。罗伯逊已决定开始第二步计划，桥本，有把握吗？”

桥本点点头，“有把握。公平地说，这要归功于保罗，他在研究中是完全无私的，将所有技术秘密和实验技能毫无保留地传授给我们。但他的才华无人能替代，克勒松又辞职了，研究小组的力量太薄弱。罗伯逊先生，请你尽量挽留住保罗。”

约翰冷静地说：“我会这样做的，我也一直在尽力挽留他。但据我估计，他不会再参加下一步工作了——大概也不会持强硬的反对态度。桥本，不要指望他，立足于你自己吧。”

阿尔伯特介绍道：“已在一些第三世界国家找到了1000名代孕母亲，我们将用最快速度为她们植入克隆胚泡。按保守的估计，6个月后，至少会有400名癌人出生。”

约翰欣喜地说：“很好，我会加倍保护妻子的肝脏，那个早该更换的零件，一定要坚持到那一天。”他喟然叹道，“但愿她能等到那一天。作为一家药业公司的总裁，如果眼睁睁看着妻子病死，我一定无颜与她在地下相见。”

几个人都品出了他话中的苦味,轻声安慰道:“一定会的,一定会等到那一天的。”他们起身告辞。约翰把他们送到门口,为了冲淡刚才的悲凉,他开玩笑地说:“你们谁打算更换心脏、肾脏、眼球甚至生殖器,请尽快打报告,公司为你们免费手术。但不要打小海拉的主意。就把它留给苏玛,做一个有生命的芭比娃娃吧。”

20

天色阴沉，一团团乌云从地平线上翻卷而来，时而有一道电光在天边闪亮，天气预报说今天将有大到暴雨。保罗走进病房时，苏玛正敞着怀喂奶，一个漆黑的小人儿趴在雪白的丰乳上，形成强烈的色彩对比。苏玛的奶水很足，小海拉咕嘟咕嘟地咽着，一副饕餮之徒的模样。小东西看见了保罗，她还记得这个最早进入她瞳孔的黑男人。由于生物的"印刻效应"，她对这人抱有强烈的亲切感。所以，她在狼吞虎咽的同时，一直用余光偷偷地盯着他。

保罗欣赏了一会儿她的吃相，把一张发黄的旧照片递给苏玛，"这是我奶奶3岁时的照片。你不妨比一比，海拉确实同她极相像。"

苏玛端详着照片，笑道："真的，真的十分相像。喂，小祖母，该换一换了。"她用力拔出乳头，把另一只塞进去。小海拉咧开嘴正要哭闹，嘴唇一触到乳头，忙贪馋地吸起来。苏玛骄傲地说："她非常能吃，不到半个月已经长了3磅。她一定会长成个女巨人。"

保罗的思维之车忽然又辗到一块石头，苏玛的话使他想到，这种快速生长但不会衰老的能力，正是“器官仓库”应具备的优良性状啊。看着不懂人事的小海拉，他心头泛起一股苦涩。他担心苏玛看出自己的片刻怔忡，忙换上笑容。但被母爱泡酥的苏玛已失去往日的机敏，低头看着女儿，目光慵懒而痴迷。她突然抬起头，没头没脑地说：“小海拉真的很正常，我昨天仔仔细细摸遍她的全身——骨骼、关节，还有七窍——真的全都正常。”

她安心地笑了，但这种“安心”让保罗觉得心中酸苦。

护士帕米拉从门外探进头来，“雷恩斯先生，你的电话，在服务台上。”

保罗笑着拍拍小海拉胖墩墩的黑屁股，对苏玛说：“我马上就回来。”他吻吻海拉，觉得小家伙的目光一直追随着他。

他匆匆赶到服务台，“我是保罗，请问是哪一位？”

电话中的声音吐字缓慢地问：“你是保罗·雷恩斯先生吗？”

“对。”

“就是你催生了世界上第一个癌人？”

保罗听出话中的敌意，冷冷地说：“是我。”

“我是‘维护人类纯洁联盟’主席。这个组织是两天前成立的，你是否已经知道这个消息了？雷恩斯先生，本组织将全力维护人类的纯洁性。我们绝不允许癌人弄脏人类的谱系，也绝不会容忍人类更换癌人的器官。我们将用一切可能的合法手段来做到这一点，如果实在不行，也不排除用邪恶手段来对付邪恶。请好自为之，不要做人类的敌人。”

保罗冷笑道：“你为什么不说出自己的姓名？不敢吗？”

“为什么不敢？我叫哈伦·奈特，是新泽西州一个私人开业的定向爆破专家，虔诚的基督徒。我不愿自己的手沾上血腥，但我们实在忍无可忍了！”哈伦的话语中透露出深深的苦恼，“我知道,科学为人类带来了伟大的进步,但这几十年来,科学家们被宠坏了,越来越胆大妄为了。你们搞的什么试管婴儿,破坏了人类的自然生殖方式;你们无限制地增强电脑的智力,唯恐它们不能超过人类;如今又异想天开地研究什么癌人！请你睁开眼睛,想想它可能带来的后果吧！癌人一定会像癌症一样在人类中蔓延,破坏人类的纯洁和高贵。请你不要一意孤行了。你不要逼我们!”

他加重语气说出最后一句话,啪地挂上电话。保罗呆立着,心中五味杂陈,在对那人的敌意中,竟掺杂着暗暗的钦佩。至少,这个人有自己的明晰见解,可以毫不犹豫地为之奋斗。可是自己呢?

我一定会保护小海拉,我不会违背自己的承诺。但我不知道自己最终是对是错。

有人在他耳边大声喊:“雷恩斯先生！雷恩斯先生!”他从沉思中醒来,见护士正担心地看着他,忙收敛心神,自嘲道:“一时想出神了。帕米拉,请你告诉苏玛我走了,明天再来看她和孩子。”

他急急地开车直奔100英里外的PPG总部。必须找罗伯逊商讨对策,加大对苏玛母女的保护力度。他冷冷地想,至少在这一点上,他和罗伯逊是完全一致的——其实,你和罗伯逊有哪一点不一致呢？他苦笑自问,在整个研究过程中,尽管有小小的犹豫和反抗,但你最终不是顺着罗伯逊定下的路标,亦步亦趋地跟过来了吗?

出门赶上了一场暴雨,风雨狂暴地抽打着车身,在前边的路面上砸出一片迷蒙。雨刮器开到最高挡,飞快地转动着,刮掉的雨水在弧形玻璃上向侧后方急促淌过去。他差点赶上一场车祸:交通电台报道说,就在前方不远的干道上,一辆轿车在光滑的路面上失控,撞在护栏上,导致后面的十几辆汽车全部撞在了一起。警方已经赶到现场,伤亡情况还不完全清楚。等保罗赶到时,被撞毁的车辆刚刚拖走,一百多辆滞留汽车组成的长龙开始移动,缓缓加速,然后逐渐分离,逃也似的消失在雨雾中。排在队尾的保罗经过事发现场,看到扭曲的护栏,他踩下油门冲进雨雾中。

此时他还不知道,从此他就踏上了一条荆棘丛生的逃亡之路。他、苏玛和小海拉——那个灾祸之由——全将在这条路上踟蹰。这条道路险恶而漫长,需要鲜血和生命作为献祭。

第三章

1

约翰回到家已是晚饭之后，女仆维姬接过外衣，微笑着说："你好，罗伯逊先生。"

"你好，多娜呢？"

"在楼上小睡，她今天心情不好。"

"为什么？"

女仆摇摇头，"不知道。下午医生来过，为夫人检查了身体，没有什么新问题。希拉德先生打来电话说，苏玛小姐的手术很顺利。但夫人一直很沉闷。"

约翰点点头，"好的，我去看看她。"

他轻轻推开卧室的橡木门，妻子多娜正在宽大的双人床上小憩，衬着雪白的罩单，更显得脸色发暗，神情萎靡。床头一枝茉莉吐着清香，提花窗帘在初秋的凉风中飘荡着。约翰走过去，轻轻关上窗户。等他回过头，妻子已经睁开眼睛。

约翰带着歉意说："对不起，把你惊醒了。"

妻子笑道:“不,我本来就是在假寐。苏玛的剖宫产很顺利吧?”

“对,生下一个9磅重的小黑人。看了今天的晚报吗?新闻界简直要发疯了!”

约翰高兴地讲述着新闻界的评论,但妻子并未在情绪上有所回应。沉默良久,她突兀地问:“你想为我更换克隆人的肝脏?报上有这样的推测。约翰,我不能同意这样做,这样做太……丑恶了,那就像是我谋杀了自己的外孙。”

约翰立即否认道:“不,那些纯属臆测。将要为你更换的是人造肝脏,你早就知道的。公司已为此研究了8年,很快就要成功了。”

多娜虽然将信将疑,但终于微笑着点点头。她知道这项研究早已开始,是用可降解生物材料作架构,浸泡在营养液中,让病人的肝细胞在营养液中繁衍,并依架构而定形。稍后,架构自动降解消失,这个人造肝脏就可以植入人体了。她也知道自己的肝病已到晚期,这种人造肝脏是她唯一的希望了。

见妻子没再追问,约翰立即起身,吻吻妻子的面颊说:“我还要到书房工作一会儿,你先休息吧。”

他轻轻关上门,来到那间中国风格的小屋。门口是三个汉字:静思斋。屋内的摆设古色古香,极富东方情调。一束藏香青烟缭绕,散发着清冽的香味儿。

每当需要静心思考时,他常常来到这儿,这儿的气氛确实能令他凝神静气。他想,我欺骗了妻子,但这是善意的欺骗,上帝会原谅的。确实,人造器官技术已经基本成熟,但这种用“半机械方法”制造的器官,无论如何也比不上“天然”器官精巧可靠。他已经为妻子准备好了人造肝脏,但只要妻子的身体能再支撑两三年,他仍打算偷偷地为她更换克隆人的肝脏。

目前,约翰正督促桥本制造第二批癌人。他没有打算用小海拉的器官。由于种种因素,海拉同家人的关系已过分亲昵,他不忍心对她下手,就像不忍心伤害一只宠物,一只终日绕膝的博美犬或波斯猫。

但是,从第二批癌人开始,他要预先排除这些感情因素。比如说,可以用手术制造“无脑儿”,或用人造子宫代替女人孕育。当这些产品日益远离人的范畴、被打上“非人”的印记时,社会上的反对意见就会慢慢消失了。

他用手轻轻敲打着黄梨木座椅的扶手,皱着眉头努力思索着。当他出现在公司职员面前时,罗伯逊先生是一个有钢铁般意志的总裁,从来不会犹豫和彷徨;但独处暗室时,一些恼人的思绪就从阴暗处悄悄渗出。两个罗伯逊先生在脑海中开始搏斗。

一个罗伯逊问:老约翰,你使用癌人的器官,真的没有良心不安吗?

另一个罗伯逊坚决地说:没有。我知道这是一道难以跨越的障碍,但只要硬着心肠跨过去,前边就是坦途了。现在,医生从脑死亡者身上割下器官已经是“道德”的行为,但在200年前,它同样是大逆不道的恶行,为宗教法庭所严禁。现在也有活人自愿捐献器官,他们愿以自己的一个肾、一个眼球来救助亲人,但自我牺牲精神并不能改变这种做法血淋淋的本质。

第一个罗伯逊问:从活的癌人身上割下器官就没有血腥味儿吗?

第二个罗伯逊答:多少也有点吧,就像我们屠宰猪羊鸡鸭一样。不过,连最狂热的动物保护主义者也承认,屠杀猪羊鸡鸭是正当的，因为我们可以认为，是人类的饲养帮它们延续了种族；作为报答，它们向人类提供肉体。这种说法难道不适用于癌人吗？我们甚至不光是帮它们延续种族，我们干脆是创造了这个种族。作为报答，它们也该心甘情愿地献出一两个器官吧。

好，极妙的回答，论据有力，思维清晰。你赢了。

约翰微微一笑。毫无疑问，第二个罗伯逊永远是赢家，因为他的强有力的逻辑是以8000亿美元为基础的。

这个8000亿的计划正在顺利实施。当然有阻力和敌意，但总的说来，官方和舆论界的反应并不强烈。因为这里有一个十分明显的逻辑黑洞，PPG公司可以凭此理直气壮地诘问那些批评者：先生们，你们打算向癌人颁发人类的身份证吗？不会。那么，你们已经承认了它的非人身份。所以，请闭上嘴巴，不要拿人道主义的责难来烦扰PPG公司了！

当然也有少数激烈的反对者，他们扬言要处死癌人，维护人类的纯洁。罗伯逊小心地注视着这些人的行动，但他不相信这些人能左右局势。

通话器的蜂鸣声响了，约翰按下通话键，管家克劳斯说："雷恩斯先生求见，他在客厅里。"

约翰抬头看看自鸣钟，已是晚上10点30分。他想，保罗有什么重要事情不能在电话里说，而要急急地从100英里外赶来？他对通话器说："我马上就过去。不，"他改变了主意，"你把他领到这里来吧。"

克劳斯领保罗来到这间小会议室，打开房门，向主人点点头，然后无声地告退。约翰迎上来同保罗握手，引他坐到一张中国式的雕花椅上，笑问："喝点什么，是威士忌还是中国绿茶？"

“来杯绿茶吧。”

约翰对通话器吩咐一声，少顷，女仆送来两杯热茶。约翰说：“我在这间屋子里也只喝中国绿茶，因为中国茶与这里东方式的情调十分相宜。知道门外的三个汉字是什么意思吗？静思斋。每当需要静心思考时我就到这里来。”

正在品茶的保罗抬头看看他，淡淡地讥刺道：“罗伯逊先生，你觉得良心不安吗？”

这句话并未让约翰生气。他甚至微微一笑：好啊，这正是第一个罗伯逊诘问过的话。如果保罗早来一会儿，我就用不着同自己辩论了。他不准备同保罗辩论，轻咳一声，在亲切中加了几分威严，“你这么晚从实验室赶来，有什么重要事情吗？”

保罗把产自中国景德镇的青瓷茶杯放下。“当然。”他简略叙述了奈特先生的威胁，“我的直觉告诉我，这个人是认真的。”他想起那人在说“我们实在忍无可忍”时，声调中流露出的无奈。这种声调不像是一个冷血杀手，但正是这种无奈让保罗相信，他一定会把威胁付诸行动。“因此，我郑重要求公司为苏玛小姐和小海拉提供严格的保护，尤其是小海拉，不管你们认为她是人还是非人。我想，为了8000亿美元，你们不会忽视我的警告吧。”

约翰装作没有听见他话中的讥讽，慨然道：“请放心，这是我们的义务。公司除了加强内部警卫外，还准备聘请私人侦探。谢谢你。”

两人谈了有关保卫工作的一些具体问题，保罗起身告辞，但他分明犹豫着。约翰亲切地问：“还有什么话？不妨直说。”

“先生，我有一个请求。我想请你给我一个承诺：无论什么时候，都不要对小海拉动什么念头。我们阴差阳错地让她降临于世，就让她安安静静度过这一生吧。”

他的客气中透露着决绝，他实际是在告诉约翰，我的要求是不能拒绝的。不过约翰倒十分高兴。因为他听出了保罗的潜台词：把海拉留给我和苏玛吧，我绝不会让她受到伤害；但对公司此后的所作所为，我不一定非要扮演一个强硬的反对者角色。

这恐怕正是多数人的态度。他们已经准备退却了，准备承认癌人的现实，但退却前他们需要一次小小的胜利。

约翰非常干脆地答应："没问题。保罗，我已经做过类似的承诺，现在不妨重复一次。今生今世，我不会打扰小海拉的平静生活。但对今后生产出来的有专门用途的癌人，我就不做承诺了。"

他满意地发现，听了他最后一句话，保罗显得十分苦恼，十分沉闷，但他并没有明确表示反对。约翰亲切地说："今晚就不要返回了，我让克劳斯为你安排住处。"

"谢谢，但我还是想赶回去。晚安，罗伯逊先生。"

管家代主人送保罗上车。暴雨已经停息，深蓝色的夜空十分洁净，停车场上铺满了金色的落叶。车里的电子表显示凌晨两点，州际公路上车辆很少。保罗踩满了油门，以100英里的时速原路返回。一个小时后就能赶回医院了。约翰·罗伯逊先生的承诺让他放了心，他的心境犹如雨后夜空一样，开始恢复晴朗。但在意识深处，还有一丝隐隐约约的不祥之忧。它非常微弱，时断时续，却顽固地不肯消失。

不会有什么问题的。保罗宽慰自己，但他仍焦灼地向小蒂尼克姆岛飞驰。他不知道，此时两个不速之客早已到了PPG公司实验大楼和公司医院。他们是"维护人类纯洁联盟"派来的，其中包括联盟主席哈伦·奈特。

2

凌晨两点,哈伦·奈特和尼柯尔森把车停在实验大楼旁的阴影里,耐心等候着。大楼的灯光全部熄灭了,只有底楼的警卫室里灯火通明。两名像机器人一样清醒尽责的公司警卫坐在观察窗后,全神贯注地盯着门口。还有一支巡逻分队每隔40分钟就会在院子里巡视一遍。楼内肯定也有一支巡逻分队,因为透过黑黝黝的窗户,能看到青白色的强光定时在各个楼层间闪亮。

不过,奈特和尼柯尔森并没把他们放在心上。这些衣着光鲜的公司警卫大都缺乏实战经验,刻薄点说,他们就像摆在麦田里的稻草人,以为只要站在这儿,就足以吓退乌鸦了。奈特和尼柯尔森曾是海军陆战队的队员,自信能对付这些小角色。

三天前,在肯塔基州退伍军人总部里,召开了全美"维护人类纯洁联盟"的第一次代表大会,有83人参加。代表来自各行各业,有蓝领工人、小农场主、公司经理、神父,也有几名科学家。尽管成员身份复杂,但会上的声音出奇一致,那就是:我们已忍无可忍,我们再也不能袖手旁观了!

生物学家乔伊是天主教徒,一个目光沉稳的好人,他苦涩地说:"癌人的出世是一个极鲜明的例证,说明科学家胆大妄为到了何种地步。如果不采取严厉的措施加以制止,相信50年内地球上就会充斥癌人、狼人、豹人、鲨鱼人和鹰人。《圣经》上预言的人类末日也会随之到来。”他强调道,“不要指望政府,更不要指望科学界的自律,作为一个圈内人,我早就看透了他们。他们太优柔寡断,太崇尚空谈。等到把有关的伦理问题搞清,各种‘非人’种族早就在地球上牢牢扎根、不可动摇了! 我们必须行动,立即行动!”

遗传学家阿尔杜尔介绍了遗传工程技术的现状,“乔伊先生说得很对。目前,遗传工程的进展已经变成对自然的威胁。大家知道,生物繁衍一直遵循着种间隔绝的规律,不同种之间不能杂交,即使勉强能杂交,其后代也没有繁殖能力,像马和驴、狮子和虎。这是生物在亿万年的进化中自然形成的保护,也可以说是上帝的安排吧。但现在,在基因学家手里,这些种间屏障早就被打破了。基因可以随心所欲地拼接,比如狮子和鹰、西红柿和鱼、人和北极熊,等等。大家都知道几年前出世的‘夜光老鼠’吧,那就是把发光水母的基因拼接到老鼠体内制造出来的。到目前为止,之所以还未出现人兽杂种,只是因为科学界的自律,是舆论的力量使然。但如果制造癌人开了个头,这种平衡就会在一夜之间被打破!”

他的介绍使听众毛骨悚然。

两位先生的讲话为大会定了基调,此后的讨论集中在如何采取行动上。大会决定成立一个行动委员会,由奈特当主席,负责杀死癌人,铲除有关的科研机构。还成立了一个法律委员会,由律师哈里森任主席。行动队员行动时难免触犯法律,哈里森的任务便是把他们从法律之网中解救出来。

哈里森说:“我不敢保证让你们完全脱罪,但我保证把这场审判变成旷日持久的世纪性审判，并使法律意义上的罪犯变成公众心目中的英雄。因为你们本来就是英雄，是从科学恶魔的铁蹄下拯救人类的赫拉克利斯！”

今天是联盟的第一次行动。

奈特看看夜光表，凌晨2点30分，室外巡逻队像机器人一样刻板地经过这里，噔噔的脚步声消失在楼后。奈特拍拍同伴的肩膀，两人像狸猫一样溜到楼角。尼柯尔森蹲下来做人梯，奈特站在他的肩上，用大腿和双臂夹住楼角向上爬。不久，他就开始气喘吁吁——毕竟不是20岁的时候了，但他总算坚持到了三楼的阳台。他听听屋内没有动静，便越过阳台，又垂下绳索把尼柯尔森拉上来。

趴在地板上听听，室内巡逻队刚刚结束了二楼的例行巡视，下到一楼去了——这是他们今晚最后一次巡逻。两人推开阳台门，在走廊里轻轻挪步。有关克隆人的设备都集中在三楼，奈特用合金丝捅开门锁，用手电扫视一遍。他的第一个念头是，这里的实验设备太简单了，几乎不值得浪费他的C4炸药。

联盟开会时，生物学家乔伊曾说：“炸毁实验室只是一个象征性的行动。因为促成克隆人成功的主要因素不是设备，不是金钱，而是科学家的技能和决心。所以，如果真的要制止这项研究，唯一可靠的办法是杀死保罗、桥本和任何想干此事的人。”他苦笑道，“当然我们不愿走到这一步，不愿让手上沾染到同行的鲜血，但愿这次爆炸能把他们吓退。”

按照乔伊的交代，他们在每台重要设备上都粘上了一块塑胶炸药。20分钟后，他们顺着绳索下滑到地面，溜上了汽车，然后从黑影中开出来，堂而皇之地一直开到公司门口，又吱吱地刹住车，摇下车窗。

两名警卫从观察窗里狐疑地看着这辆汽车，其中一人按着腰间的手枪，警惕地慢慢走过来。他弯腰盯着车内的两人，客气地问："两位先生有什么事吗?"

奈特开心地笑了，从车窗内伸出手，把一只遥控器对准大楼，调侃地说："我们特来邀请你们，观赏一场焰火晚会。"

他按了一下遥控器，立时响起惊天动地的爆炸声，三楼的几十扇窗户同时变得红亮，巨大的火舌排闼而出，把铝合金窗框、玻璃碎片和室内的器物都抛撒出来。无数火花弥散在夜空，真像一场盛大的焰火晚会。

在器物纷纷落地的杂乱中，那名警卫愣了几秒钟才清醒过来。他掏出手枪，但那辆黑色的福特早就溜走了。警卫一边手忙脚乱地朝车子后轮开枪，一边掏出哨子猛吹。他对跑过来的另外一名警卫气急败坏地喊："快报警，黑色福特，车号尾数是284!"

此时，福特车已开出500米，他们从后窗里欣赏着大楼上绚烂的火舌，互击手掌，笑着离开这里。

凌晨2点40分，苏玛让奶水憋醒了，低头看看胸前，纯棉内衣被浸湿了两块。护士还没把女儿抱来，今晚是达纳值班，她一定是睡着了。苏玛喊了两声，没有回音，于是掀开毛巾被，趿上拖鞋，向育婴室走过去。

女儿。她睡意蒙眬地咀嚼着这个词，心头觉得甜丝丝的。小海拉真是个饕餮之徒，拼命吮吸着奶水，小身体迅速长大。现在她才诞生18天，体重已增加了一倍。好在我的奶水很足，她骄傲地想，我天生是个英雄母亲。

护士达纳坐在育婴室门口，歪着脑袋斜倚在椅背上。苏玛仍处在熟睡乍起的慵懒中,没有觉察到护士的睡姿有些异样。她没有惊动护士,轻轻推开半掩的房门走进去,毛茸茸的地毯吸收了她的脚步声。

然后她看见那一幕,双眼立即睁大,肾上腺素突然加快分泌,心脏超负荷地跳动:一个穿着黑色夜行衣的男人立在海拉床前,背对着大门,正弯腰观察着婴儿。苏玛的目光移到他的右手,就再也挪不开了。那是粗壮的男人的手,手背上长满了体毛,手中攥着闪着寒光的匕首,刀尖抵在海拉的咽喉处。

海拉醒着,脸上漾着甜甜的笑容,在育婴室微弱的脚灯灯光中,嵌在黑脸庞上的一双大眼睛分外明亮。她仰面躺着,襁褓下端露出的双脚时而踢蹬几下。

一个是穿着黑色夜行衣的凶神,一个是裹在雪白襁褓中的婴儿,两人之间是一把闪着寒光的匕首。这一幕对比强烈、色调狞恶,使苏玛一时呆住了,不知道该如何动作。

黑衣男人轻轻抬起右臂,把刀尖移向婴儿的脸颊,在她的脸蛋上触了一下。海拉把刀尖当成了母亲的乳头,迅速向这边转过脸,撅起小嘴,急切地寻找着。她没有找到乳头,便生气地咧着嘴哭起来,哭声在静夜里显得十分响亮。

在海拉发出哭声之前,苏玛被恐惧麻醉了,一直站在那个定格的画面中。女儿的哭声一下子解除了她身上的魔法。她要行动,要从凶手手中救出自己的女儿!她急切地扫视着四周,想找到一件可用的武器。护士桌上放着一块大理石镇纸,她回身轻轻抓起来,放轻脚步向黑衣人潜行过去。

她的心脏怦怦跳动着——但愿心跳声不要被凶手听见!黑衣人仍在全神贯注地看着婴儿,没有觉察到身后的袭击者。苏玛高高举起镇纸……

忽然,黑衣人烦倦地说话了:“苏玛小姐,把那玩意儿放下吧。”

苏玛僵住了。黑衣人转过身。这是一个40多岁的白人男子,面容粗犷,表情冷漠,他的刀尖仍在海拉面前晃动。屋内的声音使海拉安静了一会儿,她侧耳倾听着,片刻后又哭了起来。

苏玛哆哆嗦嗦地扔下镇纸,泪水夺眶而出。她哀求道:“先生,请你饶了小海拉吧,她是个才生下十几天的婴儿,有什么罪过?你怎么忍心向她下手?”

黑衣人愤怒地嚷道:“她是一个小癌魔!她将搅乱人类的谱系,把人类变成魔鬼的杂种!”他瞪着苏玛,目光中怒火熊熊,奇怪的是,他的怒火中浸透了沮丧和绝望。只是在这场风暴过去之后,苏玛才明白,这名杀手的怒火主要是针对他自己的。

那人恨恨地说:“我在这张床前站了20分钟,无论如何也下不了手,我真是个最无用的蠢货!”

他抖手一甩,匕首带着啸声,深深扎在壁柜上,刀把还在微微颤动。等苏玛从匕首上收回战栗的目光,黑衣人已经不见了。苏玛追到阳台,看见那人正顺着绳索飞快地缒下去,消失在树荫下。半分钟后,一辆黑色轿车滑出树荫,向大门方向开去。

小海拉听见妈妈的声音,哭得更加理直气壮,小胳臂小腿儿起劲地弹动着。忽然,夜空中传来沉重的爆炸声,病房的窗玻璃哗啦啦地抖动着。小海拉顿时止住哭声,似乎在倾听。达纳被惊醒了,跌跌撞撞地冲到床边。她刚才被麻醉了,这会儿四肢仍是软绵绵的,不听使唤。她看到了壁柜上的匕首,还有刚从阳台返回、脸色惨白的苏玛,慌张地问:“苏玛,怎么啦?发生什么事了?”

苏玛迅速把海拉抱起来,紧紧搂在怀里,瘫坐在床上,泪水喷涌而出。

走廊中响起急促的脚步声,听见保罗边跑边喊:“苏玛,快去照看海拉!”

3

保罗是2点50分赶到医院的，他把车停在大门口后，略微犹豫了一会儿。夜深人静，这时闯进医院似乎有点莽撞，难免惊扰苏玛的好梦，毕竟他只是接到了一个威胁电话，即使他们要采取行动，也未必会在今天。

不过他想起，苏玛照例要在3点钟给女儿喂奶，那就上去一趟吧。他拉开车门走下来。忽然，阴影中滑出一辆黑色轿车，飞快地开过来，在他的车边刹住。

驾车人摇下车窗，喊道："是保罗·雷恩斯吗？"

保罗狐疑地绕过去，见车内是一个穿夜行衣的白人男子，正恶狠狠地盯着他。保罗警惕地后退两步，沉声问："你是谁？你要干什么？"

驾车人没有答话，向车外扔了一沓纸，狠狠骂了句脏话，将汽车嗖地开走了。

保罗满腹狐疑地捡起一张纸，一眼就扫视到其中一句："'维护人类纯洁联盟'对这次爆炸和凶杀事件负责。我们已忍无可忍了！"

夜空中随即传来一声巨响，地面抖动了一下。东边的夜空闪着红光，那可不是霓虹灯的闪亮。医院的警卫跑出来，慌乱地挥着手枪。保罗冲进大门，高声喊着："实验楼被炸，海拉可能被害，赶快报警！"

他边喊边向楼上冲去。

苏玛紧紧搂住海拉，面色苍白，肩膀微微颤动着。达纳同样脸色煞白，心有余悸地盯着阳台。一个登山爪卡在栏杆上，下面垂着一根白色的尼龙绳。海拉已经找到了奶头，正咕嘟咕嘟地吞咽着，用余光静静地瞄着室内每一个人。

保罗原以为冲进屋里后会看到一两具血淋淋的尸体，这时终于松了一口气，疲乏地坐到床上。

苏玛看着他，泪水又涌了出来，"保罗，一把匕首！他用匕首顶着海拉的脸蛋，你看！"

海拉的左边脸蛋上的确有一道血痕，很细很浅，但划在婴儿非常娇嫩、吹弹可破的皮肤上，仍显得十分明显。

保罗尽力安慰她："不要紧，只是一道划痕。苏玛，不要害怕了，事情已经过去了。你们能告诉我当时的情形吗？"

惊魂未定的达纳断断续续地说："我在门外值班，似乎听见屋内有动静，就进屋去察看。刚一进屋，就被人用毛巾捂住嘴，之后我就什么也不知道了。"

苏玛也讲了当时的情形，"幸亏是一个心肠软的凶手，否则海拉早没命了！"

保罗不由得回忆起那个凶手的奇特表情：愤怒加羞愧。他明白了何以如此。凶手是怀着对癌魔的满腔仇恨而来，但他面对一个可爱的婴儿时，这些仇恨再也聚集不起来。他一定羞于回去无法交差。所以，海拉是在刀口下捡了性命。保罗心中十分沉重，因为这种幸运是无法再现的，下一次他们不会再派这样的人来了。

达纳出去了。一边的奶水已经被海拉吃空了，她生气地踢蹬着，但苏玛完全没有觉察，她微仰着脸，定定地思考着，神情中显出决绝。海拉没有得到妈妈的回应，生气地哭起来，苏玛这才从冥思中惊醒，忙把另一个乳头塞进去。

她低声对保罗说："我决定带着海拉逃走，隐姓埋名把她养大。"

保罗长叹一声。实际上他已经知道这条路非走不可。他沉闷地说："苏玛，这可是一条荆棘之路呀。"

"我知道，但我不会退缩。"

"你让她终身做一个女鲁滨孙？"

"不，她不是鲁滨孙。她有母亲守在身旁。等她长大了，有了自卫能力，我要让她堂堂正正回到人类社会。"

保罗又叹息一声，"好吧，我陪你一起去。"

苏玛立刻目现异彩，这正是她暗暗希望却不敢奢望的。但她随即想到了保罗的妻儿，目光暗淡下来，犹疑地说："不，你有自己的生活……"

保罗摆摆手，"不要劝说了。严格说来，我比你更有责任保护她，因为是我创造了这个生命。只是……"

只是我始终不知道这条路通向何处，不知道自己的决定是对是错，不知道这个癌人变得强大后对人类是福是祸。我十分羡慕女人式的思维，她们只凭直觉行事，从来不会有像我这般的内心折磨……他笑道："就这样决定了吧。对这个打算要注意保密，除了与家人的辞行必不可免外，不要对任何人说起。"

4

两辆警车啸鸣着开到实验楼下，上次来过的索恩警官费力从座椅中挤出来。他是一名50岁的老警官，身材魁伟，左腿微跛，浓眉下是鹰一样的目光。他冷冷地打量着爆炸现场。三楼的窗户都成了黑洞，各种仪器设备的残片或挂在树杈上，或抛散在花丛中。他对前来迎接的保罗和桥本说："两个星期内我已经来两趟啦，看来你们的麻烦还远没到头哩。"

保罗从他的话里听出了幸灾乐祸的味道，隐忍着没有吭声。他和桥本领着警官察看了三楼的现场。

索恩赞赏道："嗯，是内行干的，各种设备都被彻底破坏了，墙壁和地板却只有轻微损伤。一定是内行干的，他们意在警告而不是伤人。"

保罗冷冷地说："他们还向医院派去了杀手，只是由于意外才没有得逞。"

"是吗？"索恩客气地反问，"不过，这个由癌细胞克隆出的玩意儿究竟算不算人，目前还没有定论。所以，从法律意义上说，我还不能把那些人称为凶手。"

保罗和桥本对视一眼。毫无疑问，索恩的观点和那个"维护人类纯洁联盟”是一致的,说不定他就是其中一员。公司警卫马尔科姆没有听出索恩的爱憎,还在详细追述着昨晚的情形。他说:“破坏者的车牌号我记下来了,并且在电话中通知了警方。警官先生,这个号码是否已经查出来了?是不是真实号码?”

索恩冷淡地说:“是真实号码,不过没有什么用处。昨晚的那三人已向警方自首,一个庞大的律师团表示要帮他们把官司打到底。雷恩斯先生,桥本先生,贵公司的麻烦要接踵而来了,这完全是你们自找的。我真不明白,你们为什么要费神费力地研究什么癌人,你们是些变态狂吗?”

保罗已彻底对索恩警官丧失了希望,不再指望他能公平客观地处理这件案子。他以冷淡的客气口吻说:“警官先生,这个问题超出了你的知识水平,所以,你有一些疑问是很正常的。这些以后再说吧,现在请你采取必要的措施,保护我们不再受到威胁。”

“请放心,我会恪守警察的职责,哪怕心里并不情愿。”

送走了索恩和他的手下,保罗和桥本苦笑着面面相觑。保罗低声咕哝道:“也许我们真的错了?”

也许我不该来到PPG公司;也许我不该有这方面的技术造诣,就像3岁孩子不该拿到火柴。保罗想,我刚才在讥笑那位警察大叔的无知,可是我自己呢?我真的已经全知全晓,可以把上帝也不放在眼里吗?

他的眉峰中凝着深深的苦恼。桥本看着他,心中觉得愧疚。在几个研究者中,他是唯一的知情人。事实上是伊恩和他摆好了圈套,让保罗掉进来……不过,还是先去管自己园中的荒草吧。

就在今天早上，爆炸把他惊醒后，他接到了一个电话，匿名者严厉地说："请桥本先生立即退出该项研究，不要做人类的罪人。在迫不得已时，我们只有以恶制恶，请你不要逼我们。"

匿名者一一列举了桥本父母妻儿的名字、住址和工作单位，然后啪地挂上电话。这个威胁太凶险了，直到现在桥本还是忐忑不安。也许真该向老板辞行？12万的年薪确实吸引人，但亲人和自己的性命更宝贵。

窗外响起啸声，一架直升机盘旋着降落在停机坪，桥本看看手表，6点30分，他对保罗说："肯定是罗伯逊先生到了，咱们去迎接。"

这时电话响了，保罗拿起听筒，"我是保罗，请问是哪一位？"他把话筒移开，对桥本说，"是我妻子，你先去吧，我随后就到。"

电话中，妻子的诘问像洪水一样滔滔不绝："保罗，我已经见到了电视台的报道，给你的寓所和办公室打了十几次电话都没人接。你受伤了吗？你为什么不给我来个平安电话？你难道没有想到，我听到这个消息后会多么担心？"

保罗好容易才截断了妻子的话头："我很好，这儿只是损坏了一些设备，没有任何人员伤亡。"

妻子又担心又气恼地说："可是，你们的做法已引起了公愤！到处都在谈论你的癌人，到处都是怒冲冲的责骂。这些情况你知道吗？"

"我知道。我们事先没有料到有这样激烈的反应。"

"保罗，不要再干下去了。回来吧。"保罗久久没有回答，话筒那头大声问道，"你听见我的话了吗？"

保罗咽着唾沫，艰难地说："维多利亚，我正想找机会告诉你，恐怕两三年内我不能回家了。苏玛决定带着女儿逃亡，我责无旁贷,只能陪着她。毕竟海拉的生命是我创造的,而且她和奶奶又有直接的血缘关系。”

妻子沉默了很久,才抑着怒气问:“请问雷恩斯先生,这个决定是为了海拉,还是为了那位漂亮的苏玛小姐?我和吉米在你的天平中究竟占了多大分量?”

保罗苦涩地说:“你有这样的想法我很难过。以后你会理解我的。”

他还想解释几句,但妻子已挂断电话。保罗愣了许久,耳中一直回响着决绝的挂机声。而后他摇摇头,摆脱这些思绪,拨通医院的电话,“是帕米拉吗?请苏玛接电话。喂,苏玛,”他压低声音说,“我想现在就该走了。我刚才见了警方,他们的态度很不友好。如果让警方把你和海拉‘保护’起来,恐怕情形会更糟。我们该当机立断了。”

那边低声回答:“好的,待我收拾一些随身用品。可是……你真的要跟我们一块儿去吗?”

“对,你不必犹豫了。快准备东西吧,15分钟后我就赶到。”

记者们在大门口拥挤着,公司警卫努力把他们推到门外。约翰、阿尔伯特和伊恩都在三楼,看着狼藉的爆炸现场。罗伯逊先生显得很镇静,表情淡然地听着桥本的叙述。

最后,桥本壮着胆子说:“我们事前没料到,社会上会有这样强烈的反应,甚至可以说是敌意。是否再慎重考虑一下今后的计划?”

约翰听出了他的胆怯,和阿尔伯特交换着眼神,但没有说话。伊恩似乎被这个事变震晕了,神情沮丧地沉默着。门外响起脚步声,保罗匆匆走进来。老约翰忙笑着迎过去,同他紧紧拥抱,“你好,毁了几台设备没关系,只要你们安然无恙就是幸事。”

保罗压低声音说:“我能同你单独谈谈吗?”

约翰看看他,“好的。”他领保罗走到隔间,关上破损的房门,“有什么事?”

保罗低沉地说:“苏玛已决定带着海拉逃亡,逃到一个偏僻的地方,直到社会上平静之后再回来。我打算陪她一块儿去。”

约翰犹疑地说:“不必吧。事态不至于如此严重。公司此后会提供绝对安全的保护。”

保罗坚决地说:“苏玛的决定已经不可更改了。如果事态向好的方向转变,我们很快就回来。”

约翰沉思了10秒钟,“好吧,你们先避避风头也好。需要我做什么吗?”

“请尽快给我们准备10万现金,就算是预支给我的年薪吧,到隐居地后,我们不想使用信用卡,也不准备同你们建立联系。我想,只有这样才是最安全的。”

“没问题,这10万元由公司来出。”

保罗看看楼下的直升机,“苏玛让我代她向夫人告别,时间紧迫,她就不过来了。另外,请用直升机送我们一程。”

“可以。”约翰感伤地说,“我不去同苏玛道别了。我给你一个秘密电话号码,如果需要我帮忙时请打电话。祝你们好运,也希望你们早一点回来。咳,我该怎样同多娜讲这件事啊……”

5

直升机刚在医院停下，苏玛就抱着海拉跑了出来，帕米拉在后边提着一只硕大的旅行箱。海拉睡得正熟，小脸蛋上漾满了圣洁的微笑。帕米拉不知道苏玛的计划，以为她只是回家休养，她兴高采烈地同苏玛告别，喊道："苏玛小姐，过些天我到特伦顿去看你！"

苏玛含糊地答应着，爬进机舱。保罗关上舱门，帕米拉退到旋翼外，直升机轰鸣着离开地面。

驾驶员回头笑道："苏玛，你好。"苏玛正在同地上的帕米拉挥手作别，这时收回目光，高兴地说："你好，克里奥叔叔。"

直升机已经升高，城市的高楼缩小成了积木玩具，白色的特拉华河蜿蜒而过。克里奥问："现在该往哪儿飞？"

苏玛和保罗相视苦笑。虽然已经上了直升机，但他们对这个问题还没有认真考虑过呢。该往哪儿去？哪儿是安全之地？这次逃亡何时才能结束？这些都是未定之数。

保罗耸耸肩膀，笑着说："让海拉来决定吧。就按海拉此时的右手方向——这个方向应该是西南吧——向西南直飞300英里，然后你返回，我们再去闯荡。"

“好的。”克里奥调整了方向,直向西南飞去。

直升机擦过蔚蓝的切萨皮克海湾,沿着阿巴拉契山脉的东麓一直向西南飞去。下午,他们越过群山向西,在里奇伍德市郊停下。克里奥让他们待在机舱内,自己叫了一辆出租车匆匆走了。半个小时后,他开着一辆半旧的克莱斯勒车返回,车窗上的“售价 $ 4200”还没擦去。他把苏玛母女扶下机舱,安顿到汽车后排。海拉已经醒了,不哭不闹,两只眼睛溜圆溜圆地盯着克里奥。克里奥不禁低下头吻吻她。他是公司的老人,苏玛第一次乘坐他的直升机时,正是海拉这个年纪。现在,苏玛要带着女儿逃亡了,此去是吉是凶尚未可知。他感伤地吻吻苏玛,声音喑哑地说:“我要返回了,祝你们好运。”

苏玛动情地揽住他的脖颈,同他再次吻别,“再见,回去代我向我的父母问好,请母亲保重身体。”她想到身患重病的母亲,不知道此去还能否见面,浓浓的离愁如海潮般涨起,淹没了全身。她哽咽着重复道:“再见,也许要不了两个月我就会回来的。”

保罗从前窗探出身体向克里奥道别,郑重地说:“克里奥先生,这一路的情形不要向外人泄露。”

“放心吧,除了罗伯逊先生和夫人,我不会告诉第三个人。”

保罗开车走了,克里奥也随即登机,在天上盘旋了两圈。克莱斯勒汽车向西开去,车窗玻璃上映着金黄色的夕阳余晖。他们看见了直升机,从车窗里伸出手同他挥别,还拉着小海拉的手伸到窗外挥着。克里奥压低机头从汽车右侧掠过,算作告别,然后拉起机头飞进云层。等他再回头张望时,那辆汽车已经缩为一只金背甲虫,很快融入车流,再融入夕阳的余晖中。

克里奥叹息着,向来路返回,一路上怏怏不乐。他在心里为苏玛担忧,只怕她从此与麻烦解不开了。他的估计没有错。保罗和苏玛的这次隐居长达三年,而且,他们竟然把家搭到了狼窝附近。麻烦一直紧紧地缠着他们。

第四章

1

保罗走出长长的梦境，翻身睡熟了，他的手臂搭在苏玛的肩上。苏玛在朦胧中转过身，抓住他的手贴在自己脸上。睡在旁边的不是她的丈夫，但无论如何，有他睡在身边，苏玛感到十分安全。

他们不知道，就在距他们1英里远的一间石屋中，快活的豪森一直在听着他们的对话。窃听器质量很好，音质清晰，似乎对话人就在身边。后来两人都入睡了，窃听器中传来轻微绵长的鼻息声。

豪森不禁摇摇头，佩服这对假夫妻的定力。一个强壮的男人，一个漂亮的女子，躲在人迹罕至的山间野舍中。谁能想到他们竟然还保持着纯洁的关系？

他去冲了澡，又回到窃听器旁，心想这次业务真是让他大开眼界。豪森原在西弗吉尼亚的查尔斯顿开一家私人侦探所，业务一直不太景气，妻子体弱多病，每个月医生的账单是最让他头疼的事。三年前的一个晚上，幸运降临了，费城的约翰·罗伯逊先生十万火急地找到他，让他立即来到这片山地潜伏下来，他的任务是“时刻把三个人保持在视野里，但不得干扰他们的生活”。这次业务的报酬十分优厚，但雇主严格要求，对窃听到的所有内容须绝对保密。

罗伯逊严厉地说：“如果有人无意中听到了这些东西，或者有人以更高的价码买到这些消息，那么，我凭《圣经》发誓，一定让你从此不得安宁，你只能到精神病院里去用那笔不义之财。”

豪森冷冷地回答：“这正是我应该恪守的职业道德。”

约翰抱歉地笑笑，“那就好，请原谅我的坦率，相信今后我们会相处得很愉快。”

此后豪森逐渐明白了，约翰当时为什么会如此严厉。因为那三个人确实隐藏着世界级的秘密。一个癌人！虽然豪森对遗传学知之甚少，但不久前新闻界的那场喧嚣他记忆犹新。

不过，那个凶恶的字眼——癌——无论如何也与小赫蒂联系不到一块儿，这是个生命力旺盛的黑精灵，是一个惹人爱怜的小天使。在3年的监视中，豪森已发自真心地喜欢上她了。现在，即使约翰不再付钱，他也会心甘情愿地保护她，让她免受什么纯洁联盟的迫害。

保罗一家肯定也感受到了他的友情，在他们充满警惕的隐居生活中，唯独对豪森不加防范。比如说，对海拉在发育速度上的异常，他们肯定知道豪森有所觉察，但双方都把它当作一个心照不宣的秘密。这使豪森常常感到内疚，觉得自己滥用了这家人的信任。聊以自慰的是，他的监视并没有恶意。

“好啦，你们要回到人类社会中去，我的刑期也要结束啦。”

他自语道。三年来，他实际上成了一个坐单人牢房的犯人，除了偶尔同小镇上的人聊聊天,几乎没有可交谈的对象。所以,他常常自言自语,以保证说话能力不致衰退。

窃听器里已悄无声息了,偶尔能听到屋外传来的夜鸟鸣啭声。忽然,响起一阵清晰的喷鼻声,几乎是贴着窃听器发出的。开始窃听时,这个声音曾使豪森纳闷不解,后来才猜到,这是保罗养的那条名叫玛亚的雌性牧羊犬。每晚它要在屋里作一次例行巡逻,又正好经过拾音器。

他笑道:“晚安,玛亚小姐,我也要睡觉了。”然后,他把窃听器调到自动录音,上床睡觉。

2

凌晨两点，埃德蒙和哈姆踏着夜色，悄悄来到斯蒂文家的石屋。院子里很静，窗户里透出微弱的灯光。那条牧羊犬听到动静，低声吠叫着，从狗舍里钻出来。这条狗是他们最担心的障碍，不过，他们已做了充分的准备。

玛亚看到了栅栏边那个瘦小的身影，它低声吠叫着，警惕地走过去。玛亚是一条性格温和的牧羊犬，在它的心里，每个两腿生物都应该是朋友。不过，深夜在院子外潜行的人是否也能划进朋友的范畴？它有些犹豫地叫着，希望吠声能把这人赶走。这时，埋伏在院子另一侧的埃德蒙从容地瞄准，扣动扳机，一支小小的针筒扎在它的腹部。

玛亚立即回身，愤怒地向敌人扑过去，但麻醉药效发作得很快，它摇晃了几下，慢慢倒在地上。埃德蒙把麻醉枪交给哈姆，轻轻翻过栅栏，掏出怀里的手枪，悄悄向屋门走去。很好，斯蒂文夫妇都没有醒，这对双方都是好事：毕竟他只是想拿海拉的器官换美元，并不想当杀人犯。

8年前，他从美国警方和国际刑警组织的搜捕下逃脱，在这片山野里度过了几年平静的时光。但3年前，斯蒂文一家和豪森相继迁入此地，使他的神经又绷紧了，做好了逃窜的准备。不过，他很快发现这是一场虚惊。斯蒂文一家肯定也像他一样是逃亡者，他们谨慎地蜗居在这里，不同外界发生任何联系。豪森倒可能是一个侦探，但他的目标并不是被警方通缉的埃德蒙，而是在他之前搬来的斯蒂文一家！

埃德蒙放下心，但仍保持对他们的监视，把每天的偷窥当成娱乐。他常常想，究竟是因为什么，这对年轻夫妇会带着才满月的婴儿，逃到这荒野之地；而那名侦探整整陪了他们3年。3年的侦查费用是一笔不小的花销，又是谁在慷慨地付钱呢？

这些疑问使他越来越好奇，所以他孜孜不倦地探察着。两年后，他发现了一个惊人的秘密：那个叫赫蒂的小女孩显然在飞速生长！她是在埃德蒙的眼皮底下一天天、一点点长大的，所以很长时间他忽略了这一点。但有一天他转念一想，发觉仅仅在两年之间，赫蒂竟然从一个婴儿长成了5岁的大孩子！

这个发现使他十分困惑。他曾设想这个孩子其间被掉过包，但仔细回忆两年来的观察后，他排除了这种可能。又或许，赫蒂是一名甲状腺功能亢进症患者？不过，恐怕这种患者也没有这样快的生长速度。

这个难题足足困扰了他半年之久。某天晚上他忽然茅塞顿开，想到了3年前曾轰动一时的癌人事件——他们正好是那段时间迁居此地的！之后，一切乱麻都被理清了，原来这是一个癌人，一个快速生长、永不衰老的癌人，一个活着的器官仓库！

他的贪婪又开始蠢蠢欲动。既然仁慈而万能的上帝把肥美的羔羊送到狼穴旁，他怎能拒绝呢？还有更妙的呢，只要翻翻3年前的报纸就能预料，斯蒂文夫妇如果丢失了小癌人是绝不敢报警的，因为她是公众仇恨的焦点，在法律上她甚至不具备人的资格——这一点使埃德蒙特别舒心,因为这样他就可以保留自己所剩无几的“良心”了。

埃德蒙顺利地潜进赫蒂的房间,她正在熟睡,小脸蛋上挂着微笑。他轻轻关上门,捏碎麻醉药管,用毛巾捂在她的脸上。赫蒂在睡梦中挣扎了几下便不动了。这次行动是如此顺利,埃德蒙在狂喜中低声自语道:“我的乖乖小癌人,你可到我手里了!”

他拉开门仔细听听,屋里没有动静,那对假夫妻还在梦乡中。他把赫蒂扛到肩上,悄悄溜出屋门。哈姆还在栅栏门边一筹莫展,给他分派的任务是悄悄打开栅栏的大铁锁,但现在门锁还好端端地挂在那里。看见埃德蒙出来,哈姆紧张地说:“我打不开!它太结实了!”

埃德蒙瞪着他,真想把这个笨蛋掐死。不过,这会儿不是跟哈姆算账的时候。他低声命令道:“快到那边去,你在外边接我。”

他已经侦察到,在栅栏与山岩连接的地方,有一个地方比较容易攀爬。他一手托住肩上的赫蒂,一手拉住栅栏艰难地攀上去,稳住身子,把赫蒂丢给外面的哈姆。他喘口气,忽然感到一阵刺痛,左手戴着的薄羊皮手套被什么东西挂破了,手套上面沾着血迹。他没有管它,翻过栅栏,把赫蒂扛到肩上,“快走!”

两人轮流扛着女孩,匆匆来到1英里外的石子便道。老橡树的树荫下藏着哈姆的汽车,是两小时前藏到这里的。他们把赫蒂塞到后座椅上,向山外开去。

3

豪森这天晚上睡得格外香甜，一觉醒来，已是第二天早上6点半。他披衣下床，嘴里咕哝道："早安，斯蒂文先生和太太，还有小赫蒂，咱们的交流又要开始了。"

打开窃听器，里边传来窸窸窣窣的声响。按照惯例，那边的三个人该起床了，但今天没有听见小海拉的笑声或喊声——在平时，她的笑声一直是豪森的起床音乐。这个黑精灵今天睡懒觉了吗？豪森决定先去洗漱。但这时他听见苏玛惊惧的喊声：

"保罗！保罗！海拉失踪了！"

保罗听见苏玛的喊声，忙从卫生间出来。苏玛脸色惨白，长发散乱，轻薄的睡衣敞开了，露出雪白的胸脯。保罗笑着过去为她系好睡衣，安慰道："不要大惊小怪。这个野姑娘一定是起得早，自个儿出去玩儿了。"

话虽这样说，但他也急忙在屋里开始寻找。海拉的卧室没有人，毛巾和枕头散扔在床上。客厅、厨房和院内都没有人影，唤她也没有回音。也许她真的独自出门去玩儿了？保罗不大相信。因为他们一再告诫海拉，不要独自外出，要提防野兽和毒蛇。他突然想到了玛亚,它为什么这样安静?来到房外的犬舍,保罗立即觉得心头发紧:犬舍是空的,牧羊犬姿势怪异地瘫在栅栏旁边的地上,无力地强睁着眼睛,一支麻醉针的尾管还扎在肚皮上。

苏玛也看见了,用拳头堵住喉咙深处的一声惊呼。保罗忙把她揽到怀里,感觉到她的身体在瑟瑟发抖。他尽力安慰道:"不要慌,不要慌,走,我们先回去带上武器。"

他把苏玛拽到屋里,立即取出那把韦森左轮手枪,又把双筒猎枪递给苏玛,然后两人从海拉卧室开始仔细搜寻线索。屋内没发现什么异常,仔细嗅嗅,有一股淡淡的香味儿,绑架者一定是把她麻醉了。外门玻璃上有一个圆洞,是被金刚石划破的。栅栏上的铁锁有撬痕,但没有被撬坏。顺着栅栏寻找,在栅栏与山岩相接的地方发现了攀爬的痕迹,栅栏另一侧的地上隐约可见几只脚印。

保罗决定先把猎犬弄醒,他回屋取了一针兴奋剂,为玛亚注射。玛亚慢慢站起来,摇摇脑袋,踉跄几步,恢复了正常,立即咆哮着冲了出去。它顺着那道足迹跑着,在山岩处越过栅栏,迅速向外追踪。保罗和苏玛握着枪,紧紧跟在后边。

玛亚很快追到那条简易石子路,它停住了,愤怒地吠着。石子路上有很多石子都移动过,石缝中的杂草被碾平了,显露出一条清晰的汽车轮胎印。保罗的心猛地沉了下去,他知道线索到此断了。

从石子路上的轮胎印看,这辆车是向山外开去的。保罗让苏玛在原地等着,他飞快跑回家,开出那辆克莱斯勒。这辆车已经久置不用,多亏前些天为了教海拉开车,才到镇上为电瓶充了电,加足了汽油。他让苏玛和玛亚上车,顺着那道车痕追踪。痕迹越来越模糊,到了石子道和奇森小镇的大路交接处,所有的痕迹全都消失了。他们下车仔细辨认着,但毫无头绪。保罗面色阴沉,苏玛急得发狂,玛亚站在交叉路口愤怒地低吠着。

镇子还没有醒来,街上空荡荡的。镇西头有一间小商店,店主维克发现这两人一犬在路口焦灼地辨认车痕,便好奇地走过来。镇上都知道,80英里外的山里住着几家怪人,他们经常躲在山背后,轻易不与人攀谈,也很少在镇上露面,只是偶尔来镇上买些杂物。维克走过去,热心地问:“哈罗,斯蒂文先生和太太,有什么需要我帮忙吗?”

保罗问他,昨晚到今早,有没有陌生的人和车辆经过这里。维克想想,肯定地说:“有,今天早上,大概是3点到3点半之间,我听见一辆车从门前经过。当时我还想是谁起得这么早。那辆车速度很快地开走了。”他看到保罗的目光更黯淡了,便问,“怎么,家里失窃了吗?”

保罗不敢说出实情,那肯定会惊动警方。他含糊地承认着,对,但没丢失重要东西,我们自己能处理。热情豪爽的维克不免有些生气,他发现斯蒂文似乎不欢迎他的帮助,从斯蒂文太太焦灼欲狂的眼神看,从放在汽车后座上的猎枪看,他们丢失的绝不是什么普通物品。不过,他没有想到“失窃”的竟是他们的女儿,因为任何丢失女儿的父母都会哭喊着把全镇人喊醒,哪里会这样吞吞吐吐?维克觉得受了侮辱,冷笑一声径自走了。

两人心情沉重地开车回去,路上他们商量着是否报警,但最终下不了决心。只要一报警,海拉的真实身份就难以隐瞒了,她势必再次被推到聚光灯下,经受舆论的又一次煎烤。究竟是谁绑架了海拉,是否还是“维护人类纯洁联盟”的那伙人?如果是他们，则报警毫无用处——他们本来就想在社会上掀起仇恨的浪潮，不会躲避警察的。如果不是这帮人，而是不了解实情的普通罪犯，那就更不能报警。因为，一旦罪犯们得知海拉的真实身份，更不会轻易放手了。

他们掂量来掂量去，仍是进退两难。汽车开到了门口，玛亚忽然跳下车向前冲去，高声吠叫着，保罗跟着跳下去，警惕地端平手枪。房门被拉开了，一个人从屋里迎出来，是他们的远邻豪森先生！

“不要误会，不要紧张，我是来帮助你们的，雷恩斯先生和苏玛小姐。”

两人乍一听到自己的真实姓名，浑身一震，已垂下的枪口又抬起来了。豪森镇静地说：“对，我知道你们的真实身份，我是罗伯逊先生派来的。”

保罗狐疑地问：“你？你不是在我们之前就迁居此地了吗？”

豪森轻轻摇摇头，“不，我是在你们搬来的第3天才迁来的，不过，我让原房主在卖房合约上把日期提前了10天。我想你们那时理应比较慌乱，不会注意这个时间差。”

保罗怀疑地问：“你怎么那么快就找到了我们的落脚地，是克里奥在汽车中安放了信号发生器？”

“不，没有什么高科技的东西。虽然你们买房时使用的是化名和现金，但买房是要上税的，税务往来是通过电脑联网的。而且，在购买房产时使用现金而不是支票的人不是很多。罗伯逊先生只是通过朋友，查询了某年某月在西弗吉尼亚州用现金购房的交易，很快就找到了你们。我原想你们会越过州界去肯塔基州、宾夕法尼亚州或弗吉尼亚州，查询会稍微麻烦一些，后来证明你们没有这样的预防意识。”

保罗唯有苦笑。他曾自认是高智商——在生物学领域里，他的智商确实不低——他费尽心机抹掉三个人的行踪，甚至忍着思念，轻易不给妻子打电话(即使通话也要跑到500公里外)，他想，这个秘密居处肯定不会有人知道。没想到罗伯逊和豪森用这样简单的方法就找到了他们，而且瞒了他三年。和两人相比，他简直是智商不足60的白痴!

他阴沉地问："你怎么知道我家出了变故，窃听吗?"

豪森小心地看看他的怒容，坦率地说："对，窃听。三年前我就在这儿安装了窃听器。但请你放心，窃听内容除了罗伯逊先生外，没有向任何人透露过，今后也不会，而罗伯逊先生只是为了保护你们。可惜，"他苦笑道，"我是单枪匹马，没办法对你们实施24小时监听，否则昨晚就会发现潜入者了。"

苏玛首先想到了更重要的事情，不耐烦地说："这些账以后再算吧，豪森先生，你有什么线索? 你能帮助我们吗?"

豪森肯定地说："多少有点线索吧。"

保罗和苏玛立即感到一阵狂喜。他们顾不上盘问别的了，同声问道："有线索? 什么线索?"

豪森领他们回屋，他带来一个白色的装置，大约有笔记本电脑的一半大小。他按下播放键，磁带立即转动起来。

他解释道："今早听到苏玛小姐喊叫'海拉失踪'之后，我立即重放了昨晚的自动录音内容。这盘带子用的拾音器是设在赫蒂——不，海拉——房内的。你们听，到了。"

录音带的音质极好，能听到海拉轻微的鼻息声，接着是轻轻的开门声，轻微的窸窸窣窣声。再接着，海拉的鼻息声忽然消失了，几分钟后，一个极低的嘶哑声音说："我的乖乖小癌人，你可到我手里了!"

声音中有抑制不住的狂喜。又一阵较大的动静后，一切归于沉静。豪森说："凶手肯定麻醉了海拉，把她抱走了。"

保罗急急地问："凭这录音能把凶手辨认出来吗？我知道警方有声纹鉴别技术。"

豪森摇摇头，"恐怕不行。据我所知，警方的声纹资料库还不全，不一定能查到他。警方的指纹资料是最完善的，但我在屋内仔细搜查过，没有发现指纹。罪犯可能是个老手，干得相当谨慎。"

两人十分失望，豪森忙安慰道："还有一点线索可能有用。你们看。"

他领两人来到院里，走近栅栏与山岩相接处，"你们看，罪犯是两个人，一个人进屋，一个人在外边接应。罪犯是从那边越过栅栏进来的，他戴着手套，没有留下指纹。但是，回程时他背着海拉，攀越肯定比较吃力。在这里他滑了一下，手套被划破了，留下了一点血迹。我已经把血迹取了样本。"他苦笑道，"但愿不是海拉受伤留下的。不管怎样，我要迅速赶去联邦调查局，那里有识别DNA的设备。希望这一趟不至于白跑。"

他同两人辞行，"我要走了，一个小时前我已向罗伯逊报告了这儿的变故，他已经同FBI(联邦调查局)联系好，只等我一去就开始工作。在我回来前，你们不要轻举妄动。"

他急匆匆回去开出自己的汽车，临走前还特意拐到这里谆谆交代："记住我的话！"

汽车疾风般加速，很快消失在山路尽头。

4

豪森走了，给他们留下一个渺茫的希望，他们决定等这个希望破灭后再去报警。整整一天时间，两人带着玛亚到处搜索，又到奇森镇的外围向路人打听，但没有得到任何有用的线索。下午，他们疲惫不堪地回到家中。

屋内失去了海拉，突然间变得十分冷清，甚至可以说是凄凉。玛亚也变得无精打采，趴在他们的脚边，时而抬起头注意地倾听着。

保罗只能尽力宽慰苏玛，但此刻他们确实束手无策。是哪些该死的混蛋绑架了海拉？他们又怎么知道这个隐秘的住处？

想到这里，保罗浑身一震。苏玛仰起脸，凄然道："怪我们太麻痹，让绑架者从眼皮底下把海拉劫走。我真该死！"

保罗没有安抚她，而是紧张地继续思索自己刚才的一闪念。不错，他们太麻痹，太缺乏经验，使自己的秘密住处被罗伯逊轻易找到。但这多半缘于他事先知道三人的行程。如果是丝毫不知情的人，比如什么纯洁联盟，他们不大可能探到这个住处。

也许……就是老约翰在捣鬼？他在扮演"保护者"的同时，

又悄悄绑架了海拉？

至于作案动机并不难找。癌人计划已陷于停顿，他也许需要海拉做一个火种，重新点燃它。或者，罗伯逊夫人换肝手术后（去年的电话联系中他说了这件事），病情再度恶化，这次他需要一个“天然”的而不是“人造”的肝脏。

这个想法使人不寒而栗，它的血腥味儿太重了。但是，保罗苦涩地想，这正是罗伯逊制订癌人计划的初衷呀。苏玛仍陷于极度的悲痛中，已经乱了方寸。

保罗不愿给她徒添烦恼，独自思索了一会儿，对苏玛柔声说：“苏玛，我想出去打个电话。”

“还要到外地去打吗？”

保罗苦笑着摇摇头，“不。既然海拉已失踪，我们不需要保密了。我去奇森镇打电话，马上就回来。我回来前你不要出去。”

他开着汽车向小镇进发。他想起，前几天还在这条路上教海拉开车，海拉学得极快，几乎是转眼之间，她已经操纵得非常自如了，现在保罗耳边似乎还响着她高兴的尖叫声。可惜物是人非，海拉现在生死未卜！

小镇的大街上有一间很小的邮局，是半日值班的，这会儿没有一个工作人员。一个七八岁的白人女孩正在自动售票机上买邮票，她穿着鲜艳的毛料长裙，别着绿色发卡。可能是钞票皱了，自动售票机内吱吱响了一阵，把钞票退回来，发出一阵警告铃声。小女孩非常困惑，细心地展平钞票，再送进去。这回售票机接受了，吐出一张邮票和一堆零钱。女孩十分高兴，咯咯地笑着，抬头看见保罗，也送来一个甜甜的微笑。

保罗的心房猛然被刺痛，这笑容和海拉太相像了！今天所见的一切都令他联想起惹人爱怜的女儿,在他心中,仇恨的怒火燃烧着。女孩把信件投入邮筒,蹦蹦跳跳地走了。保罗见电话隔音室中是老式的投币电话,便掏出10美元塞进自动售票机,换出硬币,拨通了罗伯逊的秘密电话。

那边立即有人接听:"是豪森吗? 血样还没送去?"

保罗沉默片刻才说:"我不是豪森,我是保罗。"

"保罗?"对方重复一句,很快接着说,"你那儿的情况我都知道了。豪森走了吗?"

"走了,今天上午走的。"

"那么,最迟后天早上他就可以拿到结果。如果……那只有报警了。苏玛的情况怎样?"

保罗沉闷地说:"她十分悲伤。如果海拉有什么好歹,我担心她会承受不住这个打击。"

对方沉默了一会儿,叹道:"我们只能尽力而为了,请你尽量开导她。"

从这段对话中,保罗没有听出什么可疑之处,他转而问道:"夫人身体还好吧? 去年通话时,你说她做了换肝手术。"

"对,实际上是三年前做的,换肝后恢复得很好,但三星期前病情突然恶化,现在正准备做第二次换肝手术。至于效果……听凭上帝安排吧。"

约翰的话中透出无奈和愁苦,听起来十分真诚。保罗相信了他的话,也真诚地说:"愿上帝保佑她。再见。"

"再见。有什么情况请及时通知我。"

挂上电话,保罗仔细梳理了约翰的对话,没有发现和绑架案有关的线索。具有讽刺意味的是,这使得保罗更加焦灼——海拉的命运更难预测了!

夜里苏玛辗转难眠,保罗把她拥到怀里,努力劝慰她。深夜苏玛才入睡,梦中仍显得焦虑不宁,眉峰时时颤动着,有时身上会突然有明显的战栗。保罗心疼地看着她苍白的面孔,觉得自己无能为力。疲惫中保罗也蒙眬入睡。没过多久,苏玛突然全身抽动,把他惊醒了。苏玛大睁双眼,表情惊惧。

保罗轻声问:"苏玛,醒醒,怎么了?"

苏玛心有余悸地说:"我做了个噩梦,海拉被关在山洞里,一个巫婆正邪恶地笑着逼近她。我看见一把刀！我能通过海拉的眼睛,看到那把锋利的刀!"

保罗叹息着安慰她:"这只是一个梦。不要胡思乱想了,睡吧。"

但他们再也无法入眠。许久之后,两人还睁着眼,似乎寒光闪烁的尖刀在眼前晃动。

5

凌晨,约翰·罗伯逊来到妻子的病房,萨哈林博士正好出来。他是约翰家的私人医生,已经为他们服务30年了。护士帕米拉跟在后边,拎着医生的小药械箱。屋里拉着厚重的窗帘,灯光都关了,只有脚灯幽幽地亮着,屋里显得晦暗沉闷。

帕米拉随手关上房门,小声说:“先生,夫人刚刚入睡。”。

约翰陪医生来到客厅,问道:“怎么样,明天的手术?”

“没问题,夫人的身体状况还能承受一次手术。”

医生把重音放在“一次”上。老约翰当然听出来了,只能报以苦笑。

三年前,妻子的病情急剧恶化,肝功能完全衰竭。所有灵丹妙药都无力延缓这个过程,只好为她实施了换肝手术。不是用人类的肝——由于种种原因,他们一直没有碰到合适的器官供应者;也不是癌人的肝——在强大的社会压力下,约翰不得不中止了对癌人的研究。妻子更换的是人造肝脏,即那种用可降解生物材料作骨架、用病人本身的肝细胞培养而成的人造器官。手术很成功,妻子的身体自手术后日渐好转,面部的褐色和黄疸也逐渐消退。她的心情也变得明朗了。说句刻薄话,那时老约翰已经开始计算新产品(系列化的人造脏器)投放市场的可观利润了。

但在两个星期前,那个巧夺天工的人造肝脏忽然“崩溃”,就像地震毁掉了一幢建筑,肝细胞一片一片地坏死。仅仅10天,妻子便陷入昏迷。PPG公司的医学科学家们和医生们都束手无策,他们说,这些肝细胞的死亡很像是协调一致的自杀,大概是某个细胞内的死亡时钟出现了错误,产生了雪崩效应。

现在,唯一的办法是再做一次换肝手术,但愿这次的新肝脏能多坚持几年。

约翰问萨哈林:“那么,明天的手术如期进行?”

“对。”

医生走了,帕米拉拎着药箱送他上车。约翰轻轻推开房门,坐在老妻身旁。妻子已被病魔蹂躏得面目全非,白发枯干,脸上笼罩着死亡的黑气,松弛的皮肤掩不住支离的骨骼。这会儿她沉沉入睡,气息微弱,几乎像一具骷髅。

约翰觉得十分悲伤,但更多的是无奈。作为世界知名药业集团的总裁,眼睁睁看着妻子一天天被病魔吞食,他常常感到一种绝望的愤怒。帕米拉轻轻推门进来,立在他的身旁。

约翰轻声问:“夫人清醒时说了什么吗?”

“她还是说想见见苏玛。我告诉她,你一直都在寻找他们的下落,但还没有消息。”

约翰点点头,不再说话。两个小时后,妻子才从昏睡中醒来,她看见丈夫,微微一笑,气若游丝地说:“你还没有休息?”

约翰握着她的手说:“我不困。你休息吧,准备明天做手术。”

妻子沉默了一会儿,“真想在手术前见见苏玛,可惜来不及了。”

约翰安慰她:“没关系,手术后你的身体会很快复原。那时我再尽量想办法与苏玛联系,也许,在这段时间内他们会打电话来。”

妻子微微点头,又闭上眼睛。约翰在房里一直陪她到清晨。百叶窗里透出第一丝曙光,他对帕米拉做了一个手势,悄悄退出病房,来到他的保密间。他没告诉妻子,实际上,这几年他一直掌握着女儿的行踪,他雇用的私人侦探豪森一直隐藏在他们附近保护着他们。不过这种联系是单向的,被保护者并不知道。他不想把这层纸捅破,因此不想通知他们回来。

今天是10月15号,每逢15号早上7点,豪森都要向他汇报一个月来的动态,现在已经到约定的时候了。

保密间是完全隔音的,关上那扇沉重的双层门,世界上所有的嘈杂声都被隔绝于门外。约翰踏着松软的吸音地毯来回踱步,即使怀着对妻子深深的担忧,他也仍在考虑三年前夭折的癌人计划。PPG公司受到了强大的压力,不得不中断计划。他很后悔,应该用更巧妙的方式来推行它。那样也许妻子就有救了——而且,只要想想世界上还有成千上万这样的病人,那么毫无疑问,癌人计划绝不会就此被扼杀。他不愿放弃8000亿产值的产业,而且,这不光是金钱的问题。

7点整,电话铃响了。尽管铃声调在弱挡,但在万籁俱寂的保密间里仍显得十分刺耳。

约翰拿起听筒,马上听见豪森急迫的声音:“罗伯逊先生,海拉今天早上失踪了,她一定是被绑架了!”

6

海拉悠悠醒来,努力撑开沉重的眼皮。她看见自己在一个山洞里,昏黄的灯光在洞顶投射出一个巨大的身影,身影晃动着,像一个张牙舞爪的巫婆。这是哪儿?我怎么会到这儿?她想坐起来,手脚却不听使唤。也许这是一场噩梦吧,她害怕地低声叫道:“妈妈,爸爸!”

那道黑影马上停止舞动,然后逐渐缩小,消失,幻化出一个黑色的实体,一双绿色的眼睛嵌在深陷的眼窝里。她听见嘎嘎的怪笑:“你醒啦,我的小癌人乖乖?没有爸爸,也没有妈妈,这儿只有两位好心肠的老海盗。”

海拉努力聚拢神志,从意识的黑洞中挣扎出来。她看清这不是山洞,而是用石块砌成的密室。面前也不是巫婆,而是一个长发长须的男人,身材比较高大,大约50岁,一双狼眼荧荧发光。在他背后是一个小个子男人,长得猥琐不堪,脸上挂着神经质的笑容。海拉不由得缩紧身子,她发觉自己的手脚并不是麻痹了,而是被捆绑在床板上。她的脑中打了一个激灵,立即完全清醒了,哭喊道:“你们是什么人?为什么把我绑住?放开我!爸爸,妈妈!”

那个高个子男人邪恶地笑道："不用喊，不用喊。爸爸妈妈听不到的。"他离开海拉走到密室深处，只听见一阵器械的撞击声，然后他端着一个白色的盘子走了过来，"小癌人乖乖，多好的乖乖。三岁长这么大的个子，叫老海盗伯伯多眼红呀。好了，我要给你动个小小的手术，割下一只肾脏去换2万美元。别担心，少了一只肾脏你照样能活得好好的，长大了还能为我再生一打小小癌人。"

在海拉的哭声中，他拿着一支针筒走到她身旁，海拉的嗓子已经喊哑了，两眼紧紧盯着那支针筒，就像陷入绝境的青蛙盯着一条眼镜蛇。尖利的针头扎进皮肤，海拉绝望地踢蹬着。

那个男人仍快活地自言自语："不许乱动，别给老海盗找麻烦。这会儿他只有一个助手，你好意思给他添乱吗？不过不用担心，老海盗是老手了，闭着眼睛也能做完这个手术。"

冰凉的注射液慢慢推进去，海拉的手脚逐渐麻木。她感觉到矮个子的男人解下了她身体一侧的绳索，把她翻了个身，在她的脊椎处又打了一针。黑云顺着神经慢慢向大脑弥漫，她听见之前的声音高兴地说："好，我要动手了。好长时间没干了，我多喜欢听手术刀划破皮肤的刺啦声呀。"

手术刀的寒光在眼前闪烁着，然后，刺啦一声，她的左腹传来轻微的痛感，此后她就坠入了彻底的黑暗。不过在坠落之前她忽然想到，她见过这个人，见过这个恶魔，这人就是山腰上住的那个诗人，她曾见过两面的。

7

第三天早上，豪森开车匆匆赶回来，一名中年警官坐在他的车上。听见汽车响声，保罗和苏玛立即跑着迎出来。三天之间，苏玛像是老了10岁，脸上失去了血色，失去了往日的光泽，头发也变得干枯。豪森怜悯地看看她，没等他们询问，便直截了当地说："好消息，这次调查非常顺利。绑架者的身份已经清楚了。这是本地的波利警官，他带来了十几名警察。"

两人立即目现异彩，迎上去同波利握手。豪森脱下外衣递给苏玛说："请给我一杯饮料。谢谢。"他接过饮料一气喝光，接着说，"非常顺利。FBI存有此人的DNA图谱，甚至连他的声纹图都有。他们十分感谢我们抓住了他的尾巴，因为这个重犯已经失踪8年了。这是一条恶名昭著的噬人鲨，一个，"他看看两人，小心地说下去，"可恶的盗卖器官者。"

两人的脸色立时变得煞白，好像全身的血液一下子被抽光了。豪森和波利无法劝慰，叹道："我们只有寄希望于他还没有动手了，也许他需要与同伙联系、准备，要耽误一些时间。"

保罗仇恨地问："他的巢穴找到了吗？"

"很可能找到了。FBI调出了他的照片，你们看。"豪森从衣袋里掏出一张电脑打印的彩照:一个40岁左右的男人,绿眼睛,深眼窝,火红色头发,目光阴沉,嘴角微微上挑。豪森问:“认出是谁了吗?”

两人皱着眉头努力思索着,最终摇摇头。豪森又掏出一张彩照说:“你们再看看这一张吧,电脑为他添了10岁,又加上了长发和络腮胡子。”

苏玛首先认出来,失声叫道:“那个邻居?那个颓废派诗人?”

保罗也努力辨认着,的确像他。不过,这3年来他们仅有两三次邂逅,他不能完全肯定。豪森点点头,“对,是他。现在至少有90%的可能了。我实在该死,3年来只顾把眼睛盯向海拉,竟然没发现附近还有一只恶狼。不过话说回来,这3年他确实未露出尾巴,这是他隐居8年来的第一次作案。告诉你们,联邦调查局对我们提供的消息简直欣喜若狂。”

波利点点头,“我们接到命令后进行了侦察,他还没有离开此地,看来这次他是大意了。”

保罗和苏玛急不可耐地说:“现在就逮捕他?”

“嗯。警方正在对那个地方实施包围,我想这会儿该完成了。”他取出一个对讲机轻声说了几句,抬头对两人说,“已经完成了,走吧,我们都去。”

埃德蒙吃过丰富的晚餐,按动壁炉旁的一个秘密按钮,暗门缓缓打开,露出里面的空间。他端着食物走进去,反手按下关门的电钮。这个密洞是原来的住户留下的,他又加以改建,此时正好派上了用场。

埃德蒙非常兴奋。昨天他发现小赫蒂的刀口已基本愈合。

才两天哪，这再次证明了癌人的快速生长能力。这种特性对于他的生意是再好不过了。

取出来的那只肾脏当天晚上就由哈姆送走了。几天之后，埃德蒙会到纽约取回其余的7500美元。这桩生意从头到尾都顺利极了。现在只有一点缺憾，就是小癌人从清醒后就拒绝进食，两天两夜滴水未进。这可不行，绝不能让这个宝贵的器官活仓库饿出毛病。他打算用自己的如簧巧舌去说服她，实在不行，他会用鼻饲或静脉注射的办法维持她的生命。

黑暗中，他先在脸上堆出最亲切的微笑，才按亮电灯。海拉被强光一照，本能地抬手去遮眼睛。她的腰间锁着一个钢箍，又被沉重的铁链拴在屋角的地锚上。所以，她一抬手，铁链就哗啦作响。

仅仅两天，海拉的模样全变了：目光阴沉，表情冷漠，眉尖锁着尖锐的痛苦。这痛苦并非来自腹部的刀口，那儿已基本愈合了。痛苦来自精神方面，她不能理解这件事是如何发生的，为什么她刚喜洋洋地吃完了生日蛋糕，转眼之间就得面对锋利的屠刀？

在这两天里，她的心智飞快地成熟了。她已从最初的恐惧中爬了出来，坚强地舔舐自己的伤口。现在，这个剜下她一只肾脏的恶魔正堆着可憎的微笑，喋喋不休地劝她吃饭。“吃吧，小癌人乖乖，只要你吃饱，我就放你回家。你不相信？”他厚颜地笑着，“你真聪明，我当然不会放你走，但我至少可以放你看看蓝天，不再把你整天关在黑屋子里。”

海拉一直冷冷地盯着他，就像是浪花扑打下的一块冷漠礁石。埃德蒙发怒了，布道中开始掺杂威胁：“你不吃，你愿意我在你的鼻孔中插入一根管子，或者把你变成一个植物人吗？”

他看到小癌人的嘴唇嚅动着，终于说出了第一句话："你……为什么……称我是……小癌人？"

她总算说话了！尽管她的话语中有如此强烈的敌意，埃德蒙还是很高兴。他笑嘻嘻地说："为什么喊你小癌人？因为你不是你母亲生下来的！"她的眼神明显抖动了一下，"你根本没有父母，你甚至算不上是自然界的生命，你是用黑人妇女拉克斯身上的癌细胞培养出来的。你知道吗？这种细胞就是世界上有名的海拉细胞，你的真名叫海拉·罗伯逊——现在，你该知道这个名字的来历了吧。我再告诉你，PPG公司当初创造你的目的，本来就是为了给人类提供备用器官。"

他看到海拉眸子中的火苗迅疾闪亮着，最终转化为彻底的幻灭。他高兴地说："你相信了我的话？真是个聪明的癌人。对，只有我跟你说了实话，其他人都在骗你。其他人，包括那个所谓的父亲，他的真名是保罗·雷恩斯，就是那个黑人拉克斯的孙子，是他创造了你的生命。那个所谓的母亲叫苏玛·罗伯逊，是她提供了空卵泡，又出借了子宫帮你出生。你看，我已经把底牌全亮给你了。快吃吧，快吃饱，快长大，为我多提供几个漂亮的器官，这是你的命。"

海拉仍对面前的食物不理不睬，埃德蒙真正发怒了，高声喝道："快吃，否则我就帮你吞下去！"他伸出手抓住海拉的肩膀，海拉突然爆发了，用力甩脱他的手，尖声叫道："不许你碰我！不许你的脏爪子碰我！"

埃德蒙狞笑着，重新抓住她的肩胛。海拉尖声哭叫着，然后是埃德蒙极度恐惧的叫声，随即一切归于沉寂。

8

保罗按了按衣服下的手枪，开始敲埃德蒙的房门，“克里克斯顿先生！你在家吗？”

十几名警察已经埋伏好，豪森和波利也隐在屋角。如果这个恶魔过来开门，保罗就会假装央求他帮忙寻找小海拉，等这个恶魔稍一松懈，埋伏的人就一拥而上，把他摁在地上，免得他狗急跳墙，拿海拉作人质。

但是屋内一直没有回音。也许他已经逃跑？也许他洞悉了这个计谋？玛亚闻到了罪犯的气味，愤怒地低声吠叫着。不能再耽搁了。波利对着对讲机说了几句，埋伏的警察迅速冲过来，一脚踹开房门，冲进去开始搜查。

屋内没有人影。厨房里碗碟堆在水池里，电炉还微微发热。埃德蒙和海拉在哪儿？他绝没有跑掉，因为布置包围圈时，还能听到屋里的动静。在此后的一个小时里，他插上翅膀也飞不出包围圈。

苏玛被警戒线隔在外面，她苦苦要求，波利警官放她进来了。整个屋子还有院子都搜遍了，两个人仍毫无踪影。豪森忽然发现壁炉处有蹊跷，他用手在周围墙壁上仔细摸索着，终于发现了一个很难觉察的小突起。他小心地按下去,壁炉立即轰轰隆隆地移走,露出一个仅容一人的洞口。

洞里亮着灯,保罗一眼就看见了缩在角落里的海拉,立即准备冲进去。豪森一把拉住他,闪在门边观察着。埃德蒙庞大的身躯仰躺在石头地板上,龇牙咧嘴,十分丑陋。波利喝问几声,没有反应,他显然已经死了。警察们狐疑着慢慢走进去,朝埃德蒙俯下身。

屋里有很浓的臭氧味,埃德蒙胸前有一个碗口大的深洞,伤口周围很光滑,没有血迹。从皮肤和衣服的焦痕看,显然是一种高能量的射线流烧穿的。他的眼睛圆睁着,死亡刹那的恐怖冻结在脸上。

苏玛哭叫着扑向角落里的海拉。海拉神情麻木,面容枯槁,腰间还拴着令人心碎的钢箍和铁链。保罗从死者身上搜出钥匙,打开钢箍,苏玛把海拉紧紧拥在怀中,似乎怕别人再抢走。良久,她哆哆嗦嗦地探手入怀,在海拉身上摸索着。她摸到了一个伤口,心中一颤,犹豫片刻,下决心掀开海拉的上衣。

没错,一条大约2英寸的刀口像蚂蟥一样趴在左腹,它已经收口,泛着鲜嫩的粉红色。

他们来晚了,这个魔鬼已经对海拉下手了。苏玛再也忍不住,搂着可怜的女儿号啕大哭起来。

海拉仍然是一副麻木的表情,保罗心口绞痛,蹲下身去拉过海拉的小手,他忽然发现海拉右手食指只剩下了半截！断口血迹斑斑,而海拉的嘴边也凝有血迹。

保罗觉得逼人的寒意从脚下渐渐升起,依次麻痹了足部、小腿、大腿和腹部,并逐渐向上蔓延。她竟然把自己的一截手指嚼碎了！那时她是处于什么样的心理恐惧中啊！

波利警官一直蹲在埃德蒙的尸体旁，仔细探究是谁杀了埃德蒙。从死者倒地的方位看，能量束是从里面射出来的。所以，如果海拉脚边扔着一把枪的话，他很容易推断出是海拉开的枪。

但地上并没有任何武器。而且，这种伤口不是枪弹造成的，不是达姆弹，也不是贫铀穿甲弹。它非常像是一种能量极为集中的射线流，温度起码在1万度以上。几名警察商量了很久，也没得出一致的意见。在这边，保罗正心疼地捧起海拉的右手，海拉用古怪的目光看看手指，再看看尸体；看看尸体，再看看手指。突然之间，保罗全明白了。

他能逼真地复现存留在海拉视网膜上的图像。

一个长发长须的男人头颅，十分丑陋，深陷的眼窝里，两点目光像荧荧的狼眼。正是这个魔鬼前天割下了我的左肾，今天他又来了。

这一定是梦，是一场噩梦。为什么噩梦突然找上了我？从出生到现在，我一直生活在父母身边，每天看到的是爸妈亲切的笑脸。哦，爸爸妈妈，快把这个魔鬼从我梦中赶走吧。

但是不行，魔鬼越逼越近。

保罗不知道埃德蒙那会儿进屋来干什么，估计是来给海拉送饭吧（地上有三明治和破碎的盘子），他的到来一定激起了海拉极度的恐惧和愤怒。她缩在角落里，狂乱地挥舞着手臂，嘶声喊道："滚开！不许你的脏爪子碰我！"

那只脏爪子抓住她嫩柔的肩头，海拉绝望地一挥手——忽然，一道紫色的电芒破空而去。这可不是往日那种细细的、美丽的、只能逗笑父母、灼痛皮肤的"小紫蛇"。几天以来的横祸、超出承受能力的精神压力造成了强大的能量聚集，这些都在一道紫芒中释放出来。紫芒到达哈德蒙的身体时，至少有拳头那么大，他的皮肉和肋骨，还有肋骨后那颗丑恶的心脏都在万分之一秒内被气化，埃德蒙留在这个世界上的，只是一声凄厉的长嚎。

这大概是一个小时前的事了。此后，可怜的海拉一直和这具尸体囚禁在一起。她想去开门，但腰间的铁链限制了她。埃德蒙的尸体正好横在门口，胸膛处是一个黑色的深洞，他的脸上凝结着恐惧。海拉失去了自制力，她不想看，眼光却移不开。是我杀了人？是我用"小紫蛇"杀了他？

不，这一定仍是在梦中，是一场不会醒的噩梦。她用力咬着自己的食指，那根杀人的食指，却丝毫不觉得疼痛……那么，真的是在梦中了。

可怜的海拉啊。

警官在拍照，用白笔圈下死者的位置，困惑地低声交谈着，这个谜直到一年后还在困扰着他们。盗卖器官的罪犯们——包括哈姆——后来相继落网，但他们都否认自己杀了埃德蒙。确实，他们没有作案的动机，如果是想抢夺和占有海拉，为什么在杀死埃德蒙后又悄然离去？

这桩在密室中发生的凶杀案，唯一的见证人是海拉。但身心受到严重伤害的海拉咬紧牙关，一直没有提供只字的证言。警官们对此无可奈何，毕竟，她只是一个刚过完3岁生日的小女孩，你能指望她什么呢？

苏玛的抽泣声已经减弱了。警官波利和豪森都检查了海拉的伤势，安慰几句，请他们先回家休息。

一离开警察的视线,保罗就伏在苏玛和海拉耳边,极其郑重地告诫道:“不要对任何人提起‘小紫蛇’! 海拉,记住了吗?”

海拉一言不发,仍用古怪的目光看着他。苏玛马上领会到这句话的含意,脊背上泛起一阵战栗。

她和保罗心照不宣地点点头。

不,不能让外人知道海拉杀了人,即使杀的是万恶的器官窃贼。不能因此再引起一波仇恨。保罗暗自苦笑。三年前他为什么坚决陪苏玛逃亡? 他说过,海拉是他创造的,他有责任保护她。这当然没错。但他的决定还有第二层用意,他深藏心底,连苏玛也没有说过:

他创造了这个生命,同样有责任除掉她——如果她开始威胁到人类的话。

但3年之后,在海拉杀人之后,他却帮助这个癌人欺骗警方。谁知道自己的做法最终是对是错? 他叹口气,决定遵循自己的直觉走下去,他已经不敢相信理智的分析和道德的判决了。无论是逻辑之网还是道德大厦,实际上都是建立在佯谬之上。风平浪静时,它们看上去是那样严密,那样永恒,但只要到了历史的剧变期,它们之中的微裂缝就会迅速扩大。这时,你如果遵循这些“明白无误”的规则一直探究下去——前面却会呈现两个或多个完全不同的、又完全正确的答案,你将无所适从。

波利在埃德蒙的客厅里喊住保罗,走过来温和地说:“我检查一下海拉身上的伤口。”他看了看海拉的刀口,又以不易察觉的动作检查了海拉的全身,没有武器,确实没有任何武器。他点点头说:“请你们带着海拉先出去吧。”

门外的空地上停着一架熟悉的直升机,是公司的那架,克里奥在机窗里向他们招手。伊恩·希拉德走过来,同苏玛和保罗默默拥抱,又俯下身把海拉抱起来,轻轻地拍拍她的面颊。是约翰派他来的。3年来,约翰常向他和阿尔伯特通报海拉的情形,他还见过几张海拉的照片,那当然是豪森偷拍的。但即使如此,初见海拉仍使他心潮起伏。由他而起的那个计划早已中止,这个女孩是那个计划留下的唯一果实啊。他仔细打量着海拉,海拉则报以冷眼。她挣脱了伊恩的怀抱,默默走到一旁。

伊恩已经知道了密室里发生的事情,所以情绪比较沉闷,没有了3年前的张狂。他低声说:“保罗,这3年你们辛苦了。罗伯逊先生请我转达他的问候,他建议你们还是回公司吧。既然你们的行踪已经暴露,住在这儿太不安全。另外,‘维护人类纯洁联盟’掀起的那场风暴已基本平息了,相信世人能以平常心对待海拉。”

保罗想起自己对老约翰的怀疑,不由得暗生愧意。事实证明,罗伯逊先生与这次绑架案毫无关系,相反,他还做了不少有益的事情。他愧疚地说:“好吧。也该让苏玛见见父母了。夫人手术后身体怎么样?”

伊恩苦笑一声,只是耸耸肩膀。苏玛眼神一颤,没有再追问。

“那么,你们是否乘这架直升机返回?”

保罗看看苏玛,苏玛摇摇头,“等两天吧。海拉受了这么大的刺激,我想让她在熟悉的环境里休养几天,等恢复正常了,我们再乘民航班机返回。”

“好,就这样决定。我回去通知罗伯逊先生和夫人欢迎你们。”

9

回到家里，海拉仍一言不发。她照常穿衣起床，刷牙吃饭，但这些动作都十分机械僵硬，似乎她的肉体在动作而灵魂仍在沉睡。闲暇时，她会悄悄沿着墙角行走，用陌生的目光打量着熟悉的环境：铁栅栏上的蔷薇，草地里的酢浆草，树荫中跑过的一只负鼠，还有她的金发娃娃，父亲为她制作的骨哨等。偶尔她会伸手碰触这些东西，但总是立即缩回手指，就像是被火烧灼一样。

她一直不说话。

保罗和苏玛猜测，她一定是在强烈的恐惧中患了失语症。两人十分焦愁，关起门来长吁短叹，但在海拉面前却笑容明朗。两人的目光时刻跟随着海拉转动，用种种借口逗引她说话；同时又谨慎地隐藏着这种企图，他们怕过于强烈的外界诱导会适得其反。

在他们几乎绝望时，“成功”忽然降临了，只是这个“成功”带着狞厉的色彩。

第三天早上，苏玛把海拉揽到怀里，“好孩子，过来，妈妈为你换药。”

海拉顺从地伸出右手食指，她眸子中的古怪光芒更炽烈了。保罗心中嘀咕着，小心地解开绷带。在这个过程中他疑惑地觉得，断指上方似乎非常充盈。绷带解开后，他，还有苏玛，都像是被烙铁烫了一下，目不转睛地盯着海拉的断指。

断指已经生长完全了，是非常干净的半截新指。与原有的黑色皮肤相比，它略有些发白，指甲呈半透明状，显得很柔软。指肚上是清晰的指纹。因为皮肤太过娇嫩，这些指纹像是刻印在半透明的黑色胶冻上，吹之欲化。

一根再生的新指。

前天，在那间密室里，保罗曾细心地寻找过她的断指，想为她进行断指再植，但是没找到，断指肯定在极度的恐惧中被她嚼碎了，咽下了。只要一想到这点，保罗就会不寒而栗……现在，她的断指又复原了！他们本该为此欣喜若狂，该搂着女儿喜极而泣。但是，他们只是呆呆地望着，看看手指，再互相对望。

意想不到的是，海拉此时说话了："你害怕了吗，雷恩斯先生？"

声音很细，但保罗无疑被抽了一鞭。他忙强笑道："对，真是出人意料。但我们非常高兴……"

海拉截断他的话头："还有你呢，苏玛女士？"她冷静地说，"我已经知道你们的真实姓名了。"

保罗看看苏玛，后者问道："是绑架者告诉你的？"

"对。他还说你们不是我的亲生父母，我根本就没有父母，我是个异种，是人人憎恶的癌人。"

她的语调中有历尽沧桑的疲倦，一种凄惨的平静。苏玛再也忍不住了，搂着女儿泪水长流。海拉没有拒绝妈妈的爱抚，皱着眉头等她平静下来，然后很随意地说："有一件事你们还不知道吧，我的左肾被割掉了，但现在它又长出来了。”她按按左腹补充道，“不会错的，我能感觉得到。”

她用犀利的目光盯着保罗，保罗忙堆出微笑，“那太好了，真是意外的好消息。”

9点钟，两人把海拉送上床，亲切地说：“海拉，早点休息吧。厄运已经过去，明早起床，一切都会变好的。”

他们笑着吻吻她，回到自己的房间。一关上房门，两人的笑容便消失不见。他们目光闪避着，不愿正视对方的眼睛。他们都看到了那团阴影，却苦于无法逃避。“器官再生”这件事让他们心神不定。这难道不是喜讯吗？女儿已经意外地复原了，这是不敢奢求的上帝的恩赐——但是，它却勾连着一些模模糊糊的恐怖，它让人想起无限增殖的癌细胞，能够断足重生的恐怖章鱼，甚至想起了俄罗斯传说中那条杀不死的九头凶龙。

也许，这一切都源于那个可恶的符咒似的凶词：癌。它让一切健康的东西都浸上了凶色。连女儿当年的小小特技——那条细细的“紫蛇”，最后也联结到一具可怖的尸体上。

你这样想是不公平的，保罗责骂自己，如果不是这条“小紫蛇”，也许死的是海拉呢。你愿意出现这种结局吗？他打起精神劝慰苏玛：“苏玛，不要多虑。其实器官再生不是不可思议的——我又要来一番枯燥的推理了。你知道，低等动物的器官多是能再生的，像蚯蚓的身体、海参的内脏、壁虎的尾巴等。高等动物则只能部分再生，曾有报道说，一个英国女孩的断指长出新指，一个中国九旬老妇长出满口新牙。当然，总的说来，高等动物的器官尤其是重要器官不可再生。为什么大自然选择了这一条法则？实际上这与原则无关，只是进化的精明算计。因为，对高等动物来说，器官再生所耗费的生命资源更多，不如用来创造新的生命更为有效。在漫长的生命进化中，这种权宜的选择逐渐变成了断然的法则。不过，这种断然的法则仍有‘返祖’的可能。海拉的生命是依靠‘重新开启成年细胞的功能’来创造的，很可能这个过程连带着摧毁了机体内关于器官再生的禁令。所以，这个现象没有什么可担心的。”

苏玛苦笑着望着自己的意中人，此刻她才发现两人的思维方式是多么不同。不，她不需要这种科学家式的明晰思维，不需要对这种“生理现象”进行分析和阐述；她只要知道这种现象对女儿的实际影响。她略带尖刻地说：“这些解释以后再说吧。你难道没有想到，这个特性对海拉来说是多么可怕？如果这是真的，如果哪个医生用X光机证实了这件事，那海拉就永无宁日了。她成了割不完的中国韭菜，成了内脏被啄食后便会再生的普罗米修斯。那时，人们会理直气壮地找她索要器官，不仅是双份的肾脏和眼球，甚至包括单份的心脏、肝脏和胆囊！因为这些也是可再生的，割下它们并不会危及海拉的生命。”

保罗打了一个寒战，默然良久才说：“对，你说得完全正确。”

“那我们该怎么办？”

“保密，严格保密。绝不能让人猜到这一点，绝不能让人检查海拉的身体。”

“我们都好办，海拉呢？以她的年纪，她能永远不失口吗？”

保罗苦笑，“放心吧。恐怕是母爱遮住了你的眼睛，你难道没有看见，海拉已在3天内迅速成熟了，甚至比我们更成熟。她的身体可能还未越过童年阶段，但她的心智已经完全成人了。”

那个活泼天真、笑语解颐的乖女孩已经消失了，这两天里，他分明触摸到海拉身上长出了一层隔膜的外壳，胸中时刻充斥着怒意和戾气，这种变化让人心疼。保罗犹豫着，不想把这些全告诉苏玛。突然门开了，海拉神态落寞地走进来，两人忙扫净了脸上的愁云，笑问道：“你还没睡？我们在为你的意外复原而高兴呢。”

海拉直视着苏玛说：“妈妈，我身上那个来了，就是你们称作月经的。”

说到月经时，她没有看爸爸，不过也没有刻意躲避。苏玛听她喊的是“妈妈”而不是刚才的“苏玛女士”，几乎受宠若惊了。她忙示意保罗回避，下床拉着女儿的手说：“是吗？这件事一点也不可怕，说明我的女儿已长成大姑娘了。”

海拉截住她的安慰，简捷地说：“这些我都知道，你把需要的卫生用品给我就行了。”

已经走到门口的保罗随意地想，好，现在她连“身体的童年期”也已经越过了。这个女孩在精神上已与父母平起平坐，明天她就会居高临下地哂笑我们的幼稚了。

第五章

1

南希起床去准备早饭，参议员布莱德·比利又睡了一会儿。昨晚他们玩儿得过头了一点，毕竟他已年过50了。南希过去是布莱德的秘书，她是一个娇小性感的黑人女子，两人有了私情后她就辞职了，到波特兰市找了一份工作。他们的秘密恋情已持续10年，南希对布莱德十分忠诚，谨慎地为他保守着这个一旦曝光就将结束其政治生涯的秘密，她只有一个要求：布莱德必须保证每年至少有两个星期与女儿勒莎在一起。而且，一旦他从政界退隐，他就要承认勒莎的身份。布莱德非常乐意地答应了这个要求。

每年这个时候，布莱德都要抽出一个星期时间与情人和女儿相会。勒莎已经4岁了，是个极漂亮的姑娘，越来越得父亲的宠爱。老实说，如果现在把勒莎和总统职位摆在面前，让他只挑选一个的话，他不一定选择后者。

布莱德在睡梦中觉得有个温软的东西在轻轻触摸着他的脸，是勒莎的小手。布莱德睁开眼睛，笑着把她搂到身边，吻吻她的小脸蛋。

勒莎高兴地说："爸爸醒了！爸爸醒了！妈妈让我喊你起床，飞机就要起飞了。"

"好的，爸爸现在就起床。"

布莱德迅速梳洗一番，换上来时穿的衣服，拉上勒莎的小手到餐厅去。南希已经为他准备好了煎蛋卷、苏打饼和牛奶。他吃饭时，母女二人都坐在餐桌旁盯着他。

勒莎问："爸爸，圣诞节回来吗？"

"回来，爸爸要拉着圣诞老人一块儿来，给勒莎带来好多礼物。"

勒莎高兴地笑了，又问道："加达斯哥哥会来吗？"

布莱德看看南希，南希轻轻点点头。昨晚南希告诉他，她已经让勒莎看了加达斯的照片，她说："你的夫人……我们只有互相回避了，但我希望勒莎和加达斯能和睦相处。"布莱德同意了她的做法，反正他儿子已经知道了爸爸的私情。

"加达斯哥哥在夏威夷上大学，今年不一定回来。如果回来，我就带他来，好吗？"

勒莎歪着头想了一会儿，"他也要坐黄色校车吗？"

布莱德笑了，"不，要坐飞机，要飞很远很远的路程。"

勒莎像个大人似的叹口气，不再说话了。不过，她并没有把这件事忘掉。门外响起了汽车喇叭声，是秘书迈克·西瓦兹接他来了。布莱德穿上外衣，与母女俩吻别，勒莎在他怀里突然说："我要给哥哥写信。"

布莱德真正惊异了，勒莎和加达斯从未见过面，年龄相差悬殊，她怎么会对这个异母哥哥念念不忘，真的是血缘在冥冥中起了作用？他感动地亲亲小女儿，"好的，我也要告诉加达斯，让他给你来信。”

阿勒格尼航空公司的A-300马上就要起飞了。布莱德和迈克最后登上飞机，来到头等舱。这是一次秘密旅行，当然没有欢迎人群和讨厌的记者们，这使布莱德觉得耳边清静多了。

头等舱还有四名乘客，看来是一家人：一名30多岁的很有教养的黑人男子，一名20多岁的金发白人女子，还有一个黑得发亮的八九岁的小姑娘。坐在外侧的是一个40多岁的男人，平静的目光中似乎永远含着戒备，即使坐在舒适的航空椅中，他体内的弹簧也并未放松。布莱德微微一笑，他很熟悉这种人，他一定是这家人的随身保镖。

布莱德同他们简单地点点头，打了一个招呼。这次旅行中他不想同别人有任何交流。那对男女也简单地点头回礼，显然同样不打算攀谈。不过，那个黑人小姑娘身上有一些东西吸引着他。飞机升空后，他忍不住扭头再望望她，小姑娘也冷冷地投过来一瞥。

无疑，这是一对夫妻和他们的女儿，不过，从小女孩的黑人特征看，她不一定是白人妈妈的亲生女儿。吸引布莱德注意的是这个女孩儿的吃相。上飞机后她就不停地吃水果，很快就把水果盘吃空了。空姐好奇地看看她，笑着又送来一盘。她在吃菠萝时，分明在询问父亲这种水果的吃法。当父亲的没有说话，只是为她做了示范。

布莱德的嘴角绽出了一丝笑意，我的勒莎从来没有这样的好胃口！他想，这几位是什么人？他们坐头等舱，带着保镖，但小姑娘身上却分明带着乡野之气。布莱德端起自己小几上的水果盘送过去，笑着对她父亲说：“她的胃口真叫人羡慕。小姑娘，你叫什么名字?”

小姑娘戒备地看着他,勉强答道:“谢谢,我叫赫蒂。”

参议员摸摸她的头,回到自己的座位。刚才小姑娘报名字时似乎略有停顿,这点表情很隐秘,但逃不过参议员的锐利目光。这么说,可能她说的是化名。还有她的表情!这个年纪的女孩应该是无忧无虑的快乐天使,但她却分明装着一肚子戾气,而她的父母似乎一直小心翼翼。

小姑娘又把水果盘吃空了。机上送午餐时,小姑娘也足足吃了3份。她的父母多少有点尴尬。他们当然不会限制女儿的食量,但他们的目光好像总有点躲躲闪闪。

布莱德的直觉非常敏锐,他低声对秘书说:“查查这家人的名字。”

迈克不动声色地离开了。他很快返回,坐下后低声说:“是斯蒂文夫妇和女儿赫蒂。机票是PPG公司预订的。”

“PPG?”

“嗯。”

参议员点点头,从秘书带回的信息中,他马上想到了传媒广泛报道过的那桩盗割器官案,还有3年前在PPG公司发生的有关癌人的那场风波。那么,这个冷漠的小姑娘,这个小贪吃鬼,就是那个小癌人了?没错,他想起报道中说,他们在山中隐居时正是用的斯蒂文这个名字。这会儿,赫蒂靠在保镖身上低声说着什么,说话的频率很快,忽然两人都忍不住笑了起来。这是登机来第一次看见她的笑脸,保镖威胁地屈指叩着她的脑袋,然后把她揽到怀里,吻吻她的额头。看来这个保镖相当喜欢她。小姑娘注意到邻座的伯伯一直在看着她,便转过身去,给他留下一个后背。

参议员微笑着转过脸。这些年,他一直避开关于癌人的争论,因为他本能地觉得,这个题目中有很多人力难以控制的因素。今天他躲不开了,这个活蹦乱跳的癌人就在他的身边,你完全可触摸到她旺盛的生命力,就像是无数的电火花在她体内噼啪炸响着。他回忆着舆论界关于癌人的恐怖设想,再斜睨着赫蒂冷漠的面孔——可以触摸到这个小女孩对社会的敌意。也许,“冷漠”和“强大”的结合更令人害怕。

他不禁想起自己的勒莎,据报道说癌人只有3岁,比勒莎还要小1岁,但她的个头和智力发育已远远超过勒莎了。也许这个对比有一定的象征意义。如果把她们两个人放在你死我活的角斗场中,谁将是胜利者?答案是确定无疑的。可是,生物的繁衍生存——本来就是最无情的角斗啊。

飞机停在费城国际机场,一辆四车门的梅赛德斯-奔驰把那家人接走了。迈克去停车场开来了他们的劳斯莱斯,参议员坐到车里,对迈克交代:“回去后把有关癌人的资料整理一份给我。”他看见迈克询问的目光,简捷地解释道,“躲不开的,癌人返回人类社会后,这件事马上又要成为政治焦点。我们必须预做准备。”

“好的。”

2

汽车停在私人别墅的大门口，车灯闪了几次，大门自动打开了。映入眼帘的是曲折的林荫道和精心修剪的草坪。这是一座布满雕塑和喷泉的私人花园，左边有一个室内游泳池，墙壁和天棚都是透明的，像一座水晶宫。右边是一个网球场。汽车又行驶了5分钟，在一幢建筑前停下，高大的铜柱后是敞开的落地窗，几名仆人正在摆弄架子上的花盆。一位穿着深蓝色家居服的老人在门口迎候着。司机一打开车门，苏玛就急急下了车，扑入老约翰的怀里。两人拥抱亲吻，苏玛笑着，但眼眶中泫然有光。

随后，约翰同保罗拥抱，道了辛苦。苏玛把海拉领到老人身边，“海拉，这是外公。”老约翰微笑着俯下身，吻吻她的额头。

外公，外婆——这三四年来，海拉无数次听父母说过这两个词，它们浸透了温馨的气息。但这是过去的事了，自从知道自己的癌人身份，她就不再期盼世人的爱抚。这个外公能真心实意地接纳自己吗？

在同外公拥吻时，她能够在心里冷静地做着评价。外公的亲吻很温暖，但他的亲切中有太多的“礼节”性成分，并不是亲情的自然流露,比如她和妈妈那样。

她早就知道,自己的神经反应速度超过常人,她是这个“慢世界”里唯一的“快人”。这使她能从容地、略带嘲讽地看待大人的心计,就像顽童在观察蚂蚁。

临离开山中寓所时,保罗和苏玛把她喊去,郑重其事地说:“海拉,回到人类社会中以后,请你切记两点:第一,除了我和苏玛之外,不要向任何人透露你的器官再生能力。”

她当时平静地说:“我知道。否则他们就会像秃鹫一样盯着我的器官。”

父母深深对望一眼。海拉马上就读出了他们的思维:他们感到释然,因为不必亲口向女儿说出这些可怕的字眼了。

保罗轻咳一声,继续说道:“第二,千万不能让人知道你能放出‘小紫蛇’。”

海拉冷静地说:“对,如果人们知道是我杀死了埃德蒙,他们一定会义愤填膺的。尽管那是个十恶不赦的恶棍,但毕竟是人的同类呀。人类不会允许异类杀死自己的同类。”

这些平静的话语中包含着那么多的愤懑,父母二人都神色黯然,但他们无法劝解。现在,当海拉和外公拥抱时,她又想起了保罗的那个告诫:除了我和苏玛之外,不要把你的秘密告诉任何人。

任何人。那么,这位亲切的外公也属于“应该提防”之列啰?还有外婆?

外婆在屋里,由一位护士搀扶着,颤巍巍地走过来。苏玛扑上去同母亲紧紧拥抱,泪水刷刷地往外流。海拉看了外婆一眼,马上做出了冷静的判断:外婆已被死亡笼罩了。她脸上浮现着死亡的黑气,马上就要油尽灯枯了。

“海拉,来见过外婆。”

外婆艰难地俯下身吻吻海拉,“欢迎你,小海拉,希望你能喜欢自己的新家。”

约翰为他们举办了一次晚宴,除了家人外,还有豪森、见过一面的伊恩·希拉德,还有一个又高又瘦的律师阿尔伯特。仆人要把玛亚牵走,它生气地吠叫着,咬着海拉的衣角。最后只好为它在桌下摆了一个食盘,玛亚很满意,安静地依偎在海拉脚下。

海拉的座位在爸爸妈妈中间,她皱着眉头,打量着盘边摆放的六七把刀叉。保罗轻声告诉她,刀叉的使用次序是从外向内。海拉很厌烦这些烦琐的规矩,不过很快她就能使用自如了。她在餐桌上狼吞虎咽时,满桌的人都含笑看着她。只有夫人不太了解内情,略带惊讶地看着她的吃相。

苏玛笑着解释说:“妈妈你看,海拉的饭量大极了,她从小就是这样。”

夫人沉思了一会儿,轻声问:“她上学吗?你们打算怎样安排?”

“我们一直是在家中教她。海拉非常聪明,已经学完中学课程了。”

妈妈不满地哼了一声,“你还不打算结婚吗?你已经27岁了。”

苏玛没办法回答。在海拉没有走上自己的生活道路之前,她是不打算结婚的,但她不想把实情告诉病重的母亲。罗伯逊夫人不满地看看丈夫,看看丈夫手下的几位谋士,在心里埋怨他们把女儿拖到这个泥沼中来。不过她没说出口,只是疲倦地说:“对不起,我要先告退了,各位吃好。”

约翰送走妻子,返身入席。他在席上谈笑风生,不时向保罗和豪森举杯,询问三年来的一些情况。但海拉知道,这种热情只是表面上的,实际上,他们对自己的关心都是一种客套的礼节,就像在应付一位贵宾的千金,而且,他们的谈话一直在躲避着某种东西。

豪森走前特意到起居室同海拉道别,他笑着对苏玛说:"我的任务已经结束了,真舍不得离开小海拉,以后我可以常来看她吗?"

"当然。你不来我们会生气的。"

"如果……有什么困难,请及时通知我,好吗?"

保罗和苏玛感激地说:"好的,谢谢你。"

豪森摊开双手,"来吧,我的小天使,我的好姑娘,来同伯伯吻别吧。"

海拉沉静地走过来,给了他一个长吻。她也很喜欢豪森伯伯,尽管与伯伯真正相处的时间很短,但她能感觉到,伯伯的爱是很真诚的,是透明的。"伯伯,你要常来看我。"

"一定。我会为你带来很多礼物。"

送走豪森,保罗笑道:"恐怕我也该告辞了。"

苏玛恋恋不舍地问:"现在就走吗?"

"嗯,明天我要回去探望维多利亚和吉米,已经3年没见面了,儿子怕是不认得我了。"

苏玛定定地看着他,心绪十分复杂。她当然知道,回到人类社会后,她不可能再和保罗同居一室了。但她已习惯和保罗在一起,习惯了这种没有性爱的夫妻生活,夜里醒来时,听到旁边这个男人的鼻息声,她会感到安心一些。

她委婉地说:“你走后,海拉会不习惯的。”

保罗弯下腰把海拉抱起来,“乖女儿 ,我要走了,不过,我很快就会回来的,那时我会常来看你,和你玩儿游戏,你说好吗?”

“好的。也只能这样了。”

“再见,海拉。”

“再见,爸爸。”

那晚,三个人都失眠了。

3

保罗下飞机已是下午3点,他知道此刻妻子肯定在工作,便叫了辆出租车,直奔妻子的健身馆。昨晚他同妻子通了电话,维多利亚在电话中大叫道:“快点回来,坐最早的班机!”

他似乎从电话中就能感受到妻子身上的热流——已经3年了呀。坐在出租车里,他在心中预演着同妻子见面的情景。健身馆到了,他让司机稍等一会儿,自己推开了大门。健身大厅里回荡着狂热的黑人音乐,维多利亚穿着白色的健身服,正带领几十名学员扭臀踢腿。她从学员目光中发现有人进了健身房,回头看看,立即尖叫着扑了过来,两臂吊在丈夫脖子上转个不停。

学员们都笑着围上来,维多利亚兴奋地说:“对不起,今天只能暂停了——知道吗?这个家伙已经3年没回家了!”

学员们大声笑着,“走吧,走吧,我们非常理解!快回去吧,把他囫囵吞到肚里!”

他们捡起自己的衣服,绕过两人,很快走光了。保罗出去打发掉出租车,妻子开车过来。等保罗上车,两人又抱在了一起。

“保罗,3年了,你只来过两次电话,我还以为你把我和儿子给忘了!”

她气呼呼地踩下油门。20分钟后他们回到家，儿子上学还没有回来，两人匆匆洗浴一番，相拥上床，把积蓄3年的激情尽情宣泄一番。

妻子为他宽衣时，保罗抓住妻子的手，微笑道："你相信吗？我与苏玛同室3年，一直没有迈过朋友的界限。"

妻子感动地说："我相信！"然后，她把丈夫扑倒在床上。

5点钟，维多利亚起身去准备晚饭。保罗拿起话筒，拨通了俄勒冈灵长目研究所。接电话的是保罗3年前的同事普拉博沃。

"是保罗？我的上帝，这3年你躲到哪里去了？"

保罗笑着未加解释，只是问道："你们都好吗？那头克隆猪吉莉呢？"

"吉莉早就做妈妈了。保罗，你还在为PPG公司工作吗？"

"对，暂时是这样，不过我不会久留此地的。"

对方显然犹豫了，停了片刻后委婉地说："保罗，有些情况我想还是要告诉你。这3年中，科学界已经形成了一个不成文的约定：要严厉惩罚那些坏了规矩的圈内人。很可能没有哪个研究所愿意接纳你了。所以，我劝你不要轻易放弃PPG的工作。"

保罗的心沉了下去，但他仍从容地说："谢谢你的好意。克利先生在吗？"

"在，我去唤他。"

少顷，话筒中传来斯蒂芬爽朗的声音："你好，保罗。你总算又回到人间了。一切都好吧？"

"很好，只是……我与生物学界隔绝了3年，恐怕已经赶不上大家的脚步了。"

斯蒂芬沉吟一会儿，"你是否打算回到这儿？如果有意，我会尽力安排的。”

如果不是刚听了普拉博沃的那番话,保罗不会想到恩师的这个决定承担了多大的风险。他喉中微微发哽,感激地说:“谢谢你,克利先生。普拉博沃刚对我讲了一些情况,我知道你这个决定的分量。”

斯蒂芬笑着说:“没关系……”

保罗打断了他:“谢谢你,但我暂时还不打算离开PPG公司。不,我没有什么计划,对这件事是无法事先安排的。我只是觉得,我欠下的债还远未还清。谁知道呢,也许我的后半生会全部用来还债。”

克利听出了他的困苦,安慰道:“心放宽一些,什么时候需要我帮忙请尽管开口。你现在在哪儿?”

“在我家,你听,吉米已经回来了。”

“祝你假期愉快。”

保罗下楼时,吉米已经夹着滑板来到门口。他看见了楼梯口的那个男人,停下了。显然,吉米知道是爸爸回来了,但还没有做好心理准备。

保罗笑着说:“是我的小吉米吗?已经长这么高了!”

吉米这才过来同爸爸拥抱,“爸爸,我晚上再来同你聊天,尼克他们在等着我呢。”

他匆匆出门了,看着他的背影,保罗不禁又想起了海拉。虽然儿子已经长高了很多,但与海拉比起来实在是太慢了。这几年来,他已经习惯了海拉的节奏,再来看正常世界时,反而觉得不太习惯。

4

此时,在1000英里外的梅森城,哈伦·奈特先生正在私宅前的草坪上遛狗。一辆自行车丁零零地飞驰而来,13岁的兼职信差喊道:"奈特先生,你的报纸! 有小瘾人的消息!"

他没有停车,从车兜中抽出一沓报纸扔过来。哈伦松了手中的狗绳,小狗奔过去把报纸衔来,然后两腿直立,把报纸送给主人。

《信使报》的头版便是3个人的照片,保罗、苏玛和那个可恶的瘾人。她已经长成了八九岁大的姑娘,没有笑容,冷冷地盯着镜头。哈伦仔细端详着,不得不承认她长得蛮漂亮:健康的肤色,一口整齐的白牙,明亮的眼睛,一头鬈曲的黑发。文章的标题是:《瘾人和她的父母重返人间》。

在隐居了3年后,瘾人和她的父母又重返人间。此前围绕这个瘾人曾发生了一系列神秘事件。一个叫埃德蒙·克里克斯顿的惯犯绑架了她,盗卖了她的一只肾脏,但该犯随后被神秘地击毙,至今死因不明。

坦率地说,这个名叫海拉的瘾人成了整个社会的癌肿,成了不会痊愈的瘘管。不管她的生命从何而来,反正她有人的外貌、人的语言、人的思维，也许还有人的感情。她，一个天真无邪、不谙人事的小姑娘，刚从盗卖器官者手下逃生。现在，无论是谁，还有勇气讨论“消灭癌人”的计划吗？但我们该怎么办？坐等她长大、结婚、生儿育女，把癌人的谱系传遍世界？请记住，癌人的生命力极其旺盛，我们的后代恐怕不是她的对手。

看了这篇文章，哈伦久久地沉默着，目光阴郁。他后悔3年前没能把她杀死。现在他无法再组织一次爆炸和凶杀行动了。

他回到书房，打开电脑，把这篇文章和照片扫描进去。10天前，参议员布莱德·比利的秘书迈克给他来过一次电话，请他注意收集癌人的资料，也许某一天参议员要约见他，同时约见的还有各方人士。听完电话后他如释重负，很好，总算有一名负责任的政治家主动挑起了这副担子。但愿政治家的睿智能解开这团乱麻，这样，我就不必独自做出某种艰难的决定了。

5

保罗与妻子重新度了一次蜜月，半个月后回特伦顿。一进罗伯逊的私邸他就看出了异常，屋里笼罩着沉闷的气氛，仆人们忙忙碌碌。一辆汽车紧跟着他停下来，是管家克劳斯和罗伯逊家的私人医生。克劳斯看见他，匆匆过来对他说，夫人已经陷入昏迷，请他快去见苏玛。

苏玛刚刚起床，鬓发散乱，满脸倦色。她勉强微笑道："这么快就回来了？我有意没通知你，想让你在家好好休息几天。维多利亚和吉米都好吧？"

保罗微微责备道："你早该通知我的，夫人已经病危？"

苏玛苦涩地说："嗯，已经没希望了。你回来也好，海拉交给你了，我要陪母亲走完最后几天。"

"你放心去吧，海拉呢？"

"她在自己的卧室里。"

海拉的新卧室十分宽敞，与山居时不可同日而语，甚至还有专用的书房和游戏室。海拉的衣服散乱地扔在地毯上，卫生间里有响动，保罗快活地喊："海拉，你在洗漱吗？爸爸回来了！"

卫生间窸窸窣窣一阵响，海拉出来了。她穿着三角内裤和小背心，黑皮肤上挂着水珠。她向爸爸问了好，从地上捡起衣裙穿上。保罗发现，短短半月不见，海拉的胸前已经绽出了两朵蓓蕾——也许，她的成长速度又加快了。

海拉走过来，偎在爸爸身边，脸色平静，看不出喜怒哀乐。保罗想起在山中时，精力旺盛的海拉常在他身上爬来爬去，又笑又闹，没有片刻安宁。他不免心中怅惘，那个快活女孩只怕是永远消失了。

“海拉，外婆病危，妈妈要陪外婆，这两天爸爸陪你玩儿。你说吧，今天我们干什么？”

海拉烦躁地说：“我还能干什么？十几天了，妈妈一直把我关到这座楼上。你们还要把我关多久？”

她想起在山中临走时对新生活的憧憬：繁忙的都市，众多的朋友，多彩的生活……早知道是这样的囚禁，还不如留在山中，至少，那儿有属于她的山间湖泊，有宁静的草地和天空！

保罗一时语塞，愣了片刻，把海拉揽到怀里，“海拉，都怪爸爸，我不该急着回家，把你撂在这儿。我原想有妈妈在身边，足以照看你，为你安排新的生活，不巧又赶上外婆病重。你知道，那边有我的妻子和儿子，我已经3年多没见到他们了。”

海拉烦闷地挥挥手，表示这不是她生气的原因。保罗继续说：“我们会努力为你做出安排，让你过上正常的生活……”

海拉尖刻地说：“问题是能办到吗？我能过上正常的生活吗？且不说埃德蒙那样的秃鹫、哈伦那样的杀手，即使没有他们，我也不能正常地生活。爸爸，”她苦恼地说，“我很希望能像电视中的孩子们那样去上学，和同龄伙伴们去玩耍。可惜我知道不行。我的童年就像是快速播放的旧影片，刷刷地就过去了。我马上就要变成大人了，甚至比你们的‘年龄’还要大。我真害怕这种情景!”她苦恼地沉默一会儿说,“爸爸,当时你为什么不创造一个正常的生命呢?”

3年多来,保罗第一次听到海拉吐露忧愁,觉得心头十分沉重。他努力斟酌着词句,小心地说:“孩子,不要怨恨爸爸。我并不是推卸责任,但有些事不是人力所能左右的。我们只能努力补救……”

海拉猛然抬头,目光炯炯地看着爸爸,“请坦白告诉我,你后悔了吗?你是否已经后悔创造了癌人?”她紧盯了保罗一会儿,平静地说,“不必回答了,我已经知道答案了。”

女儿的目光是那样锋利,保罗觉得自己就像是被剥光衣服推到看台上的丑角。他皱着眉头沉思了很久,才严肃地说:“孩子,你想听坦白的回答吗?我现在就告诉你。老实说,我从没打算创造出一个癌人。你的出生是几种偶然因素的叠加。但不管怎样,你出生了。我和苏玛有了一个不太正常但惹人喜爱的女儿,我们三人有过一段温馨的山中岁月。这些都是很宝贵的记忆,我们应该牢牢记住。孩子,我知道命运之神对你很不公平,短短3年中你已遭受不少磨难。但你想怎么对待它?是否打算永远生活在阴影中,生活在仇恨中,把自己变成一个乖戾阴暗的巫婆?我想你不会愿意这样做。”

这番话震动了海拉,她努力思索着。保罗捧起她的脑袋仔细端详,又深深吻吻她的额头,“海拉,咱们共同努力,把这些阴影忘掉,好不好?你要相信,明天的太阳会更灿烂。”

海拉被说服了,其实她知道自己刚才的责备是不公平的,爸妈真心爱她,愿意为她做出任何牺牲,这十几天的幽闭生活是特殊原因造成的。她伏在爸爸怀里,轻声说:“爸爸,我爱你,也爱妈妈。”

保罗欣慰地笑了，“还要爱世人，爱所有的人。”

海拉抬起头怀疑地看着爸爸，保罗立即猜到了她的想法——她一定是想到了埃德蒙。于是他赶忙修改了自己的话：“爱所有的……好人。”

海拉点点头，“我会努力做到的，我一定能做到。”

这个晚上，海拉又变回了那个快活的小女孩，骑在爸爸膝盖上，絮絮诉说着小女儿的心曲。她问了爸爸“那个妻子和儿子”的情况，埋怨他没把吉米哥哥领来和她玩儿。她问爸爸：“你能不能让我长慢一点？我长得太快了，就像是乘着赛车去看迪士尼公园，还没来得及看看周围的风景，汽车就刷地开过去了。爸爸，你是名了不起的科学家，你一定能办到的。”

保罗说：“我努力试试吧。”

海拉又说：“你说我长到8岁——也就是正常人的24岁——时就会停止生长，变得和正常人一样，对吗？如果那样，就让我快点长到8岁吧。”

保罗打趣地说：“如果我是阿拉伯神灯里的神灵，那我该满足你的哪个愿望？”

海拉问：“等我变成正常人，我也会找一个丈夫，生下几个孩子吗？”问话时，她并未显得羞涩，而是很严肃的样子。

保罗点点头，“会的，一定会的。”

“可是，我的孩子们会不会也有这些……不正常呢？”

保罗被难住了，只好如实回答：“不知道，我也不知道。但我相信那不算什么问题，你的不正常并不是疾病，人们会逐渐习惯的。”

最后，海拉睡着了，趴在爸爸胸膛上睡着了。屋内没有开灯，窗外投进来的月光斜照着海拉的黑脸蛋。保罗小心地托起她,送到床上。她的嘴角微含笑意,保罗忍不住吻吻她的额头和眼睛,然后轻手轻脚地退出去。

这个小精怪,她既成熟又幼稚,你没办法弄清她是3岁还是18岁。保罗欣慰地想,不管怎样,今天我把她心中的魔鬼驱逐了。

但愿魔鬼永远不要回到她身边。

但半个小时后保罗就发现,魔鬼并没有离开她,就在父女俩相谈甚欢时,魔鬼还在屋里窥伺着呢。

6

从海拉的卧室里出来，保罗先去了一趟卫生间。他也困了，两眼干涩沉重。在轻松的慵懒中，他的心底仍有隐隐的不安。没错，他描绘了一个光明的未来，并成功地让海拉信服了。但他真的能做到吗？

恐怕很难。不是因为别的，不是他不爱海拉，不是这个世界太愚昧，太缺乏爱心。不，都不是。原因恰恰在于海拉。不管怎么说，她的确是人类中的异类，很难把她嵌进人类社会现成的模板中去。她的前途仍有太多的不确定。

路过客厅时，忽然听见响动。他警惕地问："哪一位？"同时揿亮电灯。他看见伊恩从沙发中站起来，低声说："是我。我已经等你许久了，见你和海拉谈得尽兴，就没有打扰你们。"

保罗狐疑地走过去。已经是夜里12点了，他有什么急事？伊恩微笑着，但笑容中多少有些尴尬。保罗暗暗提高了警惕性，坐在伊恩对面，"有什么事吗？夫人的病情有没有变化？"

"没有，今天的病情相对稳定一些。"

4年前，正是伊恩的一个电话使保罗有了后来的遭遇。说起来，海拉能来到这个世界上，全是缘于伊恩和老约翰的一条计谋,这肯定不是件值得庆贺的事。但若仅如此断言,未免对海拉不公平。过去的事就让它过去吧。保罗不想埋怨伊恩,但在心底多少有点鄙视他。3年来,这位志大才疏的伊恩一直扮演着经纪人的角色,这个工作本身倒无可指摘,问题是,当你屈从于金钱时,脊梁骨就很难挺直了。

伊恩随意闲聊着,问候了维多利亚和他的儿子,“是叫吉米吧,记得他快8岁了,对不对?我想他和海拉差不多一样高吧。”

保罗微笑道:“他们都很好。我想你找我一定有事吧,不必客气,请讲。”

伊恩停顿片刻后说:“保罗,我在你的阿巴拉契山中寓所时,看见海拉的右手食指受伤了。”

保罗立即绷紧了全身的神经。他尽量装出若无其事的样子,淡然道:“对,早就痊愈了。海拉的新陈代谢速度比较快,你是知道的。”

伊恩盯着他,“当时在场的警官波利事后告诉我,海拉在极度恐惧中,把半截食指嚼碎了。”

保罗笑着摇摇头,“言过其实了,不过,她确实把手指咬得鲜血淋漓。”

伊恩又盯着他看了很久,才无奈地说:“保罗,你不必瞒我了。前些天我为海拉检查了身体,她的左肾已经复原如初。我曾怀疑埃德蒙盗卖的并非海拉的肾脏,于是我费了很大力气找到那只肾的接受者,抽取了几个肾细胞作DNA检查,证明确实是海拉的。所以只能得出这样的结论:海拉具有很强的器官再生能力,这个成功甚至远远超出我们4年前的预料。”

随着他抽丝剥茧的叙述,保罗的心逐渐抽紧,冰冷沉重的恐怖之云从头顶慢慢沉落。他打手势让伊恩住口,蹑手蹑脚地来到女儿卧室旁,轻轻推开门。女儿睡得正熟,鼻息声沉缓而均匀。他轻轻把门关严,回到客厅,带着毫不掩饰的鄙视,咬牙切齿道:“希拉德先生,你想干什么?你又忍耐不住寂寞了吗?”

深夜,苏玛听见轻轻的脚步声,努力睁开干涩沉重的眼皮。是爸爸,他站在床边,护士帕米拉低声同他说话。苏玛趿上拖鞋走过去,约翰回头歉然道:“把你惊醒了。今天有一项重要的商务谈判,刚刚结束,我想再来看看多娜。”

苏玛低声说:“今天进行了高压氧舱治疗,有所好转,也曾清醒过一段时间。”

病人已十分消瘦,面颊上有很重的黄疸色,睡梦中偶有扑翼性震颤。约翰向护士点点头,走过来疼爱地说:“苏玛,回自己房间睡吧,这儿有值班护士,用不着你的。”

“我知道,我只是想陪母亲走完最后的路。”

两人都沉默了。多娜的病已属不治,这是专家们的一致意见。苏玛拉爸爸坐下,苦涩地说:“我要陪着她。有了海拉后,我才更加能体会到母爱的伟大,这些天我常常在梦中回到过去,变回到三四岁或七八岁的女孩,在妈妈怀里撒娇。”

约翰叹息道:“她真的很爱你。你刚学会爬的时候,有一次把额头碰伤了,多娜很生自己的气,那天她学着你的样子趴在地上,爬遍了整个房间。她说要用女儿的视角来看看,地上有没有危险物。”

苏玛第一次听说这件事,眼眶湿润了。老约翰摇摇头,“她就要走了,谁也改变不了她的命运。苏玛,我后悔3年前没顶住社会的压力把那项研究进行下去……不说了,”他站起身,“现在悔之已晚。”

他步履沉重地走了。那晚苏玛彻夜无眠,某种尖锐的痛苦使她辗转不宁。她真希望自己也像母亲一样失去意识,陷入昏迷,而不要神志清醒地忍受这种良心上的锯割!

爸爸的话实际上挑明了一个事实,一个她在潜意识里一直躲避着的事实:

只有女儿的肝脏能挽救母亲的性命。

海拉有再生能力,会很快长出新的肝脏,不会为此丧命,父亲很可能已经知道了这一点。她该怎么办?她绝不会把自己的女儿变成一个器官供应者——可是,不能放弃对母亲的施救,眼睁睁看着她死去啊。

她呻吟着,继续在床上辗转。

希拉德先生,你想干什么?你又耐不住寂寞了吗?

保罗冷笑着,把尖刻的诘问像投枪一样,掷向对方的心窝。伊恩没有大动肝火,苦笑道:“你知道,目前要想挽救夫人的生命唯有此法了。如果我有一只备用肝脏,我会毫不犹豫地献出去

而且这个举动会受到全社会的赞美。那你为什么不让海拉享有这个荣誉呢?她很幸运,是世界上唯一具有再生能力的人,割下肝脏只需10天就能再生。现在你要做哪种选择,是给海拉增加点无关紧要的小痛苦,还是眼睁睁看着多娜死去?”

“你不觉得自己的主意有太浓的血腥味儿了吗?”

伊恩痛快承认:“是有一些血腥味儿,我不否认。但道德本身是由无数的怪圈组成的,正是某些残忍激发了人道主义。医学发展初期曾用过无数人体‘实验品’,虽然那是些下等人,是奴隶、罪犯和外族人。15世纪初,罗马教皇英诺圣特病重时,意大利米兰的医生卡鲁达斯曾割开三个小孩的血管给教皇输血,三

个无辜的孩子全死了，教皇本人也随即窒息而亡。这件事实在太残忍了，令人发指。但从另外的角度看，正是这些残忍的尝试最后促成了输血术的成功，挽救了无数生命。保罗，依你的睿智，你不会看不到，这件事是不可阻挡的。至多20年后，器官更换术就会像输血术一样普遍。咱们做一做那个教皇英诺圣特又有何妨呢？”

保罗觉得，一种绝望的愤怒在心里聚集，而这愤怒的对象甚至并非伊恩，而是自己，因为他快要被说服了，但他又明明知道这种想法极其丑恶。他咬着牙问道：“谁能保证，割去一只肝脏并不会危及海拉的生命？不错，她被割去的肾脏是再生了。但在一只肾脏被割去的同时，还有另一只在工作，维持着全身各系统的运转，这才给了这只肾脏重生的机会。”

伊恩很快接口道：“这点不必怀疑。夫人已经进行过两次换肝手术，每次的复原期远远超过10天。也就是说，至少有10天她是在无肝条件下生活的，照样挺过来了。”

保罗忽然悟到自己的失言——他的话等于承认了“割下海拉的肝脏”是正当的，他已经在讨论手术的安全性了！这使他羞愧得无地自容，恨不得拿一把尖刀捅到自己肚子里——当然要先捅了面前这个口若悬河、厚颜无耻的家伙。他向卧室扫了一眼，用手势止住伊恩的雄辩，决绝地说：“不必费口舌了。我绝不会同意这么干的，除非你先派人把我暗杀了。”

伊恩冷冷地说：“恐怕用不着这么干。海拉是你的财产吗？不要忘了，虽然是你赋予了她生命，但你是受PPG公司雇佣的，你对海拉拥有所有权或者监护权吗？”

保罗不愿再和他多说一个字了，冷淡地说：“咱们走着瞧吧。最后我只问一点，”他刻薄地说，“请问希拉德先生，你这么卖力，真的是同情罗伯逊夫人，还是为了罗伯逊先生给你的金钱？”

伊恩的脸色微微发红，一言不发，转身走出客厅。保罗等他离开，轻轻推开海拉的房门。海拉仍在甜梦中，皎洁的月光洒在脸上，显得轮廓分明。保罗突然感到一阵难受袭来，他的眼眶湿润了，他低头吻吻海拉，无声地祈祷着：“我的小天使，请给我力量，让我拒绝邪恶的诱惑吧。”

一颗泪珠滴在海拉的脸上，她感觉到了，皱皱眉头，嘴角抽动两下，又翻身睡去。保罗赶忙噤声，悄悄退出房间，把门掩上。

不，我绝不会让人使用海拉的器官，我再不会听那些十分有蛊惑力的游说。

我只要记住对海拉的爱就行了。

他听见匆匆的脚步声，心中一凛，起身迎过去。原来是苏玛，她的情绪显然不稳定，目光涣散，步履慌乱。他急忙问：“怎么了？”

苏玛停住脚步，掩饰地强笑道：“没什么，我突然想来看看海拉。她睡得好吧？”

“嗯，睡得很好。夫人呢？”

“妈妈也睡了，经高压氧舱治疗后病情稍微好些。不过，她的病肯定无望了，除非……”

她失口说出这两个字，立即慌乱地住口。保罗目光犀利地盯着她问：“伊恩去找过你？”

“不，没有。”

“那么，是你父亲？”

苏玛言不由衷地否认道：“不，父亲什么也没说。但是……我为母亲的病情焦虑，我真想把自己的肝脏献给她。”

保罗吃了一惊,搂住苏玛的肩膀坐到沙发上。思考片刻后,他委婉地说:“你妈妈绝不会同意的,你也没有权利这么做。人的生存和死亡都是大自然赐予的,谁都无权轻易抛却生命,无权拿一条生命去救助另一条生命,即使对方是自己的至亲。”他忽然觉得,在几天、几年的内心彷徨中,今天无意中踏上了一块坚实的立足之地,说话也流畅了,“不仅是你,海拉也是这样。虽然她有再生能力,也不应该把她当成一个器官供应者。如果你母亲不幸去世,我们都会悲伤,但不会觉得良心上欠债。”

苏玛慢慢平静下来,“谢谢你的这番话。我要过去陪妈妈,你照看好海拉。”

她走了,步履显然比刚才轻快了一点。保罗也觉得欣慰,他躺到床上,很快入睡。但意识深处还有一小块地方顽强地醒着,一个声音轻轻地提醒他,刚才有什么不对头。

也许是海拉刚才睡得太熟了?一滴泪珠落在脸上也没有把她惊醒,而在平时,她睡觉是比较灵醒的……保罗突然起身,睡眼蒙眬地向海拉屋里走去。他轻轻把门推开一条缝,向里窥视着,海拉仍在床上熟睡,屋里很静,没有什么异常。但是……海拉盖着的毛巾被奇怪地鼓胀着,并且缓缓波动。保罗奇怪地看着,怀疑是自己的错觉。他正想推门进去,海拉起床了,她似乎在梦游状态,步履迟缓地向卫生间走去。她身上的白色纯棉睡衣也鼓胀着,一头鬈发变成了爆炸式,根根直立。

由于半睡半醒的迟钝,保罗一时没意识到这是怎么回事。海拉进了卫生间,关上门,然后屋内开始响起刺刺啦啦的响声,门下方的透气槽内紫光闪烁。保罗猛然醒悟,推开门大步跨进去,高声喊:“海拉!”

海拉在卫生间厉声喊:“爸爸不要进来!”

声音十分凄厉和急迫，保罗不由得顿了一下，仍撞开卫生间的门。一团紫芒从面前闪过，射向墙壁上的金属衣架，那根镀铬管突然熔化了，就像是遇火的石蜡。门锁的球形把手也不见了，地上多了一摊黄色的金属液，这会儿正在凝结。屋内弥漫着浓烈的臭氧味道。海拉垂手立着，用冷漠的目光看着地下。过了一会儿，她勉强地低声解释道："电压积得太高了，我只好把它放出来。"

她从父亲身边挤过去，默默上了床，似乎很快入睡了。保罗没有打扰她，把卫生间草草收拾一下，悄悄退出她的房间。

他想起女儿睡前两人的融洽，但仅仅过了两个小时，海拉又被敌意重重包裹了！她体内的电压无疑是由仇恨转化的，这使人不寒而栗。

这到底是为什么啊，难道她听到了他和希拉德的谈话？

7

保罗和伊恩谈话时，海拉还没有睡熟。门没有关严，隐隐听见客厅有谈话声，听不清谈的什么。海拉并没有刻意去听，她还在回味刚才与父亲的深谈，她相信父亲已驱走她心中的阴影，明天的太阳会更灿烂。

谈话声突然停止了，海拉也暂时拉回自己的思绪。她听见有人蹑手蹑脚地走来，把门推开一条缝，客厅柔和的黄色光亮顿时从门口泻进来。海拉忙闭上眼睛，从睫毛掩映的光斑中，她看到一个人头向屋内窥视，似乎是爸爸。可爸爸为什么这样诡秘？

门轻轻关上了，这次关得严严实实。海拉心中忽然警觉了，自从经历了那场可怕的灾难，她的心中始终保留着尖锐的警觉，即使熟睡中也是如此，就像雁群睡觉时留下雁哨。她不怀疑亲爱的爸爸，但勃勃跳动的警觉催促她起来，去把事情搞清楚。

她在床上犹豫着。如果去偷听爸爸的谈话，未免于心不安，怎么对得起爸爸的亲情？但那根刺在她心中扎得太深了，求生的本能压倒了一切顾虑。她赤脚下床，悄悄走过去，把门慢慢拉开一条缝，听见爸爸正在生气地说话。

“谁能保证，割去一只肝脏并不会危及海拉的生命？不错，她被割去的肾脏是再生了,但在一只肾脏被割去的同时,还有另一只在工作,维持着全身各系统的运转,这才给了这只肾脏重生的机会。”

伊恩——这个满脸微笑的恶魔!——很快接口道:“这点不必怀疑,夫人已经进行过两次换肝手术,每次的复原期远远超过10天,也就是说,至少有10天她是在无肝条件下生活的,照样挺过来了。”

这时爸爸站起来,打着手势让伊恩住口,向卧室扫过来一眼。海拉急忙关上门。

她不用再听下去了,她已经全明白了。

又有人看上了自己的肝脏,当然是为了那位罗伯逊夫人,苏玛的母亲,自己的外婆。

她勉强拖着两条腿回到床上。外婆,她心酸地咀嚼着这两个字。在多少童话中,外婆是慈祥的化身,她会咧着没牙的嘴巴,把心肝外孙女搂到怀里,掏出所有好吃的东西——如果必要,甚至会掏出自己的心肝。

但我的外婆却盯着我的肝脏。

这还不是主要的,毕竟外婆没有同自己在一起生活过,她们之间没有什么亲情,也没有血缘关系。海拉在世上只有两个亲人:保罗和苏玛,或许豪森也算一个。她最看重的是这些亲人的态度——可是保罗,我的爸爸,他是什么态度啊?不错,他在反对伊恩的提议,但仅仅是因为担心这会危及我的生命,只要小海拉在被割下肝脏后还能活下去,他就不会反对了。

我的肝脏会再生的,爸爸,你不必受良心的谴责了!

她的心头在滴血,眼中却枯干无泪。莫非我今生今世都不得安宁,就因为我有器官再生功能?

就像梅花鹿和獐子因为鹿茸和麝香被追杀?

她想起那些残酷的东方传说:在被猎人逼到绝境时,梅花鹿会在山岩上撞碎鹿角,獐子会低头咬掉肚脐。如果这只是传说,那么不久前她还看到一则真实的报道。某个东方国家发明了活熊取胆汁术,每月抽取一次胆汁,这一天成了熊的生不如死之日。几个彪形大汉在笼外用铁钩钩住熊的身体,把它压在笼壁上,然后在熊腹上一个永不收口的孔洞里插上抽汲器。抽完胆汁,熊全身发抖,剧痛难耐,捂着肚腹蹲在地上喘息——每月一次啊!有一天,一头灰熊终于忍受不住这没有尽头的酷刑,狂吼着,用利爪撕开了自己的肚皮,把肠子甩了满地。其他熊栏里的黑熊看到了这一幕,悲愤地仰天长啸,天地为之变色。但养熊场的老板却着急地喊:“快剁熊掌!熊掌必须在活熊身上剁下才能做菜!”

于是,几个人飞快地冲进熊栏,用铁叉按住垂死的灰熊,剁下熊掌……

残忍而暴虐的人类啊!

悲伤退潮了,代之以愤怒和仇恨。我绝不会做一个安分顺从的器官供应者,让别人在我身上零割碎剐。必要时我会学习梅花鹿、獐子和那头灰熊。但在那之前,我一定会尽量给那些强盗添点麻烦,毕竟我还有个小小的武器:我的小紫蛇。

她突然发觉自己的睡衣鼓胀着,头发呈爆炸状直立,颅腔和胸腔里憋得难受。她知道是自己怒火满腔导致静电聚积,必须赶快释放到体外。她摇摇晃晃地走进盥洗室,关上门,右手食指对准黄铜把手,把紫色的电芒释放出来。很奇怪,不是往常那种转瞬即逝的紫芒,今天指尖和金属球之间流淌着一条不间断的紫色河流,刺刺啦啦的响声连绵不断,金属球慢慢熔化,一滴滴落在马赛克地板上。

随着紫色电芒的释放，体内的压力逐渐减小。忽然听到爸爸的喊声："海拉！"

虽然戾气满胸，但她仍不假思索地大声喊道："爸爸不要进来！"

不知道爸爸是否听见了，但他的脚步没有停，还是硬闯进来，在最后一瞬间，海拉急速把紫芒转了方向，指向墙壁上的金属衣架。

只差那么0.01秒，她几乎在爸爸的胸膛上烧一个洞。两人面色苍白地对视着，海拉冷漠地说了一句："电压积得太高了，我只好把它放出来。"

说完就走了。

保罗打开酒柜，取出一瓶威士忌，咬掉瓶塞，大口大口地喝着。左胁处疼得钻心，那儿的衣服被烧焦了，体侧有一道深深的乌黑伤口。

如果那道电芒再偏50毫米……

伤口上结了一层焦疤，没有血迹。保罗悄悄到卧室换了衣服，把那件旧衣塞到垃圾袋里。刚才，他分明感觉到海拉身体四周的电场，像宇宙以太一样，浸透了他的每个细胞。在那一瞬间，他感受到了死亡的寒意。

无疑，海拉偷听了他们的谈话，听到了伊恩的建议，于是，她的情绪突然转向了，睡前谈话所建立起来的融洽和信任，雪崩般瞬间崩塌了。

既然连父女间的信任也如此脆弱，更遑论他人？也许有一天，海拉会把仇恨的矛头对准全人类，而不是人类中的"坏人"。

这种前景令人不寒而栗,因为,无论从智力还是从体力上说,海拉必将成为一个超人,她会把人类社会搅得乱七八糟。

我该怎么办啊,我的小海拉?

8

保罗在床上辗转反侧之时,伊恩正在向老约翰汇报刚才与保罗的谈话情况。仍是在静思斋里,一束藏香安静地燃烧着,青烟缭绕。

伊恩遗憾地结束了谈话:“就是这样,保罗坚决不同意。你和苏玛谈过了吗?”

约翰摇摇头,他不想告诉伊恩:我谈了,我暗示了,但苏玛没有反应。这是有失尊严的。

“是否由我去和苏玛谈谈?如果想要手术的话,必须抓紧时间,不能再耽误了。”

约翰沉思着,缓缓摇摇头。几分钟后他说:“算了,生死有命,我们顺从上帝的旨意吧。如果海拉有什么不幸,苏玛会伤心死的。再说,我对保罗做过承诺,我不能食言。不要折腾多娜了,让她平静地离开这个世界吧。谢谢你对多娜的关心。”

伊恩心有不甘,但约翰做了一个手势:这是最后的决定。你走吧,我想一个人待一会儿。

伊恩走了,轻轻带上门。很长时间,约翰一直保持着相同的姿势,不语不动。他想,这件事一开始就犯了一个大错,不该让苏玛参与进来。现在,她和海拉已经成为一体,拆解不开了。约翰叹口气,在心中重申了自己的决定。他不想失去妻子,同样不想失去女儿,在两难选择中,只好尊重上帝的旨意了。

9

熟睡中，苏玛忽然感觉到有人在摇她，睁开眼，她吃惊地发现是妈妈。母亲神情恍惚，脸上浮着奇怪的笑容。她惊叫道：“妈妈！”

妈妈已经昏迷近10天了，她怎么能突然离开病床走到这里？妈妈显得很年轻，穿着过去爱穿的一件淡紫色长裙，她把手指放到嘴唇上，“嘘，不要惊动别人，我是来同你告别的，我要上天堂了。”她言笑晏晏地说。

苏玛明白妈妈说的是真话，她马上就要到另一个世界去了。苏玛的眼泪滚滚而下，违心地劝慰着：“妈，不要这样说，你一定会康复的……”

妈妈摇摇头，她的眼神明白无误地表示：不要说这些废话了，其实我们心里都清楚这个结局。妈妈忽然向她身后望去，低声说：“只有一个办法了。”

苏玛扭回头看见了海拉。不知道她是何时来的，她肯定刚淋浴过，浑身赤裸，黑黝黝的皮肤上挂着晶莹的水珠。她的胸部和臀部已经发育起来了，坚挺饱满，显示出黑人少女特有的健美。这会儿她正站在窗前，默默地望着窗外，但苏玛知道，她肯定在侧耳听着这边的谈话。

苏玛泪眼蒙眬,茫然四顾,不知道该怎么办。妈妈的脸上是垂死之人的企盼,海拉身上笼罩着一触即发的敌意。两边都是她的亲人,她不愿伤害任何一个。很久她才痛苦地说:“妈,我真想把自己的肝脏献出来……”

妈妈失望地摆摆手,“算了,我不会让你为难的。”

海拉肯定听见了,她的头发渐渐直立,炸开,一束紫芒从她手指上泄出。苏玛十分惊恐,但束手无策,她怕母亲受到海拉的伤害……忽然,母亲转身走了,转眼间飘然而逝。

母亲去了,已经离开人世,她的最后一个愿望没有得到满足,她一定不会原谅自己的。她大声唤着母亲,但忽然之间失声了,她在幽冥之地无声地呐喊着……有人摇晃着她,“苏玛,苏玛,快醒醒!”

苏玛睁开眼,帕米拉正站在面前,焦急地唤她。她很久才走出梦境,翻身而起,急急问道:“妈妈怎么啦?”

“夫人清醒了,她要见你,请你快去吧。”

看着帕米拉欲言又止的表情,苏玛知道母亲的清醒不是什么好事,肯定是濒死者的回光返照。她匆匆走进里间,残存的梦境还在咬啮着她的心房。母亲真的醒了,目光十分明亮。父亲身边是格罗得神父,他刚为母亲做了临终忏悔。看见女儿进来,多娜抬起头,示意她坐在身边。

约翰也用目光示意:去吧,孩子,去同母亲诀别吧。妈妈的嘴唇抖动着,苏玛把耳朵凑到她嘴边,听见她断断续续地说:“离开海拉和保罗……建立自己的生活……”

苏玛心酸地点着头,“我知道了。”

多娜看来还不相信她的话，她凝聚最后一丝气力，再次郑重地重复着，就像宣读一个可怕的神谕：

“……离开海拉！”

凄厉的声音使苏玛打了一个寒战，她不愿让母亲难过，用力点头，“妈，我听见了！”

多娜放心地笑笑，头颅歪向一旁。医生和护士急忙冲过来抢救，但大家都知道回天无力了，病人永远闭上了眼睛。老约翰没有说话，把女儿紧紧搂到怀里，他的眼角闪着泪光。

10

海拉寂寞地待在自己的小天地里，从卧室到书房，从游戏室到客厅。

那天晚上，海拉最初不知道自己伤了父亲。直到一个小时后，她偶然看见爸爸站在穿衣镜前，正困难地包扎着自己的左胁，那儿横着一道焦黑的伤口。不用说，这是自己造成的，如果这道电芒再偏右5厘米……海拉感到震惊和自责，忘掉了对父亲的敌意，走过去轻声喊："爸爸……"

爸爸回头瞥了一眼——目光中含有多少无奈！他自己包好伤口，困难地穿上外衣。两人相对而视时，似乎都无话可说。可是想想三个小时前吧，那会儿海拉坐在爸爸膝盖上，有说不完的话语。停了很久，保罗才轻声说："我受伤的事不要告诉旁人，连妈妈也不要说。听见了吗？"

她知道爸爸是好意，但心头仍禁不住涌起一团戾气。爸爸无非是说，我是一个危害人类的巫婆，但他爱我，他要我把露出来的一只爪子掩盖起来。她冷冷地说："何必隐瞒呢？最好的办法是把我关在一间铁屋里，你说是吗？"

爸爸盯着她，深深地叹了口气，走了，从那时起就没再见到他了。

这两天，只有玛亚陪着她，连玛亚也感到了烦闷，不停地低声吠着，扯着她的衣角往外走。她烦躁地呵斥着，玛亚委屈地摇着尾巴溜到墙角。

女仆维姬送来晚饭时，海拉连一眼也没瞧，冷淡地说："我不吃，端回去吧。"

维姬偷偷看看海拉，她听过很多传言，所以对这个癌人一直心存畏惧，她小心地说："海拉小姐，吃吧，你已经两顿没有吃饭了。"

"不吃。"

维姬犹豫地说："要我通知医生吗？"

海拉怒气冲冲地说："你走吧，不要多管闲事！"

维姬为难地犹豫片刻，留下小餐车走了。海拉想，她肯定要去找爸爸或妈妈，一会儿他们就会跑来，关切地把自己搂到怀里哄着，于是一切隔阂、生疏和不满就会烟消云散……但维姬独自回来了，歉意地低下头，把小餐车推走了。等她一走出房间，海拉的泪水就哗哗地流了下来。

爸爸！妈妈！她咬着牙在心里喊着。

深夜两点，海拉听见一楼有异常，平素稳重谦恭的仆人都变了，脚步急促地跑来跑去。她立即猜到，那个她称作外婆的老妇人肯定去世了。

两天的情感纠结浓缩了她的愤懑，她歹毒地想，她去世了，再不会有人拿我的肝脏去为她治病了。这个想法让她打了个寒战。不，我不该这么想。外婆和自己虽然没有太多的亲情，但毕竟她是个可怜的病人，是个平和温厚的老人啊。她偷偷溜出房间，趴在楼梯转角处往下看。外公、阿尔伯特等人都在那间卧室兼病房里进进出出，仆人们手捧寿衣走进去。妈妈出来了，她已被悲伤摧垮，眼神茫然空洞。爸爸在一旁搀扶着，低声劝慰着。他们向这边走来。海拉老早就用目光迎候着，苏玛瞥见女儿发亮的眼睛，她的眼神突然颤抖一下，垂了下去……她随即又抬头看着女儿，伤心地说："海拉，外婆去世了。"

但这刹那的目光抖颤早被海拉看到了，她也知道这是为什么。她悲伤地想，我真不愿长大，真不愿意自己的目光这样锐利，真希望我还是个懵懵懂懂的傻小囡……她尖刻地说："妈妈，外婆去世了，你一定感到自责吧，因为你没有同意拿我的肝脏去换她的生命。"

妈妈突然踉跄一下，爸爸忙扶她一把，勉强站稳了……但海拉分明感到，妈妈的精神世界已经轰然崩塌。爸爸急切地低声安慰着，两人从海拉面前走过去，把她一人撂在楼梯口。

海拉忍着泪水，望着他们的背影。

11

晨曦已从窗外透进来，金翅雀在枝头欢快地鸣啭着。玛亚悄悄来到床前，两只前爪趴在床上，喉咙里发出低吠。海拉拍拍它的头顶，它立即亢奋起来，努力伸着头，扯着海拉的衣服。

“玛亚，只有你还是我的朋友，是吗？”

玛亚哼哼着。

“玛亚，我们两个还回到山里去，好吗？”

玛亚快活地表示同意。

经过彻夜的思考，海拉已做出决定。她要离开人类社会，离开爸爸妈妈，独自回到阿巴拉契山中，或者到亚马逊原始密林和撒哈拉沙漠。她知道，如果再留在这儿，她和父母之间的互相伤害必然会日益加深。当然，爸爸妈妈爱她，她也爱他们，但症结不在这儿，症结在于人类社会不能容忍一个异类。而父母呢，即使再爱女儿，他们终究是人类社会的一分子啊。

这个世界上，也许只有玛亚能陪伴自己？

这些天，她心中的戾气越积越浓，她知道这是一种可怕的情感，终有一天它会炸毁自己，炸毁爸爸妈妈。但她无法驱除这些戾气。

那就离开吧，离开这里，离开爸妈，离开人类。

一旦做出抉择，山中野景就立即凸显在眼前，那么亲切，那么鲜活。那幢外墙斑驳的石屋，铁栅栏上的黄色蔷薇，地里的浆果，林中鬼头鬼脑的负鼠，山坳里平静如镜的湖泊……

爸爸妈妈，我要同你们永别了，但愿我们把过去的美好留在心底。

维姬送来早饭时，她没有拒绝，狼吞虎咽地吃起来。她吃得那么多，就连熟知她饭量的维姬也惊得合不拢嘴。饭后，她牵着玛亚，不声不响来到院里，想察看一下周围的环境，但她刚刚踏上草坪，一名年轻的公司警卫就急忙跑过来，“海拉小姐，为了你的安全，请你不要下楼。”

海拉冷冷地说：“我只在院里转转。”

警卫尴尬地笑着，但语气仍然十分坚决：“实在对不起，这是罗伯逊先生和你父母的命令。”

一位身材高瘦的白人老者走过来，把警卫拉到一旁低声说了几句，然后走来平和地说：“海拉，我领你到院中转转。”

他亲切地拉着海拉的手，海拉不认识他，不免心中忐忑，但她顺从地跟着老人走了。玛亚在两人的脚下撒欢，跑前跑后，两名警卫远远跟在后边。老人慈祥地说：“海拉，你知道吗？4年前是我用直升机把你和你父母送走的。”

海拉想起来了，“你是克里奥爷爷？我听爸爸和妈妈说过你。”

“对，4年不见，你已经长成大姑娘了。”老人向海拉指点着院中的景致，漫步到院门口，饶有深意地指指门外，“看见那些汽车了吗？是FBI的，从前天起就待在这儿，一共有3辆呢。”

海拉点点头，感激地说：“谢谢，我知道了。我不想玩儿了，送我回去吧。”

下午，吊唁的人络绎不绝，妈妈一直在灵堂为来宾答礼。保罗不知道干什么去了，一直没露面。海拉枯坐在小图书馆里，面色平静，心中却波涛汹涌。她打算待明天葬礼结束后就找机会逃走，从此辞别人类社会。对此后的生活她倒不担心。她相信，凭自己的智能和体能，即使到阿拉斯加的冰天雪地里也能应付。但是……她就永远这么一个人活下去吗？

这世界上即使再有一个同类也好啊，不管他是姐妹还是兄弟。

她叹口气，决定把这个问题放到日后再说，她现在要考虑更紧迫的问题。上午克里奥爷爷告诉她，FBI已经插手，政府肯定做出了某种决定。海拉知道这不会是什么喜讯，他们不会是来宣布：“兹授予海拉·罗伯逊小姐‘人’的正式身份……”

达摩克利斯之剑已经悬在头顶了，她一定要尽快离开。

12

星期三上午9点，豪森如约来到参议员布莱德·比利的私邸。仆人迎过来打开车门，代他泊好车，参议员的助手在台阶上迎候着，"请进，豪森先生，约见的人快要到齐了。"

豪华的小会议室已经有5个人，都是40多岁的白人男子，他们含笑向新来者示意。豪森回了礼，没有发现一个熟人，便找了一个单人沙发坐下。

从接到参议员的约请电话，他就在考虑约见主题会是什么。答案很明显，恐怕与小海拉有关，因为自己3年来只做了这么一件事。

最后一名来客是他的熟人：警官波利，他们在阿巴拉契山中打过交道。波利在他身旁坐下，握握手，声音极低地问："小癌人？"

豪森点点头。

那名助手出去了，片刻后参议员走进会议室，微笑着同大家握手道："谢谢诸位光临。谢谢。"

豪森立即认出来了，这就是那位在飞机上给海拉送水果的亲切老人。没错，他的助手那次也在飞机上，怪不得刚才觉得面熟呢。他想起参议员为海拉送水果的那一幕，觉得比较放心了。助手为参议员介绍着来宾：生物学家乔伊、遗传学家阿尔杜尔、报纸主编哈里森、作家费米、一个小公司的经理哈伦·奈特，再就是豪森和波利了。

参议员同豪森握手时特意说了一句："今天你是主角，我们主要想听你介绍癌人的情况。"他转向大家，"今天我是受总统委托约见大家的，谈话内容请严格保密。"

他扫视着众人，用目光来确认各人的承诺。七个人都没有说话，但从哈里森开始，依次默默地点头。完成了这个程序后，参议员笑着转向豪森，"豪森先生，你与那个叫海拉的癌人共同生活了3年，可以说是最了解她的，请你先介绍吧。"

"不，其实我并没有同她共同生活，我只是通过窃听器和望远镜远远地观察她，这和共同生活是有很大区别的。真正了解她的是她的父母，可惜你没有邀请他们。"

参议员笑着摆摆手，请他继续。豪森先沉默10秒钟，把3年的所见所闻在心中梳理一遍。那个生命力旺盛的黑精灵是在他的眼前长大的，他对她有深厚的感情。当然，他知道社会上对癌人的敌意，所以他把自己的感情隐藏起来，用冷静客观的口吻，向大家描述了一个强悍的、快速生长的生命。参议员听得很专心，不时插嘴问几句："你亲眼看见过海拉放出的'小紫蛇'吗？"

"不，没有。我只是在窃听器中听他们笑谈过这个'小把戏'，也听到保罗告诫她要小心，不要引起火灾。"

40分钟后，豪森结束了介绍。波利警官做了补充。参议员问："埃德蒙的死因是否已经查清？"

波利点点头，"已经确认了。从死者倒地的方位看，当时就怀疑是海拉干的，但现场找不到凶器，那时我们尚未得知她的特异功能。法医认为,死者的伤口是高温造成的瞬时汽化,不管是什么武器,它所造成的高温至少在1万摄氏度以上。综合这些情况,可以确认是海拉发出的电弧杀死了他。”

参议员转向豪森,“癌人的父母是否早就发现了埃德蒙的死因?在窃听器中听到过他们谈论此事吗?”

豪森相信保罗和苏玛早就猜到了,但他毫不犹豫地回答:“没有,海拉失踪后我就忙于协助她的父母寻找她,从那天起再没有窃听过。”

参议员用锐利的目光看看他,没有追问,回过头问乔伊:“乔伊先生,从科学的角度看,人体能产生那么高的电压吗?”

乔伊点点头,“我想能。我亲眼见过一些体质特异者,其中一名妇女经常引起居室火灾,经测定,她身上的静电压高达10万伏。何况海拉的生命力更为旺盛,新陈代谢的速度是常人的3至4倍。所以,能产生置人于死地的高电压就不奇怪了。”

哈伦·奈特开始发言,他不客气地说:“早该有一名政治家过问此事了,癌人出生已经4年,政府竟然一直没有做出任何决断,实在是不能原谅!是否你们都知道这个问题太微妙,怕一旦陷进去,毁了自己的政治前途?”参议员平和地笑笑,示意他说下去。

“你们知道,我作为‘维护人类纯洁联盟’的主席,曾组织了一次暗杀。可惜我这个杀手心太软,站在海拉床前却无法下手。”哈伦苦笑着说,“我们都不是嗜血者,可是为什么要采取这种过激行动?因为癌人给这个世界带来的前景太可怕了!”

参议员轻声问:“为什么?”

“为什么?癌人出世只能带来两个后果:一是癌人迅速繁殖,直到把人类淘汰掉。看看海拉吧,以她的快速生长能力,以她的体力和智力，这一天的到来不会太远了！二是癌人成为人类的器官供应者，这会使人类蜕变成嗜血的寄生种族，最终也会引发癌人的剧烈反抗，这种前景比第一种更可怕……”

哈伦侃侃而谈时，豪森的心一直往下沉。他嗅到了这间会议室里的“气味”，连那位“亲切”的老人实际也对癌人抱着敌意。他心中暗暗为海拉叫苦，可怜的小癌人，她的命运就要在这儿被决定了！

问题是，尽管他喜爱海拉，但他无法从理智上推翻哈伦先生阐述的道理。海拉是无罪的，但一个癌人活在正常人的世界上，的确将成为祸乱的根源。哈伦又尖刻地诘问：“参议员先生，那个癌人又堂而皇之地回到了人类社会，她已经4岁或者说15岁了，你们是否准备向她颁发公民证？”

参议员简短地说：“在这次会议之后，我们会迅速做出决断的。”

11点，谈话结束。参议员和助手把众人送出屋门。豪森心事重重地开着车，快走出私邸的林荫道时，座位后面忽然露出一个脑袋，“你好，老朋友，还认得我吧？”

豪森着实吃了一惊，他从反光镜中看到一个40多岁的男人，正嬉皮笑脸地看着他。这人患有白化病，白发，浅色瞳仁，额头和耳后的新皮肤泛着粉红色，衬托着色泽较深的脸部，非常像一只猢狲。他认得这个男人，此人名叫杜塔克，曾在联邦调查局和他共事3年。他对此人印象很深，因为此人对折磨犯人似乎有天生的癖好，正是从杜塔克嘴里，豪森才知道美军在越南战争时发明的一些酷刑：比如“圣母玛利亚受辱”（把女犯绑在十字架上强奸）、“胜利火把”（把女犯倒吊成V形，在下体中插入火把）。这是美国的耻辱，是所有美国人轻易不愿触及、不愿回忆的那种深深的伤口,杜塔克却常常对此津津乐道。同事们既讨厌他,又莫名其妙地对他有几分畏惧。后来,杜塔克离开了联邦调查局,据说是去了一个代号为“冰锄”的秘密部门,专为政治家们悄悄处理一些避免不了的麻烦事。

豪森放慢车速,回头问道:“当然记得你,杜塔克,这些年你一直在为布莱德参议员工作?”

他笑着摇摇头,“不,我也是今天才到的,你们开会时,我就躲在隔壁的房间里旁听。喂,前边有一家不错的酒吧,我请客。”

按照他的指点,豪森把车停在“大脚人”酒吧。好吧,我很想听听你要说些什么。其实豪森已经明白了杜塔克邀请他的用意。看来,政治家们已经相信了关于癌人危险的说法,他们已经做出决定,要悄悄抹去这个“小标点”了。而杜塔克就是来讨论这项行动的细节,毕竟自己是第一号知情人啊。

吧女送来了开胃酒,这是个身材娇小的东方人,穿着衣领开得很低的羊毛衫,短裙裹着圆圆的臀部。杜塔克伸臂把她揽到怀里,“漂亮的姑娘,我能请你喝一杯吗?”

吧女轻轻地从他怀中挣出来,笑道:“谢谢,我正在工作呢。”

杜塔克拉着她的小手,不屈不挠地问:“等你们打烊后,行吗?”

“谢谢,我十分乐意。不过,我丈夫常常在打烊后来接我,能让他一块儿去吗?”

吧女挣脱了他的手,带着狡猾的笑容走了。杜塔克解嘲地骂了一句,朝豪森端起酒杯,直截了当地说:“请。知道我请你来的用意吧?”

“我知道。”

"听参议员说,你很喜欢那个癌人?"

豪森辩解道:"你要知道我在山中被囚禁了3年,海拉是我唯一能接触到的小孩,很难不喜欢她。这是人之常情。"

杜塔克用锋利的目光盯着他,"不过我相信,你不会因为这点廉价的喜爱就忘乎所以。"

豪森避开了他的注视,低声问:"真的要对她下手吗?"

"对,是从最高层下来的命令——既然派我来干这件事,我想你会相信这一点的。"

豪森没有理会他的自我吹嘘,追问道:"为什么?为什么一定要这样做?她只是一个小女孩。"

"上面说她不可小觑,她必将成为社会肌体的一根瘘管,成为道德堤防的一个蚁穴。不过这不是你我的事。我只管执行命令。按说除掉这么一个小人儿是再容易不过的事,但上峰严令我不得伤及无辜,不要造成新闻热点。"

"所以你需要我帮忙?"

"对。"

豪森冷淡地说:"我不会干涉你,但也不想插手此事。不管怎么说,杀死一个无辜的女孩我会良心不安的。"

杜塔克冷笑一声,"良心不是太值钱的东西,我想在联邦调查局工作的那几年里,咱们都已经把它贱卖了。我劝你不要和权势人物作对,他们很容易对你造成某些伤害,比如吊销你的营业执照等等。"他懒懒地加上一句,"其实何必劳驾他们呢,我本人就足以给你增添一些麻烦。"

豪森的脊背泛起一股凉意,他怒声问:"你想威胁我吗?"

杜塔克和解地笑了,"我干吗要威胁你呢?这是对双方都有利的事。"他掏出一张支票在桌上推过来,上面写着一万元,"豪森，难道你没听见哈伦的发言？他描绘的那两种可怕的图景，你愿意它们变成现实吗？不要傻了，不要固执了，把这张支票收起来吧。”

豪森面色阴郁地沉默很久，知道自己的拒绝并不能改变事情的结局。最后他捡起支票，装在内衣口袋里。

13

海拉靠在躺椅上，面前摊着一本书，但目光显然不在书上，玛亚安静地卧在她的脚下。少顷，玛亚忽然竖起耳朵，轻声吠叫着。书房的门被推开了，一个40多岁的白人男子探头进来，看见海拉便露齿一笑，“是小海拉吧，保罗先生呢？”

海拉斜睨着他，这是一名白化病患者，白发，几乎无色的浅瞳仁，额头和耳根的新嫩皮肤泛着粉红色，这使他看上去像是一只滑稽的猴子。海拉冷淡地说：“我不知道。”

来人毫不计较她的冷淡，亲切地说：“能让我在这儿等一会儿吗？”

他不等海拉拒绝就轻轻掩上门，向海拉走过来。他的笑容十分亲切自然，但等他走到离海拉5步之内时，海拉心中突然警铃大作——并不是因为对这人外貌的厌恶，而是对危险的直觉，这种直觉就像呼吸中枢一样自动起作用了。

来人亲切地搭讪道：“长这么高了！海拉，在你去山里之前，我还常常抱你呢。”

他伸出左手想抚摸海拉的头发，右手却悄悄向腋下伸去。海拉怒冲冲地喝道：“站住！把你的武器扔到地上！”

那人站住了，脸上的笑容刹那间消失得干干净净。他恶狠狠地盯着海拉，右手迅速伸入西服内。

海拉一扬手，一道紫光破空而去，"放下！"

那人突然尖叫一声，手忙脚乱地脱下外衣，扯下枪套扔到地上。枪套已开始冒蓝烟，忽然枪声响了，高温引爆了子弹，手枪在地上怪异地跳动着，一直到满匣子弹全部炸光，手枪才不情愿地停下来。

保罗悄然出现在那人身后，今天他一直藏在隔壁房里监视着这边的动静，杀手一进门他就察觉了。这时，他走过去拎起来人的枪带，把手枪举到面前细看，手枪的弹匣已被炸得七零八落，枪机也烧熔了。保罗惋惜地说："可惜，这把枪肯定报废了，你少不了要填一份五联单的武器报废单，再让这份单据在FBI的官僚机构里转一圈。我想你肯定是FBI派来的吧，否则你不可能轻易支开这幢楼里的保安人员。"

海拉这时才察觉，平时无处不在的公司警卫直到现在还没有露面。保罗客气地说："先生请回吧，这次你已经别无他法了。"

来人羞怒交加，夺过那把破枪快步走了。

海拉看看爸爸，已经两天没见到爸爸了，他的伤口怎样了？他还在生气吗？……保罗没有和她交谈的打算，杀手走后，他看看女儿，默不作声地回到隔壁房间，又紧紧关上房门。

海拉再次强忍住泪水。

14

透过窗户,保罗能看到院墙外面的3辆值勤车,那是FBI为保护海拉的“安全”而派来的,里边至少有一辆装着灵敏的窃听设备,很可能在海拉的卧室里也撒满了“臭虫”(窃听器)。因此,这两天保罗一直避免与海拉交谈,他不想在行动前让警方听到任何蛛丝马迹。

前天,豪森秘密告诉他,对海拉的判决书已经签发,很快就要执行了。因为政治家们达成共识,认为海拉已经成为人类社会的危险因素。他的通报是冒着极大风险的,保罗和苏玛都十分感激他。

这个消息促使两人下定了决心要帮海拉逃走,让她离开父母的呵护,自由自在地飞翔。苏玛心酸地说:“她一个人能活下去吗?”

DVD唱盘在播着猫王的歌曲,音量很大,这是为了干扰窃听器的工作。在震耳的乐声中,保罗伏在苏玛耳边说:“不必担心,她的身体发育和心智发育已经成熟了,完全能够独立生活。老实说,我倒是担心她的身体和智能过于强大了。”

“你……”

保罗苦笑道:“我真的不知道自己的决定是对是错,不知道以后会不会为此懊悔。但我已经不想这些了。毕竟,至少到现在,海拉没有对人类犯罪,她有权利活下去。如果她此后真的会危及人类的生存……到时再说吧。”

苏玛黯然地说:“我会想她的。”

“我也会。”

“葬礼时行动吗?”

“嗯,所需的东西已准备好了。”

“什么时候告诉海拉?”

“我想推迟到开始行动前吧。我不想让FBI过早嗅到气味儿。苏玛,这两天你注意控制自己的情感,不要让海拉感到异常。”

“放心吧,我一定能做到。”

15

这是今年的最后一次秋雨，雨丝纷乱，浸透着草木的绿色。天空灰蒙蒙的，显得抑郁而沉闷。阿切帕公墓聚集着200多人，都是一身黑色装束，打着黑色雨伞。他们肃立无声，听着牧师抑扬顿挫的声音。

苏玛和海拉站在同一把伞下，苏玛一直牵着女儿的手，攥得非常紧。玛亚安静地蹲在海拉的脚下。保罗眉头微蹙，平静的神色下透着紧张。

50米外的一辆车内，索恩警官正用一架望远镜悄悄观察着他们。据银行报告，保罗在自己的账户上取走了10万现金。不用说，他准备带着那个癌人——也许还有情人苏玛——再次逃亡。索恩想，人的感情真是最奇怪的东西，就在几天前，保罗还几乎被这个癌人杀死，但他仍一心一意地帮女儿逃亡。当然他不会成功，警方已做了充分准备，10辆警车和2架直升机都在待命。一旦他们逃跑，追捕之网将同时撒开。

而且，在追捕中肯定会出点“意外”，海拉不会活过今天了。

葬礼结束了，悲伤的亲人们拥别后分别上了车。老约翰的车先开走，保罗把那辆黄色的普利茅茨开过来，苏玛拉着海拉钻进车内,关上车门。保罗忽然扭头说:“玛亚呢?”

他们把玛亚忘了,它正在车外生气地抓挠着,苏玛忙拉开车门,它浑身湿淋淋地钻进来,大模大样地在后排占了一个位置。在他们后边,索恩警官的车急忙追上来,插到这辆车与下一辆车之间。

车队缓缓行进着,开过墓场的砾石小路,掉头向东开了十几分钟。到了一个十字路口,红灯亮了,这条车流被截断,南北向的车流开始启动车。从南边过来的一辆巨大的厢式货车缓慢地开到街心,这时,排在西边第三位的保罗忽然启动车子,灵巧地打着方向盘,越过道路分界线,玩命似的朝厢式货车冲去。随着货车嘎吱的刹车声,保罗正好擦着车头蹿了过去。几乎同时,索恩也启动了,紧紧跟在保罗后边,但货车已经把道路堵死,狂怒的司机探出身子大声咒骂着,索恩只好踩下刹车。

索恩立即打开车门,下车追过去。那辆黄色的普利茅茨在十字口东边的车队里挤撞着,躲闪着,很快消失了踪影。索恩没有慌乱,对着通话器报告了这边的情况。他知道,要不了3分钟,那辆米黄色轿车就会重新置于警方的监视之下。

就在普利茅茨越过货车后,苏玛猛地搂住海拉,泪水汹涌而出,“海拉,爸妈就要同你告别了！到前边那幢大楼后,你下车向东走,那儿停着一辆黑色的奔驰,车内有10万现金、一张空白护照,还有一些生活用品和随身衣物。以后就靠你自己了!”

海拉也动情地搂住妈妈,“妈妈,我已经知道了,是豪森伯伯前天告诉我的。妈妈,我会想你的!”

苏玛紧紧搂住女儿舍不得放开,她哽咽地喊着:“孩子,孩子……”海拉从她怀里挣出来,越过座椅,搂住爸爸的脖颈,“爸爸再见！爸爸,你不要记恨我!”

保罗的眼眶也湿润了，一边开车，一边声音喑哑地说："永远记住爸妈对你的爱，永远不要敌视人类，你能做到吗？"

"我一定记住！"

保罗看看后视镜，追踪的车辆尚未出现，不过他知道快了，一两分钟后，前边道路就会被几辆警车阻断，天空中也许会飞来一架直升机。他急打方向盘，拐上一条岔路，路上的两个行人急忙躲闪着，生气地向他比画着。他在一辆灰色的建筑前猛地停下车，急迫地命令道："海拉快下车！汽车藏在建筑物后边，那边临着州际公路，你可以一直向东开，祝你好运！"

海拉最后同母亲拥抱一下，拉开车门，敏捷地跳下去，同时大声喊："玛亚！"玛亚随即蹿下去。保罗一刻也未多停，急急开走了。从后视镜中看到，一人一狗很快隐入灰影里。

苏玛取出一个塑胶假人，拨动开关，假人立即充气膨大，变成一个与海拉相似的少女。两人不再交谈，专心开着车，速度指针一直在120英里上下跳动。他们不停地超着车，搅乱了车流，就像一条冲进沙丁鱼群中的鲨鱼。

开过一个街口时，一辆停在街口的红色福特嗖地插进车流，紧跟在他们车后。保罗知道这场游戏该结束了，前边肯定正在设路障。果然，20分钟后，车流开始减缓，最终停了下来。几辆警车停在路中间，警灯不停地闪烁着。两名便衣沿着车队走过来，找到了他们的车，其中一人敲敲车窗，示意他们把车开下公路。

便衣把两人引到停车场，让他们下车，来到一个房间里。那个得了白化病的杀手杜塔克在里边等着。后边的便衣把那个假人递过去，杜塔克嘲弄地看着假人，伸手拔下气塞，假人咻咻嘶叫着，很快缩成一团。

杜塔克讥讽地说:“雷恩斯先生,还记得我吧,一个笨手笨脚的杀手。不过我想告诉你,如果想把猎物从林子里轰出来,只需派笨蛋去就行了。很感谢你刚才让癌人单独离开,因为上面严令我们不得伤及无辜。”他忽然换成公事公办的表情,“雷恩斯先生和罗伯逊小姐,我代表警方非常遗憾地通知你们,你们的‘女儿’海拉刚刚遭遇了一场车祸,那辆奔驰车撞在40公里外的山岩上了。还没有详细的现场情况汇报,但估计令爱凶多吉少——多猛烈的一场爆炸啊,这辆车一定多带了3倍的汽油!”他幸灾乐祸地说,“你们干吗让一个4岁的小孩开车呢,这是严重违反交通规则的。”

就像一桶冰水从头顶倾下,苏玛的眼前一黑,保罗忙扶住她。在绝望的悲凉中,苏玛疑窦渐生,他们中了圈套,但设下圈套的人必然十分了解内情。她怀疑地盯着保罗,一言不发。保罗苦笑着,忽然高声喊道:“是豪森!这个杂种!”

杜塔克嘲弄地说:“请不要在我面前骂他,8年前我们就是同事,这次他还帮我出了一个相当不错的主意呢。好了,请两位上车,我带你们看看事故现场。”

爆炸现场在阿巴拉契山脉东麓的一处浅山里,即使外行人也能看出,这不会是普通的交通事故:海拉驾驶的黑色奔驰片甲无存,连山崖也塌了半边,方圆70米内的树木都呈同心圆状向外倒伏,树干变成了焦黑色。没有记者,只有几十名警察在倾颓的山石和树木间仔细寻找着,警方的技术人员在细心地拍照。

杜塔克降低车速,缓缓停在路边。打开车门前,他低声咕哝道:“我的上帝,豪森一定把炸药量多用了10倍,他以为癌人是金刚不坏之躯吗?”

他对保罗和苏玛的仇恨目光视若无睹,走下了车。一名便衣迎上来,手里捧着一个帆布包,简短地汇报说:“只找到这些,是在100米外的树杈上找到的。”

杜塔克拉开拉链,包内有一些衣物和百元美钞的碎片,一条黑色的狗腿,还有……半条人的手臂!是从小臂处断开的,断面处被烧焦了,皮肤上有多处擦伤,但手部完好无损——是圆润精致的少女的手。

杜塔克面无表情地说:“送去做DNA和指纹鉴定。”

“已经送去指模做指纹鉴定,刚才得到了口头通知。没错,是那个癌人的。DNA的结果3天后才能出来。”

身后传来保罗的一声惊呼:“苏玛!”苏玛脸色惨白,在保罗的怀中慢慢瘫软下去,嘴里喃喃地重复着:“海拉,海拉……”

她休克过去了,保罗焦灼地喊着:“苏玛!苏玛!”

16

一年之后。

一辆米黄色的普利茅茨疾驶在州际公路上，夜色渐沉，道路上的标志线在暮色中闪着荧光，高架广告像巨人一样排列在公路两侧。保罗驾着车，时刻瞟瞟右边的苏玛。前边有一个出口，保罗打了右转向，驶下公路，高兴地对她说："已经到了，看见教堂的尖顶了吧？我家离教堂不远。维多利亚和吉米一定在门口等着你呢。"

苏玛的笑容有些勉强。一年来，多亏保罗终日陪伴，时常慰解，才使她从失去海拉的巨大痛苦中慢慢挣脱出来。海拉死了，围绕海拉而生的风波很快平息。现在这个瘾人几乎已经被社会遗忘了。

但苏玛永远不会忘记。她忘不了对女儿的爱，忘不了与女儿连在一起的仇恨，忘不了女儿留给她的断臂。现在她常常去教堂，在唱诗班的歌声和牧师的布道中求得解脱。但即使在教堂里，她也从未宽恕过那些恶棍，尤其是那个最"爱"海拉的豪森。对待这样的恶棍不能讲宽恕，倒是《圣经》中的"以牙还牙"更为恰当。

我们太愚蠢了，几乎是主动把女儿送进虎口。这件事至今仍有许多扑朔迷离之处，当时保罗的言行举止也多少有些神秘……

她赶紧在心中念诵圣母和圣灵的名字，驱走这可怕的想法。不错，保罗在海拉出世时曾对癌人抱有戒心，但那都是过去的事了。再说，保罗绝不是这样卑鄙阴毒的小人。如果连保罗也信不过，这个世界上还有可信赖的人吗？

在这一年中，保罗多次向苏玛保证："放心吧，我一定会让豪森得到应得的惩罚。你不必太着急。"

说这句话时，他的眼睛中闪着古怪的光芒，苏玛一直没能理解这是什么意思。

汽车停在保罗家门口，维多利亚冲出来，兴高采烈地同苏玛拥抱，"你总算来了！在我家痛痛快快玩儿几天，你会把一切烦恼都忘掉的。"她又同丈夫拥在一起，"你这个狠心的家伙，整整4年了啊，你只在家里待过不到15天。从今天起我绝不放你离开了！"

保罗大笑着，把9岁的儿子举到空中，"你怎么还是这么矮？我以为你都该结婚了！"

吉米在爸爸耳边小声问："爸爸，那个长得快的小癌人真的死了吗？"

苏玛听到了他的耳语，心里猛一颤抖。保罗瞟瞟她，忙把话题引开，但苏玛的心情已无可挽回地被毁坏了。餐桌上，保罗和家人快活地谈笑着，苏玛却无法使自己融入其中。在女主人的殷勤相劝下，苏玛勉强吃了几口晚饭。保罗和妻子互相看看，没有多说。

饭后，他们在客厅中闲聊着，维多利亚一直紧偎在丈夫的身边，炽热的目光紧紧笼罩着丈夫。看样子，她巴不得立刻把丈夫“囫囵吞到肚里”，不过囿于礼貌，不得不待在这儿。苏玛没有心情聊天，她一再说你们休息吧，我也累了，但维多利亚一直说不着急，等吉米睡觉后再说吧。两个小时后，吉米总算睡觉了。保罗立即把苏玛领到书房，和妻子神秘地交换着目光。苏玛察觉了，狐疑地看着他们。

保罗咧嘴笑道：“苏玛，知道我们为什么执意邀你来吗？我们要在这儿宣布一个好消息。我知道你一直挂念着为海拉报仇，我把‘罪魁祸首’抓来了。你看看这是谁！”

维多利亚像表演魔术一样，应声拉开隔间的门。一个男人满面笑容，稳步走出来。

豪森！

苏玛的血液一下降到冰点，又在瞬间升到沸腾。但是，未等她有所行动，保罗已经大笑着同那人拥抱起来，两人用力拍打着对方的后背。苏玛懵了，同时，一种隐约的、她不敢相信的希望渐次升起。她呆立着，过了5秒钟，或者5个小时，看着豪森慢慢走过来——就像无声电影中的慢动作。他从口袋里掏出一张精心折叠的信笺，递给她，浑厚的男低声似乎是从天边传来：“苏玛，请原谅我们一直瞒着你。为了让警方相信，我们需要最逼真的演出效果。没错，海拉没有死，这是她的信。”

爸爸妈妈：

我还活着，断了的左手（是我自己用小“紫蛇”烧断的）早就长出来了……

苏玛失声叫道：“海拉！……”然后，便哽住了。保罗忙扶她坐下，三个人围住她，让她痛痛快快地哭了一场。等平静下来，苏玛紧紧握住豪森的手，感激地说："谢谢。你以绝顶的机智救了我的女儿。"

豪森笑道："我可不敢贪天之功。不错，这个连环计最初是我想到的，那时杜塔克缠着我，要我把海拉骗出来。我忽然想到，何不将计就计呢？后来，保罗帮我把这个计划完善了。海拉知道后又增添了关键的一点，那就是，必须在现场遗下一点'战利品'，否则FBI的猎狗们是不会放弃的。我和保罗都不忍心，但海拉非常决绝，她说：'没关系，我有肢体再生能力呀……'后来，我就为杜塔克布置了这场爆炸，为了不让FBI寻找到海拉的其他'残躯'，我有意把爆炸的威力增大了10倍。"他笑起来，又补充道，"对了，玛亚也活着——现场的狗腿来自一条毛色相同的死狗。我真担心警方在这点上看出破绽呢，但看来他们疏忽了，在'验明'海拉的身份后大意了。"

苏玛央求道："海拉在哪儿？你能带我去看看她吗？"

豪森看看保罗，坚决地说："谁都见不到她了，我也没有见过她。这封信是放在一个事先商定的秘密洞穴中，而且商定仅使用一次。要知道，只有让海拉真正斩断与人类社会的任何联系，她的安全才有保证。比如说，现在可能FBI正在窃听我们的谈话，但即使窃听到，他们也无可奈何了。"

苏玛笑了，但泪水却漫过她的笑容，"我懂，我能理解。只要知道她还活着，我就放心了。"

……爸妈，这是我第一封也是最后一封信。我的身体已经完全复原，明天就和玛亚离开栖身的雪洞去往远方。请原谅我不能说出今后的行程，因为连我自己也不能确定。你们给我的护照和美元我都留在车上了,我用不着。我想去一个远离文明的地方,验证自己能否生存下去,用某种方法繁衍一个新的种族。爸爸,我记得你的话,我永远不会敌视人类,因为我本身就属于人类。爸爸,妈妈,永别了!

那晚,苏玛睡得十分香甜。一年来,时刻有痛苦的利齿在啃噬她的心,即使睡梦中也逃脱不了。现在,她总算把它抛到身后了。她梦见一人一犬在冰原上走着,留下两串清晰的脚印。她追踪着这串脚印,倏忽间却到了亚马逊密林,一条高大的德国牧羊犬吠叫着,把她引到了俾格米矮人族居住的地方。她忽然在矮人族中见到了一些高个子的部族人,他们的皮肤黝黑,赤着上身,下身围着树叶,个个剽悍孔武。他们簇拥着一个女头人,她也赤着上身,黑色的乳房饱满坚挺。从她的子孙看,她应该是位老人了,但她身上仍洋溢着20岁少女的活力。没有见到她的丈夫,但这不成问题,她一定是用"某种办法"繁衍了整个部族。

女头人和她深情对望着,都想把对方拥到怀里。但女头人的身影忽然晃动起来,隐入一片云霞之中。牧羊犬朝苏玛伤感地吠了两声,也随之跃入那片云霞。他们消失了,只留下深深的怅惘。苏玛毫不怀疑,这就是她的海拉,她刚才一定是给子孙们讲述密林外的事情,讲述他们的外公外婆哩!

她伸手想把保罗拍醒,让他也看看海拉的栖身之地。她拍了一个空,这才想起保罗是在维多利亚的房间里。他未能成为自己的丈夫,也许是她今生唯一的遗憾了。

在一种舒适的、慵懒的满足感中,她关闭了梦境,再度入睡。

下　篇

第一章

1

民政局局长老赫今天很早就上班了。2019年世界妇女大会正在县里召开。虽说这里离北京很近,但国际性的会议在这里召开并不多见。头头们一再提醒手下,叫各行各业负责人都把眼睛睁大点,莫要在节骨眼上捅出什么娄子。

老赫今天心情很不好,都是为了他的宝贝儿媳。结婚3年,她一直吵吵着不想生育。老赫原想她只是嚷嚷罢了,过几年就会改变主意的——哪有女人不想生孩子?不想生孩子的女人还能算是女人?但昨天儿媳竟不声不响去做了绝育手术,更可气的是,儿子竟然陪着她去医院。

老赫自认算不上旧脑筋,生儿还是生女,能不能接续赫家的香火,这些事他都看得很淡了。但即使如此,他也难以理解当今的年轻人,有结婚不要孩子的,有独身主义的,甚至还有一些搞同性恋的。说到底,这代人只知道自己享受,一点也不愿为后代承担责任。

他上班时,老伴还气得在屋里抹泪呢,这一辈子他们再也甭想当爷爷奶奶了,他再也甭想抱着胖孙子、用胡子扎他的嫩脸蛋了! 早知如此,当初就不该要自家这个孽种,把他留到阴山背后,看他还有什么主义可喊。不过,他知道根子不在儿子这边。儿子倒是倾向于要个孩子的,但他耳根软,没主见,凡事都看着老婆的眼色行事。老赫看过一篇文章,预测人类到2050年将出现母系社会的复辟。他想,这个时代在我家提前来临了。

虽说心情烦躁,但他还是认真地检查了全所的工作。各处室人员都已到齐,门前被打扫得干干净净,穿着超短裙的小李在院中给花坛浇水,门卫在擦拭门口的铜牌。忽然,一对年轻人横眉怒目地进了大门,径直朝民政室走去。老赫远远扫了一眼,认出是前庄张胖子家的儿子儿媳,是前天才结的婚。两人衣裙簇新,但脸上显然有抓痕。

这些年轻人哪。老赫摇摇头,回到了自己的办公室。

20分钟后,电话响了,民政室的小李子无奈地说:"局长,请你来一趟吧。"

小李是今年才分到局里的女大学生,办事能力是欠缺了点儿。俗话说清官难断家务事,要想胜任民政室的工作,真的需要磨不烂的嘴、饿不垮的胃和最坚强的神经。老赫笑道:"小李,遇事耐心点儿……"

小李央求道:"来吧老局长,再给我做一次示范行不? 我最佩服你的三寸不烂之舌。再说,这对当事人认识你,都听你的话。好吗?"

既戴上了小李送的高帽,他只好去了。

屋内的两人回过头喊一声赫伯,又恢复了金刚怒目、苦大仇深的样子。小李满脸尴尬地迎上来说,他们一直摆着这副嘴脸,说要离婚又不说原因,无论怎样诱导就是不开口。

老赫拍拍小两口的肩膀，“莫要摆出一副不共戴天的样子，结婚才两天，有仇有恨也积不了这么深。说，到底是为啥要离婚？”

女方终于开了口：“他流氓！”

男方立即怒目相向：“我咋流氓了？你是我老婆！”

女方转向老赫恨恨地说：“他拿回一盘黄带，非要我也照样子干。我不听，他就想掐死我，你看！”

她扯开衣领让老赫看她脖子上的伤痕，男的急忙说：“甭听她的，是她先动手的，看看我脸上！”

老赫认真看了看，显然，他脸上的抓痕比女方脖颈上的伤重多了。小李红着脸，忍不住偷偷地笑。老赫瞪她一眼，回头笑着说：“好了，事情经过我已经清楚了。我要是张胖子，先一人给两个耳刮子再说。现在赫伯为你们评理，好好听着。”

他清清嗓子说：“第一，小张不是流氓。干那档事使用什么姿势，不是民政局管的事，只要双方愿意，扯不到流氓不流氓上头去。而且，听你们的口气，俩人在婚前没有发生过性行为，在如今的年轻人中这可真是难得了！所以小张不但不是流氓，你们还都是自尊自爱的好青年。”

小张得意扬扬地瞟了妻子一眼。倒是身后的小李没来由地红了脸。

“但是第二，我劝小张听女方的话。干那档事最好不要玩儿什么新花样——别在心里骂你赫伯是老脑筋，按老辈人的说法，男女行房得在黑影里，免得冲撞了天光菩萨。这是迷信吗？当然是，但这种迷信暗合着科学道理。人的快感阈值不是稳定不变的，而是水涨船高。过去乡下人羡慕皇帝每天都能吃到油条和饺子，那时他们认为油条和饺子就是天下第一的美味。现在呢,你们还认为油条好吃吗?男女之事也是一样。如果一开始就把性生活的阈值提得很高,很快它就会变得味同嚼蜡。如果开始时能够控制,你们就能在一辈子中慢慢品尝越来越浓郁的陈酒。小张,你妻子是个难得的明白人,听她的没错!"

这会儿该女方扬眉吐气了。小张显然没料到老赫伯肚里还有这一大套理论,当下也表示服气。没多久,两人就笑眯眯地离开了。隔着窗户看见两人停下来,似乎又争执了几句,不过,等走出民政局大门时,他们已亲亲热热地挽上了臂膀。

小李脸红红地奉承道:"老局长,真有你的,蛮有深度,蛮有哲理。"

老赫看看她,笑道:"是吧。把老家伙这番话记到心里,对你也没有坏处。"小李脸更红了,"下次再碰上这种事,我可不来救火啦。"

小李连忙点头。忽然,外边传来叽里呱啦的说话声——不是外国话,是卷舌头的中国话。两个外国女人笑嘻嘻地走进来,都是白人,年龄都在二十六七岁,一个穿着T恤和短牛仔裤,一个穿T恤和超短裙。门卫从她们身后闪过来,低声对老赫解释道:"她们说是世妇会的代表,美国人,想在中国登记结婚。"

穿牛仔裤的女人高兴地说:"对,我叫琳达·麦迪逊,她叫安娜·帕吉特。我们喜欢中国,想在中国登记结婚,为这次中国之行留下难忘的回忆。请问,按中国的规定,需要我们提供哪些文件?"

她的中国话说得叽里呱啦的,像是短了半截舌头,周围的人勉勉强强能听懂。老赫皱着眉头打量着两个人,说:"需要什么文件和条件——身份证啦,未婚证明啦,甚至国籍啦——倒还在其次。首先一条,按中国法律,登记结婚必须双方同时到场。我想美国法律也不例外吧?”

琳达立即回答道:“我们已经同时到场了呀。”她用英语对安娜解释,“他们要求结婚的双方必须同时到场。”

老赫一时没转过弯,虽说时下年轻人的衣着发式常常是男女不分,但眼前这两位分明都是女人,这一点似乎不必怀疑。她们的臀部被衣服绷得紧紧的,T恤衫开领很低,两对硕大的乳房呼之欲出。

老赫随即恍然大悟,大悟之后是抑制不住的恼火,他捺住性子嘲讽地问:“那么,你们中谁是妻子谁是丈夫呢?”

琳达快活地说:“我们互为妻子和丈夫,我们是完全平等的。是吧,亲爱的?”她亲热地挽住安娜的胳膊。

满屋的人都看傻了。虽说现在已经跨进21世纪,虽说对西方世界的同性恋现象已耳熟能详,但看到一对同性恋人(还是女的!)如此坦然地来登记结婚,连自诩为现代派的小李也难以接受。

她惶惑地用目光向老赫求助,老赫冷淡地说:“实在对不起,中国还没有同性恋可以结婚的法律,看来不能为你们留下一个美好的回忆了。”

两个女人并没有露出懊丧的表情,相反,琳达两眼放光地问:“中国不允许同性恋吗?”

到了这时,老赫已经清醒地认识到,这对女同性恋的登门并不是因为热爱中国,并不是为了留下一个美好的回忆,而是想制造一个轰动的政治话题。屋内围观的人不知道是谁低声骂了一句:“不要脸!”琳达听见了,立马转过头去寻找发声者,“不要脸?你是在骂我们吗?”

老赫严厉地喝道:“刘兵!不要乱讲!所有人立即回到自己

岗位上去!”

门卫和屋外几个人悄悄散去,只留下老赫、小李和两个外国女人。老赫沉思片刻,谨慎地说:“我国对同性恋采取的是双非政策,既不认为它非法,也不认为它合法。这种双非政策在法律上是有先例可循的,据我所知,不少国家对卖淫现象就是采取的双非政策。”

琳达尖刻地问:“你是说,同性恋和娼妓是等同的?”

老赫真正发怒了,他尽力抑制住怒气,冷淡地说:“请不要曲解我的话。好啦,两位请回美国登记吧,我们无法满足你们的愿望。”

琳达转过身,频率很快地向安娜解说着什么。这时,刚才那对年轻人兴冲冲地进门,手里拎着一袋精制糖果,女方笑着给大家发糖,男的对老赫说:“赫伯,谢谢你的那番话,我们俩一定会记一辈子。喂,小玲,别忘了两位外国朋友。”他低声问小李,“她们是来干什么的?”

小李耳语道:“这两个女人是来登记结婚的——小心,穿短裤的这个懂得中国话。”

小张惊奇地问:“同性恋?”小李点点头。小张妻子正在为两个外国人发糖,小张忙拽住她,啐了一口,扭身就走。妻子不明所以,小张边拽边低声解释,妻子也啐了一口,“晦气!”这些粗鲁的举动丝毫没有让两个外国女人难堪,相反她们显得更兴奋了。老赫知道大事不妙,再不能让俩人在这儿收集政治炮弹了,便客气而坚决地送客人出门。

一辆桑塔纳出租车停在门前的槐树荫下,司机正眯在座椅上听《梁祝》。老赫很客气地送两人上车,司机惊奇地问:“这么快就登记完了?你们真是高效率。”

老赫背过脸低声喝道:“快走吧,少啰唆!”司机看出点眉目,便不再言语,立马开车走了。看着这辆车绝尘而去,老赫立即返回民政局,拨通了县长的电话。

2

加达斯·比利9点钟走下昆明至北京的班机，10点赶到延庆县世界妇女大会的会场。他是《华盛顿邮报》的年轻记者，这次来中国，主要是为了采访云南的戒毒所，但既然赶上了世妇会，他也想来挖一点儿新闻。

在云南，他采访了几个戒毒所，总的印象不错。昨晚，他与参议员老爸通了电话，说云南的戒毒工作很认真，吸毒者的复吸率明显低于美国。但他也说中国的经验无法在美国推广，因为它“仍带着极权主义的痕迹”，病人一进戒毒所就失去了所有的自由：不许会见亲人，不准对外联系……这对美国人来说是难以忍受的。当时父亲淡淡地说了一句：“既然吸毒已经威胁到人类的生存，那么采取一点极权主义也情有可原。”

这话很出乎加达斯的意料，因为父亲向来是以自由派著称的。

加达斯今年25岁，刚从夏威夷大学社会学系毕业，相貌英俊，拥有亚麻色的头发和蔚蓝色的眼睛，脸庞棱角分明。这对当记者是个有利条件——尤其是当采访对象是女性时。妈妈说他酷似年轻时代的爸爸，还笑着说，老比利之所以能当上参议员，就是因为有这么一副十分“阳刚”的相貌，可以拉女选民的选票。当然这是开玩笑，父亲的才干是人尽皆知的，他一直是参议员中有分量的人物。不过，父亲从来没有竞选总统的野心，加达斯知道这是为什么——父亲10年来一直和一位情人保持着秘密关系，在经历了克林顿总统的绯闻事件之后，他绝不会自找麻烦去竞选什么总统。

世妇会上，一位厄瓜多尔代表正在发言。会场是圆形的，一排排座位围成十几个同心圆，每个座位上都有同声翻译耳机和麦克风。会场远远谈不上座无虚席——这不奇怪，世妇会代表历来是以作风散漫、思想庞杂而闻名的。这次碰上了凡事都一板一眼的东道主，因此紧凑的会议日程难免让一些代表不适应。

那位代表的发言冗长枯燥，很大篇幅是谈自己的丈夫、儿女和自己的收入。加达斯关闭了录音设备，靠在椅背上打盹儿。

这位代表的发言终于结束了，这时，两名白人妇女带着一阵风闯入会场，她们一坐定就高声要求发言，因为她们“刚刚有过一个值得讲述的经历”。

会议主席同意了，于是琳达拿起麦克风，绘声绘色地讲述了她们刚刚经历的事情。“所以，”她总结道，“中国的同性恋者仍处于可悲的地位，他们的人权得不到法律保障，并且在社会上受到歧视，受到敌意的对待。我们能否为他们做些什么呢？”

各国记者都像是打了兴奋剂，紧张地在记录本或笔记本电脑上做着速记。加达斯也迅速做了记录，他知道这是报纸主编们喜欢的素材。这时，前边一位中国代表站起来，大声要求发言。会议主席同意了，并介绍说这是中国社会科学院社会学研究员甄羽女士。

甄羽女士大约60岁，中等身高，身体极胖，满头白发，但动作带着一股年轻人的冲劲儿。她显然是性情中人，一站起来便滔滔不绝，一口漂亮的牛津式英语——她在激动中忘了中国代表发言应使用汉语的惯例。她尖刻地说："我想这两位代表忘了起码的礼貌，忘了尊重所在国的法律和习俗。你们完全可以回到美国去享受同性恋结婚的自由嘛，为什么非要来挑战中国的法律？有礼貌的客人不会在主人的大门口撒尿。"

如果说刚才琳达的发言是用竹竿捅了蜂窝，甄羽的发言则是在蜂窝下面放了一把火。会场响起一片嗡嗡声。安娜站起来大声说："请问你对同性恋是什么态度？你能准确无误地告诉大家吗？"

甄羽干脆地说："为什么不能呢？我一直用同情和宽容的态度来对待这种心理残疾，正像我们同情失明、失聪、兔唇等生理残疾一样，因为它们都是人类社会不可避免的痛苦。但是，正如医生们一直在用种种科学手段来医治生理残疾一样，社会学家也该用种种手段——心理咨询、道德约束等——来减少同性恋患者，而不要把'宽容'变成'纵容'，甚至当成一种时髦。有一点我想琳达小姐和安娜小姐不会否认吧，"她微笑着说，"至少到目前为止，作为一个族群而言，同性恋者是寄生于正常人的生殖活动之上的。没有男女之爱和他们的生殖活动，就没有同性恋者的存在。极而言之，人类就不能延续了。"

她结束了发言，在众人的复杂目光中坦然坐下。此后，会议就这个问题展开了尖锐的辩论。其间，甄羽女士又起身做了两次短时间的答辩。加达斯不由得对她产生了浓厚的兴趣，他生活在开明的美国东部，但他对于同性恋现象的观点还是相对保守的。他知道同性恋确实已成了自由派的时髦，上层人士公开参加同性恋的集体婚礼，各大公司竞相资助同性恋的活动，有世界性的同性恋大会，某些城市中同性恋的比例已超过10%。所以，没有哪个政治家或商人敢得罪这个数量越来越庞大的群体。宽容变成了纵容，以至于反对同性恋者不能理直气壮地亮出自己的观点。就拿眼前的辩论为例，甄羽几乎是孤军作战，没有一名中国代表站出来支持她，支持她的外国代表也寥寥无几。

他对甄女士的勇气十分佩服，决定找个机会采访她。

第二天，代表们到北京参观故宫，加达斯也去了。极为宽敞的故宫宫院里没有一棵树木，只有方砖缝隙中长着细细的青草，显得十分空旷。他在这儿找到了甄女士，她正在给几位同行者作解说。她说故宫内不植树主要是出于安全上的考虑——使皇帝的敌人无法藏匿和纵火。中国封建王朝的统治艺术是极其完善、极其周详的，这便是一个小小的例子。再者，以美学观点来看，这种绝对的空旷也能有效地衬托宫殿的巍峨。

她今天穿了一件月白色的短袖衬衫和一条蓝色裙子，脸上汗津津的，声音洪亮。加达斯走过去，把自己的中英文双语名片递过去，"甄女士你好。我是《华盛顿邮报》的记者加达斯·比利，我听了你昨天关于同性恋的发言。"

甄羽接过名片，笑着回递了一张名片，"全是陈词滥调，既偏激又迂腐——对吧？"

"不，我同意你说的，同性恋归根结底是一种寄生现象。此外，我也同意你说的，不能把宽容和纵容当成时髦。我想听听你更坦率的意见。"

甄羽注意地看看他，放慢了脚步。"在美国年轻人中间，持有这种观点的人可不多。"她笑道。同行的女士赶到前边去了，十几个中国孩子蹦蹦跳跳地登上殿前的台阶。加达斯想伸手搀扶同伴，甄羽拒绝了，“用不着，用不着，我还没有这样老吧。”

她步履轻松地上了台阶，回头说：“记得40多年前，当我还是一个中学生时，看过一则报道。有些不愿生育的美国夫妇常到菲律宾领养孩子，他们帮助菲律宾孕妇飞到美国，生下孩子，让婴儿自动取得美国国籍，然后再办理领养手续。在这个过程中，他们要负担孕妇的来回机票、在美国的生活费及医疗费，再加上付给孕妇的报酬，大概要花两万美元以上。我当时很好奇——首先我佩服美国人的豁达，他们不计较后代的血统甚至是人种的差异。但同时我也很困惑。”

“为什么？”

“因为我觉得这是违反自然之道的。生物的所有习性都是为了保证自己的基因能最大限度地传播开来，所以，在交配期间，雄骆驼会把自己的所有妻妾都赶到一个山沟里，不吃不喝地守护着，不让别的雄骆驼染指。雄松鼠在交配后会在雌松鼠的阴道中留下一个塞子，阻止它同别的雄性交配。等等。当然，人类已经超越了动物，人类会‘幼吾幼以及人之幼’，这是毫无疑问的。但从另一方面说，尽力在世界上‘留下自己的骨肉’，仍然应该是人类正当的、最基本的自然属性。如果文明的发展连这种自然属性也淘汰掉，那对人类来说究竟是进步还是灾难呢？”她笑道，“当然，这是我成年后的思考，中学时代我只是直觉地感到困惑。”

加达斯对她的观点产生了共鸣，沉思片刻说：“如今在美国，不愿生育后代——不是不能生育——的夫妇更多了。”

“何止美国呢，即使在中国，这些现象也与日俱增。据统计，中国育龄夫妇中丁克家庭已占6%，同性恋估计也达到了1%。这个数字真让我寝食难安。假如一直保持这个势头，人类是否会灭亡呢？比利先生，中国的社会学家一直盯着美国，因为一个多世纪以来，美国一直是世界科技的先行者，很可能美国的今天就是中国的明天——既包括社会的进步，也包括科技带来的弊端。坦率地说，我觉得美国社会上的许多现象简直是末日来临的征兆，主要就表现在人类自然属性的日益丧失：同性恋、群交、吸毒、放弃生育后代的责任……我真不愿中国也步你们的后尘。"

加达斯心中不大舒服——这些观点难免伤及一个美国人的自尊。但他不得不承认，这些尖锐的见解有它的力量，而且其中并没有民族沙文主义的气味儿，她是站在全人类的基点上来考虑的。他沉思着，跟着甄女士迈出保和殿的后门，甄羽的同伴在喊："甄！来给我们介绍青铜馆的展品吧！"甄女士抱歉地向他告别，加达斯说："再见，谢谢你的话，我会认真思考的。"

3

第二天，加达斯坐上了中国飞往纽约的班机。机翼下是蓬松洁白的云层，阳光在蔚蓝的太平洋洋面上闪耀。中国空姐们个个漂亮得无可挑剔，身材修长，胸臀饱满，肤色美艳。考虑到14亿人口的基数，能挑出这么漂亮的空姐并不奇怪。加达斯一边呷着咖啡，一边欣赏着空姐们的美貌。

不过更多时候，他面前闪现的是体态浑圆的甄羽女士。与身躯的浑圆恰成对比的是她见解的尖锐。美国是一个包容开放的国家，这种见解他当然不是第一次听到，但唯有这次给他留下的印象最深，也许这是基于甄女士真诚的忧虑吧。

回到费城公寓，他给父母家打了电话。是妈妈接的电话，她关心地问了一路上的情况，问他什么时候能过来，又说他父亲不在家，出门做一次短暂的公务旅行。加达斯问他到哪儿去了，如何与他联系。妈妈沉吟一会儿问："有急事吗？"

"嗯，我有一个想法，想和他商量一下。"

"那么，"妈妈说，"你把电话打到波特兰吧。"

加达斯知道波特兰有父亲的情人南希，不免为刚才的问话后悔，这么多年来，父亲每年都要在那儿秘密度过几个星期，而母亲和他已学会了对此视而不见。今天母亲却不得不把这句话说出来。

加达斯把电话打过去。屏幕上现出一张年轻美貌的黑人女子的脸庞——他不禁感伤地想,自己的母亲确实衰老了。南希马上认出了他,高兴地嚷道:“加达斯?你好,真高兴你能打来电话。”她的喜悦确实是十分真诚的,“你父亲在和勒莎聊天,我去喊他过来。”

从屏幕上看到,父亲牵着勒莎的手走过来。勒莎抢先占据了屏幕,“你好,加达斯哥哥。刚从中国回来吗?那儿好玩吗?你什么时候能到我家来做客呢,我真想和你一块儿玩儿。”

妹妹叽里呱啦地说个不停,他不由得暗暗感动。他与这位妹妹素未谋面,但她对哥哥显然是情真意切。也许,这是因为相同血缘(有二分之一相同)的天然联系?两人高高兴兴地聊了一会儿,父亲布莱德才接过话筒,“加达斯,有什么事情?”

“爸爸,这次我在中国采访了一位女士,我对她的观点很感兴趣,也有了自己的一些看法。”加达斯追述了当时的谈话,“我打算针对美国国内‘不愿生育’的现象做一次社会调查,深层次的详细调查,以解答一个问题:现代高科技和生活方式是否已改变了人类最基本的自然属性,以及这种现象有什么深层次的社会意义。爸爸,你对此有什么看法?”

布莱德没有片刻犹豫,立即答道:“很好!值得去做。”他笑道,“十分巧合的是,前段时间我正好也对一个类似的问题产生了兴趣,那就是到国外认领婴儿的美国人爆炸式增长。而且,这里可能还牵涉一个庞大的婴儿走私网。”他沉吟片刻,“这样吧,我手头正好有一张清单,包括邻近几个州中新近从国外领养婴儿的家庭资料,有合法的,也有非法的。你可以在此基础上进行调查。报社那边我想会支持你的。这项调查不仅是‘哲理性’的,如果最终挖出一个婴儿走私网,这则新闻同样是十分‘公众性’的。”

“报社那边问题不大,我自己能处理。那么,我就开始做这方面的准备了。再见。”

“再见。”

南希一直在远处斜睨着这边,这时快步走过来,从布莱德手中接过话筒,“你们谈完了吗?我和加达斯还有一点私人话题要说。”

参议员领着勒莎离开了,加达斯在屏幕上端详着爸爸的情人。算算她也年届40了,但皮肤和身形保养得很好,仍显得青春靓丽。她微笑道:“谢谢你打来电话,也谢谢你对勒莎的兄长之情。”她略为沉吟,恳切地说,“加达斯,我爱你的父亲,为了他,我的半生是在阴影中度过的,但并不后悔。再过若干年,你父亲就要退出政坛了,按照我们当初的约定,在他退出政坛后,就要公开他与勒莎的关系,否则对小勒莎是不公平的。我尊敬你的母亲,不想对她造成任何伤害……”

加达斯打断她的话,爽快地说:“你不必说了,我已经明白你的意思了。请放心,我会慢慢把这件事告诉我的母亲,让她对那一天有足够的心理准备。我相信她对此会泰然处之的。”

南希欣慰地笑了,“谢谢,衷心谢谢你。你为什么不来这里玩儿呢?我和你母亲恐怕只能终生回避了,但你和勒莎没理由不成为好兄妹。”

“我会去的,这次调查结束后我会安排一段时间。我也很喜欢小勒莎。告诉我,她喜欢什么样的玩具?”

“你就买几只电子狨吧,她已经有20只了。”

加达斯知道这种袖珍电子狨是一种时髦玩具，小狨猴们只要被激活，就会自动组成一个族群，选出猴王——完全遵循山林中猴群的生活方式。“好的，等我去时带几只电子狨，再见。”

“再见。”

电话屏幕暗下来，加达斯在屏幕前又愣了一会儿，思考着南希的请求。母亲那儿没问题，她实际上早就有心理准备了。问题倒是自己，真的能完全看开吗？就拿这次谈话来说吧，他多少有些内疚，好像自己参与了一项针对母亲的密谋。

两个女人都泰然接受了“一夫两妻”这种令人尴尬的关系，恐怕这最终要归因于父亲“雄性的强壮”。作家纳塔莉·安吉尔在《野兽之美》中说，为了最大限度地传播自己的基因，雄性在性关系上的进攻性是天然的，符合自然之道的。这么说来，父亲的行为就无可指摘了——从本质上说，这和雄狮、雄骆驼、雄海象的占有欲是一脉相承的嘛。

想到这里，加达斯不由得笑了——这对父亲未免不敬——然后挂上电话。

4

真正开始这项调查已经是两个月之后。巧合的是，父亲给的名单上也有琳达·麦迪逊和安娜·帕吉特的名字，从资料上看，她们早在一年前就在宾夕法尼亚州登记结婚（该州已通过同性恋可以结婚的法律），两人还互换了姓氏。加达斯冷冷地想，干吗要互换姓氏呢——这种貌似平等的做法，仍是植根于夫权主义之上啊。

麦迪逊-帕吉特夫妇于半年前领养了一个白人女婴，手续是合法的，婴儿来自巴西圣保罗的“圣贞女孤儿院”。父亲的秘书杰克逊先生说，这是近几年崛起的一家很有名的慈善机构，是某位匿名的富翁资助建造的。它从各国收养和向各国输送了数以万计的孤儿，不但不收取任何报酬，甚至每个孤儿离院时还能得到500美元的馈赠。“它的资助者一定是个家财逾百亿的富豪。”杰克逊先生说。

加达斯对这两个女人印象不佳，尤其在得知她们早已结婚之后。这样看来，她们在北京的行为未免是蓄意惹是生非了。不过，既然已有北京的一面之缘，他还是决定把她们排在调查表的第一位。

他先给两人打了电话,两人愉快地说,欢迎他去采访,随时都行。

加达斯乘车赶到了宾夕法尼亚的卡本代尔,在一个普通居民区找到了24B号。这幢房屋是木质房顶,车库大门上的油漆已经斑驳脱落,门前的花丛中卧着几只驯鹿和一个裸女的雕塑。加达斯在按响门铃时,忽然产生了一个想法:哪个家庭中都少不了一些体力活,像油漆房间啦,修剪花草啦,那么在这个女同性恋家庭中,是谁干这些体力活呢?大概是琳达吧,她似乎更强壮一些。由此他想到,在他所知道的女同性恋家庭中,常常有一人扮演丈夫的角色,这可能说明,上帝安排的秩序毕竟是最实用的。

一个肥胖的白人妇女打开门,她既不是两人中的一个,也不像是仆人。加达斯疑惑地问:“这是麦迪逊-帕吉特夫妇的家吗?”

“不错,进来吧。”那人在身后匆匆关上门,叮嘱道,“请注意,卧室中正在进行网络直播。”

她领着客人快步走到卧室。加达斯几乎没有来得及观察屋内的陈设,因为他的注意力很快便被卧室中的情景吸引住了:那儿灯火通明,四架摄像机环床而设,在灯光和摄影机围绕的小舞台上,琳达和安娜都一丝不挂,正在非常投入地性交。另有三个妇女站在外圈的阴影里,默不作声地观察着。

加达斯忽然悟到这是怎么回事。十年前,一对美国“童男童女”在网络上直播了性交的全过程,两人声称,男女交合是天下最纯洁最美好的事情,他们愿把自己的初夜之欢奉献给全世界。这次直播曾引起一场不大不小的风波,并被揭露其中隐藏着商业行为和欺诈行为(至少这两人都不是童男童女),之后风波慢慢平息了。此后,男女同性恋者开始在网络上抱怨:为什么让异性恋者专美呢,同性恋的性行为同样是天下最纯洁最美好的事情呀,也应在网络上留下自己的倩影呀。不过,不知道是什么原因,也许是同性恋者的底气毕竟不足,这些鼓噪几年后才变成行动——不久前,一对勇敢的女同性恋者宣布她们已做好准备,将在2019年7月27日(就是今天)进行性交直播。由于网络上并非实名,加达斯没想到她俩恰是自己要采访的对象。

两人仍在床上呻吟着。一支话筒举到加达斯面前,“既然你是不请自到的客人,请你向网络观众说几句话,好吗?”那名为加达斯开门的妇人微笑着说。

加达斯略微踌躇后说:“好的。”

“你的姓名和职业?”

“加达斯·比利,《华盛顿邮报》的记者。”他笑道,“我是为了另外的事来采访麦迪逊-帕吉特夫妇,没想到自己先成了被采访者。”

“你对女同性恋性交过程的首次网上直播有什么看法?”

加达斯突然想起了北京的甄羽女士,想起她的忧虑,想起她说的“同性恋的寄生性”。他不愿得罪和伤害眼前这些人,便字斟句酌地说:“坦率地讲,我不是同性恋者,也不赞成同性恋。不过,我愿以宽容的态度来对待这种社会现象,也希望两位女主人宽容地对待我的不同意见。”他向床上扫了一眼,两个女人显然已到达性高潮——或者说假装达到了性高潮,加达斯不相信在4个镜头和百万双眼睛的注视下,她们真的能心静无波地干完那档子事。“我觉得同性恋的性交没有男女之合来得自然和美丽,而且,至少到目前为止,同性恋都是寄生在正常人的生殖活动之上。”

举话筒的女人没想到来客会直率地批评，显然比较扫兴，但她客气地说:“谢谢你的回答。此次网上直播到此结束，再见。”

屋里的聚光灯暗了，两位“演员”笑着从床上下来，开始穿衣服，周围的几个人在收起摄像机。加达斯突然听到了婴儿的咿呀声。原来屋里摆着一辆婴儿车，一个大约周岁的婴儿手扶栏杆站在车里，一双蓝眼珠滴溜溜地看着她的两位“母亲”。加达斯的心中忽然被敲了一记——虽然懵懵懂懂的婴儿尽管看到了刚才的一幕，也不会理解的，不会把它保存在记忆中，但不管怎样，加达斯忽然对她的“母亲”们萌生了怒意——当她们在聚光灯下性交时，肯定知道，网络观众中有很多不足14岁的未成年人哪！

他尽力把怒意隐藏起来。

婴儿开始哭闹，琳达和安娜忙跑过来，抱起婴儿，从恒温箱中取出奶瓶。婴儿安静下来，吧唧吧唧地吸着奶，好奇地看着周围的大人。琳达慈爱地低头亲她，安娜也凑过来，吻吻孩子，再抬头吻吻琳达。

加达斯看着这一幕，难以抑制嘴角的嘲讽。在看了网上性交直播后，他不敢相信这两人的母爱是自然天性之流露，他担心到目前为止两人还是在表演。

吃完奶，婴儿困了，眼神开始迷离，安娜接过来哄她入睡。3个负责录像的女人带上设备，也告辞走了，琳达把加达斯让到客厅里。

“对不起，我来得好像不是时候。”加达斯笑道。

“没关系，请开始正题吧。你是想采访有关这个婴儿的事？我们有合法领养手续，是通过州孤儿领养所和移民局……”

加达斯用手势打断了她，“我知道，这些我都知道，它们不在我的调查范围之内。这次社会调查的目的是比较虚的，是想了解一下：这些领养婴儿的人都出于什么动机，是不愿生育还是不能生育。如果是不愿，又是什么原因。你们当然是属于后者，因此我要换一个问法：你们自愿放弃了做母亲的权利，不能在这个世界上留下自己的骨肉，那么，你们是否会偶尔感到难过、动摇、心绪不宁？”他抬头看看琳达，“请原谅我的直率，希望你也给出坦率的回答。我保证为你的回答保密。”

琳达干脆地说：“即使和男人结婚，我也不会为他生孩子。”

“为什么？”

“为什么？”琳达半开玩笑地说，“上帝太不公平了！由男女双方完成的生殖活动，双方理应做出同样的付出，为什么只让女人受苦呢？怀胎10月、分娩时的阵痛、妇科病……你们男人呢，只是付出一点精液，还能得到超值的享受——比女人远为强烈的性快感。太不公平了。所以我们决定不生育。”她笑着说，“对不起，你也是我所抱怨的男人。”

加达斯笑道：“不必道歉，听了你的话，我已经愧为须眉了。”他沉吟一会儿继续问道，“但是，你想过没有，你们领养婴儿，是以另一个女人的牺牲——按你的观点——为代价的？”

他的口气很温和，但琳达分明领会到了温和之下的尖锐。她盯了加达斯一眼，圆滑地绕了过去：“很快就不会有牺牲了，科学家们说，用机器子宫来克隆婴儿，将在2050年前实现。”

“恐怕比这还早。”加达斯说，“我见过一些生物学家，他们说，如果认真去做的话，也许现在就能实现。但他们也都说，不会有人去做的。从伦理学的观点来看，这种发明太危险，太离经叛道，至少我很庆幸自己不是在机器子宫里出生的。”

琳达站起来，“伦理问题由伦理学家们去操心吧。你还有别的问题吗?”

加达斯也站起来,“没有了,谢谢你接受采访。”

婴儿已经在婴儿车里睡熟了,她一头金发,一根手指含在嘴里,皮肤白皙红润,嘴角挂着浅笑,十分逗人喜爱。加达斯不禁为她难过。他想,婴儿在同性恋家庭中长大后,就会认为同性恋是完全正常的事,很可能这个世界上又要多出一个女同性恋者了。对此你是无能为力的,别作无谓的感伤啦,他在心里揶揄自己,微笑着同主人告辞。

5

第二位采访对象是谢克利夫妇，他们住在奥尔巴尼一幢极为漂亮的别墅里。丈夫哈尔今年52岁，是一名成功的房产商。妻子朱迪40岁，曾是比较有名的影视歌三栖演员，不过婚后已淡出舞台。两人都是白人，但收养了一个黑人女婴。

他们在花园里接待了加达斯。两人都穿着白色休闲服，悠闲地斜倚在白色的凉椅上，小几上放着啤酒和冰块。不远处的游泳池中，小女儿斯塔正和一个黑人女仆戏水。她是个精力旺盛的孩子，在池里尖声叫着，清澈蔚蓝的池水映衬着两具黑黝黝的躯体。

一进花园，加达斯的目光就被女主人的美貌吸引住了。从面容看，她只有30岁左右，胸脯丰满，腰肢纤细，小腿修长，毫无赘肉，一头瀑布般的金发披在脑后。在这一刹那，加达斯已经明白女主人不愿生育的原因了。入座后，他接过加冰的啤酒，衷心赞叹道："你真漂亮，你的美貌晃得我无法睁眼了。"

女主人莞尔一笑，"谢谢你的夸奖。"

哈尔微笑着正要说话，那个女孩忽然爬上岸，水淋淋地爬上父母的膝头，在每人脸上啄了一下，又大笑着跳回游泳池。这个小精灵浑身黑得发亮，鬈发，厚嘴唇，黑色的眼珠十分有灵气。她用力抡着小胳膊，水花四溅地游向女仆。她的父母满心欢喜地看着她的背影，连加达斯也立即喜欢上她了。

哈尔回过头，“比利先生，有什么问题请问吧。”

加达斯先向他们解释了这次调查的目的。他说，为了保证调查的准确性，希望先生和太太给出坦率的回答，报社保证为他们的隐私保密。哈尔点点头，“知道了，开始吧。”

“请问，你们领养了这个黑人女孩，是因为你们没有生育能力，还是不愿生育？”

哈尔笑着看看妻子，“不，我们有生育能力——即使现在也有。”

“那么，你们为什么不愿生育，是为了——”加达斯开了个小小的玩笑，“尊夫人的优美体形吗？”

“我们结婚时朱迪已经36岁了，作为初产妇年龄稍大了些。另外，你说的确实是原因之一。”

“为了体形美而放弃繁衍后代的义务？这违背人类乃至所有生物的自然本性呀。务请原谅我的无礼，因为科学要求真实的回答。”他毫不松懈地追问。

朱迪温雅地笑着，但回答并不客气，“人类早在建立文明之前就开始违背自然本性了。比如，相对于其他任何动物来说，人类的生育都是早产或难产。这是因为人类在进化中脑容量不断增大，使婴儿头颅超过了妇女骨盆所能容纳的尺寸，只好让婴儿在发育成熟前就出生，等出生后再把头骨长足。即使如此，分娩也是一个相当痛苦的过程。可以说人类当中的雌性为种族进步做出了几百万年的牺牲。”

“那么，”加达斯坦率地问，“你不愿再做出牺牲啦？”

朱迪轻松地说:“对,我不想再忍受生育的痛苦。不过社会不会责备我,反而会感谢我。毕竟我们生活在一个人口增长率过高的世界。”

加达斯苦笑着想,如果所有妇女都像你呢?但他知道自己的追问该适可而止了。他把目光转向游泳池,那个小女孩仍在快乐地尖叫嬉戏,似乎永不知道疲倦。加达斯赞赏道:“可爱的小家伙。你们领养了一个其他种族的小孩,这充分显示了你们的无私和博爱。可是,你们也许知道一句名言:基因的本性是自私的,它迫使生物用种种策略和诡计,最大限度地播撒自己的基因。谢克利先生,难道你们从来没有想过——哪怕是偶尔想过——在世上留下自己的基因?”

哈尔不快地说:“我从来没有这样的念头。我不是守旧的墨西哥人、印度人、阿富汗人或中国人。我想你没有新的问题了吧,”他半开玩笑地说,“再把谈话继续下去,我担心会成为反对小斯塔的密谋。”

加达斯识趣地站起来,“我没有问题了,我的这次调查是很不讨好的,谢谢你们对我的宽容。再见。”他特意走到池边喊道,“可爱的小天使,再见。”

斯塔快活地在水里跳跃着,“叔叔再见。”

加达斯拎上手提箱准备离开,忽然想到了另一点,停下脚步,“太太,我的资料上说,斯塔是你们去年领养的,认领时不到半岁,怎么……”

哈尔抢先回答:“我们已向移民局纠正了这个错误,实际上,领养时斯塔已经4岁了。”

加达斯噢了一声,转身离开,但他瞥见哈尔的眼神中透着诡秘,而朱迪的神色似乎有些慌乱。这可是一件怪事,为什么会这样呢？这对颇有地位的夫妇没有必要在女儿的年龄上撒谎嘛。坐上车后，加达斯还在想着这件事，后来他认定恐怕这是自己的错觉。

6

第三位采访对象是住在黑泽尔顿的戈顿·迪克夫妇。从资料上看,他们也是去年初领养了一个黑人女婴。不同的是,谢克利夫妇是通过合法手续领养的,迪克夫妇却是从“蛇头”手里买来的走私婴儿。事后他们交了罚款,才到移民局补办了手续。

加达斯未能与迪克夫妇联系上,拨了两次电话,都是录音在回答:“主人不在家,请留言。”加达斯返程时恰巧路过黑泽尔顿,他在路上犹豫着,怕贸然赶去会扑空,但最终还是决定去碰碰运气。

迪克的住宅很容易就找到了,这是一幢破破烂烂的廉价公寓,房后是山坡,长着杂乱的树木。大门紧闭着。加达斯敲开了邻居的门,那个黑人老妇唏嘘地说:“他们给女儿送葬去了,可怜的戈顿,可怜的乔安娜!”

加达斯茫然地问:“哪个女儿? 他们不是才领养了一个巴西女孩吗?”

“对,就是那个女孩,小帕梅拉,她在医院住了一个月,昨天才去世的。”

加达斯的心揪紧了,“什么病?”

肥胖的黑人老妇揩着泪，悲伤地说："是癌症。太可怜了，浑身长满了癌肿，连身形都变了。才两岁的小女孩呀，愿上帝收留她的灵魂。"

按照邻居的指点，加达斯立即赶往仁慈墓地。等他赶到时，送葬的人群已经离去。加达斯买了一束白花，向守墓人问清了帕梅拉墓茔的方位。一排排大理石墓碑无言地排列着，小径上的青草在微风中摇摆，帕梅拉的墓前点着蜡烛，堆满了鲜花，鲜花上肯定浸透了父母的泪水。墓碑上镶嵌着女孩的照片，还刻着一行字：

帕梅拉·迪克2017年元月2日—2019年6月24日

加达斯在这一刹那惊呆了。

完全惊呆了。因为看照片的第一眼，他忽然以为是斯塔死了，是斯塔的照片镶在这里。没错，帕梅拉和斯塔的面貌完全一样，年龄也大致相同。

这没有什么好奇怪的，加达斯对自己解释，一定是巴西一家贫穷的黑人夫妇生了一对双胞胎，其中一个被送到了圣贞女孤儿院，又被谢克利夫妇收养；另一个也没有留住，卖给了走私婴儿的"蛇头"，恰巧也流入美国——但这未免太巧合了。当你随机选取了3个人进行调查，却发现了两张完全相同的面孔，那么最可能的结论是：这种面孔在人海中不会只有两个。

何况，加达斯冷冷地想，科学已发展出了制造"同样面孔"的手段吗？在克隆人已成现实的今天，如果一味相信这是巧合，未免太迟钝了。

他把怀中的花束放在墓碑前，端详着碑上的照片，沉思了很久。她确实和那个生命力旺盛的斯塔长得一模一样。但这说明不了什么问题，两人仍可能是双胞胎、三胞胎而不是婴儿工厂的产品……加达斯忽然噤住了。婴儿工厂，克隆婴儿的工厂！他脑海里滑出的这个词，正是他在下意识中已经揪住的答案啊。

他现在该做的，就是去证实或否定这个揣测。

把汽车开出停车场时，他忽然又想到了另外一点：父亲如此热情地支持自己进行这项调查，是否他已有同样的怀疑？父亲没对自己说破，大概是想锻炼儿子的观察力吧？果真如此，那么三个调查对象中出现两张相同面孔就不足为奇了，相信这个清单里还有更多的斯塔和帕梅拉。

看来这次基于"哲理意义"上的社会调查恐怕要突然转向，转到更紧急的问题上了，他想。

守墓人说那对夫妻开着一辆福特，相当破旧，一眼就能认出来。加达斯在回程中开得飞快，不停地超着车。快到迪克夫妇所住的街区时，他发现了那辆破旧的福特。他追上去与福特并行，看看侧面的车窗，立刻知道自己找到了目标，那两人的悲伤明明白白地写在脸上。

他隔着车窗大声问："是迪克夫妇吗？请停下车。"对方听见了，点点头。他超过去，一直开到前边的停车区停下车，福特也缓缓地停在后面。那对黑人夫妇下了车，悲伤中略带困惑。从两人的穿戴看，显然他们是低收入者，头发花白，满面皱纹中镌刻着岁月的沧桑。

加达斯趋步上前，紧紧握住戈顿的手，"迪克先生，我刚从仁慈公墓过来，在令爱的墓碑前献了花。在你们悲痛时仍前来打扰十分不恰当，不过我想，多一个朋友分担痛苦，也许对你们是个安慰。”

乔安娜用手帕揩着眼泪，声音嘶哑地说：“谢谢。”

“前边有一个酒吧，我想请二位喝一杯，顺便问一件有关帕梅拉的小事。可以吗？”

两人点头答应了。他们上了车，开到山脚下的老橡树酒吧。老板是一个中年人，客人不多，他自己兼任招待。门旁的桌边坐着一个妓女模样的女人，她放肆地盯着老板的眼睛，低声说着什么。老板气恼地甩脱她，向这边走过来。那个女人大声笑起来，在后边喊道：“胆小鬼！”

老板低声咒骂道：“快点噎死你，该死的婊子！”他来到这张桌前，“三位要点什么？”

加达斯为三人都要了马提尼，点了几样吃食。看着两人苍老的面庞和悲怆的神色，他同情地说：“我真不知道该说什么话来安慰你们。我看了帕梅拉的遗照，知道她是一个多么漂亮可爱的小天使。愿上帝照料她的灵魂。”

乔安娜捂住脸，泪水从指缝里溢出来，竭力忍着，才没有哭出声来。她哽咽地说：“是的，她是我们的小天使，是我们心灵上的明灯。愿上帝怜悯她！”

戈顿目光阴沉地说：“我已经不相信上帝了。如果真有上帝，他一定是个糊涂透顶、铁石心肠的家伙。他为什么夺去我们最后的希望？帕梅拉到这个世界上才两年多呀！”

乔安娜惊慌地阻止道：“戈顿，不要亵渎上帝！”

加达斯立即追问道：“她才两岁多？噢，对了，墓碑上写着她的年龄。但从照片上看，她至少已经5岁了呀。”

乔安娜惊慌地看看丈夫，丈夫摇摇头，“现在还有什么可隐瞒的呢。不错，她的生长速度确实非常快，大约为普通孩子的两三倍。我们不想让别人把她当成怪物,尽力对外人隐瞒着,想让她过一个正常的童年。可是……”

加达斯略一沉思,问道:“那你们想过没有,也许正是这种生长失控导致了她的癌肿?”

两人浑身一震,戈顿摇摇头说:“没想过。她的身体一直非常健康,精力旺盛,每天笑声不断。她的病是突然发作的,像野火一样突然之间就烧遍全身,从发病到去世,不到一个月的时间。”

加达斯小心地问:“你们能告诉我帕梅拉的来历吗?”他解释说,“不瞒你说,我碰巧知道某处有一个被领养的女孩,与帕梅拉长得一模一样,而且生长速度也是这样快。我想她们可能是双胞胎。现在帕梅拉遇上不幸,谁知道那个女孩会不会也步她的后尘呢。请你们放心,我不会把你们的话告诉警方。”

夫妇对望一眼,戈顿摇摇头,“我们是从纽约的一个‘蛇头’那里买来的,不过其间又经过几个中间人,详情我们也不清楚。”

加达斯知道他们说的不一定是实话,但他不愿在此刻苦苦逼问,便说:“那好吧,我再设法打听。这是我的名片,如果想起什么情况请通知我。还有,如果有什么事需要我帮忙,请不要客气。”

在随后的时间中,三人只是随便交谈着,聊着一些不相干的事。饭后,乔安娜去洗手间时,加达斯问戈顿:“请原谅我的冒昧。你们为什么没有要一个自己的孩子,是因为不育症吗?”

“嗯,乔安娜患有不育症。你知道我们的收入很低,不能使她得到好的治疗。后来,年龄大了,我们说干脆领养一个吧。帕梅拉非常可爱,我们曾非常庆幸自己的决定。但是……我们最终没能战胜命运。”

乔安娜从洗手间回来了,加达斯不再说什么,唤那位老板兼侍者结了账。迪克夫妇送加达斯上车,挥手告别。天色已暗,路灯都亮了。开出停车场时,加达斯瞥见那对黑人夫妇正蹒跚地走向自己的旧车,他们的脊背已被命运压弯了。他不由得想起谢克利夫妇,真是鲜明的对比啊,那儿是一对富裕漂亮的夫妻和一个健康可爱的女儿,这里是贫穷衰老的夫妇和一个夭折的孩子。他耳边响着戈顿的叹息:我们最终没能战胜命运。

是的,命运之神真是一个生性势利的家伙。他摇摇头,踩下了踏板。

7

加达斯没有回报社，而是直接回到费城的单身公寓。像大多数记者一样，他主要靠电话和互联网同报社联系，只在必要时才去华盛顿。到家后，他立即拨通邮报社会版主管伯勒斯先生的电话，屏幕上出现了那个乐呵呵的大块头，“加达斯，这几天的调查进展如何？还顺利吧？”

加达斯简略地谈了几天的进展，“……恐怕调查要转向了。不过，到目前为止这只是我的揣测，我想在下一步的调查中去寻找答案。有什么进展，我会及时向你通报。”

“婴儿走私网？这个题目值得搞下去。行啊，就按你的想法干吧。”

洗完澡，加达斯仰面躺在床上，枕着双臂陷入深思。父亲提供的那张名单平摊在床头桌上，可惜这份资料太简略，没有每个孩子的照片，他不知道其中是否还有面貌相似者。他想向父亲的秘书求助，把这些资料补齐，但想了想，决定采用更直接的办法。

说干就干。他跳下床，先在那份名单上找出领养女孩的家庭，开始拨电话。第一个电话很快拨通，屏幕上是一个40多岁的白人男子。

加达斯问："是弗兰克·卡尔先生吗？我是《华盛顿邮报》记者加达斯·比利，目前正在调查从国外领养的孩子的状况。你曾在5年前从巴西圣贞女孤儿院认领了一个女孩，名叫丹茜，对吗？"

"对。"

"她知道自己不是亲生的吗？"

"知道，我们没有瞒她。"

"我能否对丹茜做一次电话采访？"

"当然可以。丹茜！过来，一个记者要采访你。"

听见脚步声走近，一个白人女孩的笑脸出现在屏幕上，用清脆的童音大模大样地问："我是丹茜，你有什么问题吗？"

她不是要找的目标，不过加达斯仍煞有介事地提了几个问题：你来美国生活得好吗？你有什么愿望？你有什么话想通过报纸告诉你家乡的亲人？然后他客气地谢过卡尔先生，挂断电话。

他又拨通了第二家。听他说明来意，本福德·乔治立即露出警惕的目光。加达斯并不奇怪，因为资料上说他的女孩梅丽是从中国台湾的"蛇头"手中买的。他一口拒绝了加达斯的采访要求："不，我不想让外人搅乱孩子的心境。"加达斯说："我只看看她的照片，可以吗？"本福德连这个要求也一口回绝了："既然不采访，我认为看照片也没有必要。"

加达斯多少有些生气，不过他能理解一个父亲的苦心，便耐心地说："卡尔先生，你的谨慎太过分了。难道我就没有别的办法得到她的照片？你难道想让我到警察局去查询？请放心，我只是做一个泛泛的社会调查，不会伤害她的。"

本福德犹豫片刻，不情愿地说："好吧，你稍候。"片刻后，他拿来一张照片，是个黑头发黑眼珠黄皮肤的女孩。"她是黄种人？"加达斯问。

"对，不管她是什么种族，我们都真心爱她。"

"谢谢，我不会再打扰你了，再见。"

第三个电话拨通后，屏幕上立即跳出一个黑人女孩的笑脸，正是他要寻觅的目标！加达斯尽管早有心理准备，仍然相当吃惊。没错，又是一个5岁的斯塔或帕梅拉，她们长得一模一样！

加达斯的思绪忽然陷入一个奇怪的黑洞中。他明明知道这是一个叫琼的女孩，但他几乎忍不住脱口喊出"帕梅拉"。他的内心固执地认为，是那个可怜的帕梅拉从坟墓中爬了出来，上帝治好了她的绝症，把欢乐还给了她。

女孩的喊声把他从思维混沌中惊醒过来："……你要找我的父母吗？他们都不在家。"

"你好。琼——这是你的名字吧？"

"对，你怎么知道我的名字？"

"是一个你不认识的朋友告诉我的。琼，你几岁了？"

"两岁——真的两岁。别人都说我长得太快。"

"真的，你长得很快。琼，叔叔问你一个问题，你不会生气吧？"

"不会，你问吧。"

"我朋友的女儿长得像你一样快，但她常觉得自己身上疼，有的地方……还长有硬块。你身上没有这些毛病吧？"

"没有。我的左膝盖疼，但那是因为昨天我从台阶上摔下来，摔伤了。"

“那好,祝你幸福。再见。”

“再见。”

加达斯的心脏怦怦跳动着。现在可以肯定,这些从巴西领养的小孩中肯定蕴藏着秘密。6名调查对象中竟然有3个像多胞胎姐妹!笃信神迹的人才会相信这是巧合。那么,在这3张一模一样的面孔后隐藏着什么秘密?在巴西的热带丛林深处,难道有一间日夜运转的克隆工厂?

他按照那张名单,把电话一个个打了下去。他接连询问了6家,其中一家没人,两家领养的是白人女孩,两家领养的是亚裔女孩,一家领养的是巴西印第安人和西班牙人的混血后代。时间已经很晚了,再给陌生人打电话就很不礼貌了,他决定再打一个电话就结束。这个电话拨通后很久没人接,他已经想要挂断。忽然屏幕亮了,一个十四五岁的黑人女孩在屏幕上冷冷地盯着他,梳着冲天式的发型,涂着很重的眼影和紫色的唇膏,上身穿着一件很窄很短的牛仔服,胸部饱满,表情冷漠而厌倦。可以看出,这是一个过惯夜生活的女孩。

震惊之波再次摇撼着加达斯的神经。这是一个大一号的斯塔、活着的帕梅拉和没有笑容的琼。从资料上看,她的年龄只有6岁,但她显然已经是成熟的少女。她烦躁地等着这边的问话,可能是加达斯的目光太“贪婪”、太专注,那个女孩的表情随即转为鄙夷,冰冷地说了一句:“我的父母不在家。”

然后,便啪地挂了电话。

她的无礼并没有使加达斯懊恼,看到这个大一号的相似者,他的揣测已经得到了证实,再也无须怀疑了!

时间不早了,他决定明天再联系父亲和报社。他敢肯定,父亲给的这个名单必定是挑选过的，否则不会有这么高比率的相似者。看来，父亲已经了解这些情况，甚至可能已派人展开调查，凑巧儿子也踏进这个领域，于是，他不声不响地把儿子领到猎物经常出没的路上。那张简单的名单就是他设下的路标。

入睡前，他默念着最后一个女孩的名字：杰西卡·穆尔科克，一个乖戾而阴郁的女孩。他要把她作为下一轮调查的重点，原因很简单，她是这组女孩中年龄最大的。

第二章

1

“不行，杰西卡，你已经赊过3次了。你知道我不是百万富翁，我没法免费为你们提供毒品。”汤姆客气地说。他是个身材瘦长的黑人，35岁，臂上刺着一只青黑色的章鱼，头上留着日本浪人式的发型——两边推光，只留中间一绺头发。他带着猫捉老鼠的心情，看着面前这个黑人女孩。她的毒瘾已经发作，浑身战栗着，头上冒着虚汗。

她哀求道：“再赊一次，我明天就会还你。我有一个男朋友，他昨天打电话说马上来见我，”她没来由地想起昨晚打电话的那个叫加达斯的男人，“他很有钱，我让他把钱还你。”

汤姆微笑着，当然不会把女孩的狗屁话当真。人只要被毒品这条毒蛇缠上，嘴里就不会有真话了，他们可以面不改色地欺骗父母兄妹，甚至欺骗他们自己。汤姆很为自己庆幸，他父亲以贩毒为生，所以汤姆已经看过太多的死亡：有因吸毒过量猝死的，有在毒品中耗干精血的，也有因吸毒传染上艾滋病而死的。所以，尽管做毒品生意，但他本人绝不吸毒。他对杰西卡说：“你可以向父母要钱嘛。他们已经老了,不能把钱带到坟墓中去。”

杰西卡的父母已经老了,头发已经白了,他们依靠微薄的收入来供养女儿,所以,今天她偷钱时犹豫了很久,最终也不忍下手。这会儿她流畅地说着谎话:“我父亲这几天没有现钱,他刚刚买了一辆新车,是米黄色的克莱斯勒,漂亮极了! 汤姆,再赊一次,最后一次了!”

汤姆冷淡地看着她,连连摇头。在她已经绝望时,汤姆忽然说:“好,最后一次。”

他从口袋里掏出几个“5号盖”胶囊,拿来曲柄勺子和注射器。杰西卡两眼放光,双手颤抖着接过来。在打开胶囊时,她几乎把药粉撒到地上。她总算把药粉抖到曲柄勺里,加上水,加热,用注射器透过棉球吸进去。她挽起袖子,把针管朝静脉扎进去。第一次扎偏了,她颤抖着拔出针头,屏住气再扎下去。好了! 药液在血管里燃烧,她又尝到了那种“在海里燃烧”的快感。她躺在沙发里,舒展着四肢,像是在云雾中飘浮。

等她从快感的晕眩中醒过来,看见汤姆正目不转睛地盯着自己的胸部。少女的胸部已经发育,但还没有完全成熟。汤姆撞上她的目光,咧嘴笑道:“杰西卡,你何必向人乞讨呢? 你已经可以自己挣钱了。”他进到内屋,出来时拎着一只袋子,“这是值200美元的‘5号盖’,只要你跟我睡一觉,它们就是你的啦!”

一袋“5号盖”在眼前晃动。虽然刚过完瘾,但她仍贪婪地盯着它,在心里预演着快感潮水般涌来的情景。汤姆笑嘻嘻地把海洛因塞到她的衣袋里,熟练地扒下她的上衣,解开乳罩的搭扣,那两颗挺翘的蓓蕾已在他的掌中了。

杰西卡突然从迷茫中醒来,浑身一激灵,推开那双脏手,“不不!”她喊道,胆怯地向后退去,盯着笑嘻嘻地逼过来的汤姆,突然,她扯过自己的乳罩和上衣向外跑去,在门外喊道:"我会还你的钱!"

看着那个小妖精跑出去,汤姆多少有些遗憾,不过算不上特别懊恼。这个小黑妞早晚是他的,没关系。也许自己算不上有魅力的情人,但杰西卡能逃脱毒品的诱惑吗?这颗青杏还有点涩,等她真正成熟后再去品尝也许更好。他有这个耐心。

2

杰西卡在电梯中匆忙穿好衣服。幸亏电梯中只有两名妇女,一个黑人,一个墨西哥人,她们有些好奇地打量着她,但神色仍是漠然的。在贫穷污秽的哈莱姆区,这种事她们见得多了。

夜色已沉,等杰西卡走到大街上,她已经忘了刚才的惊惧。海洛因还在血液里燃烧,给她送来无比的欢欣,她想飞,想飘,想举起这个世界。

她的体态已像个十五六岁的姑娘,没人知道她是6年前才降生的。她被人贩了辗转送到纽约哈莱姆区一个贫穷的黑人家庭里。很长时间,她并不知道自己的生长速度异于常人。留在童年印象中的,只是父母频繁地带她搬家,直到某一天,她从睡梦中醒来,听到父母房中有压低的谈话声,从那天起,她的少年时代就结束了——她真不该偷听这次谈话呀。

母亲说:“不能再搬家了,我们的积蓄已经花光了,再说,到新地方不一定马上能找到工作。”

父亲说:“我知道。可是,杰西卡长得这么快,我不想让邻居把她看成怪物。”

“为什么会这样呢?也许她的亲生父母就是因此才抛弃她的?”

“不可能。她到咱家才3个月大,那时她的异常还没显示出来呢。”

母亲叹口气,“那好吧,咱们再搬一次家,但愿能很快找到工作。”

就在那晚,杰西卡的童年轰然崩塌了,原来她不是父母亲生的(尽管他们真诚地爱她),她甚至还是一个异于常人的怪物!她曾在父母的羽翼下无忧无虑地成长,现在她却惊惧地注视着自己身上的任何一点异常。尤其是月经初潮、胸前两颗蓓蕾迅速绽起,在她心中,这些都指向着一种邪恶的魔力。

她心中萌发了不可遏止的愿望,想找到自己的亲生父母,了解自己的身世,了解这些异常的原因。

可惜这些愿望无法告诉养父母,那会让他们伤心的。在这样的矛盾心境中,她的身体迅速成长着——长得实在太快了——早在半年前,她的胸脯就开始吸引汤姆们的淫邪目光。

忙于生计的父母没有注意到女儿心中的阴影,也许,他们仍是以6岁而不是15岁的年龄来看她。她的精神一点点走向崩溃。半年前,她从汤姆那儿接触到毒品,先是大麻、“红豆”,然后是海洛因,这些神奇的毒品让她忘掉了烦恼,又把她带到新的烦恼中去。至少,她在偷窃父母的钱时就不能心境坦然——父亲是负责清理垃圾的推土机司机,母亲是清洁工,他们的薪水太微薄,根本无法填满毒品的深坑。

她摸到了口袋里的“5号盖”,满满一袋!这些玩意儿能给她带来十几次快乐,她绝不会放弃的。可是怎么还清这200美元?

汤姆的目光浮现在眼前,阴鸷,邪恶,她不由得打了一个寒战。

杰西卡从毒品带来的亢奋中醒过来，发觉自己已经到了123街。谁都知道，纽约的123街是一条无形的界河，是把白人和黑人、下等人和上等人分隔开来的界河。这边的汤姆们会用艳羡的、阴沉的眼光盯着对岸，但一般来说，他们不敢越界去发财——那边的警察大爷不是吃素的。

“对岸”灯火通明有如仙境，气宇轩昂的富人在街道上漫步。几个拉皮条的躲在街的这边寻找着猎物，轻声呼唤着：“Sex! Sex！”杰西卡犹豫着停下脚步。尽管她不谙世事，但也知道自己不属于那边的世界。就在她怏怏地转过身时，一辆轿车突然停在她面前，一个黑人男子急急下车，向她走过来。他40多岁，穿一件藏蓝色西服，相貌英俊，步态潇洒。在他向这边走过来时，两道目光一直罩在杰西卡的脸上，目光中充满了痛苦的渴望，但并没有汤姆那样的淫邪。

不知怎的，杰西卡一下子喜欢上这个男人了。当然，她也清楚这个人对她的关注肯定和“性”有关，他不会是从天堂里来的圣徒彼得。她想到口袋中的海洛因，想起200美元的欠账，如果她早晚得跟人睡觉，不如把自己的贞操给眼前这个人吧。

那人仍在贪婪地盯着她，上上下下地打量着她。她胆怯地轻声说：“你要我吗？”见那人没有反应，她想起皮条客的行话，便改口说：“Sex？”

那个男人像被鞭抽一样颤抖了一下。“Sex？”他重复道，“对，我要你。我希望你今晚和我待在一起。你要多少钱？”

杰西卡并不知道流行的价码，她想到了自己欠的账，“200美元行吗？”她也悟到这个价码肯定太高了，便天真地加上一句，“我可以陪你两天——三天也行。”

那人苦涩地说:“好吧,200美元。咱们到哪儿去?”

那个衣冠楚楚的男人站在柜台前对经理说:“要一间套房。我的名字是保罗·雷恩斯,这是我的女儿……海拉。”

旅馆经理考努克抬头看看那人,忍住嘴边的讥笑。女儿!任何人一眼就能看出那是个雏妓——看看她的那身打扮吧。而且,男人在说出女儿的名字时显然迟疑了片刻,考努克讥讽地想,不会有忘记女儿姓名的父亲吧。不过,显然这名女子已超过14岁,和她睡觉不算违法。既然不怕警察找麻烦,考努克才懒得管他们呢。黑人男子递过自己的信用卡,考努克疑惑地推回信用卡,客气地说:“你想使用信用卡?在这儿……最好使用现金。”

男人恍然大悟道:“噢,对的,我该知道。我付你现金。”

他和女子到房间去了,考努克在他身后不由得摇起头,他觉得这名嫖客的举止太怪异,使用的借口也太令人难堪——女儿!他竟然说是他的女儿!而且使用信用卡付账,不怕留下他的真实姓名。考努克想,这人要么神经不正常,要么也是个第一次嫖妓的雏儿。

侍者把两人领到房间,退出去,关上房门。杰西卡急急说道:“我先洗个澡。”她几乎是逃进卫生间,打开淋浴头,让哗哗的水声冲散她的羞愧。她经历的世事很少,但已足以知道卖淫是一件坏事。她想逃离这个地方,但200美元的诱惑力——从根本上说是海洛因的诱惑力——最终战胜了羞怯和恐惧。20分钟后,她胆怯地走出卫生间,没有穿衣服,赤裸地站在那个叫保罗的男人面前。这时,她只剩下一个念头,自己的身体太单薄,不知道这个男人喜欢不喜欢。

保罗苦涩地叹息着，从卫生间拿来一件浴衣，把这个女孩严严实实地包裹起来。

黑鬈发，厚嘴唇，凸起的臀部，明亮的黑眼珠，眼前这个女孩和海拉太相似了，相似得对她的来历不会有任何怀疑。毫无疑问，这个女孩是海拉的克隆体。她从哪里来？只有两种可能，如果不是某位科学家重复了他的工作，就肯定是虎口余生的海拉用“某种方法”繁衍了自己的种族。

他不知道自己该欣喜还是悲伤。

8年前，豪森带来海拉的诀别信，自那之后便再也没有她的任何消息。也许她一直隐居在世界的某个角落，比如南极洲或亚马逊丛林；也许她已在严酷的环境中悄悄死去。从感情上说，保罗不愿相信第二种猜测，他努力说服自己和苏玛，说海拉还活着，海拉正用“某种方法”繁衍自己的种族，同时，他又对这种前景怀着隐隐的忧虑——为人类的安危忧虑。

他看着眼前这个裸体的黑精灵，一刹那间，想起了阿巴拉契山中的日日夜夜。想起小海拉撅着黑屁股跳入湖水中的情形，想起和海拉须臾不分的玛亚……他明知面前的黑人女孩不可能是海拉。海拉已经12岁，按她的生长速度，她已是三十几岁的成熟少妇了。还有，海拉怎么会干这种龌龊勾当？他没法想象，但他几乎难以战胜自己的错觉。

怀中的女孩仰着脸，惊疑地看着他。保罗不由得把她搂得更紧。杰西卡很迷惑，这个男人把她搂得那么紧，热量透过浴衣传来。但她本能地觉察到，他的目光不是嫖客的眼神。她想，我该不该脱掉浴衣呢？

保罗洞察到她的心理，亲切而苦涩地笑笑说：“孩子，我让你来不是干那种事的——但我仍会给你200美元。你看，我这就把钱放到你的口袋里。你知道吗,我有一个失踪的女儿和你长得很像。我是把你当成女儿看待的,愿意尽力帮助你。希望你也能把我看成父亲,或者是一个可信赖的朋友。好吗?”

杰西卡犹豫着点点头。

“好,咱们先把自己安顿好,然后好好谈一谈。你想喝点什么,咖啡还是果汁?”

“咖啡吧。”

保罗唤侍者送来咖啡。

“孩子,你叫什么名字?”

“杰西卡。”

“你有父母吗?”

“有。他们都是贫穷的黑人——还有,他们不是我的亲生父母。”

“为什么这样说?你是怎么知道的?”

杰西卡抬头看看保罗。他们并肩坐在沙发上,保罗亲昵地搂着她,目光中充满同情和焦灼的期待,还有正直坦荡。从一开始,杰西卡就对他有好感,现在这种好感已经变成女儿对父亲的信赖。她完全忘了来这儿的目的,依在保罗怀里,讲述了她从未向人披露的隐情。

保罗认真地听着,并未打断她,只是在最后追问道:“你父母说你是买来的孩子,知道是从哪里买来的吗?”杰西卡说不知道,她没有打听过,她不愿让父母知道她在偷听。“我是你的亲生女儿吗?”杰西卡胆怯地问。

保罗看着她殷切的眼神,犹豫着,还是把真相告诉了她:“不是,我的女儿比你大得多,她是在你这个年龄失踪的。”

两人一直谈到深夜,保罗慈爱地说:“身体快速生长不是坏事,不要放在心上。听你说,你的父母非常爱你,这是你的幸运。至于你是否是他们的亲生女儿,如果不是,亲生父母又是谁,这些我会帮你打听清楚的。但我再也无法容忍你继续堕落下去了。"他严厉地说,"首先要戒毒,你能做到吗?"

杰西卡很想答应,但她想到毒瘾发作时万蚁噬心的痛苦,默默低下头。保罗说:"当然不是让你一天之内就戒断。我会把你送到最好的戒毒所去。对了,正好我昨天看到一则报道,说中国云南的戒毒所很有效,费用也低,也许我会把你送到那儿。但首先你自己要有戒毒的决心,你有吗?"

杰西卡连连点头。

"我明天拜访你的父母,商量戒毒的安排,也打听打听你的出身,好吗?"

"好的。"

"时间不早了,孩子,你先睡吧。"

他安顿杰西卡在套间里睡下,坐在床边看着她,"睡吧,我要看着你入睡。"

在父亲般目光的安抚下,杰西卡安然入睡。她掉进了一个光怪陆离的梦境中。她似乎缩回到母亲的子宫,妈妈在低头看她(但她却是保罗的相貌),流露出眷眷情意。奇怪,子宫内并不是她独自一人,和她在一块儿的,还有几十个一模一样的黑人女婴。她们安静地仰卧在羊水中,透过脐带同母亲和姐妹们交换着信息,一派其乐融融的景象。她们是几个?是10个还是40个?她用尽心神也数不出来,这使她很焦灼,忽然她想到,婴儿本来就不识数呀,这当然不能怪她。这个似是而非的理由让她猛然轻松了。

然后是连绵不断的电话声。她坚决地拒绝着这声音:不,我是在子宫中,绝不会有电话打给子宫的婴儿。但电话声持续不断,她只好不情愿地从梦境中爬出来。

她醒了,听到屋内有人打电话,随即她回到现实中——她梦中的轻松只是逃避,她抛不掉良心上的重负:吸毒和卖淫!在这一瞬间,她的心境突然变坏,就像是来了一场雪崩。

3

铃声顽强地响着，把大卫·威廉森从熟睡中惊醒。他按了一下枕边的电子表，听到“凌晨两点”的报时声。苏玛还没有醒来，他拎起床边的话筒，喂了一声，立即听到歉然的声音：“你好大卫。我是保罗，很抱歉这个时候还打扰你，但我有一件急事。苏玛在家吗？请你让她接电话。”

苏玛也醒了，睡意蒙眬地接过话筒，听见保罗急迫地说：“苏玛，我见到了咱们的女儿！不，是海拉的后代……不，目前只能说她是一个极像海拉的女孩。我太激动了，已经语无伦次了！”

苏玛觉得全身血液冲上头顶，“真的？她有多大年龄？”

“从外表看有十五六岁，或者十六七岁。”

“会不会是海拉本人？如果海拉离开我们后，生长速度恢复正常的话……”

“绝不会。首先她不认得我，不可能是假装的，她肯定不认得我。另外，海拉绝不会干她所干的事。”

苏玛迟疑片刻才问：“什么事？”

保罗的声音透着深深的苦涩：“吸毒，卖淫——她在街头拉客，正好让我撞见了。不过，”他用辩解的语气说，“很可能这是她的第一次,我看得出来。”

苏玛心中翻腾着,五味杂陈。虽然保罗说的只是一个和海拉相似的陌生女孩,但是很奇怪,从这一刻起苏玛已经对她产生了亲情。所以,保罗后边说的话像鲨鱼的利齿一样咬啮着她的心——吸毒,卖淫!她向后边瞟了一眼,丈夫枕着双臂,好奇地盯着她。她沉默片刻,问:“现在你在哪儿?”

“纽约,123街西边,离哥伦比亚大学不远,旅馆的名字叫基多。”

苏玛在心中大致计算了距离,果断地说:“保罗,你在那儿等我,天亮前我肯定赶到那儿。”

保罗犹豫地说:“这么晚,你明天再赶来吧。”

“不,我现在就去,你等着我。”

她放下电话,看看丈夫,叹息一声。大卫从对话中已听明白是怎么回事了,他知道苏玛在婚前“生育”过一个女儿,甚至知道苏玛对保罗的情感,但这些没有影响他们夫妻的感情。从内心讲,他甚至很佩服保罗,想想吧,他们隐居山中3年,苏玛还是一个“处女妈妈”,这种自制力叫人佩服。

不过,听着苏玛打电话,很难说他没有一点嫉妒。并不是说担心苏玛和保罗旧情复燃,不是的,但保罗一个电话就让苏玛从“现实中”走了出去,掉回到8年前的那个世界,而那个世界绝对没有他的插足之地,这使他不免心存芥蒂。他盯着苏玛的眼睛问:“现在就去?”

苏玛躲开他的盯视,“嗯。”

“我陪你去吧。”

苏玛想了想,“你不要去了,还有丹尼呢。明天早上你把丹尼送到他外公家。我很快就会回来的。”

“那好吧，一路小心。”

苏玛匆匆穿好衣服，为丹尼做了一些必要的安排，然后吻吻熟睡中的儿子，又同丈夫在车门旁吻别。

高速公路上正是车辆最稀少的时候，苏玛把车开得飞快，耳边只有密封窗外呼啸的风声。7年来，特别是结婚并有了丹尼之后，她对海拉的思恋没有那么灼热和痛楚了，但仍坚韧地哽在她心中。她忘不了在保罗家听说“海拉还活着”时所感到的晕眩，也清楚地记得那晚她的梦境——海拉在亚马逊丛林中繁衍了自己的种族，成了一名女头人。

当然，这些梦境是荒谬的，不过她确信海拉还活着，以某种不可知的方式活着。但极有可能，今生今世，她和海拉只能天各一方、无缘相见了。

现在，保罗的电话再次唤醒她的思念。原来，海拉在她心目中的地位还是那么重要——至少不亚于大卫、保罗和丹尼。那个陌生女孩和海拉肯定有血缘关系，可是—— 一个吸毒者！一个雏妓！她的心头阵阵剧痛。

前边已经进入纽约市区，霓虹灯的光亮纠结成一团。她在电子地图上输入“基多旅馆”，地图详细地指示着前进方向：向左，向前，再右转，最后，汽车停在一家中等规模的旅店门口。她按按喇叭，正在沙发上假寐的侍者急忙起来打开大门，保罗也急急下楼，满脸是焦灼和茫然，“她跑了！”

苏玛突然感到一阵晕眩，“怎么——她跑了？”

“跑了。”保罗把她领到屋里，指指大开的窗户和窗外的水管，羞愧地解释道，“她跑了，我不知道是为什么。睡前我们谈得很融洽，我劝她戒毒，她答应了。我答应帮她找亲生父母，她也很高兴。但我刚刚睡了一个小时,醒来就发觉她溜走了。侍者们都没见到她。我真不知道为什么会这样。"

苏玛觉得力气一下子漏光了,颓然地坐在沙发上。保罗拥她入怀,轻轻吻吻她,心中十分自责,觉得让杰西卡溜走全是自己的过错。苏玛声音喑哑地问:"真的很像海拉?"

"像极了。她站在街头时,我在汽车里很远就一眼认出了她。"

"她叫什么名字?"

"杰西卡,我没来得及问她的姓氏,也不知道这是不是她的真名。"

"她……从哪里来的?"

保罗知道这句问话的含意,"我想只有两个可能。一个可能,是其他科学家用海拉细胞复制了我的成功,这从技术上是不难做到的。但我想,这个可能性很小。你知道,自从海拉诞生后,社会上对克隆技术的限制日益严格,各国相继通过了禁止克隆人的法律,估计不大可能有人敢这么做。第二个可能是,"他看看苏玛,"你也知道的,就是海拉学会了复制自己。"

苏玛沉默片刻,"还能找到这个女孩吗?"

"应该很容易,有海拉的照片就等于有杰西卡的照片。不过,我们不能求助于警方,如果让人知道海拉有了后代,不知道要惹出多大的风波。可惜我没有问清她的住址,我实在是笨得不可救药!"他狠狠地咒骂自己,又说,"不过,她很可能就住在附近街区,至少不会出纽约市。从她的神情看,不可能是从外地来卖淫的'候鸟'。"

这个肮脏的名词击中了苏玛的神经,吸毒,卖淫,苏玛简直透不过气,她对杰西卡感到很疏远。我的女儿海拉绝不会干这些事!可是,一想到这个唯一和海拉有血缘关系的女孩可能从此在茫茫人海中失踪,她就万分焦灼。

保罗说:“你想过没有?也许海拉是以这种方式向我们传递信息,表明她的存在。她是有意复制一批后代,悄悄播撒到美国社会中。”

对,有可能。海拉已经超过12岁了,按她的生长速度,她已是三十几岁的成熟女人了。以她的智力,她能做自己想做的任何事情。苏玛问:“我们该怎么办?”

“到附近的黑人区查一查,不要惊动警方。”

“只能这样了,”苏玛苦涩地说,“要尽快找到她,阻止她再……”

天还没有大亮,两人偎在沙发里谈了一些琐事,聊了保罗的儿子吉米和苏玛的儿子丹尼。6点钟,苏玛起身给家里打了电话,说了这儿的情况,说她两三天内可能回不去了。

清晨,两人没在旅馆吃早饭,匆匆出了门。

保罗和苏玛不知道,两人谈话时,杰西卡正藏在沙发后偷听。杰西卡是在保罗打电话时醒来的,听到保罗急切地喊着苏玛的名字,一刹那间她十分惊喜,以为这就是自己的亲生母亲。但随后保罗说出一个陌生的名字:海拉,又说到海拉的后代。她的思维给搅乱了,她记得在柜台登记时,保罗给自己报的就是这个化名,难道海拉才是自己的母亲?

不管怎么说,保罗、苏玛,还有那个不知在何处的海拉,一定和自己有着极深的渊源。这使杰西卡十分欣慰。接着,保罗以十分苦涩的语气谈到她的吸毒和卖淫,她的心也突然掉进了冰水中。她是这样肮脏,怎么有脸见苏玛?

听保罗打电话的口气,苏玛要在凌晨前到达这里。不,我不要见她。保罗打完电话很快入睡了,杰西卡坐起身,在黑暗中考虑了一会儿。她悄悄穿好衣服,又溜到保罗的屋里默默看着他。保罗睡得正熟,脚灯的微光映着他轮廓分明的面孔,眉峰微蹙。真舍不得离开他,也真想见见苏玛和海拉,但是……我没脸见她们。她悄悄打开后窗,造出一个从窗户逃走的假象,然后返回客厅,钻到沙发下藏了起来。

难熬的两个小时之后,她听见保罗起床了,在焦急地寻找她,她努力屏住气息。不久,听见苏玛到达,两人焦灼地谈话,一个个尖锐的名词跳入她的耳中:科学的成功,复制自己,社会的严厉,这些概念让她头晕目眩。但她总算明白了基本的事实:很可能她是一个克隆人,是海拉的克隆后代,而海拉似乎是警方追捕的对象。她对克隆技术知之甚少,但耳濡目染中,已经知道"克隆"这个词带有某种邪恶,但她从没想过自己就是一个克隆人!

我该怎么办啊?我宁可没有见到这位保罗和苏玛。屋里的两人就要走了,杰西卡真想跳出去,跟他们一块儿去找海拉,但疑惧和羞耻感拖住了她的腿。最终,她只是竖着耳朵,听着脚步声离去。

她从沙发下钻出来,先到电话通话记录中调出号码,其中有两个相同的号码肯定是苏玛家的,因为保罗和苏玛都往那里打过电话,那个只用过一次的号码是保罗家的。她从小几上的记事本上撕下一张纸,记了号码,小心地藏在贴身的口袋里。

外边没有动静。杰西卡悄悄走出去。出大门时,一名侍者看见了她,认出她是雷恩斯先生今早到处寻找的女孩,欲张嘴喊住她,但杰西卡对他嫣然一笑,闪出大门。等他追出门外,杰西卡已消失在人群中。

4

加达斯很远就看见那辆橘黄色的卡特彼勒推土机，它体形庞大，发动机沉重地轰鸣着，几乎一人高的宽基轮胎碾压着土地，把垃圾推到掩埋坑中。加达斯在垃圾场附近停下车，朝推土机走过去。一群海鸥像绅士一样自得地踱着步，在垃圾中寻找食物。加达斯走近时，它们不慌不忙地飞起来；加达斯刚过去，它们又从容地飞回原处。一只肥大的耗子从垃圾堆中探出脑袋，看见加达斯，又敏捷地缩了回去。

加达斯踢着奇形怪状的垃圾，心想人类真是地球上最自私的动物，他们过度繁衍、膨胀，给这个世界留下了荒漠、秃山和山一样的垃圾。也许有一天，我们会把地球的每一寸都填满垃圾，在那个毒化的世界上，只有耗子才能成为新主人吧。

推土机司机看见有人走过来，停止操作，远远地看着他。加达斯赶紧上前几步，把名片递过去，“你是阿尔吉斯·穆尔科克先生吗？我是《华盛顿邮报》记者加达斯·比利。”

“对，是我。上车说吧。”阿尔吉斯伸手拉他一把，让他坐在助手座上。这是一个瘦弱的黑人，头发已经花白，两眼混浊无光，身上散发着威士忌的味道。加达斯把自己安顿好，笑道：“你这儿真难找。我是受报社委托,调查从国外领养的儿童们的生活状况。"

阿尔吉斯显然有点惊慌,"我……"

"不必担心。"加达斯忙安慰他,"我知道你的女儿杰西卡没有合法手续,但我们不关心这个,只想了解她的生活状况。前天我给你家打了电话,是杰西卡接的,她没告诉你吗?"

"没有。"

"我知道她是6年前被领养的,那时她是一个3个月大的婴儿,但前天我在电话屏幕上见到她时,她的年龄显然远远大于6岁,依我看至少15岁了。我不怀疑她被调包了,我想是因为她的生长速度异于常人,对吧?"

阿尔吉斯沉默着,勉强回答:"对。"

"请问,她这样快速生长,是否具有某种病态?比如身上疼痛,或长有硬块?"

"没有。我们从没发现过。"

"我能见见她吗?"

阿尔吉斯的精神突然崩溃了。"她失踪了,"他声音嘶哑地说,"已经两天了。她是个好孩子,是我们夫妻的希望,可是一年前,她突然开始吸毒,从那时起,她和我们一下子变疏远了。我们不知道这到底是为什么!"

"失踪?"加达斯焦急地说,"那你干吗还待在这儿?快去找她呀!报警了吗?"

"我们不愿报警。我们找了,但没有找到。"

加达斯自告奋勇道:"我可以帮助你,在纽约我有很多朋友。"

阿尔吉斯看看来人,他的焦急不像是装出来的。推土机司机感激地说:“好的,谢谢你。我们现在就去?等我把推土机停好。”

他把推土机停到附近的停车场,在这当儿,加达斯回到自己的车上,接连打了许多电话。他找到报社和警察局的一些朋友,请他们想办法尽量不声张地寻找这个黑人女孩,照片他随后就发过去。后来他忽然想到,该向杰西卡家里打个电话呀,也许她已经回来了?等阿尔吉斯驾着自己的汽车过来时,加达斯兴高采烈地喊:“不用找了,杰西卡已经回家了,你妻子正在为她准备午饭呢。”

“知道吗?杰西卡说她已经下定决心戒毒!我太高兴了。”凯特揩着眼泪对刚进门的丈夫说。

“真的?真是个好消息!”阿尔吉斯惊喜地说,把客人领到屋里。加达斯惊奇地打量着屋内的陈设,很难想象21世纪还会有如此贫困的家庭。这种廉租房是不提供家具的,屋里除了一张床、一张旧沙发、一台电视机和一部可视电话外,几乎是家徒四壁。很多物品被堆放在地上,似乎他们随时准备再搬一次家。阿尔吉斯抱歉地表示,是多次搬家和……女儿吸毒——他说这话时声音很低——造成了眼前这幕凄惨景象。“杰西卡!”他喊。听见父母的说话声,杰西卡立即从卧室走出来,见父亲身后站着一个陌生人,微微一怔。加达斯马上伸出手,“我们在电话上见过面的。我是记者加达斯。”

杰西卡伸出手,淡淡地说:“对不起,那天我不太礼貌。”

和那天相比,她的装束变化很大,头发已经梳整齐,脸上妆容很淡。她转向父亲,急促地说:“爸爸,我要戒毒!……我遇上了一个值得尊敬的人,他劝我戒毒。他还说他看过报道,去中国云南戒毒的费用比较低廉。”

她的父母很欣慰，加达斯笑了，“这位先生一定是看了我写的报道！刚在《华盛顿邮报》上发表的，两个月前我到中国云南采访过。没错，那儿的戒毒很有效，也比较省钱。而且，我能说服一些慈善机构负担你的医疗费，你们只需负担来回机票就行了。”

杰西卡惊喜地看着客人。真是意想不到的好消息，这两天她尽遇见好人。如果能去戒毒所，她发誓要戒掉毒瘾——不管是为了父母，还是为了保罗和苏玛，她都要这样做。然后……

“爸，妈，我一定要戒掉它。然后……我爱你们，但我已经知道，你们不是我的亲生父母 。我很想去查清我的身世。”

两位老人缺乏思想准备，不免面面相觑。加达斯则十分庆幸。本来他一直在发愁，怎么才能说服这对夫妻提供杰西卡来历的详情，现在正好，杰西卡成了他的同路人。

“杰西卡说得对。”他劝道，“不知道自己身世的人，在人格上是不完整的。你们不必担心找到亲生父母后你们会失去她，不，你们只会得到一个更完整的女儿。是否需要我的帮助？这正是我的夙愿。因为我已经调查了不少家庭，很多被领养的孩子都希望查清这一点。而且，”他隐晦地说，“很可能这些孩子有同样的身世。”

阿尔吉斯终于同意了，“好的，我们先吃饭吧，饭后再慢慢合计这件事。请比利先生留下来和我们共进午餐。”

在破旧的餐桌上，四个人吃了一顿温馨的午饭。杰西卡一直欢欢喜喜地和父母说着话，她是想努力弥补前段时间的裂痕。加达斯放心了。他看出杰西卡吸毒的起因不是堕落，而是在彷徨苦闷中无奈地寻求解脱，相信她这次有决心戒掉毒瘾。

“那是6年前的事了。”饭后阿尔吉斯说，他们坐在客厅破旧的沙发上，杰西卡偎在母亲怀里，紧张地倾听着，“那年我儿子哈波19岁，刚刚死于艾滋病。为了给他治病，我们已经一贫如洗，我和凯特几乎想永远摆脱尘世的烦恼了。”凯特苦涩地点点头，“恰在这时，独眼埃德找上门。他是我们街区的小混混，吸毒、零星地贩毒、赌博、拉皮条，不过算不上十恶不赦的坏蛋。他直截了当地问我们，要不要一个黑人女婴，很健康，价钱也不贵。他开始要价1000美元，后来看看我家的窘况，又主动降为600。他说唯一的麻烦是女婴没有在美国出生的证明，也就是说没有合法的身份。这一条对我们来说算不了什么，所以我们很高兴地答应了。大约一个月后——”

凯特插话道：“是40天后。因为我一直在焦急地盼着，所以记得很清楚。”

“对，40天后，埃德真的抱来一个婴儿，非常漂亮，非常健康。我们很乐意地付给他600美元。以后，杰西卡就成了我们俩的希望，我们用双倍的爱去疼惜她。可惜我们没能真正了解她的心理，不知道她一直渴望找到自己的亲生父母 。在她突然吸毒之后，我们对她太粗暴了。”

加达斯问：“独眼埃德是否说过，婴儿是从哪里来的？”

“没有，我想他也不清楚。听他的口气，应该是从国外走私来的。”

“那么，明天我就去找埃德。但愿他仍在原处，没有因吸毒死掉。”

“他在的。”阿尔吉斯肯定地说，“杰西卡失踪后，我们曾到处寻找，在30大街上碰见过他。我可以领你去找。”

“不必麻烦你了，我想我找得到。如果找不到，我再来找你。”

一直没有说话的杰西卡忽然坚决地说:“我去,我跟比利先生一块儿去。”

杰西卡的父母有点犹豫,加达斯想了想,对两人说:“也好,反正她已经失学了,在毒瘾没有彻底戒掉前也无法复学。让她去吧,这是她最关注的事。”

阿尔吉斯答应了:“好,你去吧。”杰西卡高兴地笑了。

5

独眼埃德并不是独眼，而是个身材高大的黑人，大约45岁，穿着肮脏的牛仔裤，上衣缀着两排铜扣。他的左眼大右眼小，与人说话时右眼老是频繁眨动着，肯定因为这点毛病才落了个“独眼”的外号。加达斯是在一家低级的赌馆里找到他的，他正在轮盘赌上下注，他犹豫了很久，一咬牙，把20美元押到“18”上。押单个数字的赔率是10:1，但赢的可能性太小了。围观的赌徒们哄然议论着：“真有胆！”“他输定了！”

忽然，加达斯从人群中挤过去，把20美元押在旁边，“我相信这位老兄的运气。”他笑道，“我想跟一把。”

摊主催促着：“还有谁下注？快一点。”没有人下注，摊主转动轮盘，在几十双眼睛的盯视下，轮盘慢慢减速，晃晃悠悠地，最终停在——18上！摊主和围观的赌徒们都愣了。

加达斯尤其惊异。他存心输掉这20美元，只是为了给认识埃德创造一个契机，没想到能赢。摊主苦笑着，很不情愿地数出两个200元，递给两人。“伙计，”他挑衅地说，“你该收手了吧，你总不能把我钱箱里的美元全抓走呀。”

埃德目光发直，显然在矛盾中。加达斯大笑道：“我可不敢奢望再有这样的运气。这位老兄,我沾了你的好运气,现在我想用这点钱请客。走吧。”

他不由分说,拉着埃德和杰西卡挤出人群。在附近的咖啡厅入座后,埃德还在回味刚才的运气,“你不该拉我出来的,没准儿我还能赢他一次。”

加达斯笑着摇摇头,“更可能的是把你赢的钱全还给那个狡猾的老板。”

埃德想了想,笑了,“对。我从来没能从赌场带走这么多的钱——不是没赢过,但之后又都输进去了。我得谢谢你把我拉出来,按说这顿饭该我请客。”

“不必客气。”加达斯唤来侍者,“不必点菜了。我赌赢了200美元,你就随便上吧。喝点什么,威士忌?”

“行,就要威士忌。”这时,埃德才想起问两人的姓名,“先生和这位漂亮小姐该怎么称呼?”

加达斯直截了当地说:“埃德先生,我们是专程来找你的。”埃德惊愕地瞪大左眼,右眼眨得更厉害了,“我叫加达斯·比利,《华盛顿邮报》记者。这位小姐叫杰西卡,她,”他盯着埃德说,“正是你做中间人时送出去的婴儿之一。”

埃德满脸无辜地瞪大眼睛,“你说什么?我从来没有送过什么婴儿。”

加达斯毫不留情地说:“埃德,你听我说,我们是为自己的事情来找你的,我不会在报上公布你的名字,也不会把你的名字上报给警方。但是,如果你不愿坦率地和我谈话,我马上可以让警察来‘请’你。不过我想,我们能合作愉快的,对不?”

埃德屈服了,“好吧,我承认做过婴儿走私的中间人。但最早的一次是在6到8年前,这个小姐……这位小姐多大了?至少

15岁吧，她绝不会是由我经手的。”

“你送出去的婴儿，后来你见过吗？”

“没有。我又不想做他们的教父。”

“那好，我告诉你，我已经发现了5名婴儿，她们的生长速度都比常人快。这位杰西卡只是其中之一。我要找到走私婴儿的源头，看看究竟是什么原因，有没有潜在的危险。”

看来埃德真不知道这一点，他又好奇又疑虑地上下打量着杰西卡，终于点点头，“好的，我告诉你。老实说，我对这事也一直很纳闷，经我手送过3批婴儿，大都是黑人女孩，长得也很像——虽然婴儿期间不大容易看准相貌。最奇怪的是，给我婴儿的人不是为了赚钱！”他涎着脸笑着，“你该明白我下面说的都是真话。我告诉你，她给我婴儿时不但不要钱，还给每个婴儿补贴500美元，然后我用1000美元的价钱卖出去，除去中间的花销，每个婴儿身上至少能赚1200。那几年我真的发了一笔横财！”他眉飞色舞地说。

加达斯耐心地听着，“我相信你的话。再讲讲婴儿是从哪里来的。”

“我不知道，不是骗你，我真的不知道。6年前，一个外国女人在赌场里找到了我——就像你们今天这样，我想她是在人群中随便找到我的。她说她叫特蕾莎，问我愿不愿给几名孤儿找父母，就按我刚才说的条件。我当然愿意干，于是一个月后她给我送来了4名婴儿，3年后又送了2次，一共12名。后来就没有她的消息了。”

杰西卡急急地问：“她是什么样子？长得……”她咽口唾沫把话说完，“像我吗？”

埃德认真看看她，“不，一点都不像。头一次来时，她大约45

岁,黑头发,褐色皮肤,身体很健壮,像一个混血种。她的英语不大流利,带着西班牙口音,我在得克萨斯和墨西哥都待过,听惯了带西班牙口音的英语。所以我怀疑她是墨西哥人,是白人和印第安人的混血种。这只是猜测,我不敢肯定。"

加达斯详细询问了其他情况,包括婴儿送来时的服饰、收养婴儿的家庭。"这些我都忘了,"埃德嬉皮笑脸地说,"我不是FBI的探员,也不准备做那些野孩子的教父,所以送过就忘了。"

加达斯逼他回忆出几个收养家庭的大致地址,记在本子上。他没有注意到杰西卡的脸色越来越难看,她突然起身说:"我去卫生间。"

她急匆匆去了洗手间。加达斯认真梳理了埃德提供的情况,这些资料太贫乏,无法对婴儿的来龙去脉做出判断,"还能回忆起什么细节吗?请你认真想一想。"

埃德想了很久,说:"我认为特蕾莎是个修女。因为……我说不出为什么,但是看她说话行事,很像一个虔诚的修女。"

除此之外他真的想不出什么了。加达斯详细记录了特蕾莎每次来的时间及走的时间,然后准备同埃德告辞。这时,他才发觉杰西卡去卫生间的时间太长了,他正想过去寻找,杰西卡已经回来了。她刚刚洗过脸,额发湿漉漉的,显然身体不舒服,面色苍白,神情烦躁,眼泪汪汪,额上全是虚汗。加达斯吃惊地问:"你是怎么啦?病了?快找医生!"

独眼埃德目光锐利地看她一眼,怪异地笑了,"没病,她是那个犯啦。"

加达斯很羞愧——他不是不知道杰西卡吸毒的事,事到临头却忘了这个茬。杰西卡踉踉跄跄地走过来,拽住加达斯的袖子,低声呻吟道:"我不想再吸毒——可是我实在受不了了!"

埃德鬼鬼祟祟地看看四周,“没关系,快到我家去,离这儿不远。我那儿有少量的海洛因——很少的,你甭想指控我是毒贩。”

杰西卡的身体越来越沉,加达斯别无他法。他当然不能容忍她去吸毒,但他清楚,毒瘾是无法在一天之内戒掉的。他只好冷冷地对埃德说:“好吧,到你家去。”

三人坐上加达斯的车,5分钟后到达了埃德的住处,是一间比老鼠窝强不了多少的屋子。埃德高高兴兴地到里屋拿出毒品、注射器和曲柄勺。杰西卡低声说:“我自己有‘5号盖’,只用你的注射器就行。”

她从口袋里掏出盛毒品的袋子,取出两枚“5号盖”打开,加热,熟练地用注射器注入静脉。加达斯又怜悯又厌恶地看着她。每个人都知道,不洁针头是传染艾滋病的元凶,但看着杰西卡迫不及待的样子,加达斯才清楚那些卫生宣传为什么对瘾君子们全无效用。此时此刻,就算知道海洛因中混有艾滋病病毒,她也会毫不犹豫地注射进去。

只有求上帝保佑,这位独眼不是HIV的携带者了。杰西卡此刻对世间一切都不闻不问,她的血液开始燃烧,一排排电火花沿着从胳膊到大脑、再从大脑到全身的神经节点爆裂着,脚下轻飘飘的,似乎走进了天国,空气里充满了极度的畅快氛围……

快感退潮后,她才慢慢回到现实,看见了加达斯怜悯混杂着厌恶的目光,独眼埃德也在用一大一小的眼睛贼兮兮地看着她。神志渐渐清醒后,她想起自己戒毒的决心,羞得满脸通红。她深深低下头。

埃德惊奇地问:“你敢随身带这么多的毒品?被警察抓住可不是玩儿的。”

杰西卡无法解释，说这是她第一次卖身(几乎卖身)换来的。加达斯皱着眉头停了片刻，沉着脸说："留下你5天用的量，5天内我一定送你去戒毒所。"他鄙夷地对埃德说，"剩下的你拿走吧，但愿你不要死在吸毒上。"埃德大为兴奋，等杰西卡犹犹豫豫地捡起几颗放入口袋后，忙把剩下的席卷而空。

"我们走吧。埃德，如果再想到什么情况，或者那个外国女人又来找你，请立即给我打电话。如果情报有用，我不会吝惜钱的。听见了吗?"

埃德笑嘻嘻地说："听见了，我会记住的。"

两人出门上车，在车上一直沉默着。直到抵达杰西卡的家，加达斯才说："在家等着我，至多3天我会来找你。这几天我为你安排戒毒的事。"

杰西卡没有说话，眼泪扑簌簌地落下来。

两天后加达斯来了，全家人像是盼来了上帝的使者。加达斯一进屋就急急地说："全都安排妥当了。这是后天去北京的机票，到北京后按我说的地址，找一个叫甄羽的中国女士。我已经给她打过电话，她会安排你在中国的行程，戒毒费用已经由一家慈善机构解决。机票钱我垫付了，如果你们有困难，就不必还给我了。"

阿尔吉斯和妻子感激地握着他的手，"谢谢，真不知道该怎样感谢你。机票我们要付的。"

"杰西卡，一定要彻底戒毒，然后我带你去寻找亲生父母!"

杰西卡的泪珠在眼眶里打转，她用力点着头，"我一定戒掉它。谢谢你，加达斯。"

加达斯走了，杰西卡几乎失口喊他回来。她已完全信赖了这个正直的男人，不该把某些事情继续瞒着他。加达斯说戒毒后帮她寻找亲生父母，寻找那个叫特蕾莎的神秘女人，但杰西卡却知道，有关自己身世的秘密很可能可以从另一条线索上追查出来——那个保罗（他似乎与自己也有些相似）、苏玛和那个据说与自己“极为相像”的海拉。但不知怎的，她对彻底揭开这条线上的秘密仍心怀恐惧。

妈妈发现了她神不守舍的样子，“杰西卡，你在想什么？”

“不，我没想什么。我在想到了中国该怎么戒毒。”

“好孩子，我们相信你的决心。”

杰西卡垂下眼睛说：“我想出去一会儿。”

虽然父母心怀疑虑，怕杰西卡在临行前又出什么差池，但他们无法限制女儿外出。夜幕已重，街上行人寥寥，一辆出租车停在她面前，“小姐要车吗？”

杰西卡上了车，司机问她到哪儿，杰西卡犹豫地说：“我只是想散散心，随便走吧。”

司机一边开车，一边从后视镜中不住地打量着她，“这么漂亮的姑娘不该夜里一个人出来的。你是不是想挣一份外快？我可以为你介绍客人。”

杰西卡已经没有力量愤怒了，也不必责怪司机把她看成妓女——前几天她不是差点儿干了这个行当嘛！她疲倦地说：“你找错人了。请在前边路口停车吧。”

司机真诚地道歉：“实在对不起，忘了我说的混账话吧。”

杰西卡下了车，走向路边的电话亭。她不想在家里打电话，不想让保罗和苏玛追查到家里的地址。她从口袋里掏出那张写着电话号码的旅馆信笺，先小心地盖好电话上的摄像镜头，然后拨通苏玛家的号码。一个40岁的白人妇女出现在屏幕上——她是那样漂亮,那样有教养。与她相比,杰西卡觉得无地自容。

那个女人疑惑地直盯着她(当然她看不见杰西卡),问:“你是哪位?我这边屏幕上没有图像,你能听见我的话吗?”

杰西卡努力屏住呼吸,贪婪地盯着对方的面孔。忽然——也许是心灵感应,苏玛没有经过任何推理,一下子知道了不可见的通话者是谁,她急迫地问:“是你吗?是那个和海拉很相像的女孩吗?杰西卡,我们已经找了你3天,找得好苦啊!请和我说话,留下你的地址,听见了吗?我和保罗有好多好多话要告诉你。孩子,听见了吗?”

杰西卡忍不住落了泪,鼻子抽动几下,对方显然听见了,更加相信自己的判断,“对,我知道一定是你!孩子,请你相信我,一定要告诉我你的全名和地址,我马上去见你。不管你有什么困难,我们都一定尽力帮助你!”她扭过头向屏幕外说着什么,杰西卡知道她一定正捂住话筒,让丈夫想办法追查电话号码,便轻轻挂上话机。她想,这会儿对方一定在连声喊着:“孩子!孩子!”

现在,她已确信保罗和苏玛与自己的身世有关。不过,她的决心也更加坚定了:至少目前,她不会去见那两个亲人。我,一个吸毒者,把保罗当成嫖客的不知羞耻的女孩,我一定要洗净身上的污秽再与他们相认。

肯尼迪国际机场的候机室里,加达斯和杰西卡的父母围着她,加达斯在做最后的交代:“这是中国航空公司的班机,到北京后有人在出口举着牌子接你。万一错过,就坐机场大巴到崇文门下车,再按我说的地址去找。你走后,我会继续追查那个外国女人的来历。”

杰西卡父母也做了临别嘱咐。到登机时间了,杰西卡与三人拥别时,真想告诉加达斯关于保罗和苏玛的情况,但她最终没有开口。不过,半年后她知道,她的隐瞒并未影响事情的进展。

飞机缓缓滑入跑道,很快腾空而起。

6

第2天晚上，加达斯回到父亲在费城布罗德大街的私邸。仆人霍莉打开门，笑着说布莱德和伊莎贝尔都在家，正等着你呢。母亲在客厅里看《时代周刊》，壁炉里跳动着火焰——他才想起来现在已经是秋天了，时间过得真快。他走过去吻吻妈妈，问道："妈妈，《时代周刊》这一期的封面人物是谁？"

妈妈把他拉到身边，"跑了这么多天，你瘦了——是哈佛大学的阿根廷物理学家马尔达塞纳，他关于宇宙的M理论又有了重大进展。知道这个人吗？"

"当然。否则我怎么有资格在《华盛顿邮报》当记者呢。不过说老实话，他的理论，什么10维空间啦，什么P-膜和D-膜啦，对我不啻天书。我想世界上真正能弄懂这些的不会超过50个人。我爸爸呢？"

"在书房，他说你回来就让你过去。"

父亲正在书房看书，低垂着白发苍苍的头颅。听见开门声，他笑着迎过来，拍拍儿子的肩膀，"调查进行得怎么样了？"

加达斯跟父亲面对面坐下，"这项调查不是十天八天就能完成的，我一定会把它进行到底——不过，爸爸，我正要告诉你，这项调查恐怕要暂时转向了。”

布莱德并不惊奇，平静地问：“为什么？”

加达斯介绍了在调查中发现的几个面貌酷似的黑人女孩的情况，“爸爸，我知道12年前已经有人克隆出了一个黑人女孩海拉，在全社会的愤怒和压力下，海拉在一场车祸中死亡——我怀疑是警方或某些人有意安排的。此后，禁止克隆人的法律颁布了，克隆人技术从此被束之高阁。但任何人都知道，这是极为脆弱的不稳平衡，只要有人稍稍用指头捅一下，平衡就会被破坏。在这种情形下，4个酷似的女孩——其中一个的年龄比其他三人大得多，说明她们不是多胞胎——意味着什么？只有傻瓜才会轻信这事儿和克隆技术没关系。”

布莱德听着，微微点头。

“而且我有一个感觉，爸爸，你是否已事先觉察到了这个问题，有意把我引导到这个方向上？”

布莱德没有否认，笑着说：“至少开始是你独自提出的。婴儿来源有线索吗？”

“没有。我找到一个‘蛇头’，他说婴儿是一个外国女人送来的，那人像是白人和印第安人的混血种，带西班牙口音，他怀疑是从墨西哥过来的。”

“有西班牙口音的混血种并非只有墨西哥，比如，巴西就很多。”他收起笑容，严肃地说，“对，我确实早就注意到了一个有计划的、规模不大的婴儿走私活动。你可能不知道，大部分婴儿来源于新近很有名的巴西圣贞女孤儿院。院长鲁菲娜·阿尔梅达，今年51岁，西班牙人和印第安人的混血儿，黑头发，褐色皮肤……”

加达斯领会到父亲的暗示，“是她？那个送婴儿的神秘女人？”

“这家孤儿院完全是慈善性质的,每个孤儿被人领走时,该院还补贴500美元。”

“那个‘蛇头’也说,他得到每个走私婴儿的补贴500美元!”加达斯喊道,“我当时就无法理解这种完全不求赢利的走私!这样说来,合法的孤儿院只是一个掩护,而内部暗藏着一间婴儿工厂?可是他们为什么要这样做呢,即使完全没有金钱的驱动力?”

“不知道,也许有更深的动机。再告诉你一点,这个鲁菲娜并不是一个富人,孤儿院的资金来自一个神秘人物的捐赠。坦白告诉你吧,美国政府确实了解到了一些蛛丝马迹,并派人到巴西调查了3个月,可惜进展不大。唯一的收获是,那个捐款人可能是个女的,其他一无所知。她隐藏得很深。”

加达斯紧张地思索着。

“更重要的一点,这些面貌彼此酷似的女孩也酷似另一个人——在2005年因车祸死去的海拉,那个世界上唯一的癌人。”

“你是说……”

“我什么也没有说。海拉确实死了,死于一场猛烈的汽车爆炸,我亲眼见过海拉被炸飞的残肢,并见过DNA和指纹的鉴定。但我也相信,巴西发生的事情绝不会和那件事情无关。”

“是不是……”加达斯缓慢地说,“当年制造癌人的那个人——我记得他的名字叫保罗——又重新制造了一个或几个癌人?”

“不会。”布莱德微笑道,“这位保罗先生的思维是非常奇怪的。他制造了这个癌人,非常爱她,几乎愿为她去死,但同时又非常后悔制造了她。现在,就是用枪指着,他也不会再克隆新癌人了。而且,”他补充道,“据情报说,他也刚刚发现某个酷似海拉的姑娘，正在焦急地探问这件事呢。”

加达斯不满地说：“FBI一直在监视保罗？我好像听说美国是一个注重民主和人权的国家。”

布莱德笑了，“孩子，我不是联邦调查局局长，你不必责备我。不过我坦白地说，如果事关人类存亡，不妨让自由女神受点委屈。”

“先不说这些。爸爸，我该怎么办？我想去巴西那家孤儿院继续我的调查。”

“太好了。”参议员赞赏道，“我宁愿相信自己的儿子，而不愿相信中央情报局的笨蛋特工。你明天就可作为邮报的特派记者前往巴西，所需经费由报社支付，报社的关节由我来打通。也许你会需要一些不好在报社报账的特殊经费，我来为你做出安排。总之一句话，你不必担心时间和经费，唯一需要关心的是，尽力查出走私婴儿的真正来源和主使人。如果能查出来，我不敢保证你能赢得‘普利策’奖，但一定是你新闻生涯中一个惊人的成功。”他笑道。

加达斯点点头，一种大战在即的紧张和亢奋注满全身。父亲看看儿子，警告道：“不要把事情想得太轻易，我说过，中情局和巴西警方已调查了3个月，没有多大进展。也许它牵涉某个权力集团或黑社会组织，也许这次调查有生命危险呢。要武器吗？”

加达斯笑了，“不至于吧。如果需要，我会在巴西购买的，反正有你的特别经费嘛。”

“好吧。为了让你尽量不露破绽，中情局派去的特工一般不会同你联系，你将孤军奋战。希望你不会让我失望。”布莱德笑道，“正好你在大学里学的是西班牙语，这对你的调查会很有帮助。”

“我会尽力而为。”

“但一定要安全归来，否则我怎么向伊莎贝尔交代呢。”

提到母亲，加达斯忽然想起南希的那次电话，“爸爸，走前我想找机会和妈妈谈谈，是南希托我……”

“等你回来吧，”爸爸截断了他的话，“等你从巴西安全归来再说。谢谢你对南希的宽容，孩子。”

“那好吧。”加达斯笑道，“我和勒莎一定会相处融洽的，她是一个讨人喜欢的女孩。”

“这话太让我高兴了。再见，去做行前的准备吧，我让秘书为你订明天的机票。”

“再见。”

第三章

1

加达斯乘坐巴西圣保罗航空公司的班机，于当地时间下午4点到达贡戈尼亚斯国际机场。出了机场，看见满街都飘扬着巴西国旗。他猛然悟到，今天是9月7日，巴西的独立日。

他拎着唯一的行李—— 一只公文包，在机场门口唤了一辆出租。司机是个圆头圆脑的卡弗佐[1]，鬈曲的黑发，厚嘴唇，深褐色的皮肤，穿着巴西人爱穿的彩色衬衫和短裤。他唱歌似的喊道："请上车，尊贵的客人，到哪儿？"

"圣保罗饭店。"

司机在机场门口拥挤的人群中穿行着，开到高速公路上。他扭过头问客人："是第一次到巴西吗？"

"不，第二次。上一次是到里约。我7岁时曾跟父母来巴西过狂欢节。"

"对，巴西的狂欢节是世界上最疯狂的节日，里约热内卢又是狂欢节最热闹的城市。"

①巴西的习惯用语，意指黑人与印第安人的混血种。

"没错,我到现在还记得很清楚:满街的人群,彩车上的国王王后,几千人的桑巴舞阵,陌生姑娘会搂着你亲吻……我觉得巴西女人比吉卜赛姑娘更大胆奔放。"

司机狡黠地笑道:"那次来时你太小,肯定没尝到巴西女人的味道。狂欢节中,她们会毫不犹豫地把自己中意的男人领到床上。不过现在不行了。"他回头看看客人,简单地解释道,"艾滋病。"

加达斯笑笑,没有搭话。司机耐不住寂寞,热情地询问客人明天的日程,"圣保罗有很多好玩的地方。像州立公园,那里有近4万种名贵的热带兰花;塔塔雷拉公园,那里有各种珍贵的树木;布坦坦研究所,是世界上最大的毒蛇研究机构。到举世闻名的伊瓜苏瀑布也不远,只有几百公里。我愿为你效劳……"

加达斯截住了他的话头:"不,我的日程很紧,我想采访圣贞女孤儿院。知道这个地方吧?"

"当然! 谁不知道圣贞女孤儿院呢,它才建立5年,已经闻名世界了。告诉你吧,自从有了圣贞女孤儿院,圣保罗,不,整个巴西都再也没有弃儿了!"

"是吗?"

司机认为客人的这句话是表示怀疑,立即赌咒发誓道:"圣母作证,我若昂一点也没夸大。孤儿院院长是鲁菲娜·阿尔梅达嬷嬷,我们都尊敬她,连总统和主教大人也常去拜访她。还有一个同样可敬的人,是孤儿院的匿名资助人。想想吧,建造这么大的孤儿院——它在全国有9家分院呢——收留这么多孤儿,又送走这么多孤儿,每个孤儿送走时还要资助500美元,她每年为孤儿院花多少钱哪!"

加达斯很高兴司机的多嘴,问:"她是谁? 是个什么样的人?"

“不知道，只听说是个女的，有人说她30岁，有人说她70岁。听说她小时候是个弃儿，发财后立誓帮助全世界的孤儿。真的，现在不少非洲国家——就是那些最爱打仗的国家——成千上万的孤儿都被孤儿院用飞机接来，住在这儿，然后交给合适的人家领养。但是一直没人见过这个资助人，从来没有。她行了善，又不让别人知道她是谁，听说能见到她的只有鲁菲娜嬷嬷一个人。”

“你怎么这样清楚？”

“我去过5次，两次是送孤儿，3次是领客人去参观，客人中还包括刚果人、埃及人和印度人。孤儿院离市区很远呢，过了圣保罗北的坎塔雷拉山才到。”

出租车已进入了市区，这儿简直是水泥建筑的大海，丛林似的高层建筑尽力向天空伸展，竭力争夺着阳光。满街涌动着喧嚣的汽车，以及服装鲜艳的、匆匆而行的男女，街上弥漫着咖啡的香气，穿着短裤的警察在街上溜达。前边已经能看见圣保罗饭店圆柱形的高楼，若昂回头笑道：“明天还坐我的车吧。我十分钦佩鲁菲娜嬷嬷和那个匿名资助人，凡是到圣贞女的客人一律按6折收费。”

“好吧，明早7点来饭店接我，我们尽量早点出发。”

“放心吧，绝误不了你的事。”他把出租车停在灯火辉煌的门口，一名穿红色制服的男侍者恭敬地拉开车门，请客人下车，又接过司机递过来的行李。

2

第二天，他们赶往圣贞女孤儿院。若昂已经有经验，提前准备了面包和饮料，两人在车上应付了早饭和午饭。一路上若昂开得飞快，速度表的指针几乎没有低于80英里的时候。到下午，路面情况开始变坏了，而且越来越糟糕。在7岁时巴西之行的记忆中，除了奔放的桑巴舞、热情漂亮的混血姑娘外，加达斯也清楚地记得城市周围的贫民窟，那简直是凄惨的地狱世界。这些年，巴西经济腾飞后，这种极度的贫困已经消失了。不过在这次行程中，他发现“富裕”和“现代化”还未扩散到远离城市的乡村，路边的种植园还保留着100年前的旧房舍。

“到了，已经到了。”若昂兴高采烈地说，一路辛苦好像没有使他疲惫。孤儿院位于坎塔雷拉山的浅山区，显然是由过去的种植园改建的。树木郁郁葱葱，有巴西南部的雪松、巴拉那松，也能看到野扇棕、卡托莱娜椰子树、野蕉树，其他一些树木加达斯就不认得了，若昂介绍说有肥猪树和巴西坚果。

孤儿院占地极广，绿树丛像无边的海洋，其间散布着一些简朴的平房，还有一些印第安风格的圆顶草屋。进了庄园的大门，汽车又开了很长时间，才在一栋三层小楼前停下来。这儿显然是过去种植园中叫作“大厦”的主建筑，是种植园主住的地方。

若昂轻车熟路地奔进去，上到二楼，快活地喊着：“鲁菲娜嬷嬷，我又给你带来一位尊贵的客人！”

他们来到院长办公室，一个瘦小的女人含笑迎过来。她显然是一个卡博克洛[①]，大约50岁，头发已近乎全白了。加达斯曾听独眼埃德说她可能是修女，一路上若昂也一直在称她为鲁菲娜嬷嬷，所以，加达斯已经把她认定是修女了。但实际上她不是。她穿着色彩艳丽的连衣裙，皮肤是巧克力色的，脸上刻着深深的皱纹，同她握手时能感觉到她手心的厚趼。她的动作很轻快，不像50岁的人，清澈的目光中充满笑意。

她久久地同客人握手，“欢迎你，远方的客人。”

“你好，鲁菲娜嬷嬷。”加达斯也使用了若昂的称呼，“我是美国《华盛顿邮报》的记者加达斯·比利，听说了圣贞女孤儿院的善举，想对贵院做一个详细的报道。”

“谢谢，希望你的报道能帮助我们更好地为孩子们寻找养父母。若昂对这儿已经很熟悉了，让他领你参观吧。晚上请住我们的客房，若昂知道在哪儿。等参观过后，如果有什么问题再来找我吧。”

“谢谢。”

若昂第二天没有走，领着加达斯参观。孤儿院确实很大，加达斯用一个上午只参观了很少一部分。这儿分成许多家庭，规模大小不等，每个家庭有一个“妈妈”领着，孩子们大都在3到8岁之间。在参观的第一个家庭中，家长是年轻的尤蒂娜妈妈，管理着30个小孩。“他们是前天刚从非洲送来的，还不能适应这儿

①白人同印第安人的混血种。

的生活。”尤蒂娜解释说。的确，这30多个黑人孩子骨瘦如柴，有的肚腹胀大，显然是极度营养不良。他们的表情都是胆怯的、畏缩的，呆呆地坐在地上，尤蒂娜耐心地鼓励他们参与游戏。

另一个家庭有60多人，年迈的约娜妈妈微笑着坐在一旁，孩子们正分成几拨玩“捉野牛”，吵嚷得像一池青蛙。他们衣着简单，但肤色健康，显然与前一拨孩子大不相同。若昂又领他到了一个类似非洲部落议事厅的宽敞草屋中，屋内没有什么家具，只有一地玩具。几十个4至5岁的小猴崽或坐或趴，非常专注地玩着。有点特别的是，这儿到处都是螺丝刀、尖嘴钳等常用工具，不少玩具被拆得零零散散。“大部分拆散的玩具他们都能装起来。”这个家庭的齐安诺妈妈自豪地说，“实际上，孩子们还有不少发明小专利呢。比如电子狨家庭——你知道巴西的狨吧，是世界上最小的猴子——电子狨不需要人去‘喂养’，而是在互相关怀下长大的，会自动建立起群体的秩序。只有在秩序向恶化的方向发展时，才需要小主人去教育它们。”

“我知道，”加达斯饶有兴趣地说，“我还答应为妹妹买这玩具呢，原来是这儿的专利。”

“你妹妹喜欢吗？”

“简直入迷了！她已经拥有几十只了。”

两人在这个家庭中和孩子们一块儿吃了晚饭。晚饭是粗食，是巴西人过去爱吃的苦薯粉糕饼、黑豆、烤玉米和甜山芋。若昂吃得津津有味，他告诉加达斯：“这儿讲究回归自然：吃粗食，住不带空调、四面敞开的草屋。院长嬷嬷说用这种办法让孩子们恢复原始人的强健。你看，这儿的孩子们多健康！等我有了儿子，也要送到这儿待几年。”

晚饭后他们来到客房。这是四面敞开的草屋，房顶用8根柱子支撑着，屋内摆着竹床。两人在门外洗了个冷水澡，躺到床上，观赏着周围的星空和绿树。

加达斯说："我想在这儿多留两天，你明天先回圣保罗吧。我会付给你空程费，谢谢你的导引，若昂。"

若昂收车费时真的打了6折，"回去还用我的车吗？你打电话我就来。"

"好的，走时我联系你。"

第三天早上，若昂很早就开车走了。早饭后，加达斯直接去找院长。昨天参观后，这儿给他留下的第一印象很好，这些孩子来自世界各地，有白人、黑人、印第安人和各种混血人种，也有少量亚裔人，在其中没有发现与杰西卡、帕梅拉们容貌相似的女孩。

鲁菲娜亲切地同他打招呼："昨晚睡得好吗？"

"很好，谢谢你的招待。若昂走了，他建议我参观贵院的电脑游戏室，可以吗？"

"当然，你可以参观院中任何一个地方。正好这会儿没事，我领你去吧，就在楼上。"

院长领他上楼时，他笑着请求道："鲁菲娜嬷嬷，我有一个唐突的请求——能让我见见贵院的资助人吗？若昂一路上都在谈她，我对她十分敬佩，不，十分崇拜。我殷切盼望着见她一面。"

院长温和地拒绝了，"很遗憾，她不愿让新闻界知道自己的名字，连我也从未见过她。"

院长也说的是"她"，这么说，资助人确实是个女性。加达斯笑道："你也从未见过她？那你至少听过她的声音吧。"

院长承认了："对，她一直是用电话同我联系的。"

“那么，从声音听来，她是怎样一个人？年轻还是年老？说英语还是西班牙语？”

“对不起，加达斯先生，我什么也不能透露。我只能说，在我听来，她的声音和圣母的声音是一样的。”

加达斯无奈地耸耸肩，“可惜我从未与圣母交谈过，不知道圣母说拉丁语还是说希伯来语。”他知道从守口如瓶的院长嘴里探听不出什么，便住嘴不问了。

电脑游戏室在3楼，是把很多旧房间打通后合在一起的。屋内有20多名孩子，与昨天见过的孩子们相比，这些孩子年龄较大，多在8至15岁之间。十几个孩子正痴迷地玩一个游戏《探索巴纳德星系》，宇宙飞船在屏幕上倏然来去，在冰冻的星球上降落、钻探、寻找外星人。他们都戴着耳机，屋内没有一点儿噪音。看见院长和客人进来，他们只是点头打个招呼，仍非常投入地玩儿了下去。

院长领加达斯继续往前走，前边是10名15岁左右的大孩子，每人趴在一台电脑前，显然正在专心致志地钻研什么。每个人都紧锁眉头，紧张地思索着，时而敲几下键盘。加达斯在这些人中仍没发现目标，他发现，比起昨天见到的孩子，这些孩子更为自信从容，他们不是孤儿院的过客，而是不折不扣的主人。大孩子们看到了院长和客人，但几乎无暇打招呼，仍然全神贯注地思考着。

鲁菲娜声音极低地解释道，孩子们正在玩儿他们最爱玩儿的游戏——破译世界各国各种数据系统的密钥。“黑客？有组织的黑客？”加达斯吃惊地问。

“没错，他们自称是POWER——知道这个组织吗？它原是14年前美国一个有名的黑客组织，在他们的首领、18岁的史蒂夫·哈吉的带领下，合力破解了美国国防部数据系统的五重密码，当时曾引起一场轩然大波。”

加达斯注意地看看院长，又看看那些在专注中微露焦灼的孩子。他知道院长说的那位哈吉其人。他的绰号叫“分析家”，以色列籍美国人，当黑客时曾弄得众多专家一筹莫展。后来他中了FBI设下的美人计而被捕，短暂地入狱。出狱后改邪归正，成了国防部数据安全系统的头号智囊。他奇怪鲁菲娜竟坦然告诉他这儿的秘密，因为在各国，黑客活动都是非法的。

鲁菲娜看出了他的疑问，温和地笑了，“你不必奇怪，全世界只有这儿的黑客组织是合法的。他们每天都在努力破解某个系统的密码，但破解后他们会立即通知对方，并发送他们进入系统的方法，指出原防护系统的漏洞。他们是网络上的游侠佐罗，而各国军事系统、金融系统和跨国公司的防守者都和这里建立了良好的合作关系。”

加达斯摇摇头，“我在美国从未听说过这些情况。”

鲁菲娜笑了，“这是心照不宣的秘密。我们的孩子们不愿炫耀自己，被破译密钥的人当然更不会去公布自己的失败。”

加达斯感到相当震惊，头天参观孤儿院，这里给他留下的印象是质朴、淳厚和远离文明，但这种印象在一瞬间变了，这位衣着简朴、神态平和的嬷嬷原来牢牢骑在现代科技的巨龙背上。

鲁菲娜又补充道：“我们认为，禁止黑客是不可行的，是最愚蠢的做法，那就像是用堤坝去闸死亚马逊的河水，即使挡得了一时，总有一天它也会溃决。电脑网络的防护只能在一轮又一轮的搏斗中去完善。知道吗？世界各地的受益者每次都对我们有所馈赠，这些收入已能支付孤儿院的全部开销，包括屋内那台‘格雷X型’计算机。”

加达斯又是一惊，“格雷X型”是相当先进的机型，每秒可计算36万亿次。在美国的出口管制清单中，它曾是严格控制的商品。当然，现在这些禁令早已解除了，但无论如何，在孤儿院中配备这样的电脑仍是异常的。他们用它干什么，仅仅为了孩子们的游戏？

但鲁菲娜坦然的笑容使人无法生疑。

忽然，电脑屏幕上闪出一个奇怪的图形，是3只脑袋互相缠绕的秃鹰。孩子们中间爆发出一阵欢呼：“打开了！终于打开了！”

他们敲击键盘迅速进入系统。屏幕上闪出滚滚的信息流，像是花名册和每人的身体资料（体重、身高和血型等）。一个孩子向隔板后喊：“特丽！又进入第3层了！”

隔板后有一个清脆的女声：“好，我马上过来，你们继续干吧！”

后来加达斯才知道，他们进入的是美国国防部数据安全系统的第3层防护，那是美国政府花费数十亿美元建立起来的铜墙铁壁。当然，任何壁垒都不是万无一失的，14年前，“分析家”哈吉曾闯入这里，擅自更改了美军军人的血型，闹得众多专家灰头土脸。现在，正是14年前的那个黑客首领在负责设计国防部的密钥，它几乎是不可能被攻破的，但还是没挡住这儿的小黑客。孩子们没有改动系统内的数据，只是把网页徽标改成了一个稻草人——一个脑袋里露着稻草的蠢家伙——旁边打了一行字：

“分析家，你又输了一个回合。”

然后，他们开始用加密邮件发送此次破关的秘诀，这些东西加达斯完全看不懂。这时，屋内响起低微而清晰的声音：“院长嬷嬷，有人送苦薯粉来了，请你回办公室。”

声音是从天花板上的一个扬声器发出来的。院长立即同加达斯告辞道:“对不起,你自己随便参观吧,我要去签收送来的货物。”

“不必客气,你请便吧。”

加达斯把院长送到门口,等他返回时,一个黑人女孩已经坐在电脑前,她显然就是刚才在隔板后的特丽。孩子们正请求她为那幅稻草人图“加上最难解的密码”,让分析家哈吉多当几天稻草人。黑女孩笑着答应了,异常快速地敲击着键盘,20分钟后,她笑着站起来,“行了,我想他至少要花费5天才能抹去这个画面。”

看到她笑意盈盈的面孔,加达斯的心脏狂跳起来,几乎失口喊出“杰西卡”。当然他知道这不是杰西卡,特丽的从容自信、恬淡高贵与杰西卡的阴郁颓唐简直不可同日而语。但她们的面貌酷似,这正是他要寻找的目标。

特丽大约十五岁,当然这只是外表上的年龄。虽然已是秋天,又是气候较冷的山区,但她只穿着一件小背心和很短的短裤。回头看见了客人,她嫣然一笑,算是打了招呼,不过没有攀谈的打算。

加达斯抑住激动走过去,“你是特丽?”

特丽点点头。电脑中忽然响起报时声,屋里几十名孩子立即起身,一窝蜂向外面跑去。特丽歉然地说:“这是规定的室外一小时活动时间,再见。”

宽敞的厅室中只剩下加达斯一个人,他想了想,走进刚才特丽所在的隔间,屋内确实摆着一台“格雷X型”超级电脑,旁边的桌上堆满了资料卡和资料盘,乱得一塌糊涂。他在超级计算机旁思索着。从目前看来,这家孤儿院是十分开放的,连这台贵重的计算机也被随随便便摆在一个敞开的隔间内，似乎不可能有任何秘密。但加达斯仍然无法消除心中的疑虑。

至少有一点，这儿又出现了一个面貌酷似的克隆人，一座巨大的冰山已经露出了一角。

加达斯无意中向窗外看去，楼下停着一辆小型的运货车，一个穿着蓝色工作服的体形健美的黑人少妇正在卸货，一条高大的牧羊犬时刻不离左右，院长默默地站在她的身旁。这个少妇的动作很潇洒，干起活来像是在跳桑巴舞。远远看去，少妇的面孔似乎比较熟悉。加达斯从口袋里掏出一架小型望远镜，调准了焦距，立即浑身一震——没错，她的笑脸是十分熟识的——一个又大了一号的杰西卡或特丽。

只有这时加达斯才悟到，刚才院长同他告别下楼时未免太性急了，她的眼光中分明闪耀着抑制不住的喜悦。加达斯把镜头对准院长，院长默然不语，看着那个女人在忙碌，她脸上那种近乎虔诚的喜悦露了底：那绝不是看见一个普通女工时应有的表情。

加达斯的头脑中如天门开启——不会错的，这个干粗活的女工就是那个神秘的资助人，是这家孤儿院的真正主人，很可能也是诸多克隆人的真正“母亲”或“原型”。加达斯觉得自己的推理不算莽撞，至少，她是已知几个克隆人中年岁最大的，而且——“干粗活的”这种身份该是多好的掩护！谁会想到一个干粗活的女工会是那个家产百亿的女慈善家呢？如果不是恰巧见过这么多完全相同的面孔，自己也不会对她多留意。

那个黑人女子已经卸完了货，和院长并肩进了主楼，牧羊犬仍紧紧跟在后边。加达斯不再犹豫，一个箭步冲下楼，先赶到院长办公室门口等着。可是等了很久，她们也没有过来。他不敢再等，便到二楼和一楼的各个房间询问："请问你见到院长了吗?""见到鲁菲娜嬷嬷了吗?"但都没有人见到。

等他再度回到院长室，鲁菲娜已端坐于屋中，一个黑人女子站在她面前。加达斯闯进去。不，这不是刚才那个女子，她们穿的衣服相同，身形也大略相似，但相貌显然不同。鲁菲娜写好一封信，封好，交给那个女人，"请交给你的老板，再见。"

"再见。"

女子没在意旁边的加达斯，转身下了楼。加达斯走到窗边看着，片刻后，那女子开着货车离开庄园。"你在找我?"身后的院长问。加达斯回过头，院长正含笑看着他，神色仍如往常那样谦和冷静。

加达斯唯有苦笑，他像是走进一个衔接自然的电影场景中，一切都安排得毫无破绽。如果不是刚才他用望远镜仔细观察了那女子的相貌，如果不是口袋中还装有杰西卡的照片，他也许真的相信下楼的女子就是刚才所见。"对，我在找你，"他冲动地说，"我在找刚才卸货的那个黑人女子……"

"唐娜富拉娜? 她刚刚从这儿离开……"

"不是她，是另一位!"加达斯喊道，"我在楼上用望远镜看到了她的相貌，和特丽完全一样!"他掏出袖珍望远镜放到桌上，"我猜她是这家孤儿院的资助人! 院长嬷嬷，带我见见她吧，我没有任何恶意。"

他盯着院长，院长的目光中没有任何惊慌——连惊诧也没有。很久，院长才轻声说："你需要看医生吗? 这里有一家很好的医院，里面有不少颇有造诣的医生，包括精神科大夫。"

加达斯苦笑着说："我说的是疯话吗? 我会自己去找医生的。谢谢。"

“再见，有什么疑难之处尽管找我。”

加达斯走到门口时忽然停住脚步，回头说：“对。现在我就有一个疑问，一个小小的疑问。我刚才清楚地看到，那名黑人女子上楼时带了一条狗，一条黑底白花的牧羊犬。这条狗到哪儿去了呢？它为什么没有跟在刚才那个女人身后？”

院长的目光稍有些尴尬，“我不知道，我从没有看见什么牧羊犬。”

“那么，又是我看错了，再见。”加达斯带着胜利的微笑走出门。

加达斯下到一楼，想了想，又转身上了三楼。他想起那个同为克隆人一员的特丽，也许她也会突然消失？不，特丽没有消失，她正坐在“格雷X型”计算机前工作着，神情极为专注。加达斯站在她身后很久，她都没有发觉。

加达斯看不懂她在干什么，屏幕上滚动着一排一排整齐的数字，令人眼花缭乱，也许她是在用穷举法破译某个数据系统的密码。加达斯轻声说：“特丽，我可以同你谈一谈吗？”

特丽回头看看他，锁定屏幕，转过身来，“可以的，我知道你是来采访的《华盛顿邮报》记者，是前两天若昂送来的，对吧？”

“对。”加达斯不知道从何问起，“请问你的全名？”

“特丽·阿尔梅达。你知道这是院长的姓氏，我没有父母。”

“你是从哪里来的，自己知道吗？”

“听说我是从圣保罗郊外捡来的弃婴。”

“我知道你是POWER小组的头头，院长说你是最棒的网络游侠。”

特丽笑笑，没有承认也没有否认，“我们都不错，我们是世界上最棒的黑客——但我们是白色的黑客。”

“请问,你有双胞胎或多胞胎姊妹吗?”

“没有——也许在圣保罗有,但我不知道。我已经说过,我是个弃婴。”

“你在孤儿院见过和自己面貌相似的人吗?”

“没有。我不注意这些,我的世界在这儿。”她指指电脑。

加达斯问了最后一个问题:“请问芳龄?”似乎对方没有听懂这句话,他改口问,“你几岁了?”

他对特丽的回答不抱什么希望,估计她不会据实回答的,但事实恰恰相反。“6岁。”特丽说,看到他的惊奇,随之解释道,“确实是6岁。医生和院长都说我长得比别人快,但并不算是病态。你还有问题吗?”

“没有了,谢谢。”

3

加达斯又在孤儿院中盘桓了两天，没有得到其他线索。他的印象是，孤儿院像是块巨大的吸音板，任何问询落在吸音板上都变得无声无息。两天来，他几乎走遍了这座巨大庄园的每一处，到处都是亲切、友好和绝对的不设防。他也参观了医院，那是家一流的医院，有儿科、内科、外科、神经科，等等，大夫看来也都不错。无论如何，这家孤儿院不像是阴谋家的巢穴。

第三天早上，他搭车到了附近的小镇索维斯，想在这儿碰碰运气。实际上他已在心中承认了失败：爸爸，你不相信中央情报局的笨蛋特工，但你的儿子同样无能！

当然也不能说毫无收获，最起码，他心中已经有了一个值得怀疑的对象。他走进一家酒吧，要了潘趣酒、蛋卷和炸鳕鱼丸子，毫无兴致地吃着，随意观察着周围的顾客。忽然，有人突兀地坐到他的对面。这是一个白人男子，大约50岁，身体很健壮。他是白化病患者，白色头发，浅色瞳仁，耳后和额头上刚刚蜕皮，露出粉红色的新皮，使他看起来像一只滑稽的猴子。他好像已喝得醉醺醺了。“我可以坐在这儿吗？”他打着酒嗝用英语问。加达斯点点头，“请便。”

那人喊来侍者:“再来两杯威士忌,还要白马牌的,快点!”

威士忌很快送来了,他呷着酒,笑嘻嘻地打量着加达斯,小声说:“你好,加达斯——不必惊奇我认识你,是你父亲交代我们保护你的。我叫杜塔克。”

加达斯没有惊奇,他知道这就是父亲曾告诉过他的已派往巴西的“笨蛋特工”。他不太热情地说:“谢谢你们,不过,我并没有感觉到有什么危险。”

“你的调查有眉目了吗?”

加达斯不愿告诉他自己的进展,摇摇头,“没有,毫无眉目。”

“那你就不必调查了,所有内情我们已清楚了。”

“真的吗?”加达斯吃惊地问。

杜塔克看看四周,压低声音:“真的,是我搞到的情报。那个女慈善家、克隆人的原型,就是常来送货的黑人‘女工’。”他得意地看着加达斯的惊讶,一对吃完饭离开的老年夫妇擦身而过,杜塔克暂时中断了谈话,等他们走后接着说,“不要用那么吃惊的眼光看着我。坐在你面前的,是美国最优秀的特工之一。”

他端起第二杯威士忌,“而且,她正是8年前死去的海拉。那场假车祸把我们骗得好惨!其实当时我就怀疑了——那样猛烈的爆炸会单单留下一条完整的手臂?不过这回她跑不掉了。”

加达斯突然猜到某种真相,“8年前——就是我父亲下令杀死海拉的?”

“不,是总统下的命令,你父亲只是执行者之一。这些情况参议员没有告诉你?海拉不是人,她是一个癌魔,一个妄图把癌人谱系撒遍世界的癌魔。这回她跑不掉啦,”杜塔克醉醺醺地重复道,“3天后她就会嚓——”他用手在脖子上比画了一下。

加达斯的脑子飞快地转了两圈。“3天后?”他央求道,“让我3

天后也到现场看看吧。否则我怎么能写出一篇完整的报道？那样我会成为报社的笑柄。”

“好——吧。”杜塔克爽快地答应了，凑在加达斯耳边说，“3天后你去圣保罗市的圣约翰医院，海拉要在那里做截肢手术。我们已买通了麻醉师，哧，神不知鬼不觉。也不会给巴西警方留下麻烦。”

“截肢？为什么要截肢？那天我亲眼见到她卸下一车的苦薯粉，没有丝毫病态。”加达斯看看杜塔克，承认道，“我正好见过你说的送货女工，但只看到了她的背影。”

杜塔克替他惋惜，“只见到背影，没见到相貌？那太可惜了，她和你见过的杰西卡、帕梅拉等人像极了——你问为什么截肢，难道你没看出她的左臂比右臂长？告诉你吧，她有肢体再生能力，8年前，为了骗我们相信她已经死掉，她自个儿切下左臂留在爆炸现场。后来左臂重新长出来，但很可能从此便失控了，不再停止生长，只好每隔一段时间就把它截短一点。我们对此已经有了确凿的证据。”他用手比画着，“是在左臂中间截断几英寸再对接起来，这比整个左臂的重生要快得多。她每隔两年一定要做一次手术，否则就无法在人前露面了。你想想吧，她若长着一条超长的不对称的左臂，会不会就像那种长着一只大螯的招潮蟹！”

加达斯听得目瞪口呆，杜塔克谈论谋杀时的冷静、海拉身体上的怪异、父亲在个中扮演的角色……这些都带着血腥味儿，带着邪恶。杜塔克打着酒嗝说：“我要走了。你如果真的想去现场，就回到你下榻的圣保罗饭店等着，两天后我会去找你的。但你切不可随便闯到医院去，以免打草惊蛇。一旦出了差错，总统饶不了我，我也饶不了你。”他虽是用开玩笑的口吻，但警告是认真的。

他起身欲走，“且慢，”加达斯喊住他，“如果她真是海拉，是一个没有国籍、没有身份的癌魔，8年前只身一人逃出美国，她从哪里弄来百亿财产？”

杜塔克笑了，重新坐下来，看来很乐意谈这个话题，“从哪儿弄来的？当然不是某位叔叔或婶婶的遗产。你别忘了，现在是21世纪，是电脑时代。老实说，如果我能想到她的主意，有她那样的神通，我绝不会再辛辛苦苦挣中情局或FBI的工资。”他无比钦佩地说。

他告诉加达斯，是瑞士联合银行最先发现异常的。6年前，有人在该行设了一个秘密账户，每天有数千笔数额很小的款项从美国各地汇去，从不间断。这些钱随即被提走，在错综复杂的金融网络中消失。那时，瑞士银行界刚被世界舆论讨伐过一番，被骂为银行动物。所以，这次他们立即很有道德感地通知了美国政府。

加达斯知道有关“讨伐瑞士银行”的情况，早在上个世纪中期，瑞士议员齐格勒首先站出来对强大的瑞士银行界宣战，揭露了他们为纳粹和贩毒集团洗钱的勾当。齐格勒在国内被逼得无法立足，但他写的书在全世界掀起轩然大波，最终逼得瑞士银行界认输，其后加强了银行业的道德自律意识。

杜塔克接着说：“此后FBI的调查发现，类似的秘密账号还有70个，汇款来自各个国家的各行各业，包括跨国公司、政府机关甚至银行本身，但查看这些单位的内部账目则绝对无问题。

“知道是怎么回事吗？”杜塔克把酒气熏人的嘴巴凑到加达斯耳边，无比钦佩地说，“海拉本人精通电脑，实际上她倒是POWER组织的真正首领呢。你见到了那些黑客，对不？他们自称是网络上的游侠,实际上这些游侠也是捞钱好手哩。海拉设计了一个叫‘遥控登月’的病毒,用它攻破了成千上万个企业和银行的网络防护系统,在这些系统的内核中输入了一个巧妙的程序。该程序能把该企业往来账目的四舍五入计算中舍去的部分自动转到某个秘密账户上去。这些都是小数点4位数字后的取舍,微不足道,所以很长时间没有哪家企业觉察到漏洞。可是,千千万万个毛细孔中渗出来的水滴聚在一块儿可就了不得!专家们估计,海拉从各国窃得的财产,至少有100亿美元,她已经是世界排名前几十位的富豪了。圣贞女孤儿院的花销对她来说只是九牛一毛,她一定还有另外的秘密企业和研究单位。我实在佩服她,这个诡计多端的小癌人!”他站起身,“我走了,记住我的交代。”

杜塔克醉醺醺地走了,只听见他在门口与吧女们开着猥亵的玩笑。加达斯一动不动地坐在那儿,蹙着眉头想着这些惊人的消息,直到女侍送来找的零钱。

夜里,加达斯回到圣保罗大饭店,在50层高楼上俯瞰着城市的万家灯火。从中午到现在,他的大脑中一直有一台搅拌机在翻搅着。他本能地讨厌猴子一样的杜塔克——并不是因为相貌,而是他话语中流露的残忍和嗜血。不过,他相信杜塔克说的都是实情,想想自己在孤儿院见过的那些年轻黑客,想想那位天才的特丽吧。无疑,海拉比特丽还要强大,那么她还有什么事情不能办到呢?加达斯多少有些不解的是,作为一个老牌特工,杜塔克怎会轻易透露这些秘密,即使他喝了不少威士忌。不过后来他也释然了,一定是因为他的参议员父亲。想必父亲是这样交代给杜塔克的:请好好配合我的儿子,他也是去干同样的工作。

他想起那位送货女工，虽然只是一瞥，但他对海拉的印象极佳。这家孤儿院办得很好，充满了自由祥和的气氛。还有那个院长嬷嬷，一个道德高尚的妇人，能让这样的院长效忠的主人，想必也是道德高尚的完人。但在杜塔克嘴中，海拉是一个癌魔，一个窃得百亿美元的大盗，一个……秘密婴儿工厂的厂主。她即将被处死。

毫无疑问，杜塔克的行动得到了最高层的批准，想想报纸上报道的对海拉的暗杀，再想想父亲似露非露的口风，这一点不必怀疑了。可是，自己的父亲，还有美国总统，都不会是残忍的嗜血者吧？

加达斯躺在床上，瞪大眼睛。很长时间，海拉一直在他面前浮动。她的面貌有些模糊，但背影十分清晰：修长的身躯，凸起的臀部，把面粉袋甩到肩上的轻松和优雅……还有充满健康向上气氛的孤儿院……

也许她有很多罪行，自己尚不知晓的罪行。但是，假如我是一个陪审员，在尚未弄清案情时能赞成对海拉的判决死刑吗？

他赤足下床，在屋内来回踱步，几次想拿起话筒同父亲通话，最终还是放弃了。很明显，父亲绝不会为了儿子这些不充分的理由去劝说总统中止命令。

但无论如何，他要制止这场谋杀，至少把刑期往后推一推，否则，他的良心将永世不得安宁。在做出这个艰难的决定后，他才安然入睡。

4

圣约翰医院是家一流的大医院，环境十分洁净，走廊里飘着消毒水的气味。护士文雅而礼貌，穿着浆洗得平坦熨帖的护士服。医生们个个气度不凡。加达斯不用打听，就得到了他想得到的情报。外科手术室的预告栏中写着明天的手术，第一名就是唐娜富拉娜小姐，截肢。主刀医生卡利托斯，麻醉师佩特罗索，都是该院水平最高的专业人士。他还找借口到手术室里看了看，不过他很小心，确保他的询问不至于惊动别人。

杜塔克说过，两天内同他联系，但直到第二天晚上11点他也没有露面。加达斯急得坐立不安。也许，杜塔克对自己前天的酒后失言已经后悔了，不想让一个闲人掺和进来？也许他觉察到了自己对海拉的好感？看来，只有自己出面去阻止了。

第三天，也就是唐娜手术的那天，医院一上班，加达斯就来到了外科手术室。"哈喽，漂亮的姑娘，"他笑着对一名混血儿护士说，"我是从美国赶来的，是唐娜富拉娜的表弟。她是今天做手术吧？"

护士和气地说："对，她今天排在第一位，马上就会到。"

"我可以在这儿等她吗？"

“当然，请坐。”

他坐在手术室外的硬椅上，看着众多医护在进行术前准备。不一会儿，那个护士喊他：“比利先生，病人已经来了，陪着她的就是主刀医生卡利托斯博士。”他们正从电梯口走过来，医生穿着白大褂，海拉穿着病员服，那条牧羊犬仍然寸步不离地跟着她。加达斯急步迎上去。现在，他终于面对面地见到了这位神秘的海拉，这位豪富的女人，世界上第一个癌人。他专注地盯着她。海拉穿着肥大的病员服，掩盖了身体的曲线，目光幽远深邃，表情恬淡雍和，一种发自内心的高贵柔光漫溢在她的脸上。

而且——她的相貌非常漂亮。

海拉的左臂一直平放在腹部，即使这样，加达斯也能看出它确实比右臂长，大约长3英寸。这点差别破坏了视觉形象的和谐。加达斯迅速把目光移走，就像回避残疾人的独眼和兔唇一样。

海拉含笑看着陌生人，牧羊犬警惕地盯着他，在喉咙里低声吠叫着。护士这会儿看出两人并不相识，走过来低声对医生说：“他说是唐娜富拉娜小姐的表弟，从美国专程赶来。”

加达斯对医生微微一笑，回头对病人说：“海拉表姐，我特意从美国来探望你，能和我单独谈谈吗？”

他把“海拉”两个字咬得很清晰，相信她不会对此无动于衷的。海拉看看他，没有露出惊奇或惊慌的表情，回头对医生说：“可以吗？最多5分钟。不会耽误手术。”

“请吧，你们可以到那间病理室去，那儿比较清静。”

病理室的门关上了，只剩下他们两人，面对面坐在木椅上。这位化名为唐娜富拉娜的美貌女子一直微笑着，饶有兴趣地打量着他。未等他开口,海拉先问:“你是从美国来的,请问你的名字是?”

“加达斯·比利。”

“噢,前几年在飞机上我曾见过一位姓比利的参议员,你同他长得像极了。”

加达斯想起父亲参与的那场爆炸,他想,海拉肯定不会忘记这点仇恨吧。他不情愿地承认:“很可能那正是家父。据我所知,在美国姓比利的在职参议员仅我父亲一人,他叫布莱德·比利。”

海拉又噢了一声,淡淡地说:“我一眼就认出来了,你们父子长得很像。”此外她没再说什么。加达斯急急地说:“海拉小姐——我知道这是你的真名——我得到了确凿的情报,有人想在手术中通过麻醉师谋害你,请你务必推迟这次手术!”

奇怪的是,海拉对这个消息毫不惊慌,她冷静地问:“你是从哪儿得到的情报,你父亲那儿吗?也许他正是命令的下达者?”

加达斯没敢为父亲辩解——没准儿事实正是如此呢,他只是真诚地说:“先不忙追问情报的来源吧,先把眼前的问题处理好再说。”

海拉沉思片刻,问:“那你为什么要救我呢?你的父亲肯定告诉过你,我是一个邪恶的女巫。”

“我确实听到过不少关于你的传言,但我也看到了你为孤儿院所做的一切。”

海拉紧盯着他,锐利的目光似乎能剥去他的一切粉饰。这是一个目光清澈的小伙子,他的警告是完全真诚的。海拉笑了,“那好吧,”她打开门,“请跟我走,我带你去见卡利托斯和佩德罗索医生。”

他们在手术室换了鞋子,加达斯换上了医院的罩衫,两人走进手术室。这里仍在进行着紧张的准备工作,主刀医生已经消过毒,举着双手,看着进来的海拉。加达斯紧张地观察着每一个人——谁知道哪一个是杜塔克的内线?海拉走过去,和主刀医生低声说了几句,两人轻松地笑着,然后招手喊来麻醉师,三人又低声笑语一阵,才一块儿向加达斯走过来。这个阵势让加达斯十分纳闷。

"喂,比利先生,这就是那个邪恶的杀手佩德罗索。"

麻醉师是个矮胖子,圆头圆脑的,他笑嘻嘻地向加达斯伸出手。加达斯没有伸手,惊异地扫视着海拉和主刀医生。也许这只不过是杜塔克和医生们串通起来开的一个玩笑?

卡利托斯收起笑容,严肃地说:"你说的确有此事。有人用10万美元收买佩德罗索,让他在进行麻醉时把针头刺深一点,刺到硬膜内腔就会使病人丧命。虽然麻醉师会因此被吊销执照,但10万美元足够他重新开始生活。可惜他们看错人了,佩德罗索当即就把这个阴谋告诉了我,为了不让他们再玩儿什么新花样,我们索性将计就计,让佩德罗索答应了。所以,唐娜富拉娜小姐并没有什么危险。但不管怎样,我们仍要谢谢你。"

佩德罗索握住他的手,"谢谢你,你是个好小伙子。"他得意地说,"那个叫杜塔克的狗杂种!以为10万美元就能收买一个巴西人?请放心,我们都十分尊敬唐娜富拉娜小姐,没人会昧下良心去谋害她。"

加达斯放心了,注意地看看两位医生,从他们的口气看,他们知道这位唐娜就是孤儿院的幕后主人。

海拉拍拍他的肩膀,"'表弟',你放心了吧?请坐到一边去,手术马上就要开始了。"

加达斯很高兴这是一场虚惊,他笑着退到墙边,坐下,看着海拉睡到手术床上。手术马上就开始了,当粗大的针管扎进腰部、药液慢慢推进去时,他仍免不了心惊肉跳——你怎么知道氯胺酮中有没有混入致命的巴西箭毒呢?接下来是医生的低声命令,刀叉的清脆撞击,吱吱的刀锯声。海拉的左臂被截断了,接着是长达4个小时的缝合。卡利托斯像个娴熟的缝纫女工,细心地缝合着病人的血管和神经,不时把脑袋偏过去,让护士为他揩汗。海拉的神志一直很清醒,偶尔和护士轻声交谈着。

手术终于结束,医生们显得既疲惫又兴奋,低声交谈着去洗手。护士把海拉推出手术室,加达斯追过来,俯下身。海拉脸上毫无血色,但精神还好,她闪动着眼睛,声音微弱地说:"表弟,我已经修剪过了,是不是漂亮一点儿了?"

加达斯俯下身吻吻她的额头,"你永远都是最漂亮的,安心休息吧。"

5

海拉很快入睡了。在残余麻醉剂的作用下,她一直睡到第二天中午。醒来时满屋都是明亮的阳光,床头上放着一枝盛开的郁金香,一双手正握着她,瘦小而温暖的手,不用看就知道是院长嬷嬷。嬷嬷微笑着,沉默不语,似乎有一股暖流从握着的双手中传过来。两人在沉默中体味着温馨。牧羊犬玛亚也知道主人醒了,两只爪子扒在床边,快乐地哼哼着。

护士乌西丽亚推开房门,快活地说:“唐娜,有人来探望你。是一位很英俊的男士。”

海拉看见了门口衣冠楚楚的加达斯,笑道:“啊哈,这是我的‘表弟’,如果你喜欢,我可以把他介绍给你。”

“那太好了,”护士笑望着加达斯,“也许你今天就能约我去吃饭?”

“当然,那是我的荣幸。”加达斯笑道。

“谢谢,请进吧。”护士关上门走了。加达斯看见了床边身形瘦小的院长嬷嬷,院长站起来,低声同海拉道了再见。与加达斯擦肩而过时,她低声说了三个字:“谢谢你。”

海拉说:“加达斯,你过来吧,请坐。”她的气色已经完全恢复正常，情绪也很好，眸子中盈满笑意。加达斯把带来的一束玫瑰插到花瓶里，在她床边坐下。牧羊犬摇着尾巴把院长送出门，回过头温顺地卧在加达斯的脚下，它已经知道这是主人的朋友了。

加达斯看看海拉缠着绷带的左臂，“很疼吗？”

“当然疼，不过不算厉害。没关系的，我已经习惯了，7天后就会复原。”

加达斯敬畏地问：“你真的有……肢体再生能力？”

海拉点点头，“我本不想承认，但是不能欺骗我的救命恩人呀。没错，是这样。你看这只左手，就是当年切掉后再生的。”

左手在绷带外露着，看起来比右手略大。加达斯盯着它，又问：“你真的……两年就要截肢一次？”

“对。左臂再生后显然失控了，还没有找到控制它生长的办法。也许，等我决定彻底隐居时，就不用这么麻烦了。我会任由它长下去，一直拖到地上，那样在地上拾东西就不用弯腰了。”她开玩笑地说。

加达斯垂下目光，没有响应她的话——这个玩笑听起来未免有点恐怖。海拉注意地看看他，柔声问：“你在想什么？”

加达斯在想他发现的几个克隆人，想帕梅拉的早夭、杰西卡的心理崩溃。不过他想，还是等海拉身体康复后再说吧。“我在想8年前那场大爆炸。”他犹豫地说，“那次暗杀真的是我父亲的主张？”

“没错。当然不是他签署的，参议员没有这种权力，但可以说是他一手促成的。”她淡然说道，“其实我早就知道了，8年前我在现场留下一只手臂，骗了他们，但也只是骗了两年。他们早就醒悟了，这些年，一直有人像牛虻似的叮着我。”她笑着补充，“不过我不大在意这些。我想他们奈何不了我。”

她的微笑显示出上帝般的自信。加达斯说："海拉，我无法想象你的生活，就像我无法想象一个外星人。我真想走近你的生活看一看。"

"你已经走近了嘛。7年来，除了鲁菲娜，没有人这么接近我的生活。"她转移了话题，"回国后怎么向你父亲交代？你破坏了他的计划，他大概要揍你的屁股。"

加达斯言不由衷地辩解道："也许他只是不了解实情，我会把实情讲给他听。"

海拉不愿伤他的自尊心，"可能吧。"

加达斯站起来，"我要走了，明天我再来看你，也许我要问你一两个小问题。可以吗？"

"到时候再说吧，再见。"

护士推门进来，佯怒道："你那位漂亮的表弟呢？他还没有约会我呢。"

海拉笑道："等明天吧，你真的这么性急吗？"

她们闲聊了一会儿，护士很快发现海拉的心绪不佳，她服侍海拉吃了药，对断臂接合处做了理疗，便悄悄退了出去。海拉倚在床头，默默地盯着窗外。这个美国人的到来勾起了她的浓浓思绪，即使左臂的疼痛也驱不散它。她想起妈妈苏玛、爸爸保罗和可亲的豪森伯伯。想起山中的岁月，此后的种种波折，也想起辞别人世后的7年……

当然也想起了布莱德，那个向她签发死亡令的残忍的政治家。不过，海拉对布莱德并没有多少仇恨，就像一头大象不会认真仇恨一只叮咬它的蚊子。从蚊子的立场看，它吸血是为了延续自己的生命，是完全正当的嘛。布莱德就是这样一只"正直"

的蚊子。

他的儿子倒确实是一个好人。加达斯，一个善良的青年，一个漂亮而可爱的男人。有了加达斯的出现，她觉得该施行自己的计划了，那项已经萦绕心头数年之久的计划。他是宿敌的儿子——这更好，这能让布莱德在10个月后收到一份意想不到的礼物。

对，该施行了。是吗，我的爸爸和妈妈？你们该拥有一个孙子了，一个真正的、在女儿腹中生出来的婴儿，而不是克隆人。这些年，她对亲人的行踪了如指掌——在这个世界上，有钱就能做到任何事情。但她从没有、也不打算见他们，因为她与他们的世界已经分开了，而且会越来越远。她不知道，只靠感情的链索能否把两者永远牵系住。

爸爸妈妈，我们的世界已经越来越远了啊。她在浓浓的愁绪中入睡了。

6

晚饭后,加达斯到街上溜达。巴西不愧为咖啡王国,街道上是一家挨着一家的咖啡馆,衣着鲜艳的巴西男人端着很小很精致的瓷杯,一边品尝,一边聊天。加达斯进了一家小咖啡馆,要了一杯香气浓郁的咖啡。把精制的方糖丢进杯子里,听着糖块与瓷杯的撞击声,他想,他该同父亲通话了,不能再拖延逃避了。即使他不说,杜塔克也会把这儿的情形通报回去,那还不如他自己去说。他可以同父亲争辩,可以拿海拉的善举去说服他。

出了咖啡馆,他想去找一个电话亭,忽然有人拍拍他的肩,低声说:“跟我来。”随即在前边走了。是杜塔克。加达斯一点也不惊奇,他知道杜塔克一定会来兴师问罪的,他也正想对杜塔克好好解释一番。

走在前边的杜塔克一直没有回头,但他好像能看到身后的加达斯。有时,拥挤的人群使后边的人落得远了,他立即放慢脚步。他们把霓虹灯和人群留到身后,来到一处灯光昏暗的停车场。

杜塔克在停车场的角落里停下脚步,回过头,双目喷着怒火,劈头就说:“你破坏了我们的计划!”

加达斯走过去，尽力堆出笑容——他确实感到理亏，“杜塔克，那天晚上我一直没等到你的消息，我认为……”

杜塔克忽然扬臂击来，重重地打在加达斯的左颊。加达斯仰面倒在地上，满眼金星，等他从眩晕中醒来，看见那个患白化病的杀手正冷酷地俯视着他，“你认为？我认为你是个孬种，我认为你父亲是个蠢货，竟然让我们和你配合。你听着小子，这回看在你父亲的面子上我饶了你。下次再来破坏我的事，我会割掉你的那玩意儿塞到你嘴里。你最好牢记我的话，再把这些话讲给你的蠢货父亲！”

远处一名警察似乎发现了异常，开始向这边跑来。杜塔克不慌不忙地直起身，钻到近旁一辆汽车中，嗖地开走了。那名警察目送着那辆车远去，犹豫着没有鸣响警笛，他走过来，在加达斯面前蹲下，关切地看着他。这是个中年白人，留着两撇红胡子。“你怎么啦？遇上抢劫了？”他用蹩脚的英语问道。

加达斯用西班牙语回答：“不，碰上一个醉鬼。”他拉着警察的手，努力站起来。这一拳打得很重，左边腮帮和后脑勺钻心地疼，鲜血从牙床上流出来。警察热心地说：“你受的伤很重，附近就有一家牙科医院，我送你去吧。”

加达斯点点头，在警察的搀扶下离开停车场。路上警察问他，需要报警吗？那人什么模样？加达斯对这几个问题一律以摇头作答。他们找到那所私家牙科诊所，警察敲开门。这儿门面很小，只有一张手术椅，穿着睡衣的年轻医生卡洛瓦正在看电视，这时忙换了衣服，认真为加达斯做了检查。

“一颗臼齿断了，需要修补。”医生一边忙活着，一边不住嘴地问，“是遇到劫匪了吧？你是外国人吗？是美国人？凡是美国人我一眼就能看出来。这儿不大安全，晚上出门要小心点。”

加达斯不愿回答，也没法回答，因为医生的钳子一直在他嘴里放着。不过看来医生也并不指望他的回答。30分钟后，医生在加达斯的牙床上塞了块药棉，让他紧紧咬住，“好了，两天后再来一次。”

加达斯付了诊费，同牙医告别。小胡子警察还在门口等他，“先生，你真的不需要报警？”

“不，用不着，只是一个无事寻衅的醉鬼。谢谢你。”他不知道该不该给这名警察一点小费，很多美国警察会把这看作是侮辱，但也许巴西警察有自己的规矩。他踌躇着，还是往对方手里塞了5美元。小胡子笑着顺手揣进口袋。

7

护士乌西丽亚值班时，发现唐娜小姐显然心神不定。这位唐娜是特殊病人，医院实行24小时监护，卡托斯利医生甚至命令护士直接到他那儿取药，并且要她亲眼看着唐娜服下才能离开。“她是位重要人物，绝不能出一点纰漏。”

乌西丽亚对这位病人很好奇，病房档案上登记着，唐娜富拉娜，30岁，未婚，没有填通信地址。她长得很漂亮，丰满的胸脯和浑圆的腰背显出女人的丰满和成熟，但当她那双被长睫毛笼罩的眼睛快速扑闪时，那神情只像是个十四五岁的少女。

她的那个“表弟”说今天还要来探望的，但直到现在还没有露面，唐娜表情中隐约可见的焦灼肯定与他有关。乌西丽亚偷偷笑了，故意埋怨道：“唐娜，你那位漂亮的表弟呢？我还在盼着他的约会呢。”

海拉微笑着没有说话。

“有他的电话吗？我去催催他。”

“不，我没有。你不必这么性急，迟采的果实一定更香甜。”海拉笑着打趣。

到了10点钟，听见乌西丽亚在病房门口喊道：“比利先生，你可来了！”她大惊小怪地喊着，“哟，你是怎么啦？你的腮帮怎么啦？”

来人语音含糊地说：“没什么，碰上一个醉鬼。”随后他进来了，果然十分狼狈，左脸肿得老高，左眼只剩下一条缝，不过他仍尽力维持着绅士般的微笑。他先到窗台把鲜花插好，回头来到海拉面前。海拉平静地打量着他，低声问：“到底是怎么回事？我要听真话。”

加达斯难为情地低声说：“小意思，是那个要谋害你的杜塔克干的。我破坏了他的计划，他很愤怒，但看在我父亲的份儿上，只给这么一点薄惩。你不必担心，好歹有我父亲的面子，他们不会再找我的麻烦了。”

海拉知道他说的是实情，这些情况已经有人向她报告了。她示意加达斯走近，摸摸他的左脸，“怎么样？”

“断了一颗牙，没关系。你的伤口呢？按一般规律，麻药过后是最疼的时候。”

“不，不是太疼。我想最多5天后就可以拆线了。”

海拉皱着眉头，从枕边拿过手机，拨通后说了几句，用的是一种非常陌生的语言。等她打完电话，加达斯好奇地问：“你使用的是什么语言？听起来音节很怪。”

“这是一种印第安部族语言，雅诺马米语。等着吧，到不了明天，那个猴子似的特工杜塔克也会断掉几颗牙齿。”

“不要！”加达斯急忙喊道，“我不想报复他。”

“以牙还牙——这正是《圣经》上的教诲嘛。”

加达斯生气地摇着头。他觉得，在他心中仿如天人的海拉不该使用这种黑手党式的报复办法，“不，你必须收回成命。那是我们之间的事，必要的话，我会以男人的方式去解决。”

海拉看了他很久，“好吧。”她又拨通手机，用那种雅诺马米语说了一句，还特意用英语重复一遍：“命令取消。”

她扔下手机，含笑望着加达斯清澈的蓝眼睛，一股异样的暖流流过心头。这一生她几乎没有接触过男人——以朋友身份交往的男人。童年时见过的男人是父亲、伯伯和敌人；来到巴西后，她的事业以惊人的速度获得成功，她也因此被迅速神化，不论男女都用虔诚的目光望着她，愿意执行她的任何命令，甚至为她去死。她常常感到一种高高在上的寂寞，只有加达斯是可以与她平等交往的男人。

她又想到了昨天考虑的计划，现在，她决定把它实施下去。

“好了，不必生气了，我已经按你的意见办了。请坐吧。”她含笑说。

加达斯坐下去，把她的右手握在自己手里。他担心海拉会拒绝，会冷淡地把手抽回去，但海拉没有动，眼中的笑意也一直没有减弱。

“加达斯，听院长嬷嬷说，你那次到孤儿院时想采访我？”

“对。”加达斯十分高兴她主动把话题引过来，便热烈地接下去，“我在美国进行一项社会调查时，意外地发现了几个面貌酷似的黑人女孩……”

海拉立即摇头止住他，“你想采访我吗？有一个条件。”

“什么条件？”

“等我出院后陪我到各地去玩儿——只有我们两人。那时我会回答你所有的问题。”

“真的？”加达斯惊喜异常，这真是意想不到的好消息。短短几天的接触，他已经从心底喜欢上了这个黑美人，无论是品德、相貌还是性情，她都惹人喜爱。她太富有，这是个不利条件，不过，在亿万富婆的石榴裙下自卑不是美国青年的脾性。他已决定要开展自己的爱情攻势，当然不可操之过急，得一步一步进行。谁能想到海拉会主动略去了许多中间步骤呢？他只是有点纳闷，虽然他一向对自己的男性魅力颇有自信，但这样的一见钟情似乎太快了点儿。

他想到父亲和报社为自己定下的日程，决定让这些日程全都见鬼去，只要能得到海拉的爱情，其余的都无足轻重，"我当然答应你的条件，我求之不得。至于采访就推到以后吧。"

此后几天，两人的谈话基本是单向的：海拉提问，加达斯回答。海拉注意地听加达斯讲述美国国内的一些重大事件，虽然她通过因特网和自己的情报网已了如指掌，但毕竟身处其间的感受会更真切一些。

在这几天里，加达斯又见过一次院长嬷嬷。嬷嬷仍然话不多，一句简单的"你好"后便起身告辞。他还碰见过一名男子，显然是印第安人，加达斯进屋时，他恭敬地垂手立于海拉的床边。加达斯想同他打招呼，但那人只看看他，一言不发地离开病房，而海拉也没有丝毫为他们做介绍的打算。加达斯想，很可能这就是海拉下令去把杜塔克的牙床敲断的人吧——看他的胸肌和三角肌，完成这个任务肯定不会困难。不过他没有多问。

海拉左臂的伤口已经拆线，她的复原确实异常快速。"完全复原了，不到7天的时间！"加达斯吃惊地说。海拉笑着说："对，完全复原了，我会印第安人的巫术嘛。明天出院。"

她说，两人之旅从明天正式开始。加达斯欣喜若狂地把海拉拥入怀中，"我要乐疯了！所以这会儿即使干点鲁莽的事，你也不要责备我。"他笑着宣布，"我要吻吻你！"

海拉笑而不语,顺从地闭上眼睛。加达斯吻着那双火热的厚嘴唇,心头闪过一点随意的想法:海拉不像是在同恋人接吻,倒像是一种施与,是教皇为信徒赐福。乌西丽亚进屋正好撞见这一幕,立即用手捂住眼睛。"天哪,"她痛苦地喊道,"唐娜,你把我的情人给抢走了!"

三个人都大笑起来。

第二天,加达斯在圣保罗饭店办清了手续,乘出租车赶到医院。昨天他硬着头皮给爸爸打了电话,反复讲了自己阻止这场谋杀的理由,也讲了这几天的情况,但隐瞒了自己挨打和杜塔克咒骂父亲是"蠢货"的那些话。"爸爸,希望你不要对杜塔克偏听偏信。至少到目前为止,我没发现这个癌人的任何恶行,相反,她在孤儿院的善举是圣母才能做出来的。也许我那天的决定太草率,但是,如果任由她被杀死,我会终生良心不安的!"

很奇怪,父亲并没有生气,至少没有形之于色,他只是平淡地说了一句:"我知道了。以后你怎么安排?"

"我还要完成调查。海拉已经答应我采访她,我们要一块儿出门玩儿几天。"

他多少有些难为情,父亲一定会说:瞧,难怪他阻止杜塔克,原来他已经坠入情网了。然而,父亲仍是平淡地说:"很好,不要忘了你的责任。"然后便挂了电话。

昨天,加达斯到那个牙科诊所进行最后一次治疗。"好了,我为你种了一颗新牙。"快活而幽默的牙医说,"我保证以后你仍能咬烂牛的大腿骨!"加达斯道了谢,付清了诊费。

加达斯坐上出租车赶到圣约翰医院门口,就见那儿有一辆车不停地按着喇叭,是海拉。她斜倚在降下的车窗上,穿着一件色彩艳丽的廉价厚连衣裙，头发乱蓬蓬地扎在脑后，活脱脱是一个偏僻农村的黑人姑娘。“怎么样，我这身打扮？”她笑着问。

“很好。”加达斯说，“看着这身打扮，我会觉得更容易把你骗到手。”

海拉咯咯地笑，笑得真像一个15岁的乡野少女，“那就尽情施展你的手段吧。”

她开的是一辆黑色的凯迪拉克，外观比较破旧，但内部很漂亮，澳大利亚小牛皮精制的座椅，可以自动按摩；富丽堂皇的仪表板、卫星天线；座椅后有一台台式电脑和激光打印机等辅件，还有一张折起来的双人床，床边塞着一顶硕大的帐篷。此后的行程中，加达斯知道了这辆车上还安装有自动驾驶系统，即使在陡峭的山路上行驶，他们也敢放心地拥抱亲吻。

牧羊犬玛亚安静地卧在后排的长椅上，加达斯坐进来时，它只随便吠了一声就算打了招呼，它已经把这个男人看作可以不拘礼节的朋友了。“起程吧，第一站到哪儿？”海拉问。

“你是主人，听你的。”

“不，你是尊贵的客人，我要你来决定。”她在车前的液晶屏幕上调出一张巴西地图，“说吧，到哪儿？”

加达斯笑着随便点了一个地方，海拉皱着眉头说：“去这儿？这儿是巴西的半荒漠地区，只有卵石和低矮的灌木——不过听你的，至少我们可以看看那儿的纺锤树。”她考虑了一下，“还是先从巴西的东海岸开始吧，从那儿一路转过去。”

她踩足油门，汽车以惊人的速度驶上公路。

8

加达斯没料到这趟两人之旅整整延续了25天。他们最先向圣保罗的西南方向开去，到了库里提巴附近的石头城，这儿是海拔800米的高原，矗立着挺拔秀丽的石林，到处是千姿百态的奇石，有的如卧地小憩的骆驼，有的如踽踽独行的乌龟，有的像仰天怒吼的狮子。两人一路漫行，欣赏着大自然的鬼斧神工。

然后他们折身向北，到了里约热内卢的科帕卡巴纳海滩。沿着宽广的大西洋大道，汽车拥挤得像密密麻麻的甲虫，弧形的白沙滩上游人如蝼蚁，五颜六色的遮阳篷像雨后的蘑菇。两人在这儿玩了两天，一开始，加达斯还担心海拉的伤臂，但看来她确实痊愈了。她在海水中劈波斩浪，游得十分尽兴，时时兴奋地高声叫嚷着。加达斯不是一个游泳新手，但在海拉面前只能甘拜下风。

晚上他们宿在驼背山。这儿古木参天，蓊郁葳蕤，山腰缠绕着淡淡的云雾，往远处看，马尔山脉的诸峰绵亘而去，近山滴翠，远山含黛。山顶有双手平伸的耶稣巨像。两人顺着耶稣腹内的220级台阶攀上去，用“耶稣的眼睛”观看了辉煌壮丽的大西洋日出，当金色的朝阳慢慢浮出深蓝色的海水时，似乎能听到水火相接的吱吱声。"美极了！真是美极了！"海拉高兴得像个15岁的姑娘。

后来他们到了巴西的"瑟讨"(半荒漠地区),21世纪之风还未吹到这里,荆棘和仙人掌绵亘千里。名叫热辣吉斯的毒蛇在卵石之间穿行,在正午的阳光下吐着蛇信。蜥蜴则像是远古恐龙的孑遗,在石头上昂着头,一动不动地瞪着无神的眼睛。偶尔有一株形状奇特的纺锤树独立于千里旷野。晚上,两人在汽车顶上相拥而坐,兴致勃勃地观看高悬于旷野之上的明月。

现在,他们已经到了位于巴西、巴拉圭和阿根廷交界处的伊瓜苏瀑布。一条5公里宽的白浪汹涌而来,跌入80米下的水潭,声震百里,悬挂的白练分成200多缕细流,就像非洲少女的辫子。水汽氤氲,笼罩着周围的山石和松树,在空中形成一条神妙的彩虹,雄伟大气,又透出千娇百媚。此地游人如织,有不少团体游客,但更多的是成双成对的情侣,他们穿着各式各样的服饰,用各种语言交谈着。

加达斯和海拉站在离瀑布最近的悬崖上,飞沫打湿了衣裳。玛亚对着飞流吠叫着,吠声中带着喜悦。加达斯站在海拉身后,用双手围住她的纤腰,她坚挺的乳房和饱满的臀部刺激着他的情欲,使他的下身变得坚硬灼热。在这趟两人之旅开始时,加达斯难以克服自己的敬畏感——那是缘于海拉身世的神秘、品德的高洁和性格的深沉,或许多少也缘于海拉的豪富。但这20天来,海拉已经从光环中走出来,变成一个有血有肉的、快乐的20岁女孩。不过,当她用狡黠的目光斜睨他时,加达斯觉得,在她的内心中仍有一片未开放的区域。

加达斯当然没忘记自己来巴西的初衷,玩乐中他也向海拉询问过婴儿的来源。但海拉把回答的日期推迟了,"等一等,分手时我会全部告诉你的。”——既然如此，加达斯当然不急于得到答案了。

加达斯也感到庆幸，杜塔克一伙人没有跟踪而来，没有给这次浪漫之旅笼上阴影。有一次，他偶然向海拉提起自己的担心，海拉平静地说：“不必担心，他们不敢跟来的，这群臭虫。”

她的自信使加达斯心中忐忑。为什么？莫非她用“某种方法”对那群臭虫进行了“劝阻”？加达斯不想追问下去，他强迫自己把这些隐忧忘掉。

现在，在震耳欲聋的水声中，在蒙蒙水汽和飞沫中，加达斯摒弃了一切繁杂思绪，一切不属于爱情的东西。他伏在海拉耳边大声说：“海拉，我想要你！”

海拉扭头给他一个灿烂的微笑，“晚上！”

两人纵情地大笑着，玛亚也回头高兴地吠起来。

晚上，他们找了一片幽静的雪松林。这儿离瀑布已经很远了，但夜深人静时，仍能隐约听到低沉的水声。他们搭好了圆形尖顶的帐篷，它十分类似印第安人的茅舍。这儿远离城市的喧嚣和灯光，明月仍以它远古的银辉洒向树梢，山风送来飒飒的松涛和鸟儿的鸣啭声。

两人在月光下坐了很久，觉得心境空明恬静。玛亚静卧在他们身旁，有时伸出舌头舔舔海拉或加达斯，有时因林中的声响突然竖起耳朵。深夜两人回帐篷时，海拉没让玛亚进来，而是把它拴在帐篷外面的铁桩上。玛亚从没受到过这样的待遇，不满地低声吠叫着，不过并没有认真发怒，而是摆出一副不屑争辩的神情。

海拉对加达斯嫣然一笑，“玛亚和我太亲密了，就像是我的姐妹，我不想让它看到……”她没有把话说完，利索地脱光了衣服，躺到气垫上，微笑着说，“来吧，今天是我排卵后的第14天，是易于受孕的时刻。我想怀上你的孩子。”

月光从门里泻进来，照着那具诱人的裸体。加达斯觉得血液在燃烧，他也迅速脱光衣服，俯下身去。“海拉，”他认真地说，“我想使咱们的初夜更圣洁，所以，我想先向你求婚……”

海拉很快打断了他的话：“来吧，先不说这些。加达斯，你知道吗？”她微带凄然地说，“虽然我的身体发育比正常人快得多，但我也经历了一个女性性成熟的全过程：月经初潮、乳房绽起、阴毛和腋毛增生、阴蒂增大。不过我一直有深深的恐惧，我怕自己没有‘人’的自然属性。因为直到现在，从来没有一个男人能激起我的欲望。”

加达斯想，她说得不错，20多天的接触中，尽管两人常常相拥而眠，但他从未感觉到海拉身上有那种电击般的震颤。加达斯曾以为这是处女的矜持，他也因此一直努力压抑着自己的欲望，艰难地入睡，但他没想到这是缘于一种内心的恐惧。

“所以，到现在为止，我还不知道自己到底是不是女人呢。我不想把这场判决往后推迟了，今晚就见分晓吧——等那以后，咱们再说婚嫁的事也不迟。”

加达斯从她平静的声调中听出了深藏的凄苦，这使他顿生怜悯。“海拉，你不必担心，你一定是天底下最完美的女人。”他笑着说，然后小心地搂紧海拉，耐心地诱导她的情欲。他轻轻揉搓着她的乳房，摩挲着她的大腿内侧，用热吻印遍了海拉的全身，舔着她的眼睛。在长久的撩拨中，他自己的欲火逐渐高涨，几乎要爆炸了，这时他终于感到海拉体内爆发出电击般的战栗。

“加达斯，来了！”海拉狂喜地喊，“我感到它来了，你来吧！”

于是他伏在海拉身上，在浅草丛中找到了神秘的洞穴，谨慎而坚决地挺进。在尖锐的疼痛中，海拉紧紧地搂住他，指甲陷入他脊背后的皮肤中。终于进去了，刹那的疼痛也过去了，海拉喜悦地、喃喃地重复着：

“来吧，快来吧。”

加达斯狂热地抽动着，海拉则扭动着臀部迎合，终于，从基因深处泛出一波强劲的快感，多年的陈酿汹涌而出。加达斯全身酥软，从海拉身上溜下去，仍紧紧地搂住她，闭上眼睛。

令人迷醉的寂静持续了很久，加达斯听到窸窸窣窣的动静，他睁开眼，见海拉半仰着身体，定定地看着他，脸上漾着灿烂的喜悦。“我也有，我真的也有！”她低声说，“海拉细胞在单细胞的状态下已经繁衍了22000代，我曾担心它丢失了，但它没有丢失！”

加达斯知道她说的“它”是指什么——性欲，动物进行繁殖所必需的一种激励程序。生物学家们说，性欲是基因为延续自身而设下的一个陷阱，是几种激素相互作用所导致的生理现象。加达斯常常揶揄地想，如果世人都如科学家们一样睿智和冷静的话，也许人类会患上集体的阴冷和阳痿。但现在，他从海拉（一个用科学方法制造的人工生命）身上也感觉到了基因的神力。单细胞的无性繁殖（分裂繁殖）是不需要性欲的，所以，在22000代的分裂中，有关性欲的基因受到冷遇，一直蜷曲着，被搁置在一旁。但谢天谢地，它在漫长的衍递中竟没有丧失和退化。

直到这时，加达斯才真正理解了海拉的恐惧和喜悦，他再次动情地搂紧海拉。海拉猛然扑到他身上，和着泪水亲吻他的面庞。加达斯轻声说：“你感觉怎么样？”

“好极了。我从没想到做爱这么美好。”

“你还要吗?”

“当然!”

加达斯失笑道:“我可是无能为力了。睡吧,到早上再来。”

两人搂抱着,很快沉入深深的睡眠。两人的梦境缠绕在一起。海拉梦见的是山中的生活:她和玛亚比赛游泳、“小紫蛇”、器官贩子埃德蒙的毒眼、汽车爆炸、亚马逊的丛林。加达斯则始终被一个奇怪的梦境所困扰。他梦见海拉变成了一个很小很小的女人——小得能躲在一个细胞中,细胞无休止地分裂,而海拉每次都分成两半,重新躲入新的细胞中。加达斯焦灼地看着这个过程,因为不知为什么他确信,这个分裂再继续下去,海拉就会在分裂中迷失自己的本来面目。他一遍一遍地呼喊着,海拉终于醒过来了,赤身裸体地奔向他。他的心境一下子轻松了,然后是极度的快感。

海拉轻轻地抚摸他的脸,他醒了——真的是海拉在抚摸他。一个赤身裸体的海拉。她挑逗地看着他,“我想再来一次,现在可以了吧?”

加达斯笑着把她拉到自己的身上,把刚才的梦境抛到一边。海拉大笑着在他的身上晃动,黑色长发在脑后飘荡。

深蓝色的星空上嵌着南天的星座:印第安星座、显微镜星座、南冕星座,等等。两人坐在帐篷外,紧紧搂抱着,仰望着苍穹。忽然,加达斯发现玛亚不见了,帐篷的铁桩上扔着一根尼龙绳,上边还有一个完好的绳圈。海拉说不要紧,它不会丢失的,然后高喊了几声:“玛亚! 玛亚!”

玛亚很快在松林后露面了,不过不是它自己,后边还跟着一条高大的褐色粗毛猎犬。两条狗你跑我追、我跑你追地兜着圈子,等到走入主人的视野之后,玛亚不再往前了,回头继续刚才的游戏。这个求爱过程持续了很长时间,最后玛亚终于安静下来,让那条公狗骑上它的后背。几分钟后,两条狗用友好的吠声告别,玛亚小跑过来,倚在海拉脚边。那条粗毛猎犬则向来路跑去,还不时停下来,昂首向这边张望着。

海拉抚摸着玛亚的背毛说:“它又要做母亲了。它已经生育了6窝,都送给邻近的印第安人了。”

加达斯敏锐地问:“你平时是住在印第安人聚居区?”

海拉看看他,没有否认,但也没有正面回答。“我希望自己也能做母亲。”她幽幽地说。

加达斯又触摸到她心中又细又长的坚韧的恐惧,急忙笑道:“你当然能做母亲!现在我可以提出求婚了吧?”

海拉摇头止住了他的话,现在,她又恢复了加达斯在医院所见到的神态:高贵雍容,冷静地俯视着世人。

她平静地说:“不必说了,加达斯。我希望自己能怀上孕,如果幸而如此,我会再去找你,会把自己全部生活向你敞开。如果……那我就不会去找你了,希望你把我彻底忘掉。”

加达斯被不祥笼罩,气急败坏地喊:“你当然有能力怀孕——即使不能怀孕又有什么关系?在你这儿领养婴儿的人们,其中很多是不能怀孕的,但这并不妨碍他们的生活。你为什么这样看重……”

他说不下去了。看到海拉冷静的笑意,知道她绝不会因自己的劝说而改变主意。而且——他也知道海拉为什么会如此。缺乏生育能力对西方人来说算不了什么,但对那些视生育为神圣天职的墨西哥人、中国人和阿拉伯人来说,不能生育的女人从心理上说是不完整的。对于海拉,对于这个从单细胞催化出来的生命来说，能否具有人的这种“自然属性”，更有生死攸关的意义。

海拉已经站了起来，“走吧，再回帐篷里睡一会儿，吃过早饭我们仍到瀑布区去游玩。我准备在这里待上7天，我想让——”她笑着说，“你的种子牢牢地种下去。”

7天中他们狂热地做爱，每晚都不间断。对于加达斯来说，不祥的预感一直萦绕心头。他觉得这种快乐是有限的，有一天他会永远失去它，因此他要抓紧时间享受。他十分担心，也许这次分别后，海拉会一去不回，永远消失在世界的某个僻远角落，甚至告别人世。但他不再劝说，他深知自己不足以改变海拉的信念。现在，她已经不是快乐顽皮的20岁少女，而是一个30岁的成熟女神。她宽容地接受了一个浅薄青年的爱情，同时又永远关闭着心扉。

这些晚上，玛亚没有留在主人身边，它也在寻找自己的快乐，或者说是去完成自己的天职，直到天亮时才快活地返回帐篷。7天到了。这天夜里，在最后一次也是最销魂的一次做爱后，海拉坐起身，平静地说：“加达斯，互道再见吧。你开着这辆车返回圣保罗，在那儿等我一段时间。最多一个月。我有一些积累的事务要处理。等确信自己怀孕后，我会去找你的。”

加达斯感伤地看着她，想把这副相貌永远铭刻在心里，“好的，我尊重你的想法。”

海拉开始穿衣服，“对不起，我还没有回答你的问题——不过算不上失信，只是把这个日期推迟了。”

“对，我不着急。我会耐心等到重逢的那一天。”他想最后劝说一次，“海拉，很多女人并不是一次就能怀孕的，如果……最好再给我们一次机会。”

海拉快活地打断他:“不要再说了,再见。你开车走吧,有人会来接我。”

“不,我要把你先送走,这是男性应具有的起码风度嘛。”

海拉显然不大愿意他留在这儿,但也不愿让加达斯扫兴,便多少有些勉强地答应了。她用通话器呼叫了几声,半个小时后,一架黑色的小型飞机幽灵般地出现了。这是一种垂直升降飞机,但并不是“海鹞”或“雅克”,很可能是世人所不知的一种机型。机身呈隐形飞机的尖棱尖角的形状,覆盖着黑色的带微孔材料,前掠翼,两个尖削的呈八字形的尾翼。飞机轻巧地落在帐篷前,驾驶员透过舷窗默不作声地看着他们。加达斯认出来了,他是曾在医院中邂逅的那个印第安男人。

舱门轻巧地滑开,玛亚不等人吩咐,先一步跳上去,大模大样地坐在后排座椅上。海拉同加达斯拥抱——加达斯悲哀地想,她的吻别太冷静了——吻吻他的眼睛,“再见。有关这架飞机的情况请保密,美国中情局和巴西警方一直在找它呢。我相信你知道该怎么做。”

“我知道。”他嘶哑地说,再次深深吻着海拉,“再见。”

舱门关上了,飞机迅速爬升,掠过松林,很快融化在晨色中。加达斯收拾了帐篷,把它扔在汽车的后座椅上,快快地坐上车。开车时,他总忍不住从后视镜中看看这顶帐篷,悲伤之潮在心中盘旋不落。

在那顶帐篷中,曾容纳了两人7天7夜的爱情啊。

第四章

1

苏玛把汽车停在爸爸家的庭院里，女仆维姬打开车门，帮助3岁的小丹尼爬下车。约翰已经在门口等候，丹尼像只小鸭子似的跑过去，连声叫着“外公”。

苏玛几乎每个月都要回到蒂尼克姆岛一次，爸爸退休后的生活非常冷清，她想多陪陪爸爸。小丹尼和外公非常亲近，可以看出，每次迎接女儿和外孙回家是老约翰的一大乐事。

约翰的头发已经全白，浓眉下的鹰目失去了往日的锐利，但棱角分明的方下巴仍显出当年的风采。有时苏玛不带感情色彩地想，也许直到现在，海拉事件还在影响着周围每个人的生活。爸爸刚过65岁就退休了，不能说这和海拉行动的失败无关。保罗没能继续做他的专业工作，灵长目研究所的斯蒂芬老师倒是诚心邀他回去，但保罗知道自己已经被同行们从精神上开除了，便婉言谢绝了老师的好意。现在他在PPG公司技术部门工作，研究药品对人体的长期影响。他干得不错，但和当年的意气风发显然不可同日而语。苏玛自己呢，她接受了父亲赠予的公司股份，但从不参加董事会。她找到了自己的事业，现在是成功的网络推销商。这一切变化仿佛都是很自然的，但苏玛知道，在其深层的因果关系中，始终藏有海拉的影子。

老约翰抱起外孙，丹尼趴在他脸上亲亲，嚷着要去玩儿蹦床。他们来到院中，约翰和苏玛守在蹦床两边，小家伙高高兴兴地跳起来，动作已经相当熟练了，一边跳一边喊："妈妈，你也上来！外公你也上来！"

"你自己蹦吧，外公可跳不动了。"

丹尼玩儿得很好，不需要寸步不离地守护了。苏玛走到蹦床对面，站在爸爸旁边，迟疑地说："爸爸，我看见了海拉……"她苦笑道，"我怎么老是失口，我是说，我见到了一个与海拉酷似的黑人女孩。"

约翰立即转过头，"在哪儿见到的？"

"在纽约123街，是保罗看见的，当时她……"苏玛不情愿地说，"在街头拉客。她吸毒。"

约翰很久没有作声。"孩子，我已经退休了，退休后心境有了很奇怪的变化。虽然直到现在，我也不认为当时的癌人计划是错误的；但我也感到奇怪，当时为什么那样冲动，为什么没有多考虑它可能带来的阴暗面。"他干笑着，"尽管我不愿意承认，但8000亿美元的诱惑肯定干扰了我的判断力。不过现在我的想法已经变了，不是说变成了反对派，但至少丧失了勇往直前的气概。孩子，"他加重语气说，"不是我干的，这第二个癌人——如果确实是癌人的话——不是PPG公司干的。"

苏玛笑了，"你说哪儿去了，我根本没怀疑到这一点。保罗曾把那个女孩领到饭店，同她谈得很融洽，要帮她戒毒，帮她追查自己的出身。她非常感激地答应了。可惜,等我连夜赶到时,那个女孩竟然逃走了!我们在纽约找了很久,也没见到她的踪迹。”

约翰看出了女儿的苦涩,没有再问下去。丹尼忽然一声惊叫,脸朝下摔下来,苏玛忙跳上蹦床,但没等她走近,假装跌倒的丹尼已经咯咯笑着跳了起来。

午饭后,丹尼睡着了,苏玛向爸爸讲了此事的详细经过。“是海拉干的?”约翰问,他也早就知道海拉没有死,“是海拉克隆了自己?”

“有这个可能,不过我不敢相信。我愿意相信她能活到现在,但她赤手空拳怎么能做到这一点?”

电话响了,屏幕上出现了保罗的黑面孔,“苏玛,我猜你就在你父亲家里,豪森在我这儿,他带来一条重要消息。”

豪森出现在屏幕上,“苏玛,我见到了和海拉酷似的一个女孩,从外表看大约十四五岁。不不,不是你们见过的杰西卡,是另一个。我们马上赶到你那儿再详谈。”

他和保罗似乎都面有忧色,苏玛猜想他们肯定还有一些坏消息没说。

20分钟后,两人赶到了。豪森跳下车,由衷地称赞道:“苏玛,你还是像当年那样漂亮。你好,罗伯逊先生。”

几个人来到庭院里。约翰请他们在喷水池边的凉椅上坐好,唤维姬送上黑咖啡,说:“你们谈吧,我回屋去。”

保罗忙止住他,“你不必离开,我们希望你也参加谈话。”约翰又坐下来,豪森没有耽搁,进入了正题:

“我在巴尔的摩肿瘤医院偶然碰上一个女孩,叫艾萨,我当时惊呆了!她和海拉太像了。”

苏玛的脸白了，“肿瘤医院？”

豪森避开了她的目光，“对，是肿瘤医院，几天后她就去世了，身上长满了无名癌肿，就像梅花鹿身上的斑点。”

谈话变得很沉重，四个人都不说话，他们的忧虑是一样的——担心海拉遭受同样的命运。豪森清清嗓子说：“也有一条好消息，她的父母很爽快地说出了女孩的来历：是从国外走私来的，中间人是纽约哈莱姆区一个叫独眼埃德的黑人。没有此人的详细地址，但他们说这人应该很容易打听到。”

苏玛抬起头，“那咱们明天就去？”

“好的，我们三人都去，希望能从这人身上追查到一些海拉的消息。罗伯逊先生，有什么消息我们会及时向你通报。”

寻找独眼埃德很顺利。第二天中午，三人便和埃德坐在一家意大利餐馆里，吃着意大利小牛肉和通心粉，喝着威士忌。埃德痛痛快快地、毫无保留地倒出了他知道的所有情况，反正在此之前他已经给加达斯倒过一次啦：50岁左右的外国女人，西班牙口音，混血儿，500美元的补贴……这些情报对三人没有太大的用处，最后埃德说：“就这些了。两个月前，一个叫加达斯·比利的记者领着一个叫杰西卡的女孩来我这里，问了同样的问题。”

“杰西卡？”苏玛惊喜地问，她原想问完艾萨的情况后再提杰西卡的，“你认识杰西卡？”

“没错。谈话时她的毒瘾发作了，还是我，”他压低声音嬉皮笑脸地说，“救了她的急呢。”

“她住在哪里？”

“肯定在纽约，应该离这儿不远，但我不知道她究竟在哪儿。而且，现在她不会在家的，我听那位比利先生说，要送她到中国云南去戒毒,因为那儿的费用比较低廉。对了,他说他曾到中国的戒毒所采访过,写过一篇报道。”

保罗高兴地说:“一定是我看到过的那篇报道。谢谢你,埃德。”他留下自己的名片和50美元,“如果还想起什么,请尽快通知我。”

“乐意效劳。加达斯也是这样交代的。”埃德咧着嘴说。

三个人随即通过网络,很快查到两个月前《华盛顿邮报》那篇报道,作者是加达斯·比利,他所报道的戒毒所在中国云南景洪。接下来,查找戒毒所的电话比较费周折,不过一个小时后电话也拨通了。屏幕上是一个40岁左右的中国女医生,她用十分流利的美式英语回答了这边的问题:

“对,两个月前,我们收治了从美国来的杰西卡·穆尔科克。她吸毒的时间不长,毒瘾不算太深,而且本人也很努力,现在已经基本脱瘾了。当然还不能说完全戒断,至少还要两个月的巩固治疗。”

“她身体好吗?比如说……身上没长硬块吧?”

“什么硬块?”女医生不解地问,“你是指癌肿?没有。入院时我们为她进行过全面体检。”

苏玛松了口气,“能让她接个电话吗?”

“请问你们……”

保罗不想多费口舌——即使多费口舌也无法讲清几个人的关系,因为英语和汉语都还没有创造出适用于克隆人亲属关系的词汇。他简捷地说:“我们是杰西卡失散多年的亲生父母,请唤她来吧。”

女医生露出怀疑的神色:不错,这个黑人男子同杰西卡确实相似，但那位唇红齿白的白人女子会是杰西卡的生母？她很有礼貌地藏起这些怀疑，说："好吧。"

保罗和豪森把苏玛推到摄像镜头前，他们能感受到苏玛的焦灼。屏幕空白了足足有20分钟，可能病人到这儿比较远，也可能病人走出隔离区需要某种手续。熬过漫长的等待后，屏幕上忽然出现了海拉的面孔，那女孩瞪大眼睛看着这边，失声叫道："妈妈！"

这个突兀的呼唤把苏玛的心震碎了，泪水刷地流下来。杰西卡在喊了这一声后也是哽咽无语，两人隔着半个地球泪眼相望。杰西卡气色很好，目光清澈纯真，远不是当年在街头拉客的吸毒女了。很久，苏玛才从悲喜交集中走出来，笑道："杰西卡，我可能算不上你的生母，保罗更算不上你的生父。我不知该怎样向你解释……"

"我知道，但我还是想喊你妈妈。可以吗？"

"当然，我很乐意有你这个女儿。听说加达斯先生在追查你的来历，有消息了吗？"

"他一个月前来过电话，说他正在采访巴西的圣贞女孤儿院，还说追查有了很大进展。但他没有详细讲，以后也再没来过电话。"

"圣贞女孤儿院？"

"对，在圣保罗市附近。听说那儿向各国送出了很多孤儿，其中就有和我……同样身世的人。"

保罗接过话筒，"孩子，安心在那儿戒毒，我和苏玛也会帮你追查。如果有了结果，而且你能够出院的话，我们会带你到巴西，去看看……那位海拉。"

杰西卡的泪水又流了出来，"谢谢爸爸，谢谢妈妈，我一定彻底戒掉毒瘾。”

已经是傍晚了，三人开车在附近找到一家旅馆，开了三个单人房间。晚饭后，他们聚在苏玛房间里讨论着今后的安排。

“你们不要拒绝我，”豪森说，“我也要一块儿去巴西。我已经不开侦探事务所，妻子又过世了，正好有时间干一点我想干的事情。而且，我的侦探经历肯定对调查有用处。”

保罗看看苏玛，“好吧，三人同行。”

豪森沉思着问：“那个叫加达斯的年轻人从哪儿挖出了走私婴儿的源头？他有什么高层关系吗？加达斯·比利，我记得，那位参与危害海拉的参议员布莱德·比利有一个儿子，那时还在夏威夷大学上学。”他摇摇头，“或许我记错了。噢，等一等。”

他掏出自己的电子记事簿，匆匆打了几个电话。“我的直觉是对的，”打完电话他苦笑道，“不是巧合。布莱德参议员的儿子正是加达斯，《华盛顿邮报》的记者，目前正在巴西执行一次采访任务。听说他已好长时间未同报社联系，而他父亲对失去消息的儿子似乎一点也不担心。还有，你们还记得我那位军中同伴吧，那个专为政治家们处理麻烦事的、杀害海拉的刽子手？”保罗和苏玛都点点头，“他不在国内，正好也在巴西！我的直觉告诉我巴西正在发生某些事情。”

苏玛的脸色又变白了，“你是说，布莱德早就得到了有关海拉的消息？”

“这不奇怪，他身处高位，肯定比我们消息灵通。”

“那么加达斯……很可能负有某种秘密使命？”

“完全可能。”

三人的心头都很沉重。他们又像是回到了8年前，3辆FBI

的监听车在别墅外转悠，杀手杜塔克潜入室内，海拉在逃跑途中同父母吻别……看来，新一轮的追捕又开始了，但愿仁慈的上帝再次眷顾我们的海拉！保罗断然说：“这么说，我们更需要去了。明天回家分别做一些准备，后天就出发，我去订机票。”

三人又商量了一些细节，豪森站起来说：“时候不早了，我要回去休息了。”他用异样的目光看看保罗和苏玛，保罗同时起身告辞，回到自己的房间。

苏玛洗了热水澡，躺在床上，发现自己根本无法入睡。海拉，圣保罗的孤儿院……她忽然想起，8年前，当她刚刚得知海拉安然无恙的那天晚上，她曾梦见海拉在亚马逊密林中，成了一个儿孙满堂的女头人，是牧羊犬玛亚领自己去的。而现在，各种迹象显示她确实可能就在巴西。也许母女之间真有心灵感应？

海拉，我的海拉。这会儿你在哪里？你是在用这些克隆女孩向我传达你的信息吗？她痛苦地回想起那个梦的结尾：她没能与海拉在一起，没能把她抱在怀里，触摸到那具熟悉的身体。最后，海拉和她的部族消失在密林中了。如果梦境的前半部分变成了现实，那么后半部分呢？

那个梦境在眼前流动，而且越来越真切可见。她还记得，那次梦醒后她想唤身边的保罗，才想起保罗已经不可能与她同床而眠——他是在妻子维多利亚那里。在阿巴拉契山中的三年里，他们过着没有性生活的“夫妻”生活，现在她奇怪当时怎么能够熬过来。

她体内泛起一波又一波强烈的欲望，也许是心灵上的感应，电话铃恰在此时响了，而且在拿起话筒前，她已经知道是保罗打来的。听得出，保罗说话时努力抑制着自己的激情，“苏玛，睡不着，我想到你那儿去，可以吗？”

她欣慰地说：“来吧，我一直在等你呢。”

几秒钟后，保罗轻轻扭开门锁走进来。苏玛迎过去，两具灼热的身体贴在一块儿。

他们暂时抛开心中的忧虑，度过了缱绻的一夜。第二天凌晨，他们几乎同时醒了，保罗吻吻她，把头埋在她的胸前。

苏玛轻声问：“这是咱们的第一次，也是最后一次，对吗？”

保罗抬起头，“对，只需这一次就能补偿一切了。我会永远记住这一天。”

苏玛用力抱紧他，“我也会记住这一天的。”她忽然泪流满面，“没什么，”她勉强笑着向保罗解释道，“我只是想起那晚，海拉把你的寝具搬到我的床上……”

海拉啊。

2

加达斯这些天是在亢奋的等待中度过的，父亲的嘱托和报社的任务都成了十分遥远的事。他现在唯一关心的，是海拉是否会从某个秘密营地向他发出召唤。海拉真是个行事怪僻的女子——她把爱情的成败建立在“能否怀孕”上！不过，加达斯能理解此中的苦涩和恐惧。

已经20天了，仍然没有她的消息，加达斯真正是急不可耐了。这天，他在焦躁无奈中来到圣保罗东方街去消磨时间。这儿仍是青石板铺就的路面，两边的店铺招牌上是中国、朝鲜和日本的文字，东方式的假山和盆景随处可见。他驾着海拉留下的凯迪拉克在车辆拥挤的大街上穿行，忽然车载电话响了，屏幕上是院长嬷嬷亲切的笑脸，“比利先生，请立刻到孤儿院来，可以吗？”

“当然！我马上去。”加达斯惊喜地喊着，掉转车头。院长嬷嬷笑着点点头，在屏幕上慢慢隐去。

按照上次若昂走过的路线，加达斯急如星火地赶路。海拉再也不会从他身边消失了。她既然来了电话，说明她肯定怀孕了，已经怀上了自己的孩子。而在此前，他非常担心那个黑天使会扑扇着翅膀，在丛林中一去不回。

4个小时后，他匆匆赶到孤儿院，冲进院长办公室，“嬷嬷，海拉呢？她在哪里？”

院长微笑着迎过来，“跟我来，有人会带你去见他。”

她领着加达斯走到一个房间，扭开门锁，侧身道：“请进。”门在加达斯身后轻轻关上了，屋内并没有海拉，只有一个印第安男人，留着短发，穿着普通的衬衫和短裤，黑发，古铜色的皮肤。屋内有长沙发，有硬木座椅，但此人一直肃然立在屋子中央。加达斯认出他就是那架隐形飞机的驾驶员。他开口说话了，说的是英语，但速度很慢，似乎这些单词是从记忆中一个个筛选出来的：“我带你去，请脱下全部衣服。”

加达斯顺从地照办。现在，他赤身裸体地站在那儿，印第安人走过来，不客气地在他身上检查一遍，尤其是腋窝、裆部和口腔，然后递过来一套柔软的衣服。加达斯穿好后，他又递来一片蓝色的药片，“请服下这片安眠药，你只能在熟睡中进入那里。”

加达斯开始冒火了，那个看似木讷的印第安人机灵地看出了这一点，立刻解释道：“你是第一个进入那儿的外人。”

这句话满足了加达斯的自尊心，他笑了，顺从地服下药品，在印第安人的引导下躺到长沙发上。药力很快发作，眼前的一切逐渐沉入黑幕中。他只记得一件事，海拉在一个绝密之地等他。他的海拉怀孕成功了。

有人用陌生的语言简短地发布命令，他被抬起来，放到什么东西上。轻微的轰鸣和震动……他完全失去了知觉。

加达斯悠悠醒来。

现在，他躺在一张简朴的木床上，窗外是雪亮的灯光，而灯光之外是黑暗的天幕。已经到了深夜？不过他马上省悟，很可能这是在地下，他所看到的黑暗天幕只是洞穴中的黑暗。

有女声轻声问："你醒了？"仍是那种音节非常缓慢的英语，听起来非常甜美。加达斯从远处收回目光，看到一张灿烂的笑脸，这是个十五六岁的姑娘，全身赤裸，乳胸高耸，黑发梳成小辫散在脑后，古铜色的皮肤，只在大腿根处垂着一绺用乌鲁鲁草织成的红色流苏，笑容天真无邪。加达斯很快意识到，面前是一个半开化的印第安部族姑娘，而不是红灯区的卖春女郎。

姑娘轻轻拉住他的手，"来吧，海拉说，你一醒就把你带去。"

海拉！她也知道这个绝密的名字，这意味着这儿是海拉王国的核心地区。他高兴地跟在姑娘身后，用丝毫不带肉欲的眼光欣赏着她健美的身体和轻盈的步态。他们走过一长段无人的甬道，姑娘推开一道门，做手势请他进去。

加达斯第一眼就看到了那名驾驶员，他已恢复了本部族的装束：全身赤裸，只下身缀着一块流苏，身上涂着红黑两色的油彩，肌肉凸起，古铜色的皮肤闪着油光，胳膊上系着一撮五颜六色的羽毛。

他正毕恭毕敬地同一个女人谈话，当然是海拉。海拉也是同样的打扮，只是在胸前多缀了两块红色流苏。印第安人看到加达斯进来，立即结束谈话，默不作声地退了出去。

加达斯愣了片刻，几乎感到胆怯。现在站在他面前的是一个最"原始"的海拉，但不知为什么，这具黑得发亮的胴体——他那么熟悉的胴体——似乎笼罩着一圈光环，显得雍容、神秘和圣洁。

海拉微笑着，目光十分温暖，"加达斯，我这身装扮怎么样？"她平和地开着玩笑，"我十分喜欢瓜哈里博斯人，他们真诚，没有矫饰，没有罪恶感。所以在这儿，在整个地下世界都沿袭瓜哈里博斯人的风俗。不光是装扮，连这里的语言也是在他们语言的基础上加以完善的,我们称之为新雅诺马米语。”

“你这身装扮漂亮极了,可是海拉,你……”

海拉握住他的双手,“你肯定猜到了这个好消息——我怀孕了!”

她真的怀孕了。如果此时仍是在伊瓜苏瀑布附近的雪松林中,加达斯一定会跳起来,把海拉拥到怀里狂吻,然后毫不犹豫地向她求婚,这是得到召唤后他在脑海里多次预演的场景。但这时他只是有些迟疑地说:“是吗?真是好消息。”

海拉责怪地说:“你是怎么啦?为什么不高兴?这当然是好消息,尤其是对我来说。直到现在,我才确信自己有人的自然属性,而不是一个逼真的赝品。我有了爱情,有了性欲,还能用自然方法生育。加达斯,这些都是你给我的,我对此感激不尽。可是,你为什么不大高兴?”

加达斯叹了口气,“我怎么能不高兴呢?你怀孕了,我也可以向你求婚了,我简直要乐疯了。可是……我也不知道为什么……好像置身于这里之后,你身上就笼罩着一种威严,一种王者之气。你是这个地下世界的女王,而我只是一个地位卑微的情人。我要仰望着你。”

海拉快乐地纵声大笑,“纯粹是胡说!胡说!这里没有王朝,也没有女王,只有一个喜不自禁的小母亲。”

她攀住加达斯的脖颈,吻着他的嘴唇——加达斯揶揄地想,我并没有说错,就连这个热吻也像是女王对情人的施舍。他的双手捉到了那对撞人的乳房,心旌一阵摇曳,浑身燥热,真想马上把海拉抱到床上。但海拉从他的怀中挣脱开,“吃饭吧,饭后我领你去参观我的地下世界。我曾许诺过,把我的生活全部向你敞开。”

3

加达斯没有料到地下世界如此壮观，如此神奇。穹隆状的岩洞一个接着一个，每个穹隆的规模都不亚于悉尼歌剧院或罗马大剧场。穹顶很高，连建筑区雪亮的灯光也不足以照亮它们，就像远古的蛮荒世界。世界的核心却是像贝壳一样精致光滑的建筑。房屋的外观有龟壳形、贻贝形、海葵形……它们绵亘不绝，组成一条流淌不定的建筑音乐之河。更令人惊叹的是，每一处墙壁和地板都像贝壳一样毫无瑕疵，闪着迷人的光泽。"我们使用的是新型的生物建筑材料，"海拉轻描淡写地说，"愿意和我合作吗？我会让你成为世界最大的建筑商。"

"谢谢。不过我不想接受女王的恩赐。"加达斯淡淡地说。海拉听出了他的不满，抬头看看他，笑着挽上他的胳膊。

形状别致的建筑一幢连一幢，几乎没有尽头。这里很安静，只有磁流体发电机轻微的嗡嗡声。"我们利用岩浆能作为主要能源。"海拉说。墙壁发出的生物荧光柔和明亮，映照着每个房间中的仪器，超级电脑、质谱仪、扫描隧道显微镜等。

大部分仪器加达斯都不认得。他闷闷地说："天哪，你是怎么做到这一点的？这些工程绝不亚于建造胡夫金字塔，而你到巴西不会超过8年。我想你一定得到了外星人的帮助。”

“没有外星人。”海拉笑道，“请你记住，现在不是胡夫的时代了，用高科技建造这些易如反掌，只要你有足够的钱。”

加达斯小心地问：“听说你们通过电脑网络盗取了上百亿美元，看来不是谣传吧？”

海拉微笑道：“我们积累原始资本时曾使用过这种方法，现在已经不用了。美国一位大亨说过，当你的财产积聚到10亿之后，它就会自动生长，你想挡都挡不住。”

游览开始前，海拉曾婉转地问他，愿不愿换上此地的装束，“换装后，这儿的人会觉得你是自己人。不过，你不愿换装也行。”当时加达斯想了想，答应了。他脱光衣服，像其他人一样缀上那块流苏。此后，在各种建筑物中巡行时，他总是觉得自己的后背和屁股凉飕飕的。不过，他随即被地下世界的壮观所慑服，没有闲心去顾及自己的光屁股了。

这儿的工作人员很少，偶尔有几个印第安人或黑人在房间中进进出出，当然，他们都穿着同样的“服装”。看见海拉和她身边的客人，他们都尊敬地点头致意，避到一旁。海拉领他走过一间穹庐，这儿孤零零地矗立着一座巨大的半球形建筑，门紧闭着，没有窗户。加达斯原想海拉肯定会领他进去的，但海拉说：“今天参观这儿来不及了，明天吧。”

正在这时，半球的门打开了，一个十四五岁的黑人少女步态优雅地走出来——又一个特丽。但肯定不是她，因为这个姑娘显然是第一次见到加达斯。她尊敬地向海拉点头致意，对加达斯却视而不见。她出来时顺手带上了门，所以加达斯没能看见屋内的模样。黑人少女在拐角处消失了，加达斯回过头，用敬畏的目光端详着这座建造精巧的巨塔。很显然，这里一定隐藏着克隆人的核心机密。不过加达斯不着急,海拉会让他参观的。

晚饭在一间很小的餐厅,只有他们两人,没有侍者。海拉说,只需对着自动烹调机吩咐一声,饭菜就会自动送过来。“你想吃什么?要不要来点儿瓜哈里博斯人的饭食?”

加达斯问是什么,她说是一种叫“奇巴”的野果、蚂蚁卵和一种名字很怪的昆虫。加达斯笑道:“不行,我没有足够的勇气。海拉,我已经在衣着上随俗了,是否可以在吃食上保留自己的习惯?”

“当然可以。我也陪你吃美国式快餐吧。”

送物口送出了鸡肉面条、比萨、家常奶酪和加苏打水的苏格兰威士忌。加达斯一边切着比萨,一边斜睨着海拉,“海拉,我很荣幸,成了地下世界的第一位客人。我能否问一些问题?如果不便回答,你只需佯作没听见就行。”

海拉笑着说:“行啊。”

“这儿当然是亚马逊丛林之下了,对吧?”

海拉含糊地说:“是在亚马孙流域。我知道有不少人正觊觎着这儿,不过我不担心。这儿的地层上覆盖了有效的屏蔽系统,用遥感卫星侦察是无能为力的,无论是用红外遥感还是用重金属光谱探测都无法探测到。所以,”她半开玩笑地说,“你最好不要知道这儿的详细位置,因为我不想把你终身囚禁在这里。”

这种口气使加达斯微有不快,但海拉目光中笑意盈盈,于是他很快把这点不快抛到脑后了。他又问:“海拉,知道我为什么到巴西吗?我在费城附近的几座城市见到了5个面貌酷似的女孩——想来总数更多。她们都是你的克隆体吗?”

海拉痛快地承认了:“嗯,不错。我有意把她们散布在费城附近，希望我的三个亲人能看到她们。"

"你说的亲人是指保罗和苏玛，还有豪森，对吧？我知道8年前的那个事件。"

海拉沉默片刻，努力压抑着自己的感情，声音微微发抖："对，是的，我很想念他们。"

"你为什么不直接和他们联系呢？或者，你愿意我来充当信使吗？"

海拉苍凉地摇摇头，"不，我和他们已经不属于同一个世界了。"

加达斯心头一凛：那么，你和我属于同一个世界吗？也许，这一次相聚后就是永别？他没把这些话说出口，问道："我想你可能知道，有些小'海拉'的境况相当困窘，甚至有吸毒及卖淫的。"

使他惊奇的是，海拉对此并不在意，"我知道，我完全有能力帮助她们，但不能这么干，我不想破坏自然的进程。懂我的意思吗？我是说，我的后代应在各种社会环境和自然环境下去闯荡，去生根开花。"

"还有一个叫帕梅拉的女孩已经死于癌肿。"

海拉沉默了。她知道这些情况，但努力不去想它。她已经能控制癌人的克隆技术，但她知道，离完全破译生命之秘还远着哩！还有多少深层的机理、程序和规则她毫无所知？癌人的谱系在蓬勃发展，但它会不会在一个早晨突然崩溃，就像帕梅拉那样？有时她十分羡慕普通人类，他们绝不会有这种折磨人的自我怀疑，因为人类已经存在几百万年了，这本身就是最好的证据啊。

达摩克利斯之剑一直悬于头顶，目前她还没有办法解决。

加达斯觉察到她的沉闷,于是中断了这个话题。他们吃完饭,把碗盘扔到回收口中,加达斯动情地把海拉拥入怀中,赤裸的皮肤互相接触,他又感觉到那种熟悉的电击感。想到不久前的销魂时光,他已经开始想象今晚的快乐了。今晚,海拉当然会同他共度良宵,这是不言而喻的事情。但海拉轻轻推开他,"我还有些工作,不能陪你了。祝你睡个好觉。"

加达斯感受到深深的屈辱,慢慢松开怀中的海拉。"好的,我乐意听从你的吩咐。"他冷淡地说。

加达斯洗过热水澡,换上睡衣,觉得睡衣还是比几绺乌鲁鲁草惬意多了。他翻来覆去难以入睡,和海拉分手后的20多天里,他天天期盼着这次重逢。在他的想象中,只要一见面,海拉一定会像头母豹一样凶猛地扑入他的怀中——谁能想到他得到的竟是一夜独宿?对海拉的极度渴望(不仅仅是情欲)像烈火一样烤炙着他的全身,他几次想跳下床,出去找到海拉的卧室,粗暴地把她揽到怀里。但他知道这样做会被海拉看轻的——而且,他也不知道海拉睡在哪里。

这个错综复杂的地下世界不是属于他的。

但海拉为什么这样冷淡?是她在地下世界的地位压抑了她的天性?……门忽然打开了,加达斯惊喜地支起身,但不是海拉,是他最先见到的那个漂亮的印第安姑娘。她刚刚沐浴过,身上散发着怡人的清香,浑身赤裸,连那绺乌鲁鲁草流苏也没有系。她甜甜地笑着,不等邀请就上了床,仍用音节缓慢的英语说:"我来陪你,好吗?"

姑娘很漂亮,是一种自然的美,健壮的美,皮肤像丝缎一样光滑,肌肉饱满且富有弹性。如果在平时,加达斯可能会喜悦地接纳她,但此时,他的心已被海拉完全占据,容不得别的女人了。他亲亲她,笑道:"谢谢。但今晚我累了,请你回去吧。"

女孩直率地问:"你不喜欢我?"

"怎么会呢?你这样漂亮,连机器人也会动心的。"

女孩猜到了他的心思,"你在想海拉吗?她不会生气的,是她让我来陪你的,她不能来。"

加达斯不敢相信自己的耳朵,"是海拉?是海拉让你来的?"

"对。她是我们的神——虽然她从来不让我们这样说。"

加达斯的愤怒慢慢升起,并逐渐高涨,"她是你们的神,所以她让你来陪一个陌生的男人睡觉,你就高高兴兴地来了,对吧?"

"对——当然啦,我本来就喜欢你,一见面我就喜欢你啦!"

"我想,即使她让你去死,你也会高高兴兴地去死,我没说错吧?"

"当然,我们都乐意为她献出一切。"

加达斯冷笑着,"很好,很好——可惜我不乐意,我不愿意接受这个劳什子女王的赏赐!请原谅,我不是针对你的,我很喜欢你,换个场合,我会努力去追求你的。但是现在,请你快点离开吧。"

女孩惶惑地离开了。加达斯苦笑着想,也许这个女孩此刻很难过,但并不是为了自尊,而是因为没有完成"神"的旨意。

第二天早饭时,海拉微笑着说:"昨晚睡得好吗?我为昨晚的事道歉。"

但她到此就住口了,也没有为今晚做出什么许诺。加达斯不快地说:"应该道歉的是我,我伤害了一个那么好的姑娘。不过……地下世界的所有人都是你的臣仆?"

海拉笑了，“怎么可能呢？我们都是平等的，你肯定听见了，他们对我都是直呼其名。”

“那不过是个形式，从心理上说，你们是平等的吗？”加达斯尖刻地问。

海拉沉思片刻，委婉地说：“也许不完全平等。财富和智力的不平等是客观存在的，我不能完全消除它。”

“那么，从你内心来说，是否有这种不平等？”

“不，我没有。我是在美国长大的，不是印度土王或阿拉伯酋长的公主。”

“真的吗？那你是否在这儿的男人中寻找过情人或丈夫——我不是说你是否找得到，而是你尝试过吗？”

这个尖刻的诘问使海拉受到了震动，没错，这几年她一直想找一个男人来和她一起进行“自然繁衍”，但在潜意识中，她从没把周围的印第安男人考虑在内。她为什么喜欢加达斯？当然有很多理由，但首先一条，加达斯在精神上与她是平等的。现在，正是这个与她平等的男人尖锐地指出了地下世界存在君臣关系。她不快地说：“你到这儿只是为了指责我吗？我想这些指责可以推迟几天，等到你对地下世界多了解一点再说，那时你会公平一些、客观一些。”

加达斯走到饭桌对面，把海拉揽到怀里，“请原谅，也许是因为昨晚没得到你，使我的心情太坏。以后我不会妄加指责了。”

海拉领会到这是隐晦的求爱，但她嫣然一笑，轻巧地滑过去，“好的，开始今天的参观吧。”

今天他们开始参观克隆工艺的具体过程，出乎加达斯的意料，这个工序是极简单的。在一间试验室里，加达斯又看到一个同样面貌的黑人女孩,她正在一个球形玻璃器皿前观察着。加达斯打量着她,她回头嫣然一笑。加达斯突然知道她是谁了,“你是特丽?孤儿院的特丽?”

对方笑了,“对,我是昨天来的。你的眼力真好。”

“不不,我只是猜到的,这不是眼力,只是一种直觉。”

身后的海拉解释道:“她是我的第一批后代之一,这批克隆人只留了两个,负责地下系统和圣贞女孤儿院中最关键的技术工作。”

“特丽,你这会儿在干什么?”

特丽笑嘻嘻地说:“这是克隆人的第一步:细胞的活化。其实这工作是很容易的。你肯定知道,多莉羊的克隆技术是把细胞核抽出,注入空卵泡,靠卵泡内的化学物质激活细胞核。但我们已经不用走这条弯路了,海拉破译了这种催化物质,并配成一种‘生命液’,只把需要激活的细胞浸泡到里面就行。呶,你看。”

她指着那个不大的球形容器,容器里面是略带绿色的溶液,浸泡着肉眼不易看见的分散细胞。她解释说溶液是加压的,压力不高,催化物质在压力下更容易渗透到靶细胞中去。“加达斯,你想发财吗?如果你带走50毫升生命液,就会有人出1000万美元来买它。”

加达斯并不认为她是开玩笑,的确,有人会以1000万美元甚至更高的价钱来买这种神秘的生命液。太不可思议了!他想起某位诺贝尔奖获得者说过,科学发展的顶峰便是返璞归真,因为生命本身就是在极度简化的环境中诞生的,因此生命系统最深层的机理只可能是最简单的。

海拉在身后问:“还有什么问题吗?”

加达斯压低声音说:“我不敢问得太详细——如果我掌握了

你的核心机密,你会放我走吗?”

海拉笑着说:“我并不准备把这些秘密垄断50年、100年,就像中世纪威尼斯的工匠们守护制镜工艺的秘密。说到底,我只是比世人早走了二三十年,即使我守住这些秘密,二三十年后人类也会发现的。”

加达斯心中又是一凛,几乎脱口问:“人类?那么你是自别于人类了?”但想起早上的争吵,他忍住了。刚才特丽的介绍使他震惊,一小瓶绿色的生命液,就能代替男女之间的爱情、交合,代替大自然在40亿年的进化中锤炼出的程序!也许若干年后,克隆人会成为幼儿园的游戏:“杰克哥哥,今天咱们玩儿什么?”“我们造个克隆人吧。”于是,杰克从爸爸的书房里偷偷拿来一瓶生命液,从口腔中刮了几个黏膜细胞放进去……

他摇摇头,赶走这些荒诞而恐怖的瞎想。上午他们参观完了地下世界的东区,房舍到这儿便终止了,前边是一圈3米高的密密的铁栅栏,栅栏外就是蛮荒的岩洞世界。栅栏显然是带电的,上面挂着一条蛇,已经被烧焦了。他不知道这儿距地面有多深,也许蛇是这儿唯一的野生生物吧。

他在这儿意外地看到了牧羊犬玛亚,这两天他一直纳闷着玛亚为什么没露面呢。玛亚谨慎地蹲伏在离栅栏两米远的地方,呆呆地看着外边,看来它肯定知道栅栏是带电的。后边的脚步声使它抖了抖耳朵,但没有回头。加达斯大声喊:“玛亚!”玛亚立即跳起来,急急跑到两人身边,亲亲热热地蹭着他们。海拉笑着说,玛亚也要做母亲了,你看它的腹部已经有些轮廓了。加达斯看看它,平静地问:

“玛亚是否想到外面的世界去?你看它呆呆地看着外面。”

“不,它已经习惯了。”

“地下世界的所有人都习惯了?”

“对,他们对自己的生活很满意。”

加达斯忍不住说:“那他们太可怜了,换了我,绝不会在洞中待上一生的。”他想这句话肯定会刺伤海拉,但海拉隐藏了自己的不快,没有说话。

中午,玛亚跟他们回到小餐厅,送饭口送出中国式的饭菜。下边还有一个送饭口,送出玛亚的食盘,它很快吃完了,安静地卧在主人的身边。吃饭时两人不停地聊着,寻找着话题,但他们都清楚地感觉到两人之间的疏离。海拉知道这是为什么,加达斯肯定在这儿感到无形的压力,他狂热爱恋的女子又冷淡地把他拒之门外……

海拉感到歉然。她感激加达斯,是加达斯的爱抚诱导出她“女人的欲望”,使她怀了孕,证明了她也具有“人类的自然属性”。但怀孕后,她体内的性欲彻底消退了,就像是退潮的海水。她没办法回到加达斯的怀里,继续那些可笑的游戏。也许这更符合生物的自然本性?众所周知,几乎所有雌性动物的发情期都是短暂的,只要怀孕成功,发情期就结束;人类是动物中唯一的例外。

她确实很抱歉。她曾想尽力补偿,但派去的印第安女孩反倒更深地刺伤了加达斯。现在她有些后悔,也许不该带他到这里来,不该在情热中答应向他“公开自己的生活”。也许,在伊瓜苏瀑布的销魂之夜后就同他诀别是更好的选择。

餐桌对面的加达斯已喝完了杯中的马提尼,“海拉,下午的日程是什么,是不是参观那个大球?”

海拉迟疑地说:“好吧。”

加达斯怀疑地看看她,微微嘲讽道:“你好像不想带我看那儿,是不是里面有什么我不该看的超级机密,或是什么血淋淋的东西?”

海拉笑道:“什么也没有。那只是克隆人生产线的一个标准设备而已。不要把它想得太神秘,要不看后会失望的。”

“那好,咱们现在就去吧。”

“好的。”海拉站起身,就在这时,一个隐藏的麦克风响了,传出完全陌生的语言,加达斯听不懂。但他发现海拉聆听时越来越亢奋,甚至透着紧张、透着渴望,这不大像海拉的作风。

她急急说了几句,回头对加达斯说:“真对不起,参观要推迟了,我要上去处理一件紧急事务,最多两三天就赶回来。”

加达斯注意地盯着她的眼睛,“是不是你遇到了什么麻烦?按照人类世界的规矩,这时男人们应冲上前去保护自己的妻子,不过也许我没有资格这样说。”

海拉笑了,绕过桌子吻吻他的额头,“你当然有资格,不过我没碰上什么麻烦,而是一件喜事。请你耐心等我回来,好吗?”

她匆匆走了。少顷,加达斯听到轻微而深长的嗡嗡声。这些大他已猜测到,这是一部巨大的电梯开动的声音。此时海拉大概已经上到地面,坐上那架黑色的幽灵飞机。他叹息一声,回到自己沉闷的房间。

4

暮色中，海拉匆匆走进院长办公室，“鲁菲娜，他们现在在哪儿?”

鲁菲娜感慨地看着海拉。在她的印象里，海拉一直冷静庄重，喜怒不形于色，似乎天生具有历尽沧桑的成熟感，像今天这样亢奋是绝无仅有的。她笑道:“在会客室。他们是上午到的。我一听到他们自报名字，便立即通知你。下午我领他们参观了孤儿院，他们一直在小心地打听着你的情况。”

她一边说一边打开一个隐蔽的按钮，对面的一堵墙立即变成了屏幕，她切换到会客室，现在，三个人的面容出现在屏幕上了。

三张亲切的、令海拉朝思暮想的面孔。

保罗、苏玛和豪森。

几年来，她一直追踪着他们的生活，案头常常放着录有三人形貌的电子相册。但今天不同，虽然同为电子图像，但她知道三个人就在10米外的房间里坐着。她可以立即冲到那间屋里，把电子图像变成活生生的人。

爸爸没有大的变化，显得更为睿智和成熟;妈妈在生下丹尼后变得稍为丰满，但体形仍很健美；只有豪森伯伯明显苍老了，鬓边已长出白发。三人在会客室里交谈着，等待着，从容的神态中也有隐隐的紧张。豪森则像一条机警的老猎犬，不动声色地仔细搜索着屋内，可能他在寻找隐藏的摄像头吧。

院长轻声问："海拉，你要见他们吗？"

是啊，当然要见他们，没有任何理由不见他们。他们一直苦苦思念着女儿，甚至专程寻到巴西来。这些年来，我一直把自己的克隆体送到美国，送往费城附近的城市，不就是为这一天做准备吗？

但她最终苦涩地摇摇头。不，她和父母们已经分隔于两个世界。她不由得想起了此刻还在地下世界等她回去的加达斯，他俩曾在"地上"共度了25天的时光、7天狂热的做爱……但是，等她履行诺言把加达斯带到"地下"时，两人之间却莫名其妙地产生了隔阂，变得冷漠了。

不，并不是"莫名其妙"，关键还是那一点：他们已经分属于两个世界，彼此的心理、习俗和爱憎已经不可能一致了。如果父母和豪森伯伯看到她的真实生活，是否也会把炽热的思念化为冷淡和疏离？

她不能失去这三个亲人，从某种意义上说，他们是她最坚固的、甚至可以说是唯一的精神支柱。但她也清楚，不失去他们的办法就是保持距离，这真是一个令人无奈的选择。

"鲁菲娜，你去吧。"她声音沙哑地说，"告诉他们我很好，很想念他们。其余的……你自己想办法去说吧。"

"她在这里吗？我们能不能见到她？"苏玛轻声问。

"我想她在这里。"保罗与其说是在回答苏玛，不如说是告诉屏幕后的某个人。从豪森的示意中,他知道这间屋子安有秘密摄像系统,至少是窃听器。

5天前,他们来到巴西,立即开始了紧张的调查。他们找到了加达斯在圣保罗饭店的房间,但加达斯本人已经失踪了。在加达斯离开饭店后,有人付了足够的钱,把这个房间保留下来,直到他回来。三个人很着急,因为从这些迹象看,加达斯似乎已经接近了海拉的秘密,也就是说,海拉正处在危险中。随后,他们租了一辆汽车,一路打听,来到了圣贞女孤儿院。

保罗说:“一踏进这家孤儿院,我就嗅到了海拉的味道。你们难道没发现,鲁菲娜院长对咱们有特殊的亲切感?不必怀疑,这家孤儿院肯定和海拉有关。但我不知道她是用什么办法做到的,在我的心目中,她还是一个十一二岁的小女孩。”

门开了,院长嬷嬷笑容满面地走进来。“对不起,让你们久等了。”她与三人寒暄着,开始了这场困难的谈话,“应你们的要求,我已经尽力同我的资助人联系过,很可惜,她因种种原因不能来。不过我已经得到了她的许可,可以向你们透露一些她的个人情况。这些资料一直向新闻界严格保密,因为她不想成为公众人物。但我的资助人说,相信你们会为她保密。”

“我们当然会的。请讲吧。”

“她是……”鲁菲娜斟酌着词句,“她确实是个黑人女子,今年30岁左右。”保罗和苏玛兴奋地交换着目光,“她的身世很奇特,有一对深爱她的生母养父,她也深深地爱着他们。但由于外界的原因,她不得不离开父母远走异乡。”

苏玛哽咽道:“是海拉,是海拉!”

“她也记得一位风趣善良的邻居伯伯,一直在怀念着他。”

豪森眼中泪光闪动。

“她很想回到亲人的身边,但由于种种原因,这不可能实现。她宁愿把儿时最美好的回忆一直保留下去。她说她永远记得分别时的话,她爱他们,也爱所有的人,绝不会对社会报复,请亲人们相信她的诺言。”鲁菲娜抱歉地说,“我知道的只有这些了,很可能她不是你们所寻找的海拉,只是两人的身世有某些相似之处。”

苏玛肯定地说:“她一定是海拉,我知道一定是她！我想见见她,请你转告她,我想见她一面,哪怕是远远的一面。”

保罗拦住她,“不必了,苏玛。这位女资助人既然不愿和我们见面,肯定有她的理由,知道这些情况我们就很满足了。院长嬷嬷,谢谢你。”

“不必客气,你们还有什么要求吗？我的资助人嘱咐我,尽量满足你们的所有要求。”

“没有别的要求。祝她健康,另外请她小心,有人在打她的主意。据我们所知,至少有两个美国人在巴西转悠,一个是加达斯,即布莱德参议员的儿子;一个是杜塔克,即8年前那次汽车爆炸的策划人。这两人肯定在打她的主意。”

听到这些,院长嬷嬷只是微笑着,“谢谢,但我想她对这些都很了解,请你们放心吧。”

“那再好不过了,明天我们就想返回美国,以后不会再来找她了,再见。”

“再见。我代表我的资助人再次谢谢你们。”

他们说话时,豪森一直沉默着,这时他说:“我去方便一下。”他快步走出去,匆匆打量着楼道。凭多年的侦探经验,他觉察到一些迹象,院长嬷嬷说话的口气与上午不一样,在谈话中总给人一个感觉,似乎她在倾听身后的某个声音,或注意着身后的一双眼睛。他相信海拉这会儿就在附近。

在哪里呢？他想到了不远处的院长室，决定先到那儿看一看。推开办公室门，看见一只裙角在内门处闪了一下，他急忙过去。内室没有一个人影，但他确信有人刚从这儿离开。他迅速扫视一番，没有发现秘密门户，他迷惑地走到窗边，正好看见一个熟悉的身影快步走向一辆黑色轿车，轿车随即启动，向茂林中开去。少顷，一架没有灯光的轮廓模糊的飞机从林中浮出来，几乎是擦着树梢起飞，很快消失在暮色中。

豪森赶回会客室时，院长正送保罗和苏玛出门，她朝豪森扫过来一眼，但没有露出什么表情。三人在院里同院长告别，坐上从圣保罗租来的汽车，苏玛泪眼蒙眬地盯着暮色中的林木和院落，真不愿意就这样离开。等到汽车驶出孤儿院的区域时，豪森才平静地说："苏玛，我想我看见了海拉。我们谈话时，她就在10米外的院长室里。"

苏玛又惊喜又痛楚地瞪大眼睛，"是吗？你和她说话了吗？"

"不，我只看到一个背影。不要难过，苏玛。她既然不愿见面，肯定有她的理由，我们只要知道她好好活着就够了。"

"对，我很满意，她活着，也很平安。"苏玛笑着，泪水却抑制不住。

5

深夜的地下世界十分寂静。不是寂静,是死寂。地面之上纷纷扰扰的声音被厚厚的岩层隔断了,吸收了,无论是人群的喧闹声、车辆的行驶声、飞机的轰鸣声,还是自然界的风声鹤唳、林涛水响。白天,这一点还不是太明显,因为毕竟还有轻轻的行走声、偶尔的低语声、电脑的嗡嗡声。现在连这些轻微的声音也没有了。只有侧耳聆听时,才能听到源自岩脉深处的、似有若无的电流嗡嗡声。

加达斯在床上辗转难眠,心中燃烧着对海拉的极度渴望,有精神上的,也有肉体上的。他现在几乎是痛苦地回味着那7天,回味着两具肉体合为一体时的感受。在这种烧灼般的渴盼中,他也痛苦地承认,他与海拉之间的距离越来越大了,她是地下世界的女王,有无上的权威。这个世界有自己的语言、自己的风俗、自己的道德,它是对人类封闭的。加达斯想到他们近乎全裸的"时装",开始他没放在心上,以为这仅仅是一种时尚。不,这不仅是一种时尚,更是对旧秩序的反叛,一种不事张扬但充满自信的反叛。

加达斯曾非常相信两人的爱情,但是现在,就连这一点也动摇了。在那7天的热恋中,海拉是一个天真开朗的女孩,倾倒于自己的男性魅力。但是,当他看到真实的海拉,一位冷静自信、从容大度的女王时,他还敢相信当初的一见钟情,还敢相信自己对海拉的魅力吗?

也许他只是海拉做生物学试验(试验她是否具有人的自然属性)时所选中的一台仪器而已。这些想法使他的心境晦暗,甚至产生了自暴自弃的念头——忽然门开了,海拉悄然走进来。

太突然了。加达斯几乎以为自己是在梦境中。不,不是梦境,海拉真的站在门口。今天,她没有穿戴乌鲁鲁草服装,而是穿着那几天穿过的彩色连衣裙,眉尖有抑制不住的喜悦在跳动。她笑着,步态轻盈地走过来。

在这一刹那,加达斯用最刻毒的语言咒骂着自己刚才有过的混账想法。他跳下床,迫不及待地把海拉搂到怀里,他又感受到那具火热的胴体,感受到高耸的乳峰和富有弹性的臀部。两天来,她近在眼前又远在天边,所以,当加达斯又意外地得到她时,简直快喜极而泣了。

他狂热地吻着海拉,海拉一直喜悦地笑着,但没有热情地回应,也没有拒绝。加达斯小心地为她脱去衣裙,把她抱到床上,如醉如痴地抚摸着……但不久,他的欲火就冷却了。不错,海拉顺从地接受了他的爱抚,但她一直是冷静的、被动的,就像是一具橡皮身体。最后,加达斯苦笑着放弃了努力。

海拉伏在他耳边歉然说:“实在对不起,加达斯。怀孕后我的性欲就完全丧失了,无论怎样努力也唤不回它。这两晚我一直没来,我不愿扫你的兴。”

加达斯苦涩地安慰她:“不用道歉,这不怪你。不过,今天你为什么这样高兴?我还以为你……”

海拉欣喜地说:“我见到了我的父母!”

“保罗和苏玛?”

“对,还有豪森伯伯,他也是我的亲人。”

加达斯为她高兴,便把自己刚才的沮丧抛到了一边,“真是个好消息。那你为什么这么快就返回了?你该多陪陪他们。”

海拉沉默了,“我没和他们见面。我怕他们不能接受现在的我。加达斯,知道吗?除了我手下的人,你几乎是我唯一交往的人了,我不愿失去你。”

加达斯很感动,起身吻吻海拉湿润的嘴唇。但海拉仍是那样冷静,就像是禁欲的修女,这使加达斯在性渴望中几乎有一种犯罪感。他忙岔开思绪,“我同样不能失去你,我无法想象,如果没有你,这一生我该如何度过。”

海拉仍沉浸在回忆中,“他们的变化都不大,只有豪森比较苍老。要是现在我仍然和他们生活在阿巴拉契山中,那该多好啊。”

加达斯已经彻底冷静了,对两人的情爱不再抱有幻想。他枕着双手,微笑地打量着这位暂时变回少女的女王。海拉忽然坐起来,“你不是要参观那间球形试验室吗?现在就去吧。”

“现在?”

“对,现在,那儿24小时都在运转。”

她拉着加达斯跳下床便往外走,加达斯嚷道:“我们还光着身子呢,至少要穿上瓜哈里博斯人的衣服吧。”

说完他也笑了,那种装扮和裸体又有多大区别?只是一种象征意义的遮羞罢了——其实人类的礼仪不就具有“象征意义”吗?

海拉没有停步,笑道:“我们现在的穿戴便是最好的晚礼服,走吧。”

夜深人静，各个房间的灯光大都熄灭了，但荧光墙壁仍发出微光，足以照亮道路。海拉迈着大步，喋喋回忆着当年在父母身边时的琐事，她忽然一扬手，一道紫色的电芒破空而去，在路阶上留下一圈黑痕。“这就是我当年爱玩儿的‘小紫蛇’，”海拉自豪地说，“我还用它救过父亲呢——也救过自己，从器官贩子的手里。”她忽然沉默了。少女的亢奋也到此结束，她又披上了那件雍容威严的外衣。

球形高塔孤零零地耸立在地下世界的中区，等两人走近时，大门无声地滑开了。灯光从门中泻出来，映出一个少女的身影，是加达斯昨天见过的那个黑人少女。加达斯饶有兴趣地打量着身前身后两个不同型号的海拉，不由得绽出一丝微笑。

那个姑娘向两人点点头说：“你好，海拉。你好，加达斯。这儿一切正常，请进。”

她从门边让开，引两人进屋。许多年后，加达斯还记得进屋看到的第一幕。屋内波光潋滟，幽明不定，中心区域矗立着一个巨大的透明球体。透明球内是透明的液体，其中浮着一个巨大的半透明的……子宫。透过子宫壁和羊水，能看到其中的几百个胎儿。它们都通过脐带同子宫维系着，脐带的长度使它们能互相轻轻地碰撞，但不至于缠搅在一起。子宫极大，几百个系在壁上的胎儿只相当于壁上的一层茸毛，中间则是大大的空腔。这些胎儿并不像普通胎儿那样蜷曲在子宫里，而是自由自在地舒展着手脚。子宫的位置太高，加达斯无法精确估量胎儿的大小，但从面容和身型看，它们起码相当于出生半年的婴儿了。胎儿有各种肤色：白人、黑人、黄种人、棕种人。子宫不停地蠕动着,羊水随之不停地波动,屋内的潋滟波光便由此而来。

加达斯目瞪口呆,许久说不出话,海拉很满意这个场面对他的震撼力,微笑着解释道:“这是克隆工艺过程中最主要的设备。实际上,用人造子宫来满足天然子宫的理化条件是相当容易的。上个世纪90年代,日本科学家就造出了羊子宫。但由于人类的迂腐,人类子宫的研究一直停滞不前。我们这个人造子宫在性能上已经全面超过了天然子宫。你想了解它的优点吗?”

加达斯侧过脸,呆呆地看着她。

“有很多优点。第一条当然是‘居室’宽大了,胎儿再不用弯腰驼背地受10个月的体罚。他们可以从小就自由自在地舒展身体,并和这个集体家庭的同伴们作身体的接触和语言上的交流。”

加达斯喃喃地问:“语言上的交流?”

“不错。语言交流,我并非口误。这涉及人造子宫的另一条优点,更为重要的一点。你知道吗? 人类婴儿实际都是早产儿。这是因为,人类在进化过程中脑容量逐步增大,使头骨尺寸超过了女性盆骨的井口尺寸。所以,进化之神不得不做出一种无奈的选择:让人类婴儿早产,然后再用半年到数年的时间把大脑长足。这些根本无法克服的先天性困难,在人造子宫中不值一提。你大概已经看到,这个人造子宫中的胎儿实际已经是婴儿了,他们的大脑完全发育成熟了,所以,他们在子宫中就可以学习语言。你想听听他们的谈话吗?”她按了一个按钮,屋内立即响起吱吱的声音,有点像是海豚的交流声。海拉解释说:“因为他们是在水中交谈的,声音比较怪异。”她结束了介绍,“至于人造子宫的生产效率就更不用说了,它可同时容纳1000个婴儿。还有一个优点呢——这种办法彻底免除了妇女们的分娩痛苦,她们再也不用承受上帝加给她们的原罪了。”

加达斯极为困惑地问:“那……你为什么要怀孕?为什么要费尽心机去证实你的自然属性?”

海拉笑道:“那是两码事,就像坐惯汽车的现代人更重视田径运动一样,这时生存技能变成了体育竞技,变成了对人类潜能的一种证明。”

“那么,”加达斯费力地咽着唾沫,“这些胎儿或婴儿也都是……癌人吗?”

海拉用锋利的目光从上到下刮过他的身体,“我对此没有成见,我只对以下的因素感兴趣:什么样的克隆人最强壮、最聪明、最有竞争力。”

加达斯苦笑道:“那当然是像你一样的癌人了,而不是像我这样又笨又迂腐的家伙。”

海拉当然觉察到了他的敌意。其实,这些天她一直把参观这儿的时间往后推,就是出于一种下意识的担心——害怕失去加达斯。但是,她苦涩地想,该来的事情总是要来的啊。她冷冷地说:“也许我让你来这儿是一个错误——高估了你的接受能力。我真不理解你们人类古怪的思维方式。”她鄙夷地说,“你们总是在自己面前画上一道又一道禁行线,画地为牢,自我囚禁,先是‘身体发肤受之父母,不准毁伤’,然后是不准更换器官;不允许搞试管婴儿;不允许克隆人;等不得不接受克隆人的时候,又不允许使用人造子宫……只有当科学之车一次次轧碎你们自设的樊篱后,你们才被逼着往前走一步。”她还想尽最后的努力来挽回加达斯的情意,苦恼地说,“加达斯,你究竟怎么了?你并不是那些浑身散发着腐烂气息的活死人,这些天,我见你平静地接受了克隆人甚至克隆癌人的事实,但为什么一见到这个人造子宫，就诱发了你的歇斯底里？为什么？它只不过是克隆技术的一种方法，丝毫不影响克隆的本质呀！”

加达斯厌恶地说：“对，你说得对极了，人类都是这种不可理喻的动物。就拿我来说，我和我父亲一样，绝不会越过某条道德界线——尽管我的那条线和父亲的可能并不重合。我希望我的儿子、孙子和重孙子都是在妈妈腹中孕育的，而不是来自这个该诅咒的集体子宫！”他已经转身向外走去，“海拉，咱俩之间的缘分永远结束了，被这个邪恶的集体子宫吞掉了。而且我劝你最好杀了我，否则我发誓，只要能离开这儿，我就一定要回来找到它，把它炸成碎片——哪怕里边有我自己的儿子！”

他决绝地摔门而去。屋里的黑人少女十分吃惊，她不敢相信，竟有人会这样粗暴地对待海拉。海拉在地下世界所有人的心目中有如天人，她是克隆人的女性始祖，就像中国传说中的女娲，而不像西方传说中的亚当。现在，海拉呆立在原地，虽然面色平静，但谁都能看出平静下的悲伤和幻灭。

少女走过去，轻轻握住海拉的手，同情地说：“海拉……”

海拉从迷茫中醒过来，挥挥手，“噢，没什么，我要走了。”

“要……处死他吗？”

海拉苦笑道：“杀死他？不，他曾是我的丈夫，也是我腹中孩子的父亲。我怎么能杀死他？由他去吧。”她匆匆离开了这里。

6

伊瓜苏瀑布的轰鸣声已渐渐远去了。12月的深夜很凄冷，山路上没有车辆，偶尔有一只獾或一头小鹿在大灯的光柱下跑过路面，隐没在对面的松林中。巴西警方派来的佩雷拉开着车，杜塔克盯着定位仪上闪烁的红点，"快到了，加达斯肯定还在老地方。"他说。

佩雷拉是新近才参与此事的，不知道此事的前因后果，奇怪地问："什么老地方？"

杜塔克猥琐地笑了，"是加达斯为海拉'播下种子'的地方。嘿，那真是疯狂的7天7夜！"

汽车下了山路，开进雪松林中的一个空场。果然如杜塔克所说，一辆外观破旧的凯迪拉克车停在那里，没有开灯，杜塔克的红外夜视镜中显出发动机的清晰轮廓，说明机身还未冷却。杜塔克跳下车，警惕地看看四周的动静，然后走过去用强力手电筒照照车内。

加达斯躺在车后座上，还在梦乡中，杜塔克咯咯笑着，屈指敲击着车窗，"年轻人，醒醒，你被妻子扔到门外了！"

加达斯慢慢睁开眼，奇怪地看看四周。他慢慢爬起来，打开车门，在强力手电的晃动下捂着眼睛，“你是……杜塔克？这儿是什么地方？”

“听见伊瓜苏瀑布的水声了吗？这是你度蜜月的地方嘛。”

“伊瓜苏瀑布？今天是几号？”

“12月10日，你还能赶回美国过圣诞节呢。”

加达斯终于清醒了，将散落在脑海中的记忆碎片联系在一起。12月10日，那就是说，参观人造子宫已是两天前的晚上。那天他与海拉决裂，回到自己的房间，不久，身佩流苏的印第安少女照样笑嘻嘻地请他去吃早饭，海拉已经坐在老地方等他。

当加达斯脸色冰冷地坐下时，她定定地看着他，“吃吧，这是你在此地的最后一顿饭了。”

加达斯冷笑道：“这是威胁吗？”不过他马上后悔说这句话了，因为从海拉脸上掩饰不住的忧伤来看，这句话肯定是诀别而不是威胁。但他不愿道歉，低下头，大口大口地吃了这顿早餐，海拉则一直未动刀叉，只是目光幽幽地盯着他。两人沉默着，体味着爱恨交织的情感折磨。很快，加达斯觉察到了异常，海拉的影像开始在他眼前晃动，视野也渐渐模糊。不用说，饭菜中有安眠药。在失去知觉前，他听见海拉吩咐：“把他抬到我的屋里。”

在那之后的两天里，海拉对他干了些什么？……现在，他仍穿着进入地下世界前的衣服，只是颈项间多了一条赤金项链，连着一枚心形坠子，打开坠子，里边是海拉的肖像，一个微笑的肖像。也许是自己心情不好的缘故吧，他觉得海拉的笑容中浸透了苦涩和悲凉。

加达斯摸到口袋里有一个软软的东西，拿出来看看，是一只透明的软塑料袋，装着一些红色的细细的草。他马上认出这是海拉佩带的乌鲁鲁草流苏，是海拉的临别赠物。

现在他能想象到，海拉为他换衣服戴项链时，是怎样用目光一遍一遍扫过他的身体。他几乎软弱得要流泪——但他随即想到了那个邪恶的、像是外星人虫茧一样的集体子宫，想起自己当时的震惊和厌恶。两种感情激烈地角力着，像一把大锯一样嘎吱嘎吱地锯着他的心房。

杜塔克一直嬉笑地看着他。直到这时，加达斯才想到了事情的另一面。毫无疑问，是海拉用那架幽灵飞机把自己送到了这里，但杜塔克是如何找到自己的？“杜塔克，你是怎么找到我的？”

杜塔克忍住嘴角的笑容，向加达斯伸出手，“我在此谨向你致歉——为了我一个月前的一拳。加达斯，那是你父亲的主意。”

事情的真相一下子浮出了水面。它来得过于猛烈，使加达斯突然有入水窒息的感觉。他摸摸自己的左腮——那里有一个月前植入的半颗假牙，“是这颗牙齿？”

“对。它是个高效的脉冲信号发生器，作用范围95公里，足以让同步卫星对它保持监视了。如果是在5公里之内，它还能作窃听器用。现在请你立即跟我们回到圣保罗取下这颗假牙，因为它是以核物质作能源的，虽说辐射量很小，但对身体多少有些损伤吧。”

加达斯很想搬起一块石头砸在这张得白化病的丑脸上，但他已经疲倦得没有力量发怒了。而且，杜塔克并不是罪魁祸首，如果要发泄怒火的话，首先要找布莱德·比利，美国参议员，自己的父亲。

他压住怒火，冷静地说：“好了，我想你该把真相全都告诉我了。”

“当然，我正想这么做。咱们到车里去？”

晨光已经初绽，松林像是黑色的剪影，晨风送来初冬的凉意。加达斯摇摇头，“不必，就在这里说吧——这样我可以确定我不是在做梦。”

“上次见面时我已经告诉你，我们早就发现了许多走私到美国的黑人女婴，个个都酷似海拉。于是我们追根溯源，找到了巴西圣贞女孤儿院，并初步判定那个常去送货的黑人女工就是‘死而复生’的海拉。”杜塔克说，“我们完全有能力杀死这个癌魔。但是，她的秘密巢穴——其存在是确定无疑的——我们却一直没有找到。有人目击到一架幽灵飞机，但它的隐形性能太优异了，任何雷达都无法发现它的踪迹。我们四处撒网，仍然没有成效。正在这时，你也独立地发现了这条线索并打算来巴西调查，于是你父亲就出了一个很好的主意。他说，也许一个真诚的青年能得到特工得不到的东西。以后的情况你都知道了，我们故意把对海拉的暗杀行动透露给你……”

“麻醉医生或主刀医生是你们的同伙？”

“啊，不不。”杜塔克咧嘴笑道，“我们并不想在找到海拉的巢穴之前杀死她，干吗花冤枉钱去收买杀手呢，那10万元只是个虚设的诱饵。此后，医生、麻醉师和你的反应都完全符合我们的设想，尤其是你。我曾担心，你不会主动把暗杀消息透露给海拉——毕竟你和海拉只有一面之交，毕竟你来巴西是为了调查她而不是帮助她。但你父亲很自信地断言：你一定会的，作为一个追求博爱和公正的热血青年，在没有真正认识到海拉的危害前，你一定会阻止暗杀的。你父亲没有说错。”

“对，我父亲很了解他的儿子。”加达斯咬牙切齿地说。

“那时我们还有另外一个选择，就是对你说破真相，并请你担任美男计中的乌鸦——对不起，在这儿我借用了克格勃的一个术语。但你父亲说那样不行，只有绝对的真诚才能瞒过目光如炬的海拉。说实话，作为一个老牌特工，我相当佩服你的父亲。”

加达斯再一次发出了冷笑，“我也佩服得五体投地。往下说吧。”

“后来的事态发展十分顺利，顺利得超乎我们的预料。你的牙齿被植入发生器后，不到20天，海拉就同你……上床了。”杜塔克咧嘴笑道，“对不起，这个词很粗俗。当时我们很怀疑，海拉是不是察觉了我们的计谋，在设置反陷阱？后来的窃听表明，是我们多虑了。海拉虽然智力超绝，目光敏锐，但毕竟是个生理年龄只有12岁的少女嘛。她很容易陷入爱河，对不对？”

加达斯心房战栗着，想起了自己梦中的自责。

“我们根据你身上信号发生器发出的信号，很容易地找到了地下巢穴的秘密入口。知道吗？这些天我一直在那儿为你们这对情人站岗。上帝啊，那片密林真不是人待的地方，单是旱蚂蟥、蜢蛛和大蚂蚁就能让我发疯，还要时刻提防着毒蛙和毒蛇。”

“你是说，地下世界的秘密入口是在亚马逊密林中？”

杜塔克嘿嘿笑着，避开了这个问题，“你进了巢穴后，离地面太远，窃听器的信号比较模糊。经电脑复原后，我们才勉强能听出个大概。我知道你曾……把一个女人从房里赶出去，对吧？也知道你很快认清了海拉的危险本质，和她爆发了激烈的争吵。”

加达斯无法反驳。杜塔克说的大多为实情，但这些话从他嘴里说出来就变得十分污秽，十分刺耳。加达斯懒得反驳，沉着脸听下去。

“你在地下的最后一天，即你被麻醉之后，窃听器仍在工作，所以我们继续监听着。听到海拉安排手下把你抬到她屋里，还听到她……吻你，在你耳边喃喃自语。此时声源与窃听器很近，这些话听得清楚极了！”

加达斯的眸子上蒙着一层雾霭，痛苦的火焰在瞳孔中跳荡着，杜塔克紧紧地盯着他，十分开心。本来这些细节是不用向加达斯传达的，但杜塔克难以抑制自己的欲望，他天生爱翻动别人精神上的伤疤。

“加达斯，你是好样的，没有你的帮助，我们真没办法找到海拉的秘密巢穴。参议员说让你尽快回国，他要听你的详细汇报，再决定下一步的大动作。”

加达斯已经能想象到，几架美国B-2轰炸机飞到亚马逊密林上空，投下上百吨重的巨型炸弹，海拉和她的忠实臣民都会葬身火海……他战栗了一下，这当然逃不过杜塔克的眼睛。加达斯疲倦地说：“当然，我该回去了，我的戏已经演完了。走吧，回圣保罗。”

“好的，我来为你开车。”

加达斯冷冷地说：“你还是回到自己车上吧。恕我坦言，我不大愿意和你在一起。看到你，我就想起专吃腐尸的秃鹫。”

杜塔克没有生气，咧着嘴说：“多谢你的坦率，干我这一行，本来就没打算讨人喜欢。不过，我还是要觍着脸挤到你的车上。知道为什么吗？我怕你心血来潮，用汽车电话或别的办法向海拉泄密。当然我知道你对海拉的所作所为已经不能容忍了，否则你此刻也不会被她扔到这里。不过你们总是情人吧，一日夫妻百日恩嘛。请原谅，这也是参议员的交代。”

他客客气气地把加达斯让到车后，自己则坐到驾驶座上，然后对另一辆车上的佩雷拉招了招手，两车紧咬着上了公路。

“对不起，加达斯，那些天把你蒙在鼓里。”那个快活的年轻牙医一边在他口腔中忙活，一边真诚地道着歉，“我也是中情局的，你来这儿诊病的前三天，我刚从别人手里租来这家诊所。不过你不必担心，我的确接受过正规的牙医培训，至少不弱于这儿原来的主人——那个半吊子私营牙医。”

加达斯对这个特工的印象不错，和残暴嗜血的杜塔克相比，他简直就是天使了。他想说“你不必道歉”，但是无法说出口，医生正用针管把麻醉剂注入他的下牙床，一种发麻发胀的感觉迅速蔓延。医生开始手术，锯割声在颅腔中隆隆响着。他的大脑仍在飞速运转，怎么办？他绝不能眼睁睁看着海拉葬身岩洞，海拉是他的爱人，给过他无比的快乐，腹中还怀着他的孩子！他的右手无意中摸到了口袋里那个鼓鼓的软包，那是海拉的“时装”，海拉想让自己永远记住她的躯体。

加达斯努力思考着，能用什么办法通知海拉，让她警惕迫在眉睫的危险。他不知道海拉身在何处，但把消息透露给圣贞女孤儿院的鲁菲娜嬷嬷就行了，她会及时转告海拉的……不过，他该不该这样做，通知海拉，让海拉从容地带着她的财产逃走，包括那个邪恶的机器子宫？

牙医用钳子夹出植入的半截牙齿，在加达斯面前晃了一下，断牙珐琅质的外皮闪着银白色的金属光芒。“弄掉了，就是它。这个精巧的玩意儿。”那东西当啷一声落在盘子里，杜塔克立即用镊子夹起来，小心地包好，放到贴身口袋里。

牙医细心地清理了伤口，“断牙回美国后再安吧，国内条件更好，现在我给你打一针消炎针。”

他熟练地找到加达斯胳膊上的血管，把针头插进去，随后，黑云顺着血管迅速上升，慢慢模糊他的意识。加达斯猛然悟到是怎么回事，但已经晚了。神志丧失前，他看见牙医俯在他的脸庞上方，歉然道：“对不起，这是上司的决定，他们怕你为爱情所惑做下错事，只好让你在昏睡中尽快回到美国。”

加达斯在心中悲叹：晚了，晚了，他已经无能为力了。奇怪的是，在烧灼般的绝望中，竟然有如释重负的感觉。他很快沉沉入睡。杜塔克唤来佩雷拉，把浑身瘫软的加达斯搀进车里，回头对牙医说：“理查德，你把诊所赶紧还给主人，和我一块儿回国。”

理查德取下口罩，笑嘻嘻地说：“不，我们在这儿告别吧。我已经喜欢上巴西了。再说，这家小诊所的生意蛮红火的，数倍于我从中情局领的工资。既然这样，我干吗不试试新的生活呢？我的辞职报告已经寄出，并用自己的积蓄把这家诊所给盘过来了。所以，今天是我最后一次为中情局服务——免费的服务。再见，下次再来圣保罗时欢迎惠顾。”

杜塔克很吃惊，看看理查德，完全不像开玩笑的样子。杜塔克对此无可奈何，只好摇着头坐到车里。20分钟后，一架美国联合航空公司的波音客机从圣保罗机场起飞。机上有一名神志不清的病人，以及一个随行的患有白化病的医生。

第五章

1

“到了，前边就是38A。”出租车司机说。一对黑人夫妇和他们的女儿下了车，胆怯地打量着前边的庭院。装饰精美的铁门后面，两排整齐的小叶黄杨夹着甬道向前延伸，树荫深处露出白色的建筑。右边是花园，喷泉围着一座中国式的假山，七八个人正在那儿玩耍，不时有小孩的笑声传过来。黑人女孩看看父母，走过去按响门铃。

少顷，一个美貌的中年妇人快步走过来，“杰西卡！”苏玛高兴地嚷着，“我猜着就是你们到了。穆尔科克夫妇，请进吧，我们一直在等着你们呢。”

她领着客人经过林荫道，向人群走去。“杰西卡和她的父母到了！”她喊道，那边正陪着孩子们玩耍的几个人快步迎过来，苏玛向客人介绍，“这是我父亲约翰。这是我的丈夫大卫·威廉森，儿子丹尼。那位是保罗·雷恩斯，杰西卡已经认识的。那位是保罗的妻子维多利亚，儿子吉米。这位是我们的老朋友豪森。”

几个人都目不转睛地盯着杰西卡,“像,太像了!”只有没见过海拉的维多利亚好奇地问:“真的很像海拉?可惜,我一直无缘见到她。”

保罗把杰西卡揽到怀里,亲亲她的额头。豪森也迫不及待地把她拉过去,仔细打量着。杰西卡气色很好,目光清澈,脸上漾着笑意。看来她确实戒掉了毒瘾,恢复了往日的纯真。豪森和保罗交换着目光,欣慰地点着头。丹尼和吉米从大人的腋下钻过来,拉着杰西卡往外走,“杰西卡,我们去跳蹦床吧。”

杰西卡看看苏玛,苏玛用目光示意:你去吧。很快,蹦床那边响起快活的笑声。

两天前,保罗接到了杰西卡的电话。杰西卡说,她完全戒掉了毒瘾,现在已经回到美国,她想见见保罗和苏玛。保罗高兴极了,“当然可以,我太高兴了,明天你就来吧,我们在苏玛家欢迎你。”

杰西卡调皮地说:“那么,你给我过生日吗?明天恰好是我的生日。”

“真的?太好了,苏玛肯定非常乐意。快来吧,和你的父母一道。”

现在,三家人团团围坐在苏玛家的大餐厅里,其乐融融。餐厅的灯光熄灭了,苏玛托着生日蛋糕走出来,22团烛光映照着她的喜悦。22根蜡烛,里圈是6根,外圈是16根,分别象征着杰西卡的真实年龄和对照生理年龄。丹尼奇怪地喊:“蛋糕上一共22根蜡烛,杰西卡姐姐已经22岁了吗?”

苏玛笑着解释:“不,她只有16岁。那6根蜡烛代表着一个秘密,暂时不能告诉你们。”

丹尼嚷着“告诉我告诉我”的时候，杰西卡已经许完愿、吹熄蜡烛，大家拍手唱着《祝你生日快乐》。保罗和苏玛互相看看，不由得想起在山中为海拉过3岁生日的情景，眼眶湿润了。

维多利亚触触大卫的肩膀，嫉妒地说：“看哪，只要一涉及海拉的事情，他们就把我们忘了！”

大卫和保罗笑着，分别揽过自己的妻子。

杰西卡切开蛋糕，分发给大家，把蛋糕递给苏玛时，她低声问：“妈妈，你们真的见到海拉了？”

“我们应该算是见到她了。在圣贞女孤儿院，院长和我们谈话时，豪森溜出去察探时看见了一个背影。我们都确信是她。”

杰西卡踌躇地说：“我到现在也不知道该怎么称呼海拉，是母亲，还是姐姐。我就把她当成我的姐姐吧，因为我想把你当成我的妈妈。”

在这个欢乐的宴会上，穆尔科克夫妇只有笑的份儿了。杰西卡伏到老约翰的怀里说：“我真高兴，今天一下子多了两对父母，还有一个外公呢。”

约翰也笑道：“我更占便宜了，捡了这么大的一个孙女。”

生日餐结束后，两个孩子又把杰西卡拉走了，三个人钻到小丹尼的卧室里，关上门玩儿起来。穆尔科克夫妇走到保罗和苏玛跟前，郑重地说：“雷恩斯先生，威廉森太太，我们想再次表示我们的谢意。你们……”

“不必客气。”保罗说，“实际上应该感谢你们和杰西卡。知道吗？杰西卡能主动与我们恢复联系，对苏玛和我是多大的精神安慰。”

穆尔科克太太用手帕擦拭泪水，“我们真诚地感谢你们，你们知道，我们这一生相当困窘，没有什么好回味的。杰西卡曾是我们的希望，但她又突然吸毒。那一段时间，我们的精神快要崩溃了，我们诅咒上帝太不公平。但现在我们已经恢复了信念，因为我们遇到了一个又一个好人：你们、加达斯，还有远在中国的甄羽女士、戒毒医院的医生们。谢谢你们大家。”

她提到了加达斯，保罗急忙问道：“加达斯和你们有联系吗？我们去巴西找过他，那时他已失踪。后来听说他回到了美国，但我们一直没能得到他的消息。”

“他回国后和杰西卡通过一次电话，问了她戒毒的情况。”她忧心忡忡地说，“那天他的气色很不好，情绪也不大对头。我们很为他担心。”

保罗看看苏玛，两人都面有忧色。他们从巴西回国已经四个月了，但一直找不到加达斯的踪影。豪森曾尽力打探过，所得到的情报仅仅证实了加达斯确已回国，但回国后如同石沉大海，四个月来没有关于他的任何消息。这是很不正常的，而且这种不正常肯定和海拉有关。保罗想起，当他们向院长嬷嬷提出有关加达斯的警告时，院长曾轻松地说，不必担心，我的资助人对他了如指掌。但愿这是真的，但愿海拉不要轻敌啊！

他不愿把这些情况透露给穆尔科克夫妇，在他们心目中，加达斯·比利先生是个行侠仗义的好人，何必破坏他们心中的这个形象呢？“不说这些了。加达斯不会有什么问题，他有位声名显赫的参议员父亲呢。今晚咱们抛开这些痛痛快快玩儿吧，否则维多利亚和大卫又要嫉妒了。”

但他们注定逃不开这个话题，少顷，女仆维姬匆匆过来，说白宫办公厅打来电话找苏玛。白宫？苏玛的脸色变了，急忙走过去，拿起那只老式的镀金话筒，“我是苏玛。请问……”

“你是苏玛·威廉森，婚前用名是苏玛·罗伯逊，对吗？”

“没错。”苏玛用玩笑掩饰了自己的担心，“你问得这么详细，是不是白宫对我有什么任命?”

对方继续问道:“请问保罗·雷恩斯和豪森·乔思特是否正在你家?”

“对。我们正在为一个女孩举行生日宴会。”

“杰西卡? 是不是杰西卡·穆尔科克?”

苏玛蹙起眉头，“对的，我想FBI没有窃听我的电话吧，你是哪一位?”

对方笑了，“哪里哪里，如果是窃听到的信息，我会向你透露吗? 我是白宫办公厅主任甘金斯，谨通知你，并请你代为转达保罗和豪森，请于明天上午9点到白宫西会议厅，总统将约见你们。”

“总统约见?”苏玛大声重复着，“能透露谈话内容吗?”

“很遗憾，我不能透露。再见，请务必通知他们两位并准时到达。”

苏玛满头雾水地回到人群中。几个人都看出了她的异常，盯着她。苏玛困惑地说:“总统约见! 还有保罗和豪森!”

豪森马上想起那次参议员的约见。“不用猜了，肯定和海拉有关。苏玛，”他沉重地说，“我想不会是好消息，恐怕政府已下了决心，要对海拉王国动手了。”

孩子们无忧无虑的嬉闹声不时传到客厅，保罗、苏玛、豪森和大卫、维多利亚、穆尔科克夫妇都面面相觑，只有老约翰平静地劝慰道:“不必担心，如果已经决定行动，总统就不会约见你们了，我想事情还没到完全绝望的地步。”

苏玛沉默了很久才沉闷地说:“但愿如此，否则也许我会行刺总统的，只要能保住我女儿的性命。”

保罗站起身，“我想咱们提前动身吧，赶到华盛顿还能歇息几个小时，养足了精神和总统斗。”没人响应他的玩笑，屋内笼罩着阴郁的气氛，“不要告诉孩子们，不要打搅他们的好兴致。咱们三个悄悄出发吧。”

三人做了简单的准备，少顷，一辆黑色的林肯车悄悄开出庭院，从窗户里还能听到三个孩子兴高采烈的喧闹声。

2

林肯轿车沿着宾夕法尼亚大街开进了白宫的黑色栅栏大门，又按照警卫的指示，开到北门厅下车。一名工作人员核对了姓名，引他们进入一扇挂着绿色帷幔的法兰西式小门。屋内，黑色的皮背转椅摆成两排，东墙上雕有国徽，两旁挂着总统旗和国旗，靠墙处摆有许多书架。保罗碰碰苏玛，轻声说："这是内阁会议室。"三人心照不宣地点点头。总统把约见地点放到这儿，可见对这次见面的重视。

他们来得比较早，屋内只有一个年轻人，孤零零地坐在角落。看到三人进来，他马上迎过来，"是威廉森太太、雷恩斯先生和乔思特先生吗？我是加达斯·比利。"

"加达斯！"三人惊呼着，带着掩饰不住的敌意看着他，不用说，这次总统约见肯定和他的"努力"有关。他们准备把海拉怎么办？保罗冷淡地说："我们到巴西找过你，不过那时你已经失踪了。"

"说来话长，一会儿你们就会知道了。"加达斯苦笑着，在三人身边坐下。他的气色的确很糟，面色苍白，脸庞瘦削，眸子中深含着痛楚，简直像一个服了10年刑的犯人。他直截了当地说：

“你们的情况我都清楚,是从杰西卡和我父亲那儿得知的。我的情况你们可能不大清楚吧,我,”他把目光投向窗外,“和海拉有过7天的夫妻生活,又到她的地下世界里住了5天。还有,海拉已经怀上了我的孩子。”

这个突如其来的消息使三个人惊喜交加,几乎失声喊出来。想想吧,三个人千里迢迢跑到巴西,只看到海拉一个模糊的背影,而这个青年竟然和海拉建立了这样密切的关系!他们的情绪转眼间变了,从隐隐的敌意变成亲切,甚至是亲昵。苏玛已把加达斯认作女婿了——虽说自己做他的岳母似乎年轻了些。但三个人的惊喜很快被冻结,因为无论如何,加达斯的表情都不像一个幸福的丈夫。他眸子中藏有那么多的绝望、自责和愤懑,使他看起来像是被女巫施过魔法的人,像是在浓墨般的“痛苦”中浸泡过。

加达斯看到三个人急迫的疑问,苦笑着说:“稍微等一等吧,我是今天会议的主讲,他们让我把自己最隐秘的快乐和痛苦都抖给大家。”他声音沙哑地说,像一条受伤的狼,“是父亲让我这么做的——而且从道义上说我没法拒绝。”

参加约见的人陆续走进来。加达斯低声为他们介绍着:这是生物学家乔伊,这是“维护人类纯洁联盟”主席哈伦·奈特,这是《纽约时报》主编弗兰克,这一位是音乐家沃尔特(加达斯解释说,他被邀请的原因,是他在克隆人问题上发表了不少激进的观点)……又进来的两个人保罗认识,是伊恩·希拉德和日本人桥本正治,他们也看见了保罗和苏玛,远远地打了招呼。陆陆续续又进来十几个人,有些连加达斯也不认识了。

9点钟,会议室的内门打开,参议员布莱德陪着总统欧林·基夫走进来。基夫总统个子瘦小,浓眉,眼窝深陷,一双鹰目十分深邃。他笑着同大家致了礼,同来客中几位熟人简单地寒暄了几句,便直截了当地说:“谢谢诸位光临。我想,虽然没有通知今天的谈话主题,但诸位想必已经猜到了——是和12年前降生的那个癌人有关。”

尽管早在意料之中,苏玛仍觉得心头一沉。她几乎能猜到这次会议的结局,不由得生出破釜沉舟般的悲壮。无论如何,她一定要保护海拉的生命。会议室内很多人都知道她同海拉的关系,这会儿下意识地看向她,众人的目光中既包括桥本和伊恩的怜悯,也有哈伦的敌意。

总统简洁地说:“12年前,海拉在保罗·雷恩斯的手中诞生,此后围绕海拉发生了种种事件:爆炸、暗杀、逃亡。现在可以公开地告诉大家,海拉失踪前的那次爆炸是FBI策划的,并事先经过了我的同意。”

屋内起了轻微的骚动。总统特意看看苏玛,目光中有些许歉意,他苦笑道:“可惜这次爆炸没有达到目的,海拉在三位亲人的策划和帮助下,成功地骗过警方,逃到巴西,并很快建立了自己的‘国家’——我并不是口误,她建立的几乎是一个国家,是一个国中之国。我知道,在此之前,布莱德参议员为我承担了不少愤怒的诅咒,可能在苏玛女士的心目中,参议员到现在仍是一个邪恶的家伙。但我要告诉大家,在海拉事件中,在意见完全相左的两派中,都没有涉及任何私利,没有诸如嗜杀、残忍、罪恶这类东西牵扯其中,我们都是为了自己心中的崇高信念。我想,保罗·雷恩斯先生尤其会赞同我的观点。”

他把目光转向保罗,保罗沉思着点点头。不错,他们曾对布莱德满怀恨意,但客观地评价,布莱德并没有私德上的丑恶,他只是为了一个高尚的目的而努力。也许只有一个人是丑恶的,就是嗜杀的杜塔克,但杜塔克只是工具,在这个事件中不起主导作用。杜塔克今天没有与会,他仍躲在隔壁房间里偷听吗?

总统说:“现在我们该如何对待海拉,处死她,还是保护她?今天的会议可以看作是一次民意公决,代表中包括了海拉所有的最亲近的人。我希望能在这次会议后取得一致意见——当然很困难,但我有信心。现在,请加达斯·比利先生谈谈他的经历。”

加达斯没有起身,两手放在桌上,低着头,开始叙述。开始时,他的声音枯燥沉闷,但随着回忆,他很快进入了过去的时光,回到与海拉朝夕相处的环境里,语调中开始渗入浓浓的感情。他坦诚地、丝毫不加粉饰地追述了他与海拉的结识,他们之间狂热的爱,他们的矛盾,乃至后来的决裂。他的声音饱含痛苦和无奈,打动了在场的每一个人。他对那个异类之茧——巨大的机器子宫——的真切描述,使每个人都不寒而栗。

最后他苦恼地说:“从那时起,我就与海拉决裂了,在昏睡中被送出地下世界,此后再没有得到海拉的任何消息。已经6个月过去了,很可能我的孩子已经出生,因为海拉就是满6个月出生的。我至今仍爱着海拉,深深地爱她,挂念着那个已出生或未出生的儿女。可是,那个集体子宫同样是我每天的梦魇,难道人类真的要变成大批生产的产品,再也没有母爱、母亲的呢喃、母乳的甘美、母亲与儿女的血肉联系?”他痛楚地摇摇头,“我没有办法,我无法做出决定。我不知道是该带领B-2轰炸机去炸平那儿,还是该张开臂膀保护自己的妻儿。父亲劝我把这些情况公开,寄希望于社会的智慧。我听从了父亲的劝告,把所有隐情都透露给诸位,现在请你们来判决吧。”

他的发言结束了,总统冷静地注视着会场,“请大家踊跃地谈谈自己的看法，提出妥当的处理意见。好，请你先发言。”

生物学家乔伊站起来，“我想说明的是，刚才加达斯所说的人造子宫的诸多优点——效率高，妇女不再忍受怀孕分娩的痛苦，胎儿在子宫内可充分发育，可实施产前教育，等等，都是完全真实的。其实还不止这些呢，比如，可以很方便地诊治甚至完全消灭遗传疾病。所以，如果为这种巨型人造子宫开绿灯的话，恐怕人类很快会屈服于它的诱惑。”他顿了顿说，“从技术上没有任何难度，如果有决心和资金支持，至少有100个生物学家能在一两年内独立完成这个项目。”他苦笑道，“不过，至少我不会去干这件事，我坚决反对它，仇视它。为什么？因为这个变化太大了，太深刻了，它将完全抹杀人性，改变人类的性状。而且，任何人都无法预测，这种‘科学进步’是否会带来意外灾难。不要忘了，人类近代史上的几次劫难都起因于某种看似完全无害的科学进步：艾滋病毒和埃博拉病毒的肆虐，是因为人类进入原始森林，激活了在绿猴和蝙蝠身上潜伏了百万年的病毒；疯牛病是由于饲料中添加了粉碎过的牲畜内脏——初看上去，这是多么无害的‘革新’啊，如果我是20年前的农场主，有人警告我粉碎的动物蛋白可能有危险，我一定会嗤之以鼻的。上述几点失误的代价是什么？是几千万人的死亡！现在我们要面对的，可不仅仅是动物饲料、绿猴病毒这类事啊。”

他的发言定下了会议的基调，此后的发言者都表示了对这件事的忧虑。只有音乐家沃尔特唱了反调：“乔伊先生，明明知道不能阻止的事情，你为什么偏要阻止呢？”

总统平静地问：“你的意见呢？”

“由它去吧，由它自生自灭。如果这种新人类会取代我们——我们也挡不住。不妨假设现在是十几只南方古猿在这儿开会，它们通过决议，严格禁止猿类变人——能阻止得了吗?”

这种观点未免太惊世骇俗、太无责任感了，大多数人都带着敌意看他，连苏玛也不赞同。总统没有发表意见，请其他人继续发言。

苏玛的心头越来越沉重，越来越感到会场内寒彻肌骨的杀气，她着急地捅捅保罗，“你说该怎么办?”

保罗沉重地看看她，没有回答。他曾决心捍卫海拉的利益，但在听见关于邪恶的集体子宫的描述后，他的决心已经缓慢地、不可遏止地彻底动摇了。总统正好在这时点了保罗的名字，“雷恩斯先生，你是癌人的缔造者，我们更想听听你的意见。”

苏玛殷切地看着他，希望他能以睿智的发言一举扭转会场的气氛，为海拉保留一线生机……但是，真的要让海拉用那种机器子宫去孵化新人类？保罗站起来，先低头看看苏玛，她忽然感到深深的寒意——保罗的目光是歉疚的、决绝的，保罗已经和她不属于同一个阵营了！

保罗开始发言：“我和苏玛可以说是海拉的父母，我们爱她，深深地爱她，尤其是苏玛，更是在海拉身上播撒了太多的母爱。但是，坦率地说，这种母爱不是基于教会所倡导的博爱精神。不，这种母爱的本质是自私的，是因为海拉曾在她的腹中孕育，是她身上掉下来的一块血肉。如果母亲和后代都割断了这种血肉联系，世界上真的还会有这样强烈的母爱吗？我，”他又歉疚地看看苏玛，“绝不会同意杀死海拉，同样也绝不能容忍这种人造子宫。”

“那么，苏玛女士，你有什么意见?”总统笑容可掬地问。

苏玛深深地失望了。既然连保罗都是这种态度，还能指望谁呢。只有靠自己了！她满腔悲愤地站起来，侃侃而谈：“这样对待海拉是不公平的！在海拉还是个三岁孩子、还没有犯下任何错误时，她就生活在敌意中，遭人割下肾脏，遭人暗杀，被逼得逃离人世。你们逼她走到这一步，也就让她完全脱离了人类道德的羁绊。现在，你们又要拿人类的道德规范去指责她！请你们不要忘记，即使受到如此不公平的待遇，她也没有与人类为敌，她所做的一切只是为了繁衍她的种族——正像我们每个人都会做的那样。她有权活下去！”

她的激烈发言让所有人侧目，保罗仰面看着她，心情复杂地摇摇头。总统回头看看布莱德，神情萧索地说：“以现在的眼光来看，当年我们的决策可能不尽恰当。当然我们也有自己的苦衷，因为在那时，社会舆论一时还无法统一，还看不到海拉对人类的真正威胁，我们这些先知先觉者只有瞒着公众采取断然措施。不过，且把过去的是是非非先搁置起来，苏玛女士，请你站在一个母亲的立场说说：你能容忍你的后代由那种巨型子宫来孕育吗？”

苏玛愣住了，很久才痛楚地摇摇头。总统点点头，“很好，我想至少在这一点上达成共识了。希拉德先生，请你发表意见。你是克隆癌人的策划人。”

伊恩很干脆地说了一句：“我已经后悔了，总统阁下。”

总统转向加达斯，“加达斯，首先要谢谢你。你使人类了解了地下世界的真相。作为海拉的恋人，作为她腹中孩子的父亲，请你选择一个最佳的处理意见。”

“我，”加达斯缓缓地说，“希望海拉能堂堂正正地回到人类社会。鉴于这个事件的特殊性，希望总统对所有地下世界的人实行特赦——如果法庭认定他们有罪的话。因为可以认为，海拉的所作所为是基于一个土著部族的道德观，我们的法律与那个土著部族的社会规则并不相合。”他又补充了一句，“还希望我的孩子能得到‘人’的资格。但我不会容忍那种机器子宫。”

与会人都发了言，最后总统站起来，环视全场，“谢谢各位，你们都坦率地倾倒了肺腑之言。我不想重蹈8年前的覆辙，所以今天我把所有内情和盘托出。自加达斯离开那个地下世界后，6个月来，我们经过缜密的侦察，又发现了海拉的另外两处地下据点。我们已和巴西政府取得共识，做好了军事行动的所有准备。但是，我们不想因此造成美国社会的分裂。今天我们请来了和海拉有密切关系的各方人士，听取了各方意见，在此基础上拟出符合多数人意愿的处理意见。坦白说，政府如果想采取军事行动并没有什么法律上的限制，但我愿对诸位做出承诺。”他看着大家，一字一句地说，“如果稍后宣布的处理办法，不能在与会人中获三分之二赞成票的话，我们将搁置军事行动，继续酝酿修改，直到达成新的共识。你们同意我的意见吗？”

大家一致同意，包括持相反意见的苏玛和音乐家沃尔特。

总统说：“请稍候。”

他与布莱德和工作人员退出会场。保罗立即握住苏玛的手，歉疚地看着她。豪森、加达斯等很多人也都看着她，大家无言地说着同样的话：对不起，但我们只能这样做。苏玛叹息一声，闭上眼睛，焦灼地等待着对海拉的判决。

10分钟后，总统和布莱德参议员返回会场，布莱德打开文件夹念道：

兹决定，彻底摧毁癌人海拉所建立的旨在用非自然方式繁衍其种族的所有设施。

对所有参与人员实行总统特赦，不追究此前所犯下的过错和罪行,允许他们获得美国或巴西的公民资格。条件是他们应具结保证,不再使用非自然方法来繁衍后代。

参议员解释道:“很多人可能不同意让癌人获得‘人’的合法地位,比如哈伦·奈特先生恐怕就持这种意见。”他朝哈伦点点头,“但是,考虑到海拉对怀孕和生育的强烈兴趣,我们认为她尽管身为癌人,仍具有自然人类的情感。因此,如果硬要把她和她的后代摒弃在人类之外,未免太狠心了。但这只是特例,以后不会允许克隆人尤其是克隆癌人出生了。现在,请大家考虑10分钟,然后举手表决。”

苏玛没想到政府的决定如此宽厚,不由得绽出喜色,也许这是最好的解决办法了,海拉可以离开阴暗邪恶的地下世界,重新回到自己身边,与加达斯喜结连理,生儿育女。她只是担心,以海拉的刚硬性格,恐怕不会答应具结的,那么我就要努力说服她。

10分钟后,布莱德宣布表决开始,“反对的请举手。”

只有音乐家沃尔特一人举手,他喊道:“不要学堂吉诃德同风车搏斗!”

没有人响应他。布莱德又说:“弃权的请举手。”

没有。

“同意的请举手。好,谢谢大家对政府的支持。”他回头对总统说了几句,“现在诸位可以离开了,会议内容请在12小时内保密。雷恩斯先生,威廉森女士,乔思特先生,还有你,加达斯,请留下并随军队一起行动。希望你们这些海拉的亲人能说服她。”

人们纷纷离去,总统走过来,同留下的四个人一一握手,“拜托你们了,希望诸位充分利用你们的影响力,使事情有一个最圆满的结局。立即出发吧。”

白宫草坪上的军用直升机已经启动，布莱德领着四个人匆匆出去。苏玛拉着加达斯走在前边，他们盼望与她见面，但心中都有强烈的不安。保罗和豪森走在后边，心情沉重地交换着目光，他们十分清楚，政府其实只是送了一个空头人情——海拉绝不会乖乖地走出地下世界，一定会与自己的世界共存亡的。

但是，总统的决定无可指摘，刚才两人也都举手同意了。除此之外，能有其他的解决办法吗？他们只能尽量去说服海拉了。他们在心中悲苦地喊着：海拉！海拉！然后，匆匆上了飞机。

3

美国机群在亚马孙河口与巴西空军的超级军旗式战斗机会合,略做整顿后溯流而上。加达斯望着机翼下方,那是像海一样宽广无际的亚马孙河,马卡帕、古鲁帕等城市散布在两岸。往西去,河道渐渐收缩变窄,两岸的丛林则越来越茂密。很快,丛林变成了浓绿的、黏糊糊的绿色巨罩,遮天盖地,尽情展示着热带雨林特有的强悍骁勇。飞机飞得不高,甚至能看见鳄鱼扑食时掀起的浪花。大约飞了800公里后,飞机离开河道向北斜飞,下面是穆卡拉伊山的余脉。在浓浓的绿色中矗立着无数圆锥状的山体,它们尽力从热带雨林的纠结中挣脱出来,向天空伸展着身躯。

加达斯虽然在海拉的地下世界待过5天,但他是在昏睡中被带进带出的,所以对该处的地理方位毫无所知。直到飞机开始盘旋下降,他才知道到了目的地。几架垂直升降飞机找到了降落处,艰难地着陆。3架重型轰炸机在高空盘旋,用它们重浊的轰鸣声震撼着天空。

4人乘坐的飞机降落在锥形山峰的腰部,布莱德领着4人跳出机舱,匆匆向山下走,在一处石壁前停下。这儿被稠密的灌木和霸王藤严严实实地覆盖着，看不出任何人工雕琢的痕迹。两名巴西军人架着一个女人走过来——是院长嬷嬷！她虽然身处监押之中，但神态相当平静。她看见了加达斯，仅仅看了一眼就转过目光，加达斯在其中看到了冰冷的鄙夷，但他仍走过去，苦涩地说："你好，嬷嬷。我们对海拉都没有恶意。这是海拉的父母和她的豪森伯伯，是她在这个世界上挚爱的亲人。"

苏玛走过去，"嬷嬷，还记得我们吗？让我们共同努力把海拉救出来，好吗？"她的泪水夺眶而出，"求求你了，嬷嬷。"

院长看看他们，没有说话。参议员走过来，威严而不失亲切地说："你好，院长，海拉的3处地下设施都将在今天被摧毁，对此不要抱什么幻想了。但总统已颁发了特赦令，海拉和所有手下人都可以回到人类社会，过正常人的生活。你看，我们带来了她的所有亲人：父母、伯伯、丈夫，还有我——她的公公，这足以表达我们的诚意。请你和海拉联系，让保罗、苏玛、豪森和加达斯进入地下世界和她面谈。我们实在不愿出现悲剧。"

院长微笑道："我了解海拉的坎坷身世，真希望在8年前你们就表现出这种诚意。现在恐怕晚了一点。"她留恋地看看四周，"参议员阁下，你知道吧，我是一个白人传教士和一个瓜哈里博斯女人的后代，不过我的心灵完全属于密林，属于蛮荒世界。我从来不想进入你们的社会。我会把你们的话如实传达给海拉，如果海拉不打算上来的话，我会留在地下陪她。所以，让我们先互道永别吧。"

她再次留恋地扫视林野，转回身，把手掌放在一块岩石上。少顷，伴随着极轻微的隆隆声，石壁缓缓地滑开。这时人们才看出，石壁上的霸王藤是经过精心安排的，它们的一端固定在石壁上，在石壁移动时，藤干也随之移走，露出一个硕大的洞口。里面是一部庞大的电梯，大得足以装下他们乘坐的直升机。院长跨进电梯，加达斯和苏玛等人也急急跟上。

院长摇手止住他们，温和地说："请稍候，我要先去征求海拉的意见。"

几个人焦急地看着参议员，参议员点点头，"按院长的意见办吧。"

电梯门关上了，隆隆声迅速沉入地下，但石洞口并没有关闭。海拉的亲人们焦灼地等待着。布莱德退到几十米外的指挥所，同战地指挥梅泽斯少将密切注视着战地的动态。侦察机不停地发来监测报告："未发现化学毒剂的迹象。""未发现生物毒剂的迹象……"F-22战机的精确制导导弹瞄准了地下世界的4个秘密出口和通风口，B-2轰炸机上的巨型炸弹则对准了地下世界的腹部。

10分钟过去了，忽然有吱吱呀呀的声响，几根金属物从四周缓缓升起，把地上的棕榈树、肥猪树和霸王藤都推到一边。无数切叶蚁、蜢蛛等纷纷逃离，乱成一团。梅泽斯少将果断地命令道："有埋伏！快撤离这片区域！"

已经晚了，十几道激光束破空而来——但它们并不是杀人武器。这些激光束编织在一起，在短暂的震荡后，忽然拼出一幅清晰的画面。画面背景是地下世界的巨型子宫，加达斯一眼就认出来了，地下世界的人都聚集在这里，仍是那种瓜哈里博斯人的装扮。院长嬷嬷也在这里，她也脱去了世俗的衣服。在这些人前面有一张躺椅，同样半裸着身体的海拉斜躺在椅上。画面越来越清晰，可以看出那些人的目光全都聚焦在海拉身上，只是海拉的周围似乎加有某种干扰，她的身体轮廓显得朦胧和模糊不定。苏玛等人不由得往前赶了几步，伸手想抓住光影中的海拉。“海拉!”苏玛喊了一声,便哽住了。

海拉说话了。声音从几千米的地下传来,十分清晰,十分平静,但平静下掩盖着跳荡的激情,“妈妈,爸爸,豪森伯伯,还有加达斯,我的爱人!”听到这儿,加达斯像挨了一记鞭抽,“你们好,咱们终于又见面了!”

“海拉,请让我下去,我有好多话……”

“妈妈,不必劝了,”海拉微笑着说,“我全知道了。不过,我不能再回到人类世界,我完全属于这里——而且,也晚了。”

“不,不晚,你还年轻……”

“不,妈妈,已经晚了。加达斯,”三维图像中的海拉转向加达斯,“我们的孩子已经出生了,是个女孩。”

加达斯悲喜交加地说:“她在哪儿?海拉,这难道不是你一直在寻找的证明吗?证明你和自然人类一样……”

海拉打断他的话,带着平静的伤感说:“不,不一样。告诉你吧,怀孕和分娩激活了癌细胞,我的身体已经失控,它每天都在变化着,只有大脑还暂时保持着清醒。现在我已经几乎失去人形。我很想和你们拥抱吻别,可惜不行了。”

4个人的心都猛然沉落。他们瞪大眼睛看着躺椅上的海拉,但是无法看清,那儿加有电子干扰,只能看见一团略具人形的电子流体。4个人都哑口无言,因为在这样的悲剧下,任何安慰都是苍白无力的。

海拉幽幽叹息道:“爸爸妈妈,我仍然感谢你们,你们让我降生于世,享受到活着的快乐。我只怨造化弄人,它既让我来到这个世上,为什么不舍得把人的属性全部给我呢?”

保罗痛楚地说:“孩子,不管你现在是什么模样……”

海拉尖厉地说:“即使我只是一堆无定形的原生质?爸爸,

那不是感情，是怜悯，我不会接受怜悯的。再见，我的亲人们。现在请布莱德参议员过来，我要和他讲几句话。”

布莱德显然对这片激光围起的区域心怀忌惮，但他仍勇敢地走了过来。海拉冷淡地说：“阁下，如果一个月前你敢来这里撒野的话，我很乐意陪你玩儿一场战争游戏，而且我相信，能让你得到一辈子都忘不了的教训，不过今天我丧失这种兴趣了。我已决定毁灭我的3处地下世界。地下世界的人员决定全部留下，和我一同赴死。我无法说服他们离开，只好遂他们所愿了。至于已经送到美国和其他各国的克隆婴儿，包括不久前送出去的200个，希望你们履行诺言，不要加害于他们——如果他们能活下去并且不重复我的悲剧。加达斯，我们的孩子就留在这里吧，请你原谅，我不愿她再经历我的痛苦了。好了，我马上就要启动地下世界的自毁指令了，爆炸将在20分钟后开始，请你们立即撤回飞机吧。”

她对手下说：“把那两个家伙放出去，不要脏了我们的地方。”

两分钟后，电梯嗡嗡地升上来，门自动打开，赤身裸体的杜塔克和另一个特工被捆成一团，蜷缩在角落里。两人目光呆滞，浑身浸泡在屎尿中。他们潜入地下准备破坏救生通道时失手被擒，那些准备迎接死亡的瓜哈里博斯人恢复了野性，兴高采烈地商量着处死两人的办法，但在海拉的严令下，他们最终没有杀死两个人，只是让他们吃了一些苦头。几名军人迅速冲过去，把两人架出来，割断绳索，塞到一架直升机中。

梅泽斯命令所有人立即登机，他们都迅速执行了命令。只有苏玛等4人留在原地没动，苏玛和加达斯声嘶力竭地喊着：“海拉，海拉，让我们下去！你快点上来！”

这时,激光图像刷地消失了,发射激光的十几根金属杆急速缩回地下,山岩缓缓合拢。顷刻之间,这里完全恢复了原始丛林的蛮荒景象。几名军人冲过来,两人架一个,不由分说地把四人扯到飞机上。所有飞机都飞到空中了,这时,他们听见一个遥远的声音,像是发自于地下,又像是发自于高空:

"永别了,亲人们!"

一声沉重的闷哼之后,大地抖动了一下。这一带的地面眨眼间下陷了数百米,陷坑周围形成一圈陡崖,露出白色和红色的岩层。坑底仍是浓绿一团,只是显得比原先零乱了。一座圆锥形山峰垮掉了半边,巨大的石块堆积在陷坑的边缘。地表下陷引起了强烈的空气扰动,一直影响到在空中盘旋的飞机,它们剧烈地抖动着,不过很快恢复了平稳。

飞机上的人们默默观看了这场葬礼。

4

在白宫的椭圆形办公室里，总统一直在关注着事态的发展。办公室主任甘金斯报告说，这次行动异常顺利，由于海拉怀孕分娩后肉体崩溃，她已经自行毁灭了所有的地下设施。美国和巴西的空军未费一枪一弹就完成了任务，现在已经开始撤回。

总统淡淡地说："真是个刚烈的女子，我们该向她致敬。"

甘金斯也附和道："是啊，一个可敬的敌人。她和加达斯所生的女儿为她陪葬了，地下世界的所有人也都选择了死亡。总统，现在该考虑那些生活在美国的癌人了，据统计，他们一共有898名，都已受到严密的监视。"

总统点点头，这些癌人该怎么办？真是一个让人头疼的事。忽然，屋内响起吓人的咔嚓咔嚓的破碎声，一个尖尖的机头透过玻璃窗伸进来，激光炮的炮口阴险地指向屋内，机身则仍悬停在窗外。屋内的人一时间惊呆了，两名听见动静的警卫冲进屋内，见此情景立即扑过来，把总统掩在身下。此时总统已经醒悟到，窗外肯定是海拉乘坐的那架幽灵飞机。他们能清楚地看见幽灵飞机的驾驶员——他光着头，赤身裸体，对着他们嘲弄地咧着嘴。那人马上就会按下激光炮的按钮，把这里变成血肉横飞的屠场——忽然，飞机悄然离开了，跃升到空中。总统推开警卫，跑到阳台上察看。那架飞机像是疯了似的在天上纵情驰骋，平飞，倒飞，俯冲，甚至来了一个眼镜蛇机动。忽然，机尾后冒出白烟，飞机拖着这条长长的尾巴，在蓝天上书写着清晰的花体字母：

海拉！

飞机随即拉高，迅速消失在蓝天中。总统回到房中，听见甘金斯正在声嘶力竭地打电话："……它刚刚从办公室的窗户中退了出去，这会儿正在天上写字哩。什么？雷达没有任何反应？我用肉眼都看见了，千真万确！"

20秒钟后，几架F-22呼啸着飞过来，但幽灵飞机早已消失，在F-22造成的扰动中，天幕上的一行字母逐渐消散。

5

特丽打开栅栏门，把牧羊犬玛亚和它的4只小狗崽赶出去，“去吧，去吧。”她柔声说，“这儿马上就要毁灭了，海拉让你们自己逃生去。快走吧，我要回去，和海拉死在一块儿。”

她向玛亚挥挥手，黯然地回过头。玛亚听不懂她的话，但这条聪明的狗早已觉察到异常。这些天，女主人变得越来越阴郁，她的模样好像每天都在变化。当然，她的模样与玛亚关系不大，玛亚辨别主人主要是靠气味。但女主人这几天来再也不让它近前了。它曾恼怒地在门外吠叫，在门上抓挠，但女主人就是不理它。

现在，黑人姑娘又把它和4只狗崽送出栅栏，这是为什么？过去不是从来都不让它到栅栏外吗？地下世界里沉寂得像座坟墓，忽然麦克风响了：“现在进入10分钟倒计时，请各处人员迅速撤离。”

然后是不慌不忙的匀速计时声：“600，599，598，597……”玛亚听不懂这些，但在冥冥中，本能告诉它，危险马上就要来临。4只小狗崽唧唧地叫着，茫然地看着四周，玛亚急忙领着儿女们向安全出口跑去……忽然它停住了，昂头思索着，然后转过身，推开栅栏门，飞快地向里面跑去。

它如闪电般地跑着，到处都没有人影。它嗅着特丽沿路留下的气味，径直奔向中区的球形塔。没错，这儿灯火辉煌，人们都聚集在海拉的周围，安静地等待着，特丽也站在人群中。

海拉第一个看见了玛亚，生气地喊："玛亚，快跑，快点跑出去！"

玛亚悲哀地朝她吠了一声，猛然扑向婴儿车。婴儿车翻倒了，玛亚叼着婴儿的衣服，最后看了一眼海拉——它的眼中含有多么深的悲怆！然后，它叼着婴儿向来路跑回。

周围的人都看着海拉，海拉摇摇头，低声说："由它去吧。由她去吧。"

她第二句指的是婴儿。

玛亚跑到栅栏外，4只小狗正悲哀地哼唧着，四处乱撞。玛亚放下婴儿，吠叫着，小狗听见妈妈的声音，欢欢喜喜地围上来。婴儿在地上手舞足蹈地爬动着，奇怪的是，她竟然没有哭泣，一直笑嘻嘻地看着玛亚。玛亚没有停留，低头又叼上婴儿跑起来，同时用呜呜的喉音召唤小狗跟着它跑。身后的计数声越来越远，越来越微弱，它知道危险时刻已经逼近，更加焦躁地奔跑着。小狗们追不上妈妈，在后边着急地尖叫，但玛亚已顾不上了。

它总算跑到了洞口。这是一片阴暗潮湿的河边林地，下午的太阳透过密密的树叶，在灌木的叶子上形成一块块圆斑。小狗崽们还没出来，玛亚想回头寻找，但婴儿的哭声止住了它，玛亚卧在她的旁边，把奶头凑过去，婴儿立即香甜地吮吸起来。

玛亚昂着头，焦急地向洞内唤着它的儿女。忽然一声巨响，洞内的气浪呼啸着冲出来，把洞口的树木齐腰吹断。它和婴儿都在地上翻滚着。一分钟后，狂风减弱了，它竖起耳朵，听见了婴儿愤怒的哭声。它爬过去，伏在婴儿身上，婴儿马上找到奶头吮吸了起来。后边忽然传来唧唧的狗叫声，原来四只小狗都被气浪吹了出来，正晕头晕脑地在地上爬着。玛亚吠了一声，狗崽们欢天喜地地跑过来，与婴儿拥挤在一起，抢夺着妈妈的奶头，随即安静下来。

5张小口贪馋地吞咽着乳汁，玛亚则冷静地打量着周围的环境。这儿藤蔓缠绕，阳光难以穿透，空气中弥漫着腐叶的气息。毒蛇在灌木丛下探出脑袋，巨蚁在枝叶间奔跑，饱食的鳄鱼懒懒地看着他们，悠闲地挪动着四肢，返回河边。

玛亚没有人类的思维，但基因深处的本能同样能指导它该怎么做。它和五个小崽崽都要活下去，在这片险恶的环境中尽力活下去。小狗们吃饱了，快乐地哼唧着，哼唧声中夹杂着一个人类婴儿的喃喃之声。这些生命都是它的后代，它会用生命保护它们。

它们刚奋力跑出来的那个洞穴的深处已经塌陷，现在变成了一个不深的盲洞。玛亚把5只小崽子一个个叼回洞中。随后的一天里，它从各处叼来枯草树叶，建造了一个舒适的窝。

于是，一场生存之战开始了。